中国公安文学精品文库（1949-2019）

短篇小说 卷三

全国公安文联 编

群众出版社
·北京·

图书在版编目（CIP）数据
中国公安文学精品文库：1949—2019. 短篇小说．卷三／全国公安文联编．—北京：群众出版社，2019.10
ISBN 978－7－5014－6026－7
Ⅰ.①中…　Ⅱ.①全…　Ⅲ.①中国文学—当代文学—作品综合集②短篇小说—小说集—中国—当代　Ⅳ.①I217.1
中国版本图书馆CIP数据核字（2019）第209232号

中国公安文学精品文库（1949—2019）
短篇小说　卷三
全国公安文联　编

出版发行：群众出版社
地　　址：北京市丰台区方庄芳星园三区15号楼
邮政编码：100078
经　　销：新华书店
印　　刷：北京市科星印刷有限责任公司

版　　次：2019年11月第1版
印　　次：2019年11月第1次
印　　张：12.125
开　　本：880毫米×1230毫米　1/32
字　　数：338千字

书　　号：ISBN 978－7－5014－6026－7
定　　价：60.00元

网　　址：www.qzcbs.com
电子邮箱：qzcbs@sohu.com

营销中心电话：010－83903254
读者服务部电话（门市）：010－83903257
警官读者俱乐部电话（网购、邮购）：010－83903253
文艺分社电话：010－83901330　　010－83903973

短篇小说卷

主　编：

张　策　全国公安文联副主席

副主编：

初曰春　全国公安文联创作室副主任

魏安莉　中国人民公安出版社文艺分社副编审

前　言

为贯彻落实党的十九大精神和习近平总书记在文艺工作座谈会、全国宣传思想工作会议上的讲话等系列重要讲话精神，隆重庆祝新中国成立70周年；落实公安部领导关于发展繁荣公安文学的指示精神，集中展现中国公安文学的发展轨迹，荟萃70年以来我国公安文学的优秀创作成果，讲好警察故事，发好公安声音，树好警察形象，切实履行中国公安文学肩负的新时代使命，全国公安文联、中国人民公安出版社经认真研究，决定编纂、出版新中国成立70周年献礼丛书——《中国公安文学精品文库（1949—2019）》。本套丛书编纂的指导思想和主要目的为：以习近平新时代中国特色社会主义思想为指导，积极推出讴歌党、讴歌祖国、讴歌人民、讴歌英雄的公安文学精品力作。

2019年5月9日，全国公安文联向各省、自治区、直辖市公安文联，新疆生产建设兵团公安文联，铁路公安文联发出《关于开展〈中国公安文学精品文库（1949—2019）〉征集编纂工作的通知》（公文联［2019］35号）。通知要求，征稿内容为：1949年10月1日新中国成立后至2019年全国各地公开出版、发表的公安题材长篇小说、中篇小说、短篇小说、纪实文学和散文、诗歌作品。通知确定所征集作品分长篇小说卷、中篇小说卷、短篇小说卷、纪实文学卷、散文卷、诗歌卷六大部分，由群众出版社分卷出版。为确保此项重点图书编纂工作顺利进行，经全国公安文联王俭主席批准，成立了《中国公安文学精品文库（1949—2019）》编审委员会。

根据全国公安文联［2019］35号《通知》精神，在作品征集过程中，编委会共收到全国各地公安文联推荐和作者自荐、专家推荐作品2668部（篇、首）。中国人民公安出版社组织编辑力量对所有征集作品，按照长篇小说、中篇小说、短篇小说、纪实文学、散文、诗歌六类进行了初选归类。

7月2日，全国公安文联召开了《中国公安文学精品文库（1949—2019）》第一次编纂工作会议。会议确定了文库的选编原则、目标和要求。选编原则为：坚持文学性、时代性、权威性、历史性、文献性的有机统一。选编目标为：凡入选作品的思想性和艺术性，一是要经得起历史检验，值得传世；二是要公认有影响力，确能服众。选编要求为：一是真正的好作品不能遗漏；二是代表性的作家不能缺席；三是公安战线重大事件的文学反映不能忽略。

7月11日，为贯彻好文库的选编原则、目标和要求，全国公安文联批准组成《中国公安文学精品文库》各分卷工作班子，明确各分卷工作班子由文库编审委员会成员牵头负责，由全国公安文联选派同志与出版社责任编辑组成，分工负责文库的各卷选编工作。

7月12日，编审委员会顾问张策、副主任李国强、编委易孟林与负责《中国公安文学精品文库（1949—2019）》的长篇小说卷、中篇小说卷、短篇小说卷、纪实文学卷、散文卷、诗歌卷的责任编辑，就编纂工作的重点和难点分别进行了指导和交流。

7月23日，编审委员会主任、全国公安文联主席王俭亲自听取张策、易孟林关于《中国公安文学精品文库》编纂工作进展情况的汇报。王俭主席要求，一定要把这套向新中国成立70周年的献礼图书编纂好。他特别强调，这套献礼图书成功的关键在于选出来的作品的确是公认的质量高的好作品。各卷主编、副主编务必负起责任来，真正把高质量的作品选出来。

7月29日，第二次编纂工作会议召开，通过了《〈中国公安文学精品文库（1949—2019）〉编纂体例说明》。

8月27日，第三次编纂工作会议召开，初步通过了《中国公安文学精品文库（1949—2019）》的基本入选篇目。

在作品征集、选编过程中，各卷负责人根据编审委员会历次会议要求，从认真阅读每一部作品入手，结合各个时期作品的获奖、评论、报刊转载、改编影视等情况，对前期初选归类的各卷篇目进行了多次调整，加班加点，任劳任怨，以对公安文学高度负责的历史责任感，反复研究、论证，最终形成了长篇小说卷4卷，共收录4位作者的4部作品；中篇小说卷4卷，共收录29位作者的28篇作品；短篇小说卷3卷，共收录60位作者的59篇作品；纪实文学卷3卷，共收录52位作者的50篇作品；散文卷1卷，共收录70位作者的70篇作品；诗歌卷1卷，共收录79位作者的100首作品。全套丛书共计16卷，收录294位作者的311部（篇、首）作品，总计528万字。各卷收录作品均按发表、出版时间排序，且在文末附有作者简介。在长篇小说卷四和纪实文学卷三附录有“长篇小说存目”和“长篇纪实文学存目”，对本套丛书编选过程中征集到的比较优秀的公安题材长篇小说、长篇纪实文学予以存目，列有作品名称、作者、出版社和出版时间，以备公安文学爱好者、研究者查览。

需要特别说明的是，本套丛书的编纂，得到了公安部新闻宣传局和全国各地公安文联的大力支持，也得到了全国各地作家，尤其是公安作家的积极响应，推荐、自荐了多部（篇、首）优秀公安文学作品。在本套丛书的编纂过程中，编委会全体成员，包括各卷主编、副主编本着对公安文学高度负责的精神，秉承公正、严谨的态度和编纂原则，认真对待征集到的所有作品，最终经编委会和各卷主编、副主编集体研究确定了各卷入选篇目。但由于本套丛书只有16卷（原计划出版30卷），卷帙有限，现有收录作品一定会有遗珠之憾，希望能够得到各位相关作家的理解和包容！同时也衷心希望有更多的作家切实增强并践行“四力”，积极深入警营，扎根生活，倾心于公安文学创作，不断推出更多更优秀的坚持“四个讴歌”，无愧于我们这个伟大时代的公安文学精品力作，讲好警察故事，树好警察形象，共同推动、促进公安文学的大发展和大繁荣！

我们衷心期待，通过编纂出版这套大型文库，能够将中国公安文学的发展脉络清晰地呈现出来，以公安文学的力量，服务于公安现实斗争，服务于公安队伍建设，为平安中国、法治中国建设作出新贡献。

《中国公安文学精品文库（1949—2019）》编审委员会

2019年10月9日

目　录

职　责

吕　铮

一

林楠回到家的时候，父亲已经摆了一大桌子菜，他看看手表，刚过八点。窗外秋天的景色渐浓，而他却提不起一点儿精神。

“爸，今天叫我回来到底什么事啊?”林楠不耐烦地问。他所在的经侦大队今天将抓捕行动定在凌晨之后，作为探长，林楠是今晚行动的主要执行人。

“就想让你回来好好吃一顿饭，没别的事……”父亲欲言又止，却充满期待。

“爸，真没别的事啊?”林楠再次追问。一种不好的预感总在他脑海中萦绕，因为几个小时前父亲那个莫名其妙的电话。

林楠是个经侦警察，在打击经济犯罪一线一干就是五年。现如今刚刚过了二十八岁生日，而心情却毫无秋日阳光那般灿烂。经侦工作忙啊，涉税、侵占、商业贿赂、各类诈骗，社会主义市场经济越是蓬勃发展，经济犯罪就越是层出不穷。加之又赶上今年破案会战，公安部部署的各项战役一层层压下来，林楠这个小探长就像上了弦似的一天到晚奔波，祖国大好河山可劲儿地转，唯独回不了家。女朋友耐不住寂寞了，与他挥手作别，老爸一个月也见不了儿子几次面。

林楠并不高大全，内心还没升华到拿加班当乐趣、献青春舍爱情的地步。有几次干累了，也想找碴儿请假偷懒，但一进队长办公室就打了退堂鼓。队长高洪波是他师傅，用土话说，林楠是什么鸟儿变的，师傅都一清二楚。在高洪波面前，林楠根本说不出像样的瞎话，一张嘴就拌蒜。从破案会战那天开始，队长高洪波就没回过家，直接给林楠这个小探长起到了正能量的示范作用。看林楠一进门，同时接着俩电话的高洪波就用眼神示意他坐下，然后顺手扔给他一包烟，停顿了一下，又扔给他一个“件儿”。公安局里管案件线索叫“件儿”，大部分案子都是从“件儿”开始的。林楠接过“件儿”一看，脑袋顿时大了，这是一个公安部经侦局组织的叫“战斧行动”的商业贿赂专案，里面严格地规定着办案的要求和时限，一看就是个“大活儿”。

“好好熟悉材料，立即准备开展工作，下午听你的侦查计划汇报。”高洪波利用挂断和重新拨打电话的间歇对林楠说。林楠本是想来请假的，不料却被动领了任务，觉得自己简直就是偷鸡不成反蚀把米。

林楠迅速熟悉材料。“战斧行动”涉及面广、影响重大，商业贿赂案件牵一发而动全身，如果工作不缜密严格，不但有可能跑风漏气，还会因证据缺失造成案件流产。查账、调查、沟通、汇报，林楠不敢怠慢，一忙起来就是两天，请假倒休的事早就忘到了脑后。他们队里崇尚两个名词，就是“铁拳”和“野战军”，说的就是要劲儿的时候就必须冲上去、不掉链子。同时林楠明白，往往在“大活儿”面前，才是考验自己、证明自己的最好时机。

林楠干得不错，证据在最短时间内取得，经过法制部门认可，今晚就可以“动人”。公安局管抓捕犯罪嫌疑人叫“动人”，与“美丽动人”不同的是，警察的“动人”更具行动力。

而正当林楠下午制订抓捕计划的时候，却接到父亲一个有些莫名其妙的电话。林楠一听父亲支支吾吾，心里就感觉发虚。父亲去年刚刚退休，身体硬朗，性格开朗，养鱼、养鸟，一屋子热带雨林似的花花草草，退休的生活弄得比上班还忙。父亲知道林楠工作忙，平时没有特别着急的事，从来不给儿子打电话，而一打电话，就往往是家里出了什么大事、要事。最近一次父亲打电话，是奶奶去世。所以林楠一听到父亲支支吾吾，心里就七上八下，在办公室里转了半天磨，还是决定先回家一趟。林楠一边开车一边琢磨，一去一回，应该能赶上“动人”时间。

“爸，别老吞吞吐吐的，我这不都回来了吗？有什么事就直说，能办咱就快点儿办。”林楠看着父亲说。

“哎，小楠，真的……没什么事。嗯，既然回来了，就吃两口再走，这一桌子的菜呢，别浪费了。”说不出来父亲是什么语气。

“爸，您可真行，我还以为什么大事呢。”林楠的语气中透着不耐烦，连日工作的压抑突然爆发。“我从前天到现在，就没睡过一个整觉，一会儿还得去抓捕嫌疑人，您这时候叫我回来，不是……不是添乱吗？”林楠重重地叹气，一点儿没顾忌父亲的感受。

“哎，我……真是的，行了，没事，小楠，你走吧，我……”父亲像个犯了错的孩子一样，嗫嚅着说。

“那我走了啊。”林楠一边说一边转身。

“注意安全，早点儿回来。”父亲还是那句话。

窗外已是漆黑一片。就在林楠开门的一瞬，突然看到了门后挂着的一个半人高的薄塑料袋，里面黑漆漆的，是张 CT 片。萦绕在他脑海中的不祥预感，似乎突然破茧而出，张开一双黑色的翅膀。林楠一愣，顿时停住了脚步。

“爸，您去医院了?”林楠缓缓转过头问。

“嗯……今天下午取的结果……”父亲在努力用坚毅的表情和语气回答。

二

林楠不敢相信眼前发生的一切，他怎么也想不到这两个字会和身体硬朗的父亲联系在一起。

而“癌症”，这两个再怎么书写也不会好看的字，此时就愣生生地写在他手中的诊断书上。林楠感到心和整个世界都在迅速下坠，全身有种失重似的无力。他愣在那儿良久，才想起要劝劝父亲。

父亲真的老了，两鬓斑白，腰杆不再笔挺。林楠试图直视父亲双眼，却发现根本没有勇气。“爸……您……怎么现在才说……”他半天才从牙缝里挤出一句话。这时，他才发现坐在饭桌后的父亲面色灰黄。

林楠眼睛一湿，泪水就要往眼眶外打。他强忍着，努力控制情绪，但大脑却感性地开始回忆，往事历历在目。上小学时父亲背着他去广场看降旗，国旗在橘红色的夕阳下迎风招展，父子俩一起庄严地注视，一改傻傻的笑容；上警校的时候，父亲骑自行车送他到马甸校区，汗水打湿了父亲的后背，林楠走进校门后，远远地回头看着，父亲很久也没有离开；毕业后上班的第一天，父亲骑车赶在林楠之前到了他的单位，为的竟然是给他送一条遗落在家里的警用皮带……

林楠终于泪如雨下，把头低下，根本没有勇气去说一句话。说什么呢？说您没事，放心，一切都会好？说这是误诊，要再去好好检查？还是说，爸爸，有我在，您别害怕？五味杂陈的感觉瞬间充满全身感官，林楠挣扎着瞪大眼睛，默默地看着客厅墙上母亲的遗像，照片里的她还是那么年轻，容颜被定格在最美好的时光中。十年了，一晃而过。林楠耳边总是回响起母亲那最后的嘱托：照顾好你爸爸……

照顾好爸爸……照顾好了吗？我照顾过爸爸吗？林楠浑身颤抖，一千个声音在他脑海中同时震响，你，照顾好爸爸了吗？

左肩一热，反而是父亲扶住了林楠的肩膀。

“小楠，没什么大不了的，有病就治，我只是……只是……”父亲没有把话说完。

林楠长长地呼出一口气，忍住眼泪说：“爸，您放心，一切都会好的，爸……”

“没事，哎，真的，我约好了明天住院检查，是让肿瘤科的潘主任亲自看，都安排好了，不用担心……”父亲缓缓地说着。

这时，电话突然响了起来。这是探组侦查员小吕打来的电话，林楠下意识地看了看表，九点五十分。

“喂，好，你确定吗？嗯……现在嫌疑人在家吗？好……”林楠顿时从低迷的情绪中解脱。“爸，我……”林楠欲言又止，随即又如泄气的皮球。

“没事，我知道你工作忙。快去吧，注意安全，早点儿回来。”父亲还是那句话，还努力地挤出一丝笑容。

林楠无言以对，一把抱住了父亲，这才发现父亲昔日强壮的身躯早已瘦骨嶙峋，林楠感到一种发自心底的悲凉，自己全身的热血正在冻结。他紧紧抱住父亲，生怕失去似的久久不愿松手。

三

来到蹲守地点的时候，小吕已经抽了半包烟。

“探长，你可算来了。”小吕脸上有了放松的表情。“人在呢，屋里现在还亮着灯呢。”语气里却有些紧张。

林楠的脑子里还在嗡嗡作响，满眼都是父亲诊断书上那两个丑恶至极的汉字。“在呢？”他愣了半天才重复这两个字。

“在呢。”小吕点着头表示肯定。在林楠的探组里，小吕算是最能吃苦的探员。刚参加工作的年轻人总是把工作和梦想放在一起，充满干劲儿、不计得失，但随着岁月的磨砺，许多人会渐渐失去这些宝贵的东西。小吕去年刚刚从公安大学毕业，现在还戴着像“小飞机”样的见习警衔。林楠相信小吕也有着像小飞机一样的执着和冲劲儿，却忘了“小飞机”毕竟缺少飞行经验。

林楠没有多想，或者说他来不及多想，他没有像往常一样冒充物业人员入户调查；也没有拿着神州行手机拨嫌疑人家的电话，以作确认；更没有另择时机，待真正看到嫌疑人的时候再行抓捕。就这样混混沌沌地，贸然跟着面前这个“小飞机”，慌不择路地进了小区，上楼，踹门，结果一脚丫子踹出的不是犯罪嫌疑人，而是嫌疑人的父母。

小吕傻了，五分钟前的信誓旦旦立马急转直下，转为惶恐和自责。

林楠也傻了，全身的敏感神经一股脑儿地蹦跳起来，将刚才的麻木彷徨一扫而空。

“坏了，漏了！”林楠用一个没出声的口型默念。

四

“你是干什么吃的！”能对林楠说这话的，全队只有他师傅有资格。林楠这几年探长工作干得风生水起，经常向总队长甚至是主管局长汇报都不觉紧张，但一到他师傅高洪波面前，就立马歇菜。

林楠羞愧得满脸通红，憋了半天气也不知该如何解释。

“到底怎么干的活儿？不到七点就出去蹲守，这么长时间了，弄不清嫌疑人是不是在家？”高洪波气鼓鼓的，批评起来没了节制。“我告诉你，林楠，别觉得今年你破了几个案子就扬扬得意，就翘尾巴。可笑！咱们干经侦的，不求十个多，就怕一个错！我说过多少遍了，还不长记性。我告诉你，今天这个案子是部里督办的重点案子，经侦局的领导亲自等待抓捕消息，你今晚要是不把人给我落实了，就别回来见我。”高洪波没等林楠解释就挂了电话。

林楠拿着被挂断的电话发蒙犯愣，那种无力感又占据了全身。他在秋风里重重地发出一声长叹。

没想到，接下来的电话竟然是武然打来的。

武然是林楠的警校同学，在警校的时候，两人就是五千米长跑的竞争对手。而既生瑜何生亮，两人毕业一分配，竟还到了一个单位。现在两人都是探长，时不时地拿案子比画一下高低。

林楠木然地任由电话响了N声才接通。“喂，什么事?”林楠淡淡地问。

武然讲话干净利落，大致意思是，刚刚接到高大队的电话，要求他立即根据行动线索对“战斧行动”中的嫌疑人进行抓捕，他已经带着探组迅速出动，发现嫌疑人正在回家的路上。

林楠知道这是武然明着给自己下马威，但心里明白也怪不得他，自己烂泥扶不上墙，怎能怪高大队临时换将。林楠渐渐冷静下来，父亲憔悴的面容就又浮现在眼前。林楠一咬牙，三步并作两步迅速回到嫌疑人的家中，他和小吕此时需要做的再无其他，就是阻拦两位老人给嫌疑人拨打电话。

五

半小时后，在即将驱车到达嫌疑人住址之前，高洪波收到了武然发来的短信，简短的两个字：拿下。

短信是群发，林楠也收到了这两个字。高洪波深呼了一口气，林楠心里却泛起了一阵酸涩。

小吕见高洪波来了，低下头做鸵鸟状。而林楠却没资格躲闪。

“师傅，不，高队……我……”林楠不知是要辩解还是自责。

高洪波转过头，没拿正眼看林楠，远处一辆警车飞驰而来，一阵急刹声骤然响起。

特有的急刹车是武然的做派。车门一开，武然带着胜利者特有的姿态，和组员押着嫌疑人走出警车，在红蓝光影的映照下，嫌疑人的表情惶恐不安。

“林探长，人帮你给抓到了，现在移交给你啊。”武然一边说，一边掏出一支烟犒劳自己。

高洪波听出了武然的挑衅，不轻不重地拍了一下他的脑袋，说：“那么多废话，去，把人带回车上，先不送看守所，回去突审。”

武然一吐舌头，悻悻地带着组员重新把嫌疑人押解上车。

“林楠，刚才行动是怎么回事？这么失常？”高洪波皱着眉头问，满眼都是恨其不争的神情。

“师傅……我……”林楠欲言又止，他不会把责任推到小吕身上，更不想将父亲的事和盘托出，同时也明白“战斧行动”的重要性和这次失败的危险。想得太多，嘴就不知道如何表达，林楠支吾了半天也没说出句整话。

“别你你我我的，我就问你刚才行动是怎么了？工作不细致，摸排不到位，没有确定嫌疑人在家就贸然动手。如果今晚嫌疑人不到位，明天咱们如何完成以点带面的整体战役工作计划？我怎么向上级领导交代？”高洪波说到酣处也掏出一支烟。“我不是说你，林楠，这公安局有句老话，叫‘干有眼力见儿的活儿’，这个案子影响这么大，你不把工作重点和精力放在这上面，平时干得再积极努力也白搭。这些都不说了，当务之急是立即突审嫌疑人，他涉及的商业贿赂非同小可，一会儿你主审，我给你打下手，趁着热乎劲儿，必须把他拿下。”高洪波试图重新激起林楠的斗志。

不料林楠却撂下一句话：“师傅，明天我要请假，就一天时间。”那语气毋庸置疑。

高洪波不可思议地看着林楠，气氛骤然变冷。

六

林楠不知是怎么逃回家的，之所以用逃，是因为他师傅高洪波那复杂的眼神。他没有如想象中的那样遭到师傅拍桌子瞪眼的怒骂，也没有被强留下审理案件，而是被一句淡淡的却极具杀伤力的话驱赶走了。

“回家吧，这个案子给武然了。”高洪波低下头说。

林楠顿时脸憋得通红，无地自容。他知道，自己多年建立起来的信任和认可都在这一刻轰然倒塌。作为一名警察，没有什么能比让别人接手自己侦办的案件更令人羞愧和耻辱的了。

到家的时候，天已经蒙蒙亮了。秋天的早晨微凉，远处不时传来晨练者的开嗓声，几片落叶在水泥地上被风驱逐，停停走走。

林楠走进容纳父子俩的狭小居室，餐桌上昨晚丰盛的晚餐已经不见踪影。桌布铺得整整齐齐的，茶壶和茶杯也摆放规矩，碗筷显然已经收拾干净放进厨柜，一切像每次凌晨回家一样，看不出一丝慌乱。而餐桌上的烟灰缸里，却插满了烟蒂，烟蒂像插入土地的剑戟一样竖立，记载着被消磨的时间长度。林楠从那里看出了父亲的彷徨和恐惧。

记得小时候，父亲几次戒烟均告失败。第一次是林楠上小学时，父亲被查出了脂肪肝，在母亲的强烈要求下，父亲转头对趴在后背上的林楠说：“儿子，爸爸从今天开始戒烟好不好？”林楠不知戒烟为何意，但用力地点着头，表示同意。在那个年龄，林楠觉得父亲做出的一切决定，都是对的，包括背着妈妈偷偷教他喝酒。刚开始父亲确实戒了一段时间，但随着妈妈病情的加重，香烟又慢慢占据了他的生活。母亲得了一种怪病，刚开始持续发烧，后来出现胸闷、气喘等症状，她是医院的护士，症状与病房里的几个患者相似。在父亲的茫然无措中，母亲被送往隔离病房进行检测治疗，直至她闭上美丽的双眼也没能再次拥抱挚爱的亲人。后来父子俩才得知，母亲得的病学名叫严重急性呼吸综合征，在该病肆虐的时候，人们把它简称为非典型性肺炎。在母亲弥留之际，父子俩穿着防护服见了母亲最后一面，母亲对他们说了两句话，一句是微笑着对父亲说：戒烟吧，把你的毅力拿出来给我们看看；另一句是对林楠说：照顾好你爸爸……

而事与愿违，在母亲离去之后，父亲的烟瘾变本加厉，一向爱唱俄罗斯小调的父亲，开始变得沉默，夜色中浓浓的烟雾成了林楠初中记忆的背景。直到林楠考上了警校，父亲才重现微笑。在林楠走进警校大门之前，回头望着父亲说了一句话：爸爸，戒烟吧。这一次父亲真的把烟戒了，没想到，昨晚，他再次点上了香烟。

七

林楠被烟雾呛得咳嗽起来，睡梦中的回忆与现实交织在一起。一睁眼，发现父亲就坐在他面前。

林楠从沙发上爬起，装作困倦地揉着眼睛。“爸，起这么早啊。”林楠说。

“嗯，早点做好了，快点儿吃，别耽误上班。”父亲平淡地说，一如往昔。

“爸……我今天请假了，陪您一起去医院。”林楠说。

“嗨，不用。”父亲强作笑容。“医院都安排好了，我自己能去，等你忙完了再来看我，我……没事……”

“不行，我陪您去，我会在您身边。”林楠说着就攥住了父亲那枯瘦的双手，仿佛怕丢失一样。

父子间的感情往往是深埋而不易显露，正如同经年累月的沉香，厚重有力却不轻佻。父亲默默看着林楠，老泪纵横。林楠却努力地笑着，用手擦去父亲的泪水，而自己内心最柔软的地方却正在被无情撕碎。

早晨八点，父亲给家里的鸟刷完笼、鱼换完水之后，又把晒在阳台的花挪进了屋里，才缓缓地走进卧室。他精挑细选了几件衣服，还犹豫不决，仿佛去参加一个重要的仪式。最后还是穿上了那件母亲为他买的白色夹克衫，轻轻拢了拢头发，仿佛寻找着年轻时的状态。在出门之前，他默默地停留在母亲的遗像前良久，轻声地说：“亚芳，我走了……”

“爸……”林楠欲言又止。

“走吧，办完了住院手续就赶紧上班。”父亲竭尽全力，展现满脸阳光。

八

医院位于林楠家的西南方。门口的停车位紧俏，停车处为了多增加收入，跑马圈地似的占用了好几处未划白线的空地。医院门庭若市，摩肩接踵，鲜花礼品商店在门口扎堆，生意红火，欣欣向荣。林楠没想到这里竟然会人声鼎沸，毫无自己想象中的阴冷寂静。

肿瘤科的主任姓潘，是医院做癌症切除手术的权威专家。

“潘主任，我父亲的病到底……”林楠话说一半，就觉得无力继续。

潘主任五十岁上下的年纪，高高瘦瘦的，一副无边眼镜后是一双温和的眼睛。

“别着急小伙子，你父亲的病情没有你想象的那么糟。”潘主任缓缓地说，但一字一句都牵动着林楠敏感的神经。“你父亲虽然是癌症晚期，但从检查的结果、病情的诊断和他的身体情况综合分析，我认为还是有手术机会的。”

“有手术机会！”林楠的眼睛里重现光芒，但随即又被理性的思维压倒。“如果手术，有多少成功概率？会不会……会不会……走不下手术台？”林楠问。

潘主任沉默了一会儿，看着林楠的眼睛说：“我无法百分之百地向你保证你父亲手术后的结果是乐观的，但作为一名医生，我可以向你保证只要有一线希望，就会尽百分之百的努力，我会尽我的职责，绝不放弃。”潘主任说。

“谢谢主任，我父亲就拜托给您了。”林楠用重重的语气说。

“如果你们确定手术，我们可以安排在周五上午，到时你要提前到，有一些手续需要办理。还有，在手术之前要尽量给你父亲积极正面的暗示，要给他树立信心，让他做好准备。”

“好，我一定按照您的要求做。”林楠站起来，深深地给潘主任鞠了一躬。随即将口袋里的一个纸包放在潘主任桌子上，准备转身离去。

“哎，小伙子，你这是干什么？”潘主任看也不用看就知道这纸包里的东西。

林楠从未想过自己也会这样做，但警察毕竟也是人，耳濡目染，也知道社会上存在许多潜规则。无奈，心底沉重的一声叹息，为了父亲的生命，林楠也不能免俗。

“潘主任，这是……一点儿小意思……”林楠从未觉得自己如此卑微，脸上有火辣辣的灼烧感。

“拿走。”潘主任用毋庸置疑的语气命令道。

“潘主任……”林楠还想解释。

“小伙子，每个职业都有它的道德和尊严，你要是相信我，就收起这包东西。”潘主任的语气平和但有力量。

林楠默默地点头，又深深地鞠躬说：“我爸爸就拜托给您了……”

九

下午回到单位的时候，高洪波似乎还在生林楠的气，看林楠过来了也不理，自顾自地低头看材料。

“师傅。”林楠轻轻叫道。

“你不是今天请假了吗？怎么这么早就回来了？”高洪波没拿正眼看林楠。

“师傅，我想拿回那个案子。”林楠坚定地说。

“什么？”高洪波气不打一处来。“你说什么？我没听清。”他明知故问。

“我说，我要拿回那个案子，重新开始办理。”林楠斩钉截铁地回答。

“开什么玩笑!”高洪波发作起来。“林楠，你以为搞案子是儿戏吗？你说拿回来就拿回来，说放下就放下。警察搞案子不是由着性子来，而是要充满敬畏和责任感。”

“师傅，请您给我一个机会。”林楠不想过多纠缠，他只想要一个结果。他忘不了刚才离开病房时，父亲对他说的一句话：“尽好自己的职责。”

高洪波一愣，对林楠的表现摸不着头脑。他问：“林楠，你跟我说句实话，你这两天到底怎么了？”

“您别问了，师傅，我……就想要回那个案子。”

高洪波犹豫了一下，说：“好，去找武然吧，他已经做完了嫌疑人的第一次笔录，现在正整理卷宗呢。那小子干活儿利索，跟你不相上下，刚才他还跟我磨叽呢，说想把这个案子重新给你。”

林楠一愣，不知道武然葫芦里卖的什么药。

“记得自己是干什么的。”高洪波在林楠身后提醒道。

十

武然递给林楠一支烟，两个昔日警校的同学、如今的竞争对手慢慢地吞云吐雾。

“楠子，你是不是最近有什么事啊？”武然问。

“没什么。”林楠说。

“不会，我看你不正常，抓人那个漏儿，不像是你干的事儿。”武然摇着头说。

“错就错了，我认栽，多亏你那天出手相助，要是嫌疑人跑了，我更没法跟高大队交代了。”林楠说得很诚恳。

“呵呵，你认什么栽，说得我抢你食儿似的。我告诉你林楠，我武然就不是那种胜之不武的人，要比画咱就堂堂正正地拉出来比画，我可不会乘人之危。得了，第一次笔录给你撂这儿了，你好好看看，这个案子我不管了，还是你搞，别给自己丢脸。”武然说着拍了拍林楠的肩膀，走了。

林楠看着他的背影，苦涩地笑了。这小子的德行一直没变。

代号“战斧行动”的这个专案，是公安部经侦局集全国几个省经侦之力，搞的一起打击医疗行业商业贿赂的案件。从外地某省抓获的一个受贿医生的线索开始查起，陆续有几个行贿的医药代表落网，而林楠负责抓捕的这个嫌疑人，就是本市某医药公司的医药代表，名叫田奎。

田奎今年四十多岁，社会经历复杂，当过工人、干过苦力、做过老板，无论做什么职业，精明的他从来不做亏本的买卖。这几年搞医药行业，凭借以钱铺路的处世方法，也着实买了些机会，挣了些钱。但俗话说，常在河边走，哪能不湿鞋。“战斧行动”一打响，砍下的第一斧子，就落到了田奎的身上。据被查获的医生供述，仅田奎每年向他行贿的数额，就高达几十万元。专案组顺藤摸瓜，在经历了林楠失误的小插曲后，一举将他擒获，而深陷潜规则思维的田奎，在武然讯问的过程中还振振有词，一句话反复出口：没钱上贡，哪个医院、哪个医生会买我的药？

林楠看着笔录，感觉田奎还是存在侥幸心理。按照公安部的指示，“战斧行动”打的就是一场裂变的战役，说白了就是从受贿方查起，顺藤摸瓜反查行贿方，再从行贿方入手，扩散调查到新的受贿方，以此类推，扩大战果，打出声势，以儆效尤。第一次笔录，武然已经问得很到位，田奎对上线行贿的供述已经取得，结果也同外地受贿医生的口供相符。下一步，就是要依照公安部的要求，继续深挖田奎其他的行贿线索。要挖，自然要从本市的行贿线索挖起。

而林楠怎能料到，这一挖，竟然就挖到了一个熟悉的名字。

十一

田奎说出潘主任的姓名，是在林楠给他做讯问笔录五个小时之后的事情。

搞讯问就是与人斗。调虎离山、引蛇出洞、旁敲侧击、欲擒故纵，斗智、斗勇、斗心，藏锋、藏智、藏势，关键时举证、看破绽突击，硬功夫得有，软招数得上。林楠依照讯问计划，带着田奎从开始的抗拒侥幸，到中间的沉默畏罪，又经过矛盾彷徨，一直到最后心理防线的土崩瓦解，整整从下午问到天黑。当田奎抽完了林楠的第二包烟时，他的供述已经从量变转化为质变，行贿事实和盘托出。

“你说肿瘤科的潘主任受贿，有什么证据？”林楠表面冷静，内心却在剧烈地震颤。

“三年前的春节前，潘主任的科室从我的公司进过一批设备，作为好处费，我给过他五万元钱。”田奎回答。

“在什么地方给的？还有其他人在场吗？”林楠追问。

“我在他医院办公室里给的，这种事都是一对一的，当然不会有别人在场。”田奎回答。

“钱的特征是什么？怎么包装的，他拆开看了吗？”林楠问。

“钱是五沓，都是从银行现取的，没有拆包。我拿报纸包好给的潘主任，他当时没有拆开看，但这种事大家都心照不宣，谁不知道这里面装的是什么？”田奎反问。

“你如何证明自己说的是真话？”林楠问。

“呵呵，我们这些生意人有时为了安全，也会做一些记载，留一些痕迹。我当时给潘主任送钱的过程，都拿一个录音笔录下来了，录音笔就放在我公司的抽屉里，如果你们需要，可以去拿。”田奎诡异地笑了一下。“林警官，我说了这么多，是不是可以作为从轻处罚的条件啊，我算是揭发检举吧？”田奎的表情毫无焦虑。

林楠继续问下去，潘主任、李主任、范科长……他默默心算，仅仅这几个小时获得的线索，如能查实，便会断送不下十名医生的饭碗和前途。商人的好处不是好拿的，中国有句老话叫“吃人家嘴软，拿人家手短”，还有句老话叫“拿了给我送回来，吃了给我吐出来”，这两句话其实说的是一个道理。

十二

为了保证潘主任起码的尊严，经过向领导请示，林楠决定在潘主任回家的路上开展抓捕。

晚上九点，当潘主任的自行车被林楠和小吕拦下的时候，他还未从疲惫中恢复过来，认了半天，觉得林楠眼熟。

“我们是经侦总队的，在侦办一起商业贿赂案件，田奎你认识吧?”林楠单刀直入，毫不拖泥带水。小吕在一旁亮出了警官证。

潘主任这才如梦方醒，深深地叹了口气。“该来的，总会来……”他似乎早就预料到了这个结果，默默地伸出了双手。

讯问室里，潘主任坐在田奎刚刚坐过的位置上，按照讯问规定，他双手被戴上冰冷银亮的手铐。

“我知道这一天早晚会来。”潘主任知天命似的，怅然若失。

“早知今日，何必当初?”林楠反问。

“如知今日，就不会有当初。”潘主任回答，“有时一闪念的错误，要用一生去偿还，这是报应。”

“为什么收田奎行贿的五万元?”

“我收的那五万元，不是他的行贿款。”潘主任回答。

“那是什么?”

“是鱼钩。”

“什么?”林楠诧异。

“是田奎钓我上套的鱼钩。”潘主任回答，“无论你信不信，我都要说，这笔钱不是我主动要的，而是田奎给我设下的圈套。到今天大概有三年了吧，这五万元我一直存放在我家卧室的保险柜里，一分没动，不信，你可以去我家搜查。”

“一分没动，那你当初为什么要收?”林楠又问。

“因为糊涂、因为侥幸、因为轻视了那句话——伸手必被捉。”潘主任深深地叹了口气，“我和夫人要孩子晚，快四十岁的年纪才有了儿子，那年儿子要上重点小学，光赞助费就要十几万元，哎，一时糊涂啊，以为自己可以尽了父亲的责任，但没想到却落入了别人的圈套。”

“为什么说进了别人的圈套?”

“我说过，那笔钱是田奎钓我的鱼钩。鱼咬钩容易，吐钩却难，要不就付出血的代价，要不就要付出生命中最宝贵的东西。”潘主任正色道，“那笔钱我收完之后，马上就后悔了，想要退给他。但田奎却威胁我，说收钱的过程已经被他录了音，留下了证据，如果我不去促成采购他公司设备的事宜，他就到执法部门去告发我，让我身败名裂。我从十八岁上医学院，一直到四十岁当上主任，经我手治愈的患者不少，治病救人是我的理想，也是我的生命，我不想因为这件事而失去我生命中最珍爱、最宝贵的东西，所以，我还能有什么选择？只能就范。林警官，作为一名医生，我每次手术都在放射线下进行，我们是在用自己的生命来换取患者的生命，从这点出发，我问心无愧。但我还是做了错事，违反了医德良知，我愿意接受一切处罚，但我希望你相信，这几年无论我再怎么需要钱，也从来没有动过这笔钱，我没有让金钱玷污道德。”

“但你因为这笔钱，连续三年采购了田奎的医疗设备和药品。”林楠一针见血。

潘主任无言以对。

“因为这五万元，你用高于平均市场价的价格去购买田奎公司的滞销设备和药品。你能给我和你自己一个合理的解释，说你没有用金钱玷污道德，问心无愧吗?”林楠乘胜追击。

“我……”潘主任深深地低下了头。“我……认罪……”潘主任的声音怯懦卑微。

林楠故意停顿了一会儿，以掌握讯问的节奏。“潘主任，在案件之外，我想告诉你一个道理，也算我作为一名经侦警察的经验。行贿者永远比受贿者记得清钱的数量；行贿者永远不会为受贿者去辩护受贿的理由。”林楠这番话掷地有声。

“嗯……我懂……”潘主任默默地点头，“但林警官，请你相信，我没有因为这五万元，去给我的患者滥用药物，没有因为这五万元，对我的患者做过任何有损于他们健康和生命的事情。你……相信吗……”潘主任用询问的眼神看着林楠，又仿佛在心底拷问着自己。

“我相信。”林楠果断地点头，他准确捕捉了潘主任眼神里去伪存真的东西。

“哎……这一下，我反而轻松了，该有的结果和报应都来了，我终于不用整日提心吊胆、惊慌度日，也不必每时每刻都受到田奎的要挟了。”潘主任再次叹气，“一失足成千古恨啊，我如今担心的不是自己，而是我那二十多个床位的患者啊……”潘主任缓缓仰头，泪流满面。

林楠坐在讯问台上，如雕塑般静止。他不可抗拒地想到了自己的父亲，那个在医院肿瘤科寂静的病房中等待一线希望的瘦弱老人。林楠努力不让眼泪流淌，却无济于事。

一旁的小吕看在眼里，一头雾水。

十三

案件破得很成功，经过田奎的供述，几个省市涉嫌受贿的医生纷纷被依法处理，同时又牵出了几个行贿害人的医药代表。正如林楠的总结：行贿者永远比受贿者记得清钱的数量；行贿者永远不会为受贿者去辩护受贿的理由。几个涉嫌行贿的医药代表，几乎是报复性地说出受贿医生的姓名和犯罪事实，商人视金钱如生命，他们对受贿者恨之入骨。而又如潘主任说的，行贿者的鱼钩不是好吃的，要不就付出血的代价，要不就付出生命中最宝贵的东西。受贿的医生纷纷被抓捕、刑拘、开除公职，付出了惨痛的代价。这是一场没有赢家的交易和博弈，被惩处的是行贿者和受贿者，而受害者却是无辜的患者。

公安部对经侦大队的成功破案通令嘉奖，高洪波拿着公安部发来的贺电却一点儿也笑不出来，心里反而像有万根钢针锥刺般疼痛。他无数次地反问自己，作为林楠的直接领导，为什么对民警家庭出现重大问题失察，为什么没有第一时间知道林楠父亲的病。

他是林楠的师傅，而在他眼里，林楠却更像是他的儿子。他太了解这个年轻人了，林楠很用功、很努力，但内心有时却很脆弱，心里有话总不愿表达。林楠十年前失去了母亲，如今父亲又得了重病，心里的悲戚彷徨如何能找到出口。而自己呢，在这个孩子最需要帮助和劝解时做了些什么？高洪波无法停止对自己的责问，默默地在办公室里抽烟，一个烟头险些烫坏了垫在底下的嘉奖文件。他又想起了林楠的父亲，那个独自承担生活苦痛的可敬可佩的人。他掸了掸桌上的烟灰，站起身来，披上衣服出了门。

秋天的上午最迷人，高远的蓝天上白云像马儿般自由奔腾。高洪波跑断了腿、磨破了嘴，找了所有认识的关系，也没能寻到一个可以代替潘主任的医生。他伫立在医院门前的枫树林里，一阵茫然。

十四

在病房里，高洪波见到了林楠的父亲老林。

老林正在做手术前的准备，一点儿不知道已经发生的变故。看高洪波来了，就挣扎着坐起，又被高洪波扶回了原位。

“大哥，我来晚了，您别怪我啊。”高洪波惭愧地说。

“嗨，高队，您这是说什么呢，您工作这么忙还来看我，我感谢还来不及呢。”老林握着高洪波的手，“林楠……没给您添什么麻烦吧？”老林试探地问。

“没有没有，怎么会！”高洪波给老林吃了颗定心丸，“这孩子干活儿努力，有想法、有冲劲儿，今年破了几个大案，打了漂亮仗，现在手里还有一个公安部交办的专案，搞得很好。”

“嗯，那就好，那就好。”老林的脸上露出欣慰，仿佛得到了需要的东西。

“您这身体……”高洪波欲言又止。“哪天做手术啊?”高洪波问。

“明天做手术，是潘主任亲自主刀。”老林无神的眼睛里闪烁着一丝希望。

“嗯，潘主任好，他手术的成功率一直很高……”高洪波不知话题该如何继续。

“嗨……这种病啊，不是光手术成功就可以治愈的……我的身体啊，我自己最知道……”老林摇了摇头。

“哎，您别这么说啊，现在医学这么发达，只要积极治疗，总会有好办法的。”高洪波说。

“呵呵，您就别给我吃宽心丸了。”老林叹了口气，“我也不是不认字，自己的身体自己知道，我给小楠看的诊断结果，只是显示癌症晚期，但并没有给他看病理报告，我的病理报告上说，已经扩散了……”

“大哥……”高洪波语塞。

“我同意做手术啊，一半是为了自己，一半是为了小楠。”老林自言自语地说，“这孩子啊，从小好强，做事一根儿筋，随我。我之所以决定做手术啊，也是想让这孩子知道，他爸不窝囊，敢最后搏一把。”

高洪波默然，半天也不知说什么好。

“哎，没福气啊，等不到儿孙满堂的时候了……”老林老泪纵横。“小楠这孩子啊，干事急，情绪化，有时还有畏难情绪，幸亏放在您手下啊，我才放心。您人正，立得住，冲您这个师傅，他也歪不了。”

“大哥，这您不必说，您放心，林楠没了妈，但有两个爸，您好好治病，这孩子我替您管着，有啥不对了、做错了，我替您教训。等您病好了，我再全须全尾地还给您。”

“呵呵，好，好，老高啊，有您这句话，我就放心了。”老林握住高洪波的手。

高洪波笑着走出了病房，始终压抑着自己的情绪。门外秋风顿起，漫天的落叶飞舞起来，高洪波穿过人群，屏气凝神，疾步走进车里，打开音响，开大音量，痛哭流涕。

哭罢，他思索了良久，拿出手机拨通了公安部领导的电话。

“喂，刘局长，您好，我是高洪波，有个特殊的请求希望您能给予支持和帮助……”高洪波一字一句地说着，掷地有声。

十五

这一夜，谁也没有睡。

林楠反复翻看着网络上关于癌症晚期手术治愈的病例，努力让希望在心中燃起；老林在病房中辗转反侧，已经断水断粮做好了手术的准备，却不知明早的手术将交于其他医生的变故；潘主任在十人一间的看守所里闭目无眠，心里反复想着不久前那句撞击他心扉的话；高洪波在办公室的沙发上躺了一夜，抽完了一盒中南海。

清晨六点，林楠走进了父亲的病房。老林已经换上了新的病号服，等待手术室的通知。

“爸，医院临时决定，今天换一个医术更好的医生为您做手术。”林楠说着违心的话。

“什么？换个医生做手术？不是潘主任了吗？”老林惊诧。

“对，不是潘主任了，潘主任临时有事，所以……”林楠无法自圆其说，编了一宿的谎言终究抵不过父亲洞察的眼神。

“小楠，你跟我说实话，到底是怎么回事？是不是……我的病……”老林说着脸色就灰颓下去，眼神中最后的一丝希望也迅速消失。

“不是不是，您别瞎想，今天给您主刀的医生医术也很好，您放心，一定没问题的。”林楠劝着父亲，却根本劝不了自己。

老林沉默了一会儿，反而用惨淡的笑去安慰林楠。“我没事的，我知道了……小楠，无论发生了什么，你都要好好工作，好好生活，尽好自己的职责，做个好警察。”

林楠一没忍住，泪就淌了下来。他不知道，如果父亲的手术真的不成功，自己到底算不算是罪魁祸首，会不会一生为此愧疚；自己视之为生命的正义和职责，会不会断送了父亲求生的最后一线希望。而理智又时时提醒着他，作为一名警察，违法必究是最基本的职责，一切辩解都不能成为逾越法律的理由。林楠被头脑中这两个截然相反的职责煎熬得痛不欲生，他默默地走出病房，透过楼道的玻璃默默地注视远方，那是一片绚烂的枫树林，虽然已近凋落，却充满红的生机。林楠在那片景色中若有所思，仿佛一切不好的预感都将被一扫而光。

这时，楼下传来了一阵刹车声。林楠辨得那个声音，那是武然的做派。林楠透过窗户惊讶地发现，从警车里走出了四个人，分别是高洪波、武然、小吕，还有潘主任。

潘主任已经脱下了囚服，换上了医生的白大褂，透过他高高瘦瘦的、让人心悦诚服的儒雅，林楠捕捉到的是他无边眼镜后面那双温和的眼睛。

十六

手术室的红灯亮了，父亲被缓缓推了进去。他拉着林楠的手，久久不肯松开。

“爸，您放心，我会一直在门口等您。”林楠抚摸着父亲的额头。

“小楠，好好听你师傅的话，当个好警察。”父亲一字一句地说，表情复杂。

潘主任走过去，轻声说：“老林，要对自己有信心，我们会尽心竭力地为你做好手术，咱们要一起努力，加油。”

父亲又紧紧地握住潘主任那只白净柔软的手，表情渐渐转为安慰和踏实。在此刻，医生就是上帝，是能拯救一切、拥有神奇力量的万能的上帝。

“爸，我在门口等你。”林楠努力地笑着对父亲说，同时又在心中默念数遍。

在手术室的门即将关闭的时候，林楠轻声叫住了潘主任，却欲言又止。

潘主任驻足回望，看着手术室门前看守他的武然和小吕，默然地对林楠说："这也许是我做的最后一次手术了，你放心，我一定会尽心竭力的。昨夜你师傅跟我说了很多，我很同意他说的其中一句，'一个人最重要的就是尽好自己的职责'。是啊，人丢掉什么也不能丢掉责任，能为自己、为他人尽到责任的人，才是最幸福的。人失去什么也不能失去尊严，一次失足终生悔恨，很难再去弥补。这个手术不仅是我为你父亲切除癌症病灶的手术，也是为我自己切除内心病灶的手术。放心吧，孩子，我会尽心竭力的。"

"您……是一位好医生……"林楠说。

"不是……我玷污过医生最珍贵的尊严，我只是在尽我最基本的职责……"潘主任在对林楠说，又像是在对自己说。

手术室的大门关闭了，世界停止了呼吸。秋风起了，林楠转头眺望远方，一轮红日将世界的每个角落照亮。

（原载《啄木鸟》2013 年第 5 期）

吕铮，1980 年生，北京人。北京市公安局民警。中国作协会员。出版长篇小说十四部，连续五届荣获金盾文学奖，作品曾获中国报告文学优秀作品奖、海峡两岸新锐作家好书评选优秀作品奖、全国侦探小说大赛一等奖、燧石文学奖等。多部长篇小说被改编成影视作品。

伤

朱建平

欧璐很不明白肖静海为什么会这样忙。

同样是警察，为什么别人能天天陪老婆、孩子，而肖静海却十天里面陪不了一天，有时候还一连十几天不见人影，连个电话也联系不上，失踪了一般。

失踪了十多天后的肖静海，终于回了家，把刚刚给肖雨检查好作业、收拾好凌乱厨房的欧璐吓了一大跳。看着站在门口流浪汉一样的肖静海，欧璐既心疼又生气，虽然心里努力提醒自己，温柔点儿，温柔点儿，但是出口的话依然像火辣辣的朝天椒，每个字都爆着火星。你还知道回家啊，堂堂一个公安局怎么就你一个人忙，难道你比局长还重要？公安局没有你就不运转了？

你倒说说看，每天不着家的到底在忙什么？

肖静海嬉笑着搂住她的肩膀说，我知道你辛苦，整个家全靠你撑着，还有，我的工作没有你的支持，肯定什么都做不成，要不你怎么年年都能被评为“优秀警嫂”呢。不说优秀警嫂，欧璐的脾气还没有发作，一说优秀警嫂，欧璐一把撩开肖静海的手臂，冲进书房，翻出一大沓荣誉证书，劈头盖脸地朝肖静海扔去，去你的优秀警嫂，去你的优秀警察，告诉你，我是女人，我只要一个正常的家，一个关键时候能撑得起家的丈夫。

肖静海刚想再说几句，口袋里的手机响了起来，他连忙躲进卫生间接电话，等接好电话出来，欧璐站在门口，打开大门，看着他冷冷地说，姓肖的，我知道你又要出门，我告诉你，你今天要是出了这个门，就别后悔。肖静海努力让自己欢笑着搂住欧璐的腰际，说，欧璐，我也是没办法，你知道，我们单位人少，事情多，一人要干三四个人的活儿，这几天刚好碰上一个案子，由我负责侦办，我也不想干，可是我不干别人就会说，看他牛皮哄哄的，刚做了不到三个月的领导，就开始摆架子了，你也知道，想当这个小领导的人在后面排着长队呢，我不努力行吗？说着，说着，肖静海的声音有点儿发涩了。

欧璐的眼泪也流了下来，她也不想发火，也想做一个体贴入微、通情达理的妻子，就是刚才她依然在时刻提醒自己冷静、冷静。她理解肖静海拼命工作的难处，在一线工作了十来年，除了警衔上去，其他什么都在原地。很多和他同一批甚至比他迟进单位的同事，都成了他的领导，让他很是郁闷，要想不成为别人眼中的另类，只有努力出点儿成绩，才能让自己踏实。可是当欧璐想到前几天肖雨突然半夜发烧，她一个人抱着孩子站在路口，叫天天不应，叫地地无声的绝望，在同事面前假装快乐无忧的虚伪，让她再也无法冷静下来。郁结了很久无处诉说的痛苦、无处发泄的怨气，不向肖静海发，还能向谁发？但在这夜深人静的时刻，她不可能像泼妇一样，满地打滚，怒吼骂街，她能做的也自认为对肖静海最有震慑力的就是站在门口，假装冷静地说，现在给你两条路：一条是你出门，去履行你的鬼职责；另一条是你关门，留下，好好陪你还在生病的女儿，做一次好爸爸。

肖静海伸出手，轻轻擦去欧璐溢出眼眶的泪水，原本口齿伶俐的他忽然发觉竟然说不出合适的语言来，他轻轻抚摸着欧璐的脸颊，过了半天才说，我也想留下来，我最大的幸福就是在家里陪着你和女儿，可是，职业让我无奈，在工作和家庭之间，我只能选择工作。当初你选择我的时候就已经知道做警察的老婆辛苦，可是你还是选择了我，我很感激你，也感到很骄傲。肖静海的话，让欧璐努力克制的怒火终于完完整整地爆发了出来，骄傲个屁，有你这个丈夫还不如没有好，如果我是寡妇，我也就认了，可是我不是寡妇，生活却比寡妇还要痛苦，你把家当旅店，一个月当中有几天回来？你天天说在外面执行任务，隔几天要值班，你执行的是什么任务，值的是什么班，你明明白白地告诉我。

欧璐抹了下飞溅出来的泪水，用力挣脱肖静海的臂膀，站在门口，死盯着肖静海。肖静海脸涨得红红的，想说，却又说不出，想出门，欧璐掏出钥匙，把门关上反锁上，然后拎着钥匙冷冷地说，你要是再说一句要出去，我就把钥匙扔下去。肖静海无助地盯着欧璐看了一会儿，只能走进书房，装模作样地翻看肖雨的作业。欧璐在门口站了一会儿，怨恨地看了眼躲在书房的肖静海，顾自进了房间，关上门，把头闷在薄薄的被子下面，任凭泪水四处横流。

时间一点一点过去，十点多了，肖静海还没有进房间，已经安静下来的欧璐到书房一看才明白，肖静海安顿好女儿睡觉后，早拿着偷放在书柜中的钥匙出门了。欧璐不禁长叹一声，一下跌坐在地板上，本已消失的泪水，又顺着光洁的脸颊，豆子一样跌落在地板上，在静寂的夜里，发出“啪嗒啪嗒”的巨响。

在地板上坐了半天，欧璐打开电脑，杨晓宇的头像黑着，她试着问道，在吗？杨晓宇没有回复。过了许久，就在欧璐准备退出的时候，杨晓宇的头像跳动了。

杨晓宇的问候，让欧璐的心情稍稍地改善了些，她努力静下心，有一搭没一搭地和杨晓宇聊了起来。加杨晓宇为好友，也是在一次和肖静海吵架以后。自从肖静海到了禁毒大队后，欧璐的脾气突然火爆了许多，好多次吵架其实都是由一些可有可无的小事引起的。当然，欧璐明白，自己动不动和肖静海吵架的原因就是时常看不到他的身影，打不通他的电话，在自己最无助的时候，往往也是他杳无音信的时候。那天肖静海追逃回来，刚好碰上欧璐的父亲住院，欧璐家里、医院里两头跑，累得人都瘦了一大圈。肖静海的回家，让苦撑了几天的欧璐终于找到了放松的突破口，关上房门，发泄加撒娇地和肖静海大吵一架。事后，扛起了心火的欧璐一时放不下花架子，只能强撑着不进房间，到书房里打开电脑，想找同学聊天。谁知，同学不在，请求通过好友的信息却不停跳动着，欧璐就顺手通过了对方的加好友要求，就这样，欧璐认识了杨晓宇。聊了一会儿，欧璐很快被杨晓宇的幽默吸引，心情也顿时由阴转晴。后来，杨晓宇说，时间不早了，睡吧。欧璐说，还没睡意。杨晓宇发了个微笑的表情说，熬夜的女人容易老。欧璐发了个害羞的表情过去。

杨晓宇下线后，欧璐也就没有了聊天的兴趣。她刚准备关电脑，肖静海嬉皮笑脸地推门进来，欧璐也就顺坡下驴，回了房间。后来只要肖静海不在家的日子，欧璐都会和时时在线的杨晓宇聊上几句。就这样，两个同在一个城市却咫尺天涯的男女，变成了无话不说的好友。

两人聊了一会儿，欧璐突然冒出一个念头，见一次杨晓宇吧。想到这里，她就在对话框里打上了“明天我们见一面吧”几个字，刚按下发送键，她立马就后悔了，我怎么能这样呢？想收回来，却根本就不可能。显然，杨晓宇也被她的这话给吓住了，好久没有回音。当初，杨晓宇也曾试着提出见一面，可是欧璐没有答应。网络这东西太虚无了，尽管杨晓宇的谈吐让欧璐很轻松、很满意，但是谁知道杨晓宇的言行是否一致呢。所以欧璐说，不行，我们只聊天，不见面。杨晓宇笑着说，见一面又能怎样呢？况且我也不是青蛙，你也不是恐龙。可是，从虚拟走到现实需要一个过程，也需要勇气，所以欧璐还是没有答应，不过也退了一步，把手机号码说了。

自从两人交换了电话后，杨晓宇每天都会在比较固定的时间里发短信给欧璐，这个时间往往是欧璐送肖雨到学校后刚到单位的时候，这个时间离上班时间还早，所以，欧璐可以一边看短信，一边准备需要完成的工作。短信聊天的范围很广，有朋友间的事、早上电视里的新闻，等话题聊完，上班时间也到了。这样的联系让欧璐在不知不觉间形成了条件反射，一到时间，她就在期待了。有时候杨晓宇短信迟了点儿，或者一个上午没有短信，她就会胡思乱想、心神不定，直到收到短信，心才会安定下来。当然，这并不是关键，最关键的是欧璐发觉自己越来越依赖杨晓宇，很多和肖静海没说过的话，都和杨晓宇说了。还有，自从开始和杨晓宇聊天后，她不再觉得没有肖静海的夜晚是寂寞和无助的。曾经，在肖静海不回家的时候，她等肖雨做好作业上床睡觉之后，都会倒上大半杯红酒一口喝下，然后就着酒劲儿，借着柳永"今宵酒醒何处"的词句，迷迷糊糊地睡觉。如果有一天没喝酒，她一定会失眠到天亮。而现在，她可以在对杨晓宇善解人意的语言的回味中安然入睡。假如说蓝颜真的存在，那么杨晓宇就是比她的闺密还要亲近的蓝颜。或许是自己的态度过于暧昧，也或许男女之间交往的最后结局就是这样，总之，最近一段时间，欧璐觉得和杨晓宇聊天的时候，越来越心慌慌地无处着落。欧璐心里很清楚，这心跳、慌乱，说明自己对杨晓宇产生了依赖。她也明白，这依赖和感情有关，但欧璐的理智告诉自己不能放任，一旦放任，绝对如洪水决堤。她不想这样，因为在心底，她依然传统，依然深爱着那个时常看不到人，偶尔打不通电话，却经常捧着立功奖状回家的肖静海，这是自己的选择。对这样的选择，她虽然会在孤独的时候后悔，但从没想过背叛。

现在她突然主动提出见面，不但自己吓坏了，似乎连杨晓宇也被吓了一跳，因为他过了好长时间才发过来一个笑脸，然后说，定下见面的地方，我打电话给你。此刻，已被逼上梁山的欧璐只能顺着杨晓宇的话说，去咖啡店，其他地方不去。杨晓宇发过一个笑脸后，说，那下午见。说完，飞快地下了线。

好不容易挨到约定的时间，欧璐在镜子前又仔仔细细地打量了一下自己，忽然伸出手，把刚才花了好长时间盘好的头发重新放下，打乱，用手胡乱梳理了一下，随手扎了个马尾辫，身上的那件刚刚精心挑选的黑色半透明连衣裙，也被换成了黑色的短袖体恤和牛仔长裤。

欧璐定的咖啡店在城市广场边上，一条十来米宽的小河环着广场，咖啡店就坐落在河边。欧璐在门口站了一会儿，等眼睛适应了咖啡店的黑暗后，顺着半圆的大厅扫了一圈，然后找了个靠窗的位置坐下，边翻桌上的菜单，边拿出手机，想发个短信给杨晓宇。刚打开手机，杨晓宇的短信已经进来了，不好意思，车在半路上被人剐了，正在等警察，只能等以后再见面了。欧璐突然觉得脸上一阵暴热，暴热之后却又觉得庆幸。她盯着短信看了一会儿，回复道，没事，你忙吧。杨晓宇很快回复过来，抱歉，原谅。欧璐盯着手机强笑了一下，然后放进手包。拿起桌子上服务员刚刚送过来的柠檬水，就着脸上即将掉下的眼泪，一饮而尽。

虚虚地走到家门口，门虚掩着，刚推开门，一阵饭菜的香味哗的一下把欧璐包裹得严严实实，肖静海已经回家在下厨忙碌了。闻着饭菜的香味，听着肖静海在厨房里忙碌的声音，欧璐突然心虚了起来，似乎今天和杨晓宇的约会就是确证了的出轨，脸又不由自主地红了起来，连进门换鞋的动作也慢了不少。系着蓝色围裙的肖静海端着菜碗出来，看到了站在门口的欧璐，笑着说，赶紧洗手，吃饭。欧璐盯着肖静海不说话，眼睛里却盈满了泪水。过了很久，她才故作生气地低声说，怎么想到回家了。肖静海搓搓手，任务完成了，就早点儿回来。说完，从餐厅的柜子里拿出两个酒杯和一瓶葡萄酒，放到桌子上。欧璐看了看肖静海，怎么想到喝酒了？肖静海说，我是陪你喝酒，你不是每天晚上都要喝点儿酒吗？欧璐深深地吸了一口气，努力不让泪水从涩涩的眼睛里流出来。你不在的时候我喝酒，是为了少想事早睡觉，你在家了，我干吗还喝酒？

肖静海盯着欧璐深深地看了一会儿，突然伸出手，把欧璐紧紧地搂在怀里。从书房出来的肖雨刚好看到了这一幕，刚想说，却又懂事地闭上了嘴巴，溜到桌子边，静静地捧起饭碗。肖静海放开欧璐，放好酒瓶、酒杯，然后到厨房去给欧璐盛饭。盯着肖静海背影的欧璐，突然发觉肖静海走路的姿势有点儿异样，开始时以为是错觉，盯着看了一会儿，终于看出端倪来，忍不住问道，你的脚怎么了？肖静海愣了下，说，没事，刚才走路的时候不小心崴了一下。

吃好饭，肖静海收拾好桌子，准备去厨房洗碗。欧璐轻轻推了他一下说，做保姆习惯了，你陪肖雨看电视去。肖静海推让了一下，踮着脚走到客厅，在肖雨身边坐下。今天是欧璐规定可以让肖雨看电视的日子，肖雨拿着遥控板，却找不到一个喜欢的节目。肖静海说，来爸爸帮你找。结果按了一遍，依然没有找到肖雨想看的节目，倒是找到了好几个吸引自己的节目。于是肖静海就说，要不这样，你去房间看动画片，我看电视。肖雨一听，故意沉思了半天，才说，好吧。肖静海在电视机柜中找了几张碟片，抱着笔记本电脑进了肖雨的房间，肖雨挑了一张开始观看。

欧璐洗好碗筷，对肖静海说，你赶紧洗澡换衣服，我等下洗掉。肖静海答应一声，进了卫生间。等他洗完澡出来，欧璐奇怪地问，怎么还穿着长裤？又要出门？肖静海低头看了下，说，没事，这长裤还是干净的，不用换。欧璐的声音毫无来由地响了起来，要出门直说，别偷偷摸摸地走。肖静海挠挠头，笑了，真的不出门。欧璐斜了肖静海一眼，拿着换洗的衣服进了卫生间。

听着卫生间传来哗哗的流水声，看着卫生间半开半闭着的门，撩拨起了肖静海的冲动，可刚站起身，右腿传来的一阵刺痛，让他不得不重新坐了下来。

在卫生间的欧璐等了半天没见肖静海像往常一样过来，忍不住喊了一声，肖静海，我忘记拿拖鞋了，帮我拿一下。肖静海没法，咬咬牙，站起身，拿起欧璐已经放在门边的拖鞋，进了卫生间。欧璐顶着一身的泡沫，说，赶紧帮我擦擦。这是两人的老游戏了，第一次亲密接触的时候，玩的就是这个过程。肖静海笑了下，拿起一颗浴球，轻轻地帮欧璐搓背。欧璐双手扶在墙上，闭着眼睛，细细地享受着。肖静海认真地搓了一会儿，双手就开始不老实起来。嬉闹了一会儿，欧璐突然冒出一个念头，假如现在帮我搓背的是杨晓宇，他会怎么样？这个念头刚出，她猛然清醒过来，暗自骂了自己一句，犯贱。有了这样的想法，欧璐突然对搓背游戏失去了兴致，于是说，好了，好了，你出去，我换衣服。肖静海又伸手乱摸了一通，才嬉笑着走出卫生间。

欧璐穿好衣服走进房间，对坐在客厅看电视的肖静海说，你去看一下肖雨，差不多可以让她睡了。肖静海答应一声，走进肖雨的房间，笔记本电脑里播放着的动画片丝毫没有挡住瞌睡的侵袭，肖雨早睡着了。

欧璐穿着一套薄薄的透明睡衣躺在床上，似现非现的曲线，看得肖静海既紧张又激动。肖静海轻轻地在欧璐身边躺下，欧璐自然而然地把头枕在他的手臂上。肖静海搂住欧璐，轻轻地在欧璐耳边说，宝贝，辛苦你了。欧璐生气地捶了他一拳说，你也知道我辛苦。当然知道，肖静海边说，边让自己的手在欧璐身上不停地游走，你看看，身上骨头都露出来了，再瘦下去，要成排骨了。欧璐轻轻叹了口气，还都不是被你害的，天天担惊受怕睡不好。肖静海叹口气，我也是没办法。欧璐把头往肖静海的胸口挪了挪，说，已经很久没这样枕着了，要是天天能这样，多幸福。肖静海轻轻抚摸着欧璐的长发说，你嫁给我，福没享，尽受罪，真的亏大了。欧璐没有说话，伸手轻轻抚摸着肖静海瘦削的脸庞，摸着，摸着，她又想起了杨晓宇，脸上又是一阵燥热。

忽然，欧璐感觉有点儿不对，但一时又想不起不对的地方，想了许久，才回过神来，两人的衣服怎么都还好好地穿着，不禁笑了起来。肖静海也感觉到了，一把脱去汗衫，刚想脱裤子的时候，他忽然停住，伸手关掉了电灯。欧璐奇怪地问，怎么关灯了？肖静海笑着说，关灯方便干活儿。欧璐感觉有点儿不对劲儿，趁肖静海脱裤子的时候，又打开了电灯。肖静海惊了下，想用被子遮住右大腿，可是没遮住，一圈一圈缠着的纱布在灯光的映照下，让肖静海的大腿成了木乃伊。

欧璐心一紧，急乎乎地问，怎么回事？肖静海强笑了下说，没事，被扎了一刀。让欧璐每天提心吊胆的事终于发生了，她跪在肖静海身边，俯下身，轻轻地察看白得刺目的纱布，无声地抽泣着。肖静海摸摸她的头发，说，不哭，我不是好好的吗？欧璐抬起头，轻声问道，什么时候伤的？肖静海笑着说，就今天早上，没想到我这个散打冠军，徒有虚名，竟然被一个小毒贩给扎了。欧璐心疼地说，受伤的时候为什么不说一声？肖静海挥了下手说，这事和走路不留神磕碰一下一样，小事，为这样的小事让我老婆操心，那是大大的不应该。欧璐泪眼婆娑地盯着肖静海，你是我的支柱，怎么能不告诉我，伤口有多深？多长？伤到血管没？

肖静海轻轻拍了下纱布，说，按照医生的术语描述是长十公分，深两厘米，没伤到骨头和血管，缝了十五针，按照我的观察，只是一个指甲板大的伤口，不过我现在终于找到偷懒的理由了，让医生开了一个月的病假条，到时候要是再装装，再赖个十天半月的，领导想让我干活儿，没门，我光荣受着伤呢，你说这是不是和书上说的“塞翁失马焉知非福”一样？欧璐被逗得笑了起来，来不及擦去眼角的泪水，轻轻打了肖静海一下，贫嘴。

欧璐轻轻地抚摸着裹着刀口的纱布，问道，疼吗？肖静海说，不疼，老婆按摩起来更不疼。抚摸了一会儿，欧璐的眼睛忍不住瞄向了肖静海的左腿，肖静海的左大腿上有一条蜈蚣样的伤疤。那时候欧璐刚和肖静海认识不久，肖静海不声不响突然失踪了大半个月后，才拖着伤腿出现在欧璐面前。当时的欧璐虽然生气，但是挡不住肖静海的游说和自己心里对英雄崇拜的情结，天天挤着时间给肖静海做好吃的，每天晚上还陪着他散步锻炼。后来欧璐回想起和肖静海的恋爱过程，就认为都是幼稚单纯惹的祸，要是换到现在，她一定不会选择肖静海，也就不会因为不知道肖静海的行踪而生气，更不用天天提心吊胆地过日子，而是可以和单位的其他女人一样，平平静静、安安稳稳地过日子。

放在包里的手机突然响了起来，把在心疼、怨恨、生气中纠结的欧璐吓了一跳，脸毫无来由刷地一下红了起来，她知道这时候的短信肯定是杨晓宇的。摸出电话一看，果然是。本来想不看短信，但怕杨晓宇继续发过来，也怕肖静海多心，于是就打开了信息。还好，这是杨晓宇道歉的信息。欧璐看完后，顺手删除，并随手关机。

两个很久未做成人游戏的男女，结合在一起的时候，或许因为肖静海的受伤，也或许因为欧璐的心事，竟然没有预料中的急迫和热情。当一切过去的时候，欧璐习惯性地枕着肖静海的胸口，听着那坚强有力的心跳声，突然又想到了杨晓宇。她忽然产生了一种好奇，如果和杨晓宇在一起，自己也会这样去听他的心跳吗？如果回家的时候，肖静海没有在家，那么今天晚上聊天的话题将会是什么？是不是男人和女人聊天，就是为了一个目的，所有的话题都只是这个目的的铺垫？想着，想着，她突然想去书房聊天了，可刚刚动了下身子，她忽然清醒过来，暗暗骂了自己一句，犯贱。放着好好的丈夫，竟然去想别的男人。

受伤了的肖静海，终于可以休息在家。而欧璐依旧和往常一样，先把肖雨送到学校然后去上班，下午下班后再接肖雨回家。肖静海让欧璐把接送肖雨的任务交给他，反正就是骑个电动车的事，又不用走路，可欧璐舍不得，她让肖静海好好地待在家里，等着自己回家。杨晓宇的短信每天依然如期而至，欧璐虽然很想和他聊天，可是一想到家里受伤的肖静海，就不得不努力克制自己的冲动。杨晓宇似乎感觉到了欧璐冷淡的无奈，说的话也就变得更加委婉。

欧璐本来想不再理会杨晓宇，可是，始终做不到，毕竟杨晓宇不是坏人，他说的和想的，只是一个男人的正常想法，况且她有时候也会突然冒出一个念头，假如那天杨晓宇和自己见了面，假如肖静海没有回来，或者说肖静海回家了，但没有受伤，依旧像以前那样不着家，自己会不会顺其自然发展下去？想了半天，她依然得不到自己确切的答案。她时常会不自觉地摸烫烫的脸，摸着摸着，她又会思想开去。

欧璐现在的心都在肖静海身上，对杨晓宇的短信不再像以前那样期盼，当然，杨晓宇也没有像以前那样天天准时发短信，现在发短信的时间仿佛都是算好了似的，都是在她上班的时候发过来。肖静海在家休息，欧璐就少了上网时间，这让欧璐觉得自己很无情，当初肖静海不在家渴望有人排解心中苦闷的时候，是杨晓宇陪伴了自己，而现在，肖静海天天在家，自己却不再理会杨晓宇，这样的做法，不是欧璐的本性，于是，她上了网，想和杨晓宇好好聊聊。但杨晓宇始终不在线，没法，欧璐就在网上留了言，把最近不理杨晓宇的原因原原本本地说了，让她没想到的是，杨晓宇很开通，他说，你先生受伤了，你是应该好好照顾他。欧璐很感动。

肖静海需要隔几天去医院换一次药，开始几次，欧璐还陪着他去，后来看着肖静海行动方便多了，才依着肖静海让他一个人去。受伤在家休养的肖静海，让欧璐好好地享受了几天幸福生活。有几次欧璐下班回家，看到桌子上是热腾腾的饭菜，肖静海坐在沙发上看报纸，肖雨躲在书房做作业，她恍如做梦一般。有一次她急乎乎地往肖雨的学校赶，赶到门口，没有在传达室看到肖雨，这才明白过来，这几天自己在享受普通女人的生活。

时间过得很快，一个月很快就过去了，肖静海的伤口也恢复得很不错，慢慢走路，基本上看不出异样。看着肖静海慢慢恢复，欧璐的心情却突然变得糟糕起来，动不动就会对肖静海吼上几句。事后，她马上会后悔，可是，只要一想到又要独自一人带着肖雨的生活，她的后悔立马又变成怒火。肖静海的脾气也被欧璐折磨得暴躁起来，吵架忽然又成了家常。一天，两人为了一件小事，又吵了起来，吵着，吵着，口不择言的欧璐忽然说到了离婚。离婚两字刚出口，欧璐猛然意识到自己过分了，冲破了结婚时候说好的不管怎么吵都不说离婚的红线，心里顿时一阵后悔。肖静海听了这话，也仿佛中了魔法似的，整个人都定住了。两个人你看我，我看你，呆呆地看了半天，突然不约而同地伸出双手，把对方紧紧地抱在怀里，泪水无情地打湿了对方的衣襟。

欧璐趴在肖静海的肩膀上说，你换个部门，好吗？肖静海摸着欧璐的长发说，我也想换，可是，现在单位接手的案子特多，有两个同事又被借到省厅去办案，缺人手，我要是在这个时候突然提出换部门，不但领导不会批，连我自己也过意不去。欧璐说，你就忍心让我天天提心吊胆地过日子？肖静海轻吻了一下欧璐的脖子说，我也喜欢老婆、孩子、热炕头的生活，可是，我是警察，很多事情容不得我做主。欧璐刚刚平静下来的心突然又烦躁起来，一把推开抱着她的肖静海说，你的意思是不是不想换？你不去说，我去说。肖静海赶紧抱住她说，不是这意思，我答应你，等我这次去上班，马上向领导提出要求，就换一个清闲点儿的部门，最好能天天陪着你和肖雨。

欧璐深深地吸了口气，又长长吐出，过了半天才说，你别骗我。肖静海说，怎么会骗你，我虽然是警察，但我也是儿子、丈夫、父亲，对了，我受伤的事你没和爸妈他们说吧，我不想让他们担心。欧璐抬起头，盯着肖静海看了一会儿，说，我当然没说，要是说了，他们还会待到现在都不来看你吗？

这天，欧璐刚进家门，忽然感觉不对，本来应该放好了饭菜的桌子上空空荡荡，肖雨也没在书房做作业，再细看了一下门口的鞋柜，上面放着肖静海留的纸条，纸条上说，下午突然接到电话，上次经办的案子有线索了，需要马上去办，不过应该很快就能回来。纸条的后面还写了好多的对不起，落款的地方竟然印着一个红红的唇印，让欧璐哭笑不得。来不及生气的欧璐火急火燎地赶到学校，肖雨趴在学校传达室的桌子上做作业，一见到欧璐，什么话都没说就哇的一声哭了出来。欧璐来不及安慰肖雨，只能带着歉意和保安说了声谢谢后，抱起肖雨走出校门。刚走出校门，强忍着的泪再也忍不住，哗的一下决堤般地流了下来。

一路上，欧璐不停地拨打着肖静海的电话。肖静海的手机关着，气得欧璐忍不住大吼一声，肖静海，你这个王八蛋。骂了几句，欧璐觉得心里的一口闷气出了不少，于是静静心，给肖静海发了条短信，老公，注意安全，别逞能，我和肖雨等你平安归来。

天慢慢地黑了下来，沉沉的夜压得人心也沉沉的，肖雨做好作业早乖乖地睡觉了。欧璐走进房间，肖静海大腿上裹伤口的纱布懒懒地躺在角落，欧璐轻轻地捧起似乎还留着体温的纱布，眼泪又流了出来。她擦了下眼泪，拿出手机翻看了一下，肖静海没有短信回复过来，打电话过去，手机意外地开着，却无人接听。欧璐连续拨打了好几次，依然没人接听，她的心情似乎有些慌乱起来，转而一想，赶紧自己给自己打气，别乱想，没事的。

随手打开电视，却找不到一个自己喜欢看的节目，她索性关了电视，走进书房打开电脑，意外发现杨晓宇的头像亮着，才想到，自从肖静海回家后，就没有上网过。欧璐点开杨晓宇的头像打了个招呼，过了一会儿，没有动静。

欧璐默默地坐了一会儿，拿出手机，给杨晓宇发了个短信，在忙啥？我在网上。过了好长时间，杨晓宇没回短信。欧璐的心不禁有些烦躁起来，索性找出杨晓宇的电话，拨了过去。让她没有想到的是，杨晓宇的电话竟然已停机。欧璐以为拨错了号码，重新再仔细地拨了一遍，手机的提示音依然是已停机。欧璐不禁长叹一声，再次拨通了肖静海的电话，电话依然无人接听。她索性坐在地板上，任凭眼泪溪水一般地从脸上哗哗流淌。欧璐哭了一会儿，摇摇晃晃地站起身，走到餐厅，拿起柜子上的酒瓶子，打开瓶盖，一下把大半瓶红酒直接倒进了嘴里，红红的酒液，顺着嘴角溢出，染红了身上那件淡色的睡衣，鲜血一样。喝完酒，她狠狠地把自己扔在床上，让酒精带着她走进梦乡。

醉梦中的欧璐似乎听到手机在响，她伸手胡乱摸到手机，放到耳朵边一听，什么声音都没有。欧璐以为在做梦，就握着手机继续睡觉。手机再次响起，她拿起手机，才发觉不是在做梦，而是手机真的在响，是肖静海的电话。欧璐一个激灵起身，快速按下通话键，劈头就说，老公，你在哪里？我好害怕。肖静海似乎被欧璐突然发出的喊声惊住了，好久没有声音。欧璐对着手机继续说，刚才打你电话，不接，担心死我了。这次手机对面的肖静海终于醒悟过来，对着欧璐说，你好，我是肖静海的同事，深更半夜地打扰你不好意思，静海受了点儿伤，现在在医院，我们已经在楼下等你了。

欧璐一听，害怕自己听错了，就赶紧又问了一句，你再说一遍怎么回事？对方说，肖静海受伤在医院，我们的车在楼下等你。欧璐一听，只觉得一阵眩晕，火烧般跳下床，手忙脚乱地换好衣服，跌跌撞撞地冲下楼。果然，楼下停着一辆警车，车上的人见欧璐下楼，立马打开车门。欧璐坐进车子，想问几句，牙齿却不停地打着架，什么话也说不出。坐在欧璐身边的女民警小心牵过欧璐的手，小声说，别担心，没事的。欧璐点点头，努力了许久，才含含糊糊地说了一句谢谢。

肖静海在抢救室里抢救，公安局的领导基本上都候在抢救室门口，欧璐在女民警的搀扶下走到抢救室门口，领导们都纷纷上前和欧璐握手。欧璐不知道他们在说什么，只是一个劲儿地说，告诉我，他现在怎样了？

半年以后，肖静海终于出院了，被毒贩的子弹击伤了头部的他，需要很长时间才能恢复，欧璐把肖雨托付给了爸妈，自己在公安局的协调下，请了长假陪肖静海。从不写 QQ 签名的欧璐，写了“终于陪在身边”六个字。有时候，她又会倒上半杯红酒，然后借着酒意沉沉睡去。杨晓宇依然是她心中的依赖，只是这依赖已经很久没和欧璐联系了。欧璐给他在电脑上留过好多话，但杨晓宇却从来没有给过回复。欧璐也曾想过打电话，但始终没有勇气按下拨号键。

有一天晚上，给肖静海盖好被子，准备去女儿房中的欧璐突然收到一条手机短信，只有短短的六个字，“有你就有幸福”。看着熟悉的号码，欧璐一个激灵，眼泪瞬间溢出，赶紧拨号过去，回铃响起，传来一个温柔却冰冷的声音“对不起，你所拨打的号码是空号”……

（原载《文学港》2014 年第 1 期）

朱建平，笔名朱皮，1970 年生，浙江绍兴人。绍兴市公安局柯桥分局民警。中国作协会员，鲁迅文学院第二十三届高研班学员。著有长篇小说《望江南》，短篇小说集《火车向着北京跑》、《你向前我向左》、《天亮了》，散文集《留下，留不下》。

我的绰号兄弟

沈　雪

一

当初，我真没想到，我一个身材高挑儿、漂漂亮亮、意气风发、怀揣警察梦想的女孩儿，竟然会与鹿结缘。其实嘛，鹿温驯可人，体态清秀，四肢修长，尤其是它那极快的跳跃似的奔跑，令我着实喜欢。但这种喜欢只限于对一种生命个体真实情感的流露，不代表我愿意与之画等号，一一对应起来。所以，当有一天“小鹿”这两个字一下替代了我原本好听的名字，并在工作的圈子内被叫开时，我很不习惯，甚至有点儿愤然，并提出过严重抗议，但最终无效，只得顺从民意接受这个绰号。因为比起豺狼虎豹那些体态庞大、长相凶猛的动物来，小鹿要好听得多而且长相漂亮一些，放在一个女生的身上，也还算合适。

水牛、骆驼、马儿、兔子、米老鼠、大象、黄鼠狼、豺狗……这些是我二十年前刚参加工作时刑警队同事的绰号。比起他们，我的绰号还算得体。那时，大家在办案之余，经常互相插科打诨，开开玩笑，讲点儿段子。在我们去之前，刑警队就有个光荣的传统，大家都有绰号，基本上都是以动物名字命名的，公安局内部都叫刑警队为“动物队”。

那绰号起得真有水平，叫什么像什么，比如技术员龙哥叫“骆驼”。他慢腾腾的走路姿势，头稍朝前低，长期背着出勘现场的设备，到了现场勘查时一丝不苟的神态，跟在沙漠中孜孜不倦行走的骆驼没啥两样。“大象”严队，个儿大，腿粗，从远处走来时，除了没长长的鼻子外，那神态跟大象像极了。“兔子”杨叔，咀嚼东西时，两腮帮就像可爱的兔子在啃胡萝卜，再配上那一头的白发，就差两只长耳朵了。“米老鼠”胡法医，那头、脸形、耳朵、身材，一看到他就会想起动画片里的米老鼠来……

取绰号很有讲究，不是一般人能命名的，要对这方面有研究、想象力丰富的人才能取得出来。队里有几个年龄稍长、在这方面颇有建树而且已挂上头衔的同事，自然组成了一个“取名委员会”，他们会通过细心的观察后根据个人的体貌特征、性格爱好等琢磨出很神似的绰号来。

当时我们一起从警校毕业进刑警队的有七人，我们的到来一下子给案多人少的刑警队增添了无数的朝气和活力，当然也引起了几个老同事的格外关注。他们承诺除了传授工作经验外，会在很短的时间内送我们每人一份礼物，开始还声明因队里就我一个女生，有了绰号怕影响到找男朋友、嫁人等事宜，暂且不把我纳入考虑之列，其他六人全部列入考核。

弄得几个同学对此是既期待又好奇，暗暗把自己想了无数遍，也没想清楚自己跟什么动物有关联，生怕自己被安上一个讨厌的绰号，所以有些战战兢兢，都在有意识地巴结讨好几个取名的老同事，希望能弄到一个“美猴王”式的绰号。

第一次感受到绰号风趣且有意义是刚到刑警队不久，离县城七十多公里的小山村里发生了一起杀人案件，严队让我跟他们一起去现场。我以为发生了命案，大家会很紧张。没想到他们一上车，根本不提案件的事，好像跟他们不相干似的，相互间倒是叫着绰号开起玩笑来了，还争着给我们介绍每个人绰号的由来和一些相关的趣事，让我们忍俊不禁，很快便忘掉了第一次出勘命案现场的紧张，融入分享绰号故事的乐趣中来了。

到乡派出所一下车，刚还笑哈哈的几个老侦查员神情便严肃了起来。严队简单听取汇报后，就把人员做了分工，一组带人去现场周围走访，查尸源，一组开展现场勘查和尸体检验。

现场位于一座大山山坳处的一块油菜地里，尸体被砍得血肉模糊、面目狰狞。第一次近距离看尸体，我心里有些犯怵，但看到其他人一丝不苟地忙碌着，心里便陡增了一种责任感和使命感，我很快便进入协助技术员龙哥勘查现场并给他做文字记录的工作状态。

现场勘查和尸体检验完后，严队召集大家就在尸体旁边的一块空地席地而坐听取各组案情的汇报。他问龙哥：“‘骆驼’，你讲一下现场勘查情况。”

龙哥介绍案发第一现场应该是在上面小路三十米处，那儿曾见到有零乱的脚印，留有血迹，应该是在此打斗砍杀后，受害人逃命，被追杀砍倒在此；油菜地里留下的脚印，除了死者的以外，还有另外两人的，作案人应该在两人或两人以上，在距离尸体五六十米远的一杂草丛中找到一把带有血迹、刀刃被砍变形的菜刀，应该是现场遗留物。

“‘米老鼠’，你讲一下尸体检验情况。”胡法医介绍：死者死亡时间应该是十五小时左右，死者身上共有六处刀伤，其中最致命的是头部和颈部，颈部动脉血管被砍断，头部颅骨被砍骨折。从刀伤来看，几乎刀刀致命，说明案犯与受害人之间，应该有很深的仇恨，建议从仇杀的角度来考虑侦破。

“‘黄鼠狼’，你们组走访的情况如何?”黄副队长介绍：周围有的村民今天到现场附近看过，称之前没见过死者，那死者有可能是外地的。另外，昨天晚上离现场最近的那家人在晚上九点多钟听到屋后曾有过几声争吵，随后便听到有人跑动的声音，很杂乱。村民反映，昨晚上寨子里的狗叫得凶。

“好！‘黄鼠狼’，你带一个组驻下来，继续调查，尽快查清尸源。‘骆驼’和‘米老鼠’，你们随车回去，一是把相片尽快洗出来，发个查找尸源的启事；二是把该化验该出具的鉴定书和勘查笔录那些完善了。”

不到一个小时的临时会议，案件的性质大体有了轮廓。半个月后，案件告破了，受害人是邻县的，因与本地一村民的老婆在外打工有染，被骗至案发现场附近谈判，早已动了杀机的案犯约了自己的两个哥们儿，几句话后便动手砍人。作案过程跟当时现场分析的情况差不多，把我们几个佩服得五体投地，对“动物队”和享有绰号的老侦查员们充满了钦佩和崇拜。

二

不过，我们的愿望很快就实现了，身材壮实、长相威猛的高同学很快被命名为“水牛”，那案件不破誓不罢休的倔强和浑身使不完的劲儿还真像一头水牛。他得此名的来由是刚参加工作不久，在抓一名强奸杀人犯时，犯罪嫌疑人居住在村寨，又长期不归家，而且身边时时带有菜刀之类的凶器，戒备心理特别强，一有风吹草动，便马上消失在人迹罕至的大山中，不见踪影，队里曾组织过多次追捕无果。一天，有人举报该人近几个晚上都悄悄潜回家，在视线比较好又容易逃匿的牛圈楼上睡觉。接到线索后，队里组织警力，乘夜色悄悄摸进村里，把其睡觉的牛圈楼围起来后，高同学和另外三个同事便搭上楼梯爬到楼上。牛圈楼上一般都堆有大量的干稻草，轻微一点儿触动都会发出“窸窣”的响声，必须得倍加小心，好在嫌疑人可能逃累了，睡得很沉，在楼下便听到了阵阵鼾声。

高同学他们从三个方向刚爬到楼上，不知是哪个没注意一下碰到了干稻草发出响声，鼾声立即停止了。事不宜迟，高同学见状，大喊一声“上”，随即一个鱼跃，在几支电筒光的照射下，一下子扑倒在已握住枕头下的菜刀准备反抗的嫌疑人身上，他右手握枪，左手死死钳住嫌疑人拿刀的右手，无法挣脱的嫌疑人最终只能乖乖就擒。

在高同学喊“上”并突然发力猛扑时，因声响太大惊吓了楼下牛圈里关着的一头水牛，那牛“哞”的一声长叫，一下用牛角撬开圈门，冲了出去，随后被惊醒的村民费了好大的劲儿才将其追回来。

胜利回归的车上，大家在总结晚上抓捕的过程时，老同事石叔突然冒了一句：“小高，我发现你勇猛得像那头狂奔的水牛！”

“除了勇猛，你难道没发现他长相和性格也有那么一点儿像吗?”另一同事故意不紧不慢地接话茬儿。

“是哈，尤其是那一声‘上’，跟水牛那声‘哞’，都是从喉咙里吼出来的，像怒吼哈!”又一同事接话了。

“‘水牛’这名字，不错哈!”石叔开始抛砖引玉了，其他人马上附和。

第二天，“水牛”的名字便在局里传开了。那次抓捕，高同学立了个三等功，还获得了“水牛”的绰号，真是羡煞了我们。

而长相俊秀、性格温和的朱同学很快得了一个特殊而委婉的称呼——“朱妹”。

据说是有一天同事带一个嫌疑人进来交给朱同学讯问，他戴副眼镜，刚巧那几天头发有点儿长，嫌疑人被送进来时他正在埋头看案卷，便以为他是个美女警察，想跟他套点儿近乎，刚一坐下就叫了他一声：妹妹!

恰好被其中一个擅长取名的同事听到了，那同事盯着朱同学意味深长地看了一眼，脸上便露出了有些诡异的神色。结果嫌疑人讯问完毕，朱同学走出讯问室，同事们就“朱妹”、“朱妹”地叫开了。

刘同学“马儿”的绰号是在破一个特大系列盗窃团伙案件时被局长亲自“赐封”的。当时县城城区频频发生盗窃案件，最要紧的是那时枪支管理不太严格，局里一民警佩带的一支“五四式”枪支放在家里也被盗了。在破获这起案件时，整整一周，全队几乎没一人连续睡上超过三个小时的觉。案件破获相继抓了六人，就在最后一个被抓获讯问完送看守所后，大家紧绷的神经才一下放松了，一个正在吃着盒饭的同事嘴里的饭还没咽下，便趴在桌子上睡着了。

局长一听案件破了很高兴，到办公室看望大家，见大会议室里睡得东倒西歪一片。最有趣的是刘同学，他半倚在桌子旁边，左手撑在桌沿上，右手还拿着讯问的笔录。

局长当时眼角就湿了，他轻轻告诉身边的人：“让他们睡会儿吧！他们太累了！”然后他指了指刘同学，说：“这是一匹战马！让他回家去好好休息一下！”刘同学惊醒以后，“战马”的桂冠已经戴头上了，后来队里的同事觉得“战马”叫起来不太顺口，经过讨论，决定把“战”字去掉，在马的后面加上“儿”字，这样叫起来更亲切一些。

平时爱编故事、讲段子，尤其是喝点儿小酒后爱即兴发挥学谁像谁的宋同学被命名为“八哥”。开始他还没落得此绰号时，看到同学们相继“中招”，显得很兴奋，有些幸灾乐祸，并不时拿大家的绰号取乐。有一天，我们到一个很偏远的乡下调查一起伤害案件时，碰到村里有两个女人在激烈地对骂。

那是个少数民族村寨，说的是本地话，眼看着再进一步发展下去便有肢体冲突的危险。宋同学一下冲了过去，面带威严地站在两人中间，“叽里呱啦”一阵吼叫，两个女人竟然红着脸不吵了，我们都不知道他嘴里嘟囔了些什么。

原来，我们忘记了宋同学少数民族的身份。回来的路上，他用汉语一路上给我们翻译两个女人刚刚吵架的内容，并绘声绘色地进行了表演，原来两人是因为男人的事情在争吵，吵架过程中有不少荒唐可笑的情节，把我们一个个笑翻了。

同去的“斑鸠”龚同事平时喜欢养鸟，他精心喂养的一只八哥那两天正在开始跟人学说话。“我觉得你跟我家那只小八哥一样，学得一本正经的！”笑过后，“斑鸠”发话了。

“小‘八哥’说话，还不是你这只老‘斑鸠’带出来的！”伶牙俐齿的宋同学马上反驳。

“是是是！‘斑鸠’不但语言上要带好，业务上更要带好，以后你就是小‘八哥’，反正我就是老‘斑鸠’！”

宋同学终于将“八哥”的雅号揽入怀中。他后来的表现证明他赢得这个绰号是实至名归。

接下来，“黄狗”、“小兔”、“鬣狗”等绰号相继找到了主人。加上之前的“大象”、“黄鼠狼”、“骆驼”、“豺狗”、“猫头鹰”、“竹鼠”等，整个刑警队上下三十余号人，俨然组成了一个大动物园。因我是女生，刚来时“取名委员会”几位专家曾表示我可以享受绰号的豁免权，所以比较轻松，没有背上过重的心理压力，而且十分愉快地分享了他们相互间调侃的乐趣。

那些年，社会治安状况不是太好，公开抢劫、打架斗殴的案件时有发生。

一天，我跟“骆驼”龙哥、“豺狗”贾哥、“猫头鹰”安哥等一起出现场，回来路过一个镇的电影院门口时，一伙年轻人拿着棍棒正在群殴，当时正值傍晚时分，看电影的人不少，都在纷纷避让。

“注意，前面在打架！”驾驶员石叔说了一句，猛地一脚踩了刹车。“猫头鹰”安哥最先跳下车，拔出枪，大吼一声：“公安局的，放下棍棒，站在原地不准动！”

我们另外三人迅速下车从两侧包抄。正在打斗的这伙人一听吼声，先是一愣，有几个随即丢下了棍棒。不知道是谁喊了一声：“公安局的来了！快跑！”旋即作鸟兽散，四处逃窜。

“站住！”“叭”的一声，安哥鸣枪警告。听到枪响，五六个正在逃窜的待在原地不敢跑了，其中一个看似头目的犹豫了一下，提起手中的棍棒撒腿跑开了。他的位置离龙哥很近，龙哥拦截时，被他撞了一个趔趄，差点儿摔倒。

面对警察竟然如此嚣张，我当时很生气，喝了一声："站住！"他转过头乜斜着看了我一眼，见我是女生，根本没把我放在眼里，继续朝前跑。他没想到，曾经夺过全省中长跑比赛冠军的我，撵上他根本不在话下。因他身材魁梧并且手持棍棒，我怕追上后控制不了他，便紧跟在他的后面，准备把他追累、追瘫后再下手。

开始一百米左右他很使劲儿，很快我便听到他大口喘粗气的声音，跑步速度慢了下来。我怕他停下来拿手中的棍棒攻击我，故意在后面连声喊："站住！"跑到三百米左右时，他转过头又看了我一眼，我看他眼神里充满了无奈，步子明显沉重了，我仍然虚张声势地在后面追赶。

终于，他一屁股坐在地上，丢下手中的棍子，喘着粗气说："饶了我吧！求你别追了！我跟你们去派出所！"我用脚踢开他身边的棍棒后，给他戴上了铐子。

我们四人当时一共抓住了八人，我追到的这个是一伙人中的头目。把他们交给派出所后往回赶的路上，大家有些意犹未尽。"取名委员会"主要成员之一的石叔跟我说："小雪，我发现你很能跑呀。"

"当然啦，我跑步获的奖牌有一堆呢！"提到跑步，我颇有几分得意。

"累吗？我发现你跑步的姿势很优美哦。"

"这点儿距离还累呀？三千米我还破过纪录呢。"不知道是陷阱的我正一步步被石叔带进他设下的圈套。

"哦，原来如此。我说怎么就像梅花鹿那样跑得又快又优美。"

"你来队里快一年了吧？"

"嗯，是，一年了。"

"一年了你还没有绰号？虽然是女生，但这动物队落下你总不好吧？"

"那不行，我刚来时你们说过女生取绰号不好找婆家的，这事我可宁愿被落下，一点儿也不介意。"我猛然意识到石叔是在诱我上钩，赶紧表明态度。

“我们是一个团结的集体，不能随便丢下哪一个的。你喜欢鹿吗？我觉得鹿既漂亮又温驯，跑步姿势优美，挺不错的。你要是喜欢，会给你增加魅力指数，不会影响你找婆家的。”石叔开始做工作了。

“骆驼”龙哥、“猫头鹰”安哥、“豺狗”贾哥也在旁边附和，说“小鹿”这个绰号不错，跟人一样漂亮，他们都很喜欢。

我跟他们一路争论回到办公室，坚决拒绝绰号。“别紧张，我明天跟委员会其他几个人通通气，商量商量。”石叔拍拍我的肩安慰道。

没想到第二天，我刚到办公室，“八哥”宋同学便双手抱在胸前，身体斜靠在办公室门上向我问好：“沈小鹿早。”那表情明显不怀好意。我还没来得及回应，“小兔”张同学从他后面探出头来：“‘小鹿’来了。”

“不准叫，石叔说了，还没通过，我是女生，不能有绰号的。”我气急败坏地抗议了起来。

“因为你是我们队里唯一的女生，要特殊照顾，特事特办，不用委员会开会了，我们大家都觉得‘小鹿’不错，我们都喜欢，你就不要再推辞了。”“八哥”振振有词。

当天上班不到半个小时，队里的人都叫开了，才一个上午，局机关的都知道我中彩了。“八哥”是最先叫我绰号的，所以我狠狠报复了他一次。

那时候，刑警队照相的只有“骆驼”龙哥，出勘现场后都是自己冲洗胶卷和黑白相片。我到警队没多久，便跟着龙哥出现场，拿上了相机。有一天，我们到乡下破一个电线被盗的案件，回到派出所吃饭时“八哥”喝醉了，我用相机把他的狼狈样子给照了下来，回来冲洗后便讹他，要把相片留到他有女朋友的那一天赠给他女朋友看。这一招儿还真灵，正在积极相亲谈对象的“八哥”慌了，立即请我们几个同学撮了一顿。

席间，我提出要他收回关于我“小鹿”的绰号，巧舌如簧的他说那不是他取的，他只是叫叫而已，其他几人也劝我，说“小鹿”

这名字不错，在我身上很恰如其分，再说也是“动物队”大家的美意。

像被套上紧箍咒一样，这“小鹿”的绰号是摘不掉了，最终我只好选择认命。

三

我被任名后，整个刑警队没人落单了。除了正式场合或有其他人在场外，同事间相互都叫绰号，我们年轻的叫年长或领导一般在称谓前加上他的绰号，绰号长的就简略一些，比如“大象”是队长就叫他“象队”，“猫头鹰”就叫“猫叔”，“兔子”叫“兔哥”……反正大家习惯了彼此的称谓，交流起来也很自然。

那些年通信不发达，我最初工作的那几年，甚至连程控电话都还没有，刑警队最先进的通信设备就是几台像砖头一样笨重的对讲机。有一次，我们搞严打集中统一行动，我们刑警队分了几个组在城区进行盘查。每个组带一台对讲机，行动开始后，大家通过对讲机互通情况。频道里传来的全是：

“‘猫头鹰’，‘猫头鹰’，你在哪儿？听到请回答。”

“‘水牛’，‘水牛’，我们在北门物资公司门口，有何指示？”

“‘大象’，‘大象’，我是‘竹鼠’。我们在这边查到一辆无证的摩托车，你让‘豺狗’开车来拉走。”

“‘大象’明白，‘豺狗’带人刚走，我派‘青猴’开车过来。”

……

没想到，那天晚上的行动，县委分管公安的副书记也打开了对讲机，在同一频道听到了整个警队当晚行动中的指挥和通话，不明就里的他第二天在一个会上大力表扬公安：专业术语、行动代号、隐语、暗语用得很好、很到位。

消息传到刑警队，大家无不捧腹大笑，一时成为美谈。

一天，几名同事出差到邻县办案，在一家餐馆吃饭时，事先谁也没注意到餐馆的墙上贴有一张画，上面是六只不同种类的动物聚在一起欢快就餐，图片中有四种动物是其中四名同事的绰号，并且位置竟然也一一对应。

一同事抬头发现了那张图画，然后看了看身边人所坐的位置，立即捂嘴笑了起来。其他同事顺着他的目光一看，也笑得差点儿喷饭。弄得餐馆老板一头雾水，几次派人来看墙上，看了半天也没看出半点儿端倪。

队里装上程控电话后，一天办案回来，“八哥”、“斑鸠”等人闲聊，年长几岁的“斑鸠”抬腕看了看时间，便转身拿起桌子上的电话机往家里打了一个电话：“儿子，你饿了没有？爸爸一会儿就回来给你煮饭。”打完电话，他收拾了一下桌子上的案卷材料说：“儿子一个人在家，我先走了。”

他刚走出门，“八哥”便拿起桌子上的电话机，按了一下重拨键后，学“斑鸠”的声音：“儿子，你赶紧把水龙头打开！把下水道堵起，把家里淹起来，爸爸要回来拖地打扫卫生。”

结果那天下午上班，“斑鸠”人还没到办公室，老远便听到了他愤怒的声音：“‘八哥’！你给我出来，你怎能干如此缺德的事！六岁的孩子他懂什么？你去给我把地板弄干。”

原来“斑鸠”六岁的儿子接到电话后真的放水把家里淹了，“斑鸠”回到家很生气，没问青红皂白就把儿子打了一顿，后来才弄清楚是儿子上了“八哥”的当。

玩笑开大了！那个下午，一向话多的“八哥”闭嘴反思去了。

不过没多久，“斑鸠”便有了一次报复的机会。

一天，他俩到镇里去抓一个贩卖假币的犯罪嫌疑人，在派出所的协助下，他们找到了嫌疑人的家。那人住在一个带围墙的院子里，要进去必须从里面打开院门。他们观察好地形后，决定晚上由“八哥”翻过后面的围墙，悄悄绕到前面去把门打开，并约好门打开后学几声青蛙叫。

安排妥当后，身高一米八、身强力壮的“八哥”轻轻一翻身，便爬到了两米多高的围墙上，随即跳了下去。“斑鸠”他们在墙这边等蛙叫，五分钟过去了，十分钟过去了，什么动静也没有。“斑鸠”他们搞不清墙那边是什么情况，心急如焚，又不敢叫喊。实在没办法，他们想法搭起人梯，把“斑鸠”顶到墙头去看个究竟。

仔细一看，“斑鸠”吓出了一身冷汗。原来就在“八哥”翻墙跳下去的地方，是一个长五六米的大粪坑，“八哥”跳下去后便直接掉到里面去了。朦胧的月光下，那粪坑里有一条长长的白带子，但是没有“八哥”的影子。

完了，“八哥”是不是淹死在粪坑里了。“斑鸠”一惊，从墙上滑了下来，赶紧跟派出所同事通报这一情况，商量如何救援及抓人事宜。

幸好派出所离得不远，几人朝派出所飞奔而去。谁知，刚跑到派出所门口，便听到了“八哥”的声音：“哪个在？赶紧给我拿套衣服来！”同时，听到洗澡间“哗哗”的水响声。

“狗日的‘八哥’，老子还以为你死了哪！吓死我们了，你的蛙声哪儿去了？”“斑鸠”开始骂了起来，并拿起协警找来的一套衣服给他送过去。“我的妈呀！你想臭死我不成？”还没走到澡堂门口，“斑鸠”就被臭得捂住鼻子，赶紧把衣服放在外面的窗台上，折了回来。

“我的妈呀！那墙翻过去就是粪坑，淹到我胸口以上位置了，太臭了！怕惊动那家人，我又不敢闹，只有摸索着爬上来后，悄悄绕去把他家前面的门闩打开了，我嘴都不敢张，哪还能学青蛙叫嘛！”

“八哥”洗了半天，可能是心理作用，大家仍然感觉到他臭。等他穿戴整齐后，大家从“八哥”打开的院门进去，把那嫌疑人给抓获了。

论嘴上功夫，“斑鸠”也不是省油的灯，“八哥”掉粪坑这件事，通过“斑鸠”绘声绘色的描述，成了刑警队流行的一段笑话。每次讲完后，“斑鸠”总会用胳膊肘拐一下回首往事便一脸痛苦状的“八哥”：“怎么样？给大家描述一下那大粪是什么滋味吧。”

往事不堪回首的“八哥”便会立即回应他：“你自己去试试不就知道了嘛。”

不过“八哥”学舌的功夫还真不赖，他只要听过的声音，不管是男是女是老是少，他基本上都能模仿得出来，而且惟妙惟肖。一次，传讯一个贩毒人员的女友到办公室接受调查，女友交代家里藏有毒品。那天晚上，“象队”带上“八哥”等去抓毒贩，“八哥”装其女友的声音称没带钥匙骗毒贩开了房门，很顺利抓获了毒贩。

一次，队里侦破一起贩卖假币的案件，抓住了下线，在获得上线的电话号码后，安排“八哥”模仿被抓获的下线打电话“要货”，上线一点儿都没有起疑心。通过几次联络，落实好了交货方式、时间和地点等，最后上演了请君入瓮的好戏。直到被抓获，上线都不知道那个电话不是下线打给他的。

四

我们一起来刑警队的几个同学中，“水牛”高同学干劲儿十足，那个时候刑警队人少案多，三五天不睡觉，白天办公室打盹儿是常有的事。但“水牛”表现得要出色一些，他骨子里天生就有一种持之以恒的韧劲儿。有一次在侦破一起抢劫杀人案件过程中，因案发在春节的前两天，他不但自己没吃上年夜饭，带的几个实习生也没能回家过年。当时走访到的好多条线索都被否定了，侦破工作陷入了僵局。但春节期间，被害人的手机信号突然出现在离案发地八十余公里远一个很偏僻的小山村里，起初大家都没在意，也有人认为是嫌疑人故意扰乱侦查视线设置的迷局。但“水牛”坚信雁过留声，认为那手机突然出现在跟案件一点儿都不着边的地方，必然有它的道理。于是他带上几个年轻人化装成民政局工作人员借口到村里统计救济发放物资，还真把案件给破了，嫌疑人就躲在那个村里。

那些天，“水牛”奔波在湿滑的乡村泥路上。在假扮民政工作人员期间，他扎扎实实地做笔记，记录了村子里每家的人员、收入等情况，村里人都相信他的民政工作人员身份，并直夸他人好且工作认真。

“水牛”还有一次“俯首甘为孺子牛”的经历。一天上午，他和“竹鼠”去县城南街拘捕一名参与销赃的嫌疑人，遭到其家人的强烈阻挠。嫌疑人的老婆和妹妹，发疯似的撕扯他们，想借机使嫌疑人逃脱。“水牛”果断用铐子把自己的手跟嫌疑人铐在了一起，“竹鼠”则紧紧守护在“水牛”身边。两人的衣服被撕烂了，但他们坚持做到了打不还手、骂不还口。后来嫌疑人气急败坏的老婆狠狠一口咬在“水牛”的胸肌上，疼得他脸上白一阵、黑一阵的，幸好“象队”得到消息及时带人赶到把他们解救出来。

而“朱妹”是真的有些像妹妹。有次破一起杀人碎尸案件，因为系异地抛尸，案件从查找尸源开始，花了整整半个多月的时间才抓获凶手。令人咋舌的是，这个凶手是个长相不错的女人，死者是她的前夫。她交代杀人碎尸是因为离婚后前夫不离家，还对她进行种种非人的虐待，她受不了才趁他酒后睡着时用绳子勒死他，并肢解抛尸的。

在带回刑警大队讯问时，需要视频固定证据，领导通知我带摄像机去讯问室。在楼厅口处，我碰到一脸是泪的“朱妹”，吓了一大跳，“咋了？”见我一脸的疑惑，他说：“受不了啦。听到她哭诉所受的那些非人折磨，忍不住想哭，我顺便去给她买几包纸巾擦泪。”

“嘿嘿！太那个了吧？”我本打算奚落他两句，但看到一个男人眼睛红红的，便打住了。没想到，几包纸巾后来还真起了作用，我也用上了。

那次流泪，我以为是“朱妹”的泪点低，多愁善感所致。心里甚至有些不怀好意的期待，希望他哪天失恋或丢了钱包之类的事情发生后再上演一场梨花带雨的好戏。可没多久发生的一件事情彻底扭转了我的看法。

“朱妹”家是农村的，兄弟姐妹较多，他有个弱智的妹妹，当时十五六岁了，经常外出后找不到家。后来被发现在离家七八公里外的水塘里淹死了。由于天热，打捞起来尸体已经变形了。“朱妹”也到了现场，他的亲人个个垂泪哭声一片，但“朱妹”紧紧咬着嘴唇，没掉一滴眼泪，很冷静地站在旁边等同事勘查现场，查验尸体。当得知死者不是意外失足致死时，“朱妹”的眼神里充满了愤怒，他当即跟领导请示要求回避。在对案件进行调查走访的那些日子里，“朱妹”脸色阴沉得可怕，他常常把自己关在办公室里猛抽烟，难得见他说一句话。一周后案件破了，嫌疑人被抓获的那天下午，他一个人到公安局附近的一家小饭店里要了一瓶白酒，“咕噜噜”很快便喝了下去。其他同事找到他时，他已酩酊大醉。扶他回宿舍跟他住一屋的同事说，半夜里“朱妹”醒了，哭了。那哭声很凄厉，有点儿像孤狼在寒夜里的长嗥。不知怎么的，我从此打消了希望听到或看到“朱妹”飙泪的愿望。

“马儿”刘同学有一次战马一般狂奔的经历。他经办的一个取保候审的案件转捕了，嫌疑人是个女的，住在某个镇的村寨。他去执行逮捕那天，刚好离县城不远的一家化肥厂发生了爆炸，队里的同事差不多都去爆炸现场了。他叫上司机小林开着队里的一辆破吉普车，一颠一簸地出发了。本打算在镇派出所找个民警一起去执行，结果仅五个人的派出所民警全部下村走访去了。他让小林把车开到村口，那里离嫌疑人家还有两三公里，有一段不通车的小路要走。

小林要留下来检查车的油路。没意识到有哪样不妥的“马儿”独自一个人带上手铐和逮捕证，因是他亲手办的案件，他轻车熟路很快便到了嫌疑人家里。

去时就嫌疑人一个人在家，太容易了。“马儿”上去打了个招呼，出示逮捕证后，就叫她收拾一下衣服准备走。当时那女的磨磨蹭蹭的，央求他等家里人回来交代一番再走。

“马儿”很生硬地说：“不行！必须马上走，车子在那边等着呢。”说完给嫌疑人戴上了手铐，他自己则帮她提了一包衣服。

正是苞谷林齐人高的时节，女的慢腾腾走在前面，走着走着，突然弯腰抱着肚子叫痛，央求“马儿”给她打开手铐，她要解手。

“马儿”一下犯难了，男人还好说，这女嫌疑人要解手，又是这种特殊情况，怎么办？

“刘警官，求求你了，我不会跑的，要不你就在旁边看着我，我实在是受不了啦！”她眼泪都快流出来了，一副可怜巴巴的样子。

“好吧！你就在那苞谷地里解，不准耍花招哟！”“马儿”给她打开了手铐，转过身去。

那女的连声谢谢，便钻到苞谷地里去了。背对着苞谷地不敢回脸的“马儿”大声叮嘱：“快点儿，不要走远了。”

“要得。”女的答应着，声音飘得有些远，并且还伴有苞谷叶子“唰唰”的响声。

“马儿”觉得有些不对劲儿，转过身一看，那女的已经穿过那块苞谷地正在朝对面的小山跑去。他大喊：“站住！不要跑！”随即便扔下手中的衣服追了过去。

那女的见他追，便大喊起来：“来人哟！抢劫哟，强奸哟！”

大白天的一个大男人竟敢在这小村附近试图非礼一个女人，那还了得。女人的喊声很快便引来了村寨和正在地里干活儿的村民，他们义愤填膺，操起锄头、镰刀、棍棒很快便组成了打色狼的队伍：“抓住他，打死那死流氓。”

当时的情形容不得“马儿”停下来做解释，前有逃犯，后有追兵。如果让已批准逮捕的嫌疑人跑掉，他是要负责任的。

“马儿”平时算跑得快的，但那是在操场的跑道上，在这山地里，他的速度跟前面的女人相比快不了多少。但后面追赶他的人，速度可以赶超他的大有人在，他很快便有要被刀棍戳到脊背的危险。

正在检查车子的小林听到吵闹，赶紧跑了过来。看清形势，急得他大喊：“不能追，不能打，公安局的，公安局的！”他一喊，别人也弄不清他喊谁是公安局的，哪个不能打。

小林这一喊，“马儿”一下子清醒了，他停下脚步，威严地正告：“别追我，我们是公安局来抓人的！”然后对女嫌疑人喊道：

“站住！如果你再跑，要负法律责任的！”随即扬起了手中的铐子。

气喘吁吁的女嫌疑人被吓住了，不由得停下了脚步，村民们好奇地围了上来：“你们是公安局的？抓她？”

“马儿”立即点了点头，说：“你们看，逮捕证在这儿。”

“哦！我们还以为是臭流氓大白天的到我们村里来撒野呢！”

回来后，“马儿”有些闷闷不乐，也没有提起此事。有一天吃饭，大家在讨论大队派谁参加局里大练兵的比武时，小林说漏了嘴，他说：“‘马儿’哥跑步厉害，那天那么多人都没追上他，应该推荐他去。”

这一说不打紧，小林马上被坐在旁边的“马儿”狠狠踹了一脚：“你以为很光彩呀！一个人去执行逮捕，并且是抓女的，程序不合法，还差点儿被当成流氓给打了。”

五

被取了“小鹿”的绰号后，我真有过一次怀揣小鹿的忐忑，并且想象如果遭遇野兽追击如何能像小鹿奔跑逃离的经历。

有一年的夏天，离县城十五公里一林场的偏僻路段连续发生暴力强奸单身过路妇女的案件，受害人反映，作案人四十多岁，穿一身黑色的衣裳，随身携带一把长长的尖刀。

那林场有一条长约五公里的公路从中间穿过，附近没有人家。除了平时拉煤的煤车路过外，行人很稀少。嫌疑人选择作案的两个路段，视线都比较开阔，能看清楚两边行人来往的情况。他一般是躲在林中，观察远处有单身过路女人并确定前后无人后，蹿到公路上将对方拖到林中实施犯罪。其作案手段很暴力，曾经有反抗的妇女被他打昏打伤。

队里成立了专案组，我是成员之一，在研究如何侦破此案时，大家各抒己见。在案发地周边村寨排查重点嫌疑人员是必需的，有同事提出蹲点守候，但因为那片林场太大，犯罪嫌疑人熟悉地形而且作案时间又没有规律，所以被否定了。

“让‘小鹿’去钓线吧？说不定还能把他引出来！”“水牛”最先提出让我去当诱饵钓线的方案。

“不行，那段路太偏僻，最关键是我们的人不好接应，‘小鹿’一个人去不安全。”“象队”很快否定了。

“犯罪分子袭击的是单身过路的女人，我们‘小鹿’是警校的高才生，我觉得可以派她去试一下。”“水牛”坚持。

“我觉得‘水牛’提的这个方案可以考虑。”副队长“黄鼠狼”表示赞同，“这个案件性质十分恶劣。我们接到报案的就已经七八起了，但不能忽视一个问题，那儿路过被袭击的基本上是农村妇女，有的思想很传统守旧，吃了这种亏觉得是丑事不愿意张扬。所以按常理，这个人作案害的人远远不止报案的这个数，我们不能再让他这样嚣张下去，如果不绳之以法，消息慢慢传开，那段路以后就没人敢走了，山那边的女人连上街赶集也不敢了。‘小鹿’人漂亮，打扮得土一些，说不定还真能把他钓出来。”

“‘小鹿’，怎么样？有信心没有？”思忖良久，“象队”将目光投向我。

我当时心里没底，之前勘查现场时我去过那段路，两边全是密林，阴森森的，让人害怕。

“我去他如果真的出来了怎么办？你们怎么接应？”我还是有些胆战。

“我仔细勘查过整个现场，那路段有两个地方可以提前埋伏我们的人员。”技术员“骆驼”龙哥很快拿出他描绘的整个现场地形图，在犯罪嫌疑人平时作案地段的附近，标出埋伏地点，目标一旦出现实施犯罪，埋伏的战友可以迅速出击。

“好！这样，为了保障万无一失，‘竹鼠’你把警犬‘金色’带上，再带上‘小兔’和‘马儿’，借两辆拉煤的农用车，轮换在那个路段往返开。‘小鹿’，你化好装，扮相土一点儿，把枪带上，一旦体貌、神态像报案人描述的那样的人出现，你就鸣枪，埋伏的人听到枪声就出动，如果他往林子里跑，不用怕，我们有‘金色’在，那段路适合它追踪。明天排查组的一早就出去，‘小鹿’打扮一下，明天中午就去钓线。”

“好吧！”虽然接受了任务，但想到面对的是一个性侵的老手，我心里真像揣了一只小鹿。回到宿舍的整个晚上我都惴惴不安的，把枪擦了又擦。

第二天一早，我上街买了一件土得掉渣的衣服穿到办公室。

“咦！哪儿来的一个大村姑？”大家一看都乐了，“象队”从他家里提来了一只买菜用的竹篮，让我在里面装一些衣物，把枪藏在下面。

出发时，“水牛”安慰我：“‘小鹿’，别怕，我们就在你身边，你一定能平安回来哈！”

“‘小鹿’，记得了，千万别让犯罪嫌疑人得逞哈！我们有人在等着你呢。”多嘴的“八哥”在旁边使眼色。

“金色”是我们的警犬，多次立过功，“竹鼠”牵着它来了。不知怎的，看到“金色”，我心里踏实了一些。

我们用的全是民用车，埋伏组已提前进入了，“象队”安排“竹鼠”他们把两辆拉煤车开到林场那头，把“金色”藏在车里。两辆车在那段公路来回开。然后“象队”开车把我送到林场另一头附近有村寨的地方，让我下车后沿着这条林中公路往里走。

“去吧！别怕！我们在你身边！遇上了情况记得鸣枪。”“象队”拍拍我的肩膀，让我再检查一下枪支是否上膛，保险是否打开。

一切已准备就绪。“我去了，‘象队’！”我和他们打了招呼，提上竹篮，转身踏上了那条公路。

那条穿过林场五公里多的路段，平时除了拉煤车外，基本上没有人路过，所以很寂静，而且因为树林浓密，阳光照不到路上，显得阴森森的。

越往里走，我心里越没底气，开始慌乱起来。好在没多久便听到身后传来车子的声音，我转过头，是“竹鼠”他们几张熟悉的面孔，这时我心里踏实多了。

快到第一案发路段时，我稍稍放慢了脚步，挎好竹篮，竭力让自己像个进城赶集的样子。一想到犯罪嫌疑人曾经在这个路段作过案，胸口一直装着的那只活蹦乱跳的小鹿又开始踢打我的心扉，心“突突突”狂跳了起来。我深吸了一口气，想到附近的林中，“黄鼠狼”他们此刻正在盯着我，不怕！我给自己打气。

这时，旁边树林里突然“哗”地响了一声，我悬着的心差点儿跳了出来，我下意识地把手放进竹篮里摸着枪。待转头一看，原来是一只很大的鸟从林中飞了出来。

没事！我安慰自己，这时前方又响起了车子的声音，我又看到了几张熟悉的面孔，心再次变踏实了。

我要真是一只小鹿该多好！走着走着，看到身边的密林，我想起了自己的绰号，想到梅花鹿那棕褐色带斑点的身体要在这绿林中生活该是什么样子，想到它温驯的眼神，遇上猛兽猎捕追赶时那跳跃式的优美的奔跑，觉得他们给自己取的这个名字还真不赖，心里不仅放松还低声哼起歌来。

之前我仅碰上过两个进城买东西回家的村民，他们还在前面好远我就听到了他们大声说话的声音。跟我对面走过时，他们用很奇怪的目光看了我几眼，走过后，我听到他们说：“这女人胆子好大，敢一个人走。”

这有什么呀！就在我觉得什么事情都不会发生时，还不知道，那恶魔已经出现并悄悄跟在我身后离我仅五十米左右的距离了，他应该是藏在路边不远的林中，发现我后跟出来的。可能是有些心灵感应的原因，正轻松哼歌的我突然产生了一种强烈不安的感觉，我瞄了一下左右，没动静。一转过头，发现他正在加快步伐朝我走来。

一身黑衣，头上还戴了一顶黑帽子，一米七五左右，个子中等，四十多岁的样子，眼神里透出一丝凶光，右手背在腰后。是他！

“嗨！大哥！”我当时连自己都弄不清楚为什么会不假思索便转身停了下来跟他打招呼。见我转身叫他，他怔了一下，正加快追赶我的步子一下子放慢了。

“大哥！”我又大声喊了他一声，同时把手放进了篮子，我是希望大声说话能够让埋伏在附近的同事知道有情况了。

“问你一下，还有多久能够走出这个林子哟?”此刻如果我跑，他肯定早追过来了，我稳稳站着不动并且神色自如地问他，倒让他怔住了，他一时不知道该怎么办，脚步在放慢。

“大哥，你家是附近的呀?”我又问起他来。

他没有回答我，犹疑了一下，开始面露凶光加快步伐朝我冲来，三十米、二十米，我猛地拿起枪，摔掉竹篮，对着他大喊了一声：“站住，公安局的!”他一愣，呆住了！背着的右手不自觉放了下来，是把长长的明晃晃的尖刀。确定是我们要抓的犯罪嫌疑人出现了，我毫不犹豫地举起枪，“叭叭叭”朝天鸣了三枪。

他一惊，转身逃进了旁边的密林中。我怕子弹打完后他返回来伤害我，便站在原地，那时没有通信设备，只有等待“象队”他们的增援。很快，埋伏在附近听到枪声的“水牛”他们赶了过来，在问清他逃跑的路线后，率先进到密林追捕去了。随后，“竹鼠”他们带着“金色”也赶到了，“金色”嗅了嗅，很快便找到了嗅源，带着“竹鼠”他们追进了丛林。

“象队”最后赶到，看到他，我一下子便伤心地哭了。“象队”拍拍我的肩膀：“别哭！咱们‘小鹿’好样的!”

搜捕两个小时以后，那个作恶多端的恶魔被抓住了，“金色”立了大功。后来一讯问，这人交代就在那个路段他强奸了三十余名妇女，但受害人不来报案，最后只认定了十二起。后来这人被判了死刑，执行枪决时我参与在刑场维护秩序，亲眼看到他倒在离我不到三十米远的地方。

因为这个案件，我第一次立了个三等功，当然还有“水牛”、“竹鼠”他们。

六

转眼二十年过去了，刑警队那帮共同经历过风雨且带绰号的弟兄们，像在一个磨盘里旋转的谷穗，分分合合，有的换到了别的科室，有的提拔当了领导，有的退休，有的……

那个身材高大、戴着一副宽边眼镜的“豺狗”贾哥，在我生儿子坐月子那几天，他被查出直肠癌晚期，不到四十岁就丢下老婆和孩子离开了。他家就住在我家对面的一幢楼里，那时候还没有殡仪馆，他的灵堂就设在楼下的院子里，我听到他爱人凄婉的哭声，心里十分难受。我们刚进刑警队时，他手把手教我做刑侦的月报表、写文书、记笔录等，对我十分照顾。

后来，我每次带儿子碰到他爱人，嫂子都会伸出手摸摸儿子的头，深情地说：“你贾哥就在你生儿子那几天去世的，儿子几岁，他就走了几年了，唉！”贾哥走后，嫂子没有再嫁，一直住在那套房里。

教我学会现场勘查、照相、摄像的我的师傅“骆驼”龙哥，退休后和嫂子到一个旅游景点开了一家饭馆。到了耳顺的年龄后，感觉精力、体力都逐渐吃不消的他们，盘掉饭馆后，现跟我住在同一个城市，替女儿照看小外孙。我经常碰到他们牵着孩子在公园里散步，龙哥仍然很关心现在的公安工作和政策待遇，有时我们碰面会驻足交谈很久，当中会有很多的回忆和感慨。龙哥变得苍老了，每次交谈告别后看到他离去的身影，我眼前都会浮现出沙漠中那气定神闲缓步走向日落方向的骆驼……

最后一次见到“米老鼠”胡法医，是我在调离县公安局前的那个冬天的一个傍晚。他来叩我的家门，是我从来没预料到的，并且手里还提了一袋水果。法医是我工作以来一向敬重的人，他认真吃苦、奉献敬业的精神和大公无私、高风亮节的品行，让我多次把感动付诸笔端。他三十年如一日坚守在法医这个岗位，从未出现过一例错误鉴定，而且村民感谢他送来的哪怕是一瓶苞谷酒之类的东西都会原封不动地退还给别人。我没想到的是，他竟然自己还提着一袋水果来叩我的家门，并且还带着一脸的谦卑，似乎觉得打扰了我。我赶紧把他让进屋，原来是局里推荐他参加全国优秀人民警察的评选，他实在是推不过，自己又不会写材料，便想到请我帮他写。

这“米老鼠”还能想到买一袋水果来，说明他还懂得人情世故，想到他平常铁面无私地回绝奉还别人送的礼物，觉得他可爱极了。

第二天一早上班，我把写好的材料送到他办公室去了，惊得他眼睛睁得大大的：“这就写好了？你昨晚没睡？”

“睡了，时间短了一些，写你，我有感觉，因为你好写。”我跟他开玩笑。后来，我就调走了；后来，他评上了全国优秀人民警察；再后来，以前一同事来州局出差时告诉我，他爱人去世了。我因工作去不了，让同事给带了一份礼金去送，没想到没过几天，该同事托另一同事来州局公干时把这份礼金带回给了我，说他还是从不收一分钱的礼金。再再后来，我听说退休后的他被反聘到原来的法医室协助工作。

可爱的“米老鼠”，我在心里默默地念了一遍他的绰号，感觉好亲切。

同时毕业进入刑警队的七个警校同学中，“朱妹”的感情和工作都不是太顺。年轻的时候，他谈过好几个女朋友，其中一个很漂亮，百灵鸟一样的嗓子，可到谈婚论嫁的时候，突然分手了。他没告诉我们是什么原因，但看得出他心里很痛苦。

在同学中，他是最爱跳舞而且是舞跳得最好的。还在学校读书时，我们俩跳舞就是配合最默契的一对，只是工作后，很少有时间去跳了。有一天晚上，他突然邀请我去跳舞。整晚，他几乎都没好好说过一句话，每一曲都在跳，不停地转，直到最后一曲音乐停止。

走出舞厅后，我默默地陪着他往回走，走着走着，他突然跟我说了一句：“你知道吗？我心里好难受，那天我出差回来去看她，她却跟别人……”他话未说完，就伤心地抽泣了起来。

那晚，我陪着他一起流泪，陪着他走了好久好久……

后来，他很快跟喜欢他的一个姑娘结了婚，生下女儿才几个月便离婚了，女儿跟着他，直到现在也没有再娶。

我在离开之前，他当上了离县城很近的一个派出所的所长，常常看到他早出晚归的。后来，我听说他被撤了所长的职，因为在很关键的时期，领导深夜视察工作时，派出所竟然没安排人值班，而他恰恰就是当天的带班领导。

有一次我回家，跟他谈起此事时，他说那天女儿发烧，他在医院照顾。他说是自己工作没尽到责，没有及时安排其他人顶班。被撤职后他被安排到刑警队当民警，他说，这是干老本行，轻车熟路的，只是在体力和精力上都不能跟当初比了。

聊到感情问题时，他有些迷茫："伤不起，不想再找了，把女儿好好抚养成人再说吧。"他有些悲凉的眼神转向了别处。

那眼神，一下子让我想起当年梨花带雨的那个年轻俊俏的"朱妹"。

"马儿"刘同学，后来遭遇一次严重的伤害。现在的他，身体不好，在看守所当教导员，人变得十分沉默，眼神里已找不到当初的执着了。

"我梦到自己被推下悬崖，身体一直往下掉，掉了好久，都没掉到底，周围全是白的，像医院的白床单。"这是"马儿"给我描述发生那次事件前他做的一个梦，十三年了，他从来没忘记过这个梦，这是个噩梦。

那天，"马儿"和派出所一民警及镇里一名村干部到一个很偏远的村里调查案件。途中，碰上一支吹吹打打、热热闹闹的迎亲队伍。那年代农村迎亲基本上是走路，因为要抬东西，迎亲队伍里大部分是年轻人。迎亲的队伍走后没多久，他们听到后面传来吵嚷声还有哭喊声，有人在喊："你们这样做要不得！放了她，放了她！"他们循声望去，是刚过去不久的那支迎亲队伍，乱哄哄的。

发生什么事了？他们立即折了回去，看到是其中几名喝酒后的年轻人，在调戏两名走路上街赶集的姑娘，又是抱又是搂又是亲的。

姑娘大声哭喊着，旁边稻田里几名种庄稼的人在用语言制止他们。

"马儿"他们见状，立即上前制止。

"逗姑娘，关你们哪样事？滚开点儿。"几个年轻人出言不逊。

"我们是公安局的，把姑娘放了！""马儿"亮出警官证。

"公安局的又搞哪样？我犯哪样法了，你把我铐了吗？"酒精作用下的年轻人很嚣张，挑衅似的故意把手伸到“马儿”他们面前，引得旁边的人阵阵哄笑。

“你们这样做就是违法的，赶紧把姑娘放了。”“马儿”义正词严地说。

“不放又怎么样？我还亲哪！”其中一人故意当着他们的面朝被他们抓住的姑娘脸上亲了一口。

这可把“马儿”气坏了。他三步并作两步走到姑娘的面前，把姑娘拽了过来。“哪个再动，我就把他带走。”随即掏出手铐。

“铐呀！带我走呀！来呀！”几个年轻人围拢过来，开始推搡。

见局面有些失控，“马儿”示意另外两人把姑娘带走，他留下跟他们周旋。谁知几人不依不饶，仗着酒兴，又去拉姑娘。

“住手！”“马儿”大喝一声，一下子抓住带头的小伙子，“咔嚓”一声，给他戴上了手铐。

“妈的！敢铐人！”他只感觉到自己的后脑勺重重地挨了一下，就没有知觉了，醒过来时，发现自己躺在医院的病床上，已经是第三天下午了。他不仅头部、身上多处受了伤，流了很多血，右手还骨折了。

据目击的人说，当时他被一人拿扁担打倒在地后，其他人又丧心病狂地对他拳打脚踢，还追打另外两人。当地的村干部听说后赶到现场才制止了对他的踢打。当派出所的人闻讯赶去救援时，“马儿”浑身是血，奄奄一息，但他已经被打骨折的右手仍死死地护在腰间的枪支上。送医院抢救时，医生费了好大的劲儿才把他的右手扳开。伤治好后，“马儿”落下了重度脑震荡的后遗症，头经常剧烈地疼痛，令他苦不堪言。

“马儿”不再是战马，不再奔跑，成了一匹病马。后来他主动申请到看守所上班。因为看守所不用下乡，不用去调查案件。

“小兔”张同学，是我们七个同学当中财运最好的。县民政局最先开始发行那种即刮即开的福利彩票时，全县仅三个一等奖，当时的奖励是已经很了不起的价值近三万元的农用山地车，他花了十元钱去买了五张，就中了那个“红桃 A”。要知道当时我们月工资才两百多元，羡慕得我们几个跟着他吃吃喝喝转了几天。“小兔”

很灵活，一直在侦查部门，曾几次打入犯罪团伙的内部，破获多起有影响的案件。他也是我们几个同学中立二等功的次数最多的，但他喝酒后有点儿管不住自己，也出过几次事，受过几次小处分。

能说会道的“八哥”宋同学，先后调过几个部门，我们都笑他是“万金油”，现在当了指挥中心主任，成了局党委委员。

“猎狗”杨同学，几年后到了一个镇派出所当所长，后来被查出给一个很大的黑帮当保护伞，被判了十三年刑。去年晋督培训时，我听警校的老师说，前一周他们组织去劳改农场开展警示教育，劳改农场还专门让杨同学作为反面教材进行发言，以教育警示他人遵纪守法，好好珍惜今天的工作。老师说他听后很痛心。

勇猛无比的“水牛”，是我们七个同学中最有出息的一个，现在已经当上局领导了。因为敢打敢拼，表现突出，他是较早当上中队长的，带头漂亮地破了很多案件。后来他当上了巡警大队的大队长，在处置一起突发的性质特别严重的群体性事件中，他沉着冷静，在最关键的时刻，挺身而出，指挥大家守住了最重要的部位，没有造成更大的危害和损失。

后来，他通过自身的努力，在工作中推出了多项新举措，得到组织部门和领导认可，并向全省推广，最终被提拔当了局长。

得知他当上局长的消息，我打电话以示祝贺，叫了一声：“高局。”

他回敬了我一句：“‘小鹿’，我还是那个‘水牛’。”

电话这边的我，脑子里不断闪过那些亲切的名字：“斑鸠”、“黄鼠狼”、“八哥”、“青猴”、“黄狗”……

（原载《啄木鸟·公安文学专号》2014 年第 1 期）

沈雪，1972 年生，贵州瓮安人。贵州省黔南州公安局互联网信息监控中心主任。中国散文学会会员，全国公安文联会员，贵州省作协会员。出版有散文集《月亮笑了》。

民警小温

残 雪

民警小温的管辖区是龙安小区和好运小区。大约有两个星期了，这两个小区一直在闹贼，刑警也去侦查了几次，一直没能破案。昨天有物业管理人员来告诉小温，说龙安小区里一千多户人家有半数以上被偷了至少一次。那人走后，小温皱起眉头来苦思冥想了好久，仍然想不出那是怎么样的一种情景。难道是一大批贼蜂拥而来，破门破窗而入？抑或是这些人家中了邪，家家敞开大门或窗户，要同小偷们交朋友？

这两个小区闹贼的事被记者摄影见报后，小温受到了上级的批评。还有刑警大队也受到了批评，因为他们现在夜夜去蹲守，居然还没有破过一起案子！小温怀疑破不了案的原因是刑警同小偷勾结。一想到这个死结，小温的情绪就更低落了，他担心自己的饭碗会保不住。主任黑着脸，敲着桌子通知他说："上级已经不耐烦了！必须要处理几个渎职的家伙！"

小温守在龙安小区里，他想通过访问居民搜集线索。他的努力收效甚微。首先，他见不到那些人。家家都有防盗门，关得紧紧的，任他怎么敲，怎么按门铃，那些人就是不开。门上装了猫眼，小温听到了门那边的脚步声和低语，小温领悟到这些人是把他看作同贼勾结的，于是满脸通红，不想继续他的沟通了。他想，既然门关得这么紧，小偷是怎么进去的？

他只好坐在居委会的工作室里等人。坐了半上午，有两个患哮喘病的大伯大妈来了，他们是来办老年喝茶协会优待证的。这两位很警惕，尽量不看小温，只将自己的脸冲着办事员。小温堆着笑脸对大伯说："您好啊，南大伯。您家里没事吧？"

"有你坐在这里，家里当然没事！哼！"南大伯气冲冲地说。

南大伯和金大妈领了证就匆匆走了，谁都不看小温一眼。小温愧疚地低下头，偷偷打量那两个工作人员。幸亏他们也不看他。

下午小温在派出所办完一些杂事又去了龙安小区。他走进花园，看见两位男青年在那边打乒乓球。其中一位叫兵哥的矮个子招手叫他过去打球。小温接了他的位，用目光看过去，发现球台那边的对手正满脸怒容地瞪着自己。小温踌躇了一下，把球发过去，那人凶猛地大吼一声，跳起来，像要将那个球抽个稀巴烂似的。小温球技本来不怎么样，几个回合便败下阵来，连握球拍的手都软了。这可是从未有过的事，毕竟他是民警，还受过专门训练呢。但那对手到底怎么回事，就像同他有仇。

"请多包涵，好久没打过球了。"他讨好地对对手说，"你们小区的案子没破，最近我太忙了。"

没想到那人朝他走拢来，一把抓住他制服的胸口猛烈地摇晃了几下，咬着牙愤愤地说："案子没破，你倒来打球了？你让大家还活不活？嗯？"

"这些案子不是一般的案子，很复杂，有内鬼！"小温解释说。

“有内鬼？这可是奇闻啊！”他叫了起来，“你该不是指我吧？你如果是指我，我要打死你！”

小温可不想同这个人打架，他壮得像头牛，看来还有武功，自己同他斗要吃亏的。兵哥连忙跑过来，死死拖住那人，要小温赶快离开。

小温已经走了好远，还听到兵哥冲他喊话。

“小区里的事你最好少管！有生命危险！”他喊道。

小温昏头昏脑地走出小区，觉得自己真是丢死人了。现在他感到暗无天日，就好像钻进了一张跳不出去的网，一双有力的大手正在收网。过了老半天，他的脑海里才出现这个问题：究竟谁是小偷？

兵哥要他少管小区里的事，可那样的话他不是就会丢工作吗？他可不愿丢了这份来之不易的工作！

他一抬头，看见有人挡在他面前了。是兵哥。这位满脸阴险笑容的矮子拉住他的胳膊，小温立刻感到他具有惊人的力量。

“你现在还不能走，关于案子的事我有话对你说。”他慢慢地、阴沉地说。

“有线索？”小温的眼睛发亮了。

“怎么会有线索？这种事？”

兵哥的目光黏在小温身上，看得小温浑身起鸡皮疙瘩。他拽着小温往小区里走，就像小温是犯人一样。小温竭力做出自然放松的样子，但是徒劳，那些站在路边的闲人都很吃惊地凑近来打量小温，其中有一个还大声说：“这不是那位民警吗？他对小区现状有责任啊！”

但是兵哥没有将小温拖到他家里去，他拽着他拐进了大楼的储藏室。

“你到底要对我说什么？”小温问他。

“你是假装去打球，实际上是将我们写进黑名单，对吧？”

“什么黑名单？”

“你心里有数！”

兵哥恶狠狠地说了这一句后就猛地冲出去将门“砰”的一声锁上了。

小温被锁在阴暗潮湿的储藏室里头，完全没了主意。他回想起这两天在龙安小区的经历，感到这个小区里有一个人数众多的黑帮，失窃的案子大概就是他们制造的，为了掩盖某个更大的秘密。但那会是什么样的秘密？

他怎么会让这个人将自己锁在了这种地方？就像鬼迷了心窍一样？储藏室里没有窗户，那门十分结实，小温用力踢了几脚，居然纹丝不动。他站在那里喘气，脑海里涌着黑暗的潮水。突然，他心里产生了一种很熟悉的感觉。二十一年前，他不是也这样被人锁过一次吗？那锁他的人好像是绑匪。后来他是如何脱险的却一点儿都不记得了。只记得家人从不提起这事，就像他从未被绑架过似的。那时他还小，他只是懵懵懂懂地感到，既然家人从来不提他被绑架隔离的事，那么这就是一件可怕的丑事，最好彻底忘掉，任何人都不要对他提起。从那以后，的确没有任何人向他提过那件事，但它却并没有从他记忆中彻底消失。地下室墙上的那些蜈蚣是忘不了的，有两条从他裤腿那里往上爬，爬到了他的脖子，就停在那里了，却没有咬他，也算是奇迹。

这个储藏室里并没有蜈蚣，也没有其他的毒虫，虽潮湿倒还干净。可是这能说明什么？他，一个民警，居然被一个无赖锁在这里了！这件事要是传了出去，他的工作马上就保不住了。比如主任，一定会问他是怎么被锁进去的。他是怎么被锁进去的？仔细回想，好像是他对这该死的储藏室有种好奇心。因为如果他坚决抵抗的话，兵哥是不可能将他拖进来的。为什么会有好奇心？同盗窃事件有关吗？的确，近来每当深夜，他的思路在盗窃事件上转来转去的时候，就会有某个封闭的密室突然出现，密室周边的环境看不清楚，似乎是被树木环绕，又似乎是被某些伪装物遮蔽。待他静下心来仔细回忆，密室就化为一张人脸，那人是他姑爹。

小温站在那里，所有的事都想不出一个所以然来。最要命的是他没法从这里脱身。他伏在门上听了好久，外面静悄悄的，短时间内好像不会有人经过，也许甚至长时间内都不会有人经过。就算有人经过，他也不能猛击这扇门引起那人注意啊，这事不能传出去。一想起这一点，小温眼前一黑，差点儿晕了过去。后来他就感到自己的思维不正常了，他听见去世多年的姑爹在对他讲话。

“那样做也不等于不珍惜这份工作。”他说，“你的这份工作嘛，你犯错越多，你的位置就越稳。我年轻的时候——”

“您年轻的时候有过类似情况吗？”小温着急地问。

“嗯，让我想一想。我很容易累，我说到哪里了？对了，盗贼！盗窃事件是很深奥的，绝不是你表面看到的那样。你到了这个你早就该来的地方，我很高兴。你可不要轻举妄动，顺其自然才是脱身的法宝。”

他急着想要问姑爹一些事，可是门外响起脚步声，姑爹走远了。也许那不是姑爹，只不过是小区里的居民。

这个没有窗户的储藏室里更黑了，莫非到晚上了？他开始紧张地思索这个问题：要不要猛击这扇门？突然，他觉得自己眼下的这份工作并不那么重要了。即使是去捡垃圾，那又怎么样？他早就应该学会这样考虑问题！

他一撞门，小区里的人们就过来了，兵哥走在前面，用钥匙打开了门。

“我将你忘记了，”他抱歉地说，“你怎么早不撞门呢？你太斯文了。”

一位老爹过来帮小温拍了拍背上的灰，也说：“你这么斯文，怎么斗得过盗贼？”

大家都显出遗憾的样子，劝他快回家，说这个时候待在小区的这个角落里会有危险，而且也不太雅观。

小温走在回家的路上，今夜不知为什么到处都黑灯瞎火的，有股阴森的味道。他想，也许他真的不适合同那些盗贼斗，也许那些盗贼就是小区的居民。很多迹象都指向了他的这个判断。

回到家中，他妈妈苦着脸对他说：“你怎么饭也顾不上吃了啊。

我今天遇见一个人，他说你有生命危险!”

小温厌倦了龙安小区，就到好运小区去蹲点了。

好运小区是一个很大的小区，要横穿小区的话起码要走三里路。这个小区的居民又多又杂，有的是城中心拆迁过来的，有的是附近的农户拆迁来的，也有做小买卖的，寒酸的中小学老师、公司的下级职员、超市的售货员、出租司机，等等。总的来说，这个小区的人们比龙安小区的人们穷多了。小温时常想，这些人的家里有什么值钱的东西可偷呢？但他们却因为盗窃案闹出了比龙安小区更大的动静。有一回他们还将一名小偷打成重伤。在小温看来，那人一点儿都不像个小偷——他是一名白发苍苍的戴眼镜的老人，他受的伤也好像是伪装的。小区居民将他放走了，坚决地阻止警察去调查他。后来有一天小温看见这位白发老人在戏院门口的水泥地上设象棋赌局，相当于诈骗的那一种。看来，他是个老手了。

小温对好运小区的案件不抱幻想，因为这里的人们太奸诈了，那些案件全是一个个的陷阱。早几天就有一名刑警被这里头的黑帮拉下水，突然失踪了。小温之所以来这里蹲点，并不是想要有什么进展，只不过是没地方可去罢了，毕竟这里属他管。

他刚刚在小区的中心花园坐下，就有两个人朝他靠拢过来了。一个是小区的保安，另一个是物业管理处的经理。经理边走边用一根钢针剔牙。

“你到底还是来了。”经理说，“盗窃案越搞越复杂了。有人想从中渔利，所以案子拖得越久越好，你也看出来了吧？是局里让你来的吗?”

没等小温回答，保安就抢着说话。

“我们压力特别大，夜里都不敢闭眼了。你夜里没来过，来了就会魂飞魄丧！比如你面前这张石桌，起码有三个黑影在上面跳舞。警察，你做好准备了吗?”

小温听不懂保安的话，他想，也许他说的是一种黑话。

“我——我不知道啊。”小温难堪地说。

“不知道也不要紧，”保安宽宏大量地拍拍小温的背，“你多向我们经理学习吧。我们经理可是个百事通。”

小温看着经理，看见他正用钢针聚精会神地剔嘴里头的板牙，那动作很惊险。他显然没注意到保安说些什么。经理离开的步伐有点儿像梦游，保安小心地在一旁护卫着他。接着小温就发现保安那只苍白的手在经理身上捣鬼，果然，他从经理的衣袋里偷了一包香烟。小温立刻冲到他们的面前。

“住手！”他一把扭住保安的手臂，“你有没有前科？”

经理的目光突然变得很敏锐了，他哈哈大笑起来。

“警察！哈哈！你是警察，我倒忘了……小胡，你可得把这件事记牢了！他是警察，笑死我了！”

小温垂下头站在他们面前，他心里很后悔。

物业处经理和保安摇摇晃晃地走了。小温从他们后面看去，看见保安的那只苍白的手仍然搭在经理的背上。真见鬼！

小温退回到花园的石桌边坐下。现在他什么都不想了，就坐在那里发呆。阳光透过树叶照在他身上，很温暖，他竟然伏在石桌上睡着了。他睡了一会儿马上惊醒了，心里诅咒自己，担心有人看见他在睡觉。刚才他怎么就是忍不住呢？他怀疑是这花园里有邪气，就站起来离开。

他该往哪里去？除了这花园里，别的地方到处都有人。他没有选择了，只能去居委会，那里倒是有他的一个值班室。市政府规定每个小区要设一个民警值班室。以前小温觉得这个规定很没意思，完全是装门面。他很少去那里面值班，上级对这一点也没有硬性规定。可是现在他只能去值班室了，他可不想同这个小区的人们搭讪。

他走进值班室，看见里面已经有一个人坐在那里。那人看着面生。

“我心里苦闷，想找民警诉说一下。”他说，坐在桌边没动。

“是什么样的问题呢？”小温在他的对面坐下了。

“是因为盗窃案的事。我想，为什么不干脆让他们偷呢？就让他们偷，不要破案，他们会厌烦。”他显出苦恼的神情。

“他们是谁？”小温提出这个常规的问题。

“你还不知道啊！就是——就是——唉，我不说了。你不是警察嘛。”

“我看他们是因为无聊。”

“你说得对极了。”

“你估计他们会自己罢手吗？”

“当然不会。民警啊，你为什么不常来小区呢？你应该常来值班。市里面规定设了这个值班室，总是有他们的道理的嘛。我同你谈论了这件事，心里已经舒畅多了！今天也不知为什么，我料到了你要来，就在这里等。”

“你是这个小区的居民吗？”

“不是。我只是从这里路过。”

“你从这里路过，随便闯进民警值班室？！”小温诧异了。

“那又有什么关系呢？”那人说着“嘿嘿”地笑了起来。

他站了起来，对小温说他今天收获特别大，他还说小温的工作非常重要，万不可掉以轻心。他说了这些就离开了。

他一离开，小温就发现值班室脏得不像个样子了。蜘蛛在墙的四角搭了好多帐篷，桌子上和柜子上都是厚厚一层灰。看来物业管理处的清洁工从来就没来打扫过，而这本来是他们的工作。小温满腔愤怒。他用钥匙打开文件柜，看见柜子里放着三台电视机、五条金项链。联想到失窃的事，小温吓得脸都白了。难道有人要栽赃？他连忙将文件柜重新锁好。

“小温警察还是很敬业的嘛。”

物业处经理进来了。

“我不在时，有人到这里来过吗？”小温问。

“当然有，天天有人来，这里不是没锁门嘛。主要是那些老人，他们没钱，去茶馆也要花钱，所以他们来这里站着聊天。你怎么啦？发现什么线索了吗？我早就怀疑这帮人。”

“不不，还没有线索。我要到小区里头去巡视一下。”

小温出去的时候，物业经理狠狠地盯了他两眼。小温走出了好远还在想，经理恶意的眼光是什么含义？会不会经理本人就是盗贼？他越想越感到这事可能性很大。他后悔没有常来值班室，现在让这家伙钻了空子去了。他该怎么办？这事可不能嚷嚷，一嚷嚷上级知道了就会怀疑他同盗贼勾结，不但会丢工作，还会被关进牢里去！小温在小区里走，心里充满了暗无天日的感觉。到处都是陷阱，他该往哪里去？

有人从背后扯他的衣服，他回头一看，是名叫“瘪三”的少年。少年坐过牢，是因为诈骗。不知怎的，小温觉得这好运小区里的居民都有诈骗倾向。

“你干什么？”小温严肃地问。

“那边有事，你跟我来。”

他将小温带到一栋大楼的地下室，那里是停自行车的地方。瘪三弯下腰去挪开一堆旧轮胎，小温立刻看到了绒布包着的金项链，至少有二三十条。

“是谁放在这里的？”

“你怎么会不知道？你别装蒜了，哼！”瘪三朝小温撇了撇嘴。

“我可以逮捕你！”小温气急败坏地吼道。

“好啊！他要逮捕我！他要逮捕我！”瘪三比小温的声音更大。

一群人冲进来了，都是小区的居民。小温很紧张，以为这些人要围攻他。他们中的一些人弯下腰去用手拨弄那些金项链，用质问的目光扫视小温。小温听到他们老是提到一个地方“四区三栋”。

谁都没有将那些金项链捡起来，而是任其放在地上。这些人的表情都显得厌烦，仿佛这是一个长期解决不了的伤脑筋的问题。

“你真的要逮捕瘪三？”一名老者问小温。

“我并不是真的要——我只是吓唬一下他，想……”小温踌躇了。

“你到底要不要逮捕他？你在闹着玩？”老者叫了起来。

“不，我不是闹着玩。”

“那你是真的？”

“也不是真的。”

老者显出恍然大悟的样子，瘪三和其他人也显出恍然大悟的样子。他们傲慢地撇下小温向外走去。小温想将地上那堆项链捡起来，但他再仔细想了想，又放弃了这个念头。捡起来干什么呢？这又不是他发现的线索！似乎是，所有的人都知道赃物在这里，但谁也不想卷进去，也不把这当回事。要是他反倒卷进去，就成了大傻瓜。

小温马上离开了单车库，因为他觉得待在那里也不安全。他看了看表，差不多可以下班回家了。他必须按时回家，否则他妈妈又会担心他。

“小温小温，你这个家伙！你把我们全扔下不管了！他们说你在好运小区同那些黑帮打成一片，说你快成人精了。我早就怀疑——我不告诉你我怀疑什么！我问你，你哪天来龙安小区？”

南大伯说着就一把揪住小温的制服前胸，两只暴眼差点儿凑到了小温的鼻尖。他们是在超市的过道上，小温正在买中午吃的方便面。

“莫非因为我退休了你就不重视我了吗？”

他将小温狠狠地摇晃了几下才放开，脸上充满了愤怒。

“您弄错了，南大伯！我们不会不管龙安小区的事的，我正在外围调查，已经有了些线索。龙安小区比好运小区安全多了。”小温红着脸说。

“你这样认为？天哪，你竟有这样的印象！我们当然不会用金项链去贿赂你，所以你对我们不感兴趣了。”

南大伯恨恨地，一甩手走了。小温站在原地，脊梁骨发冷。他发现还有好几个龙安小区的居民在超市里走动。这家超市离龙安小区比较远，他们怎么都到这里来买东西？他又发觉那些人都在看他，好像他身上有什么东西令他们感兴趣，又好像很瞧不起他。小温记起被关在储藏室的事，脸上颇有点儿挂不住。他想开溜，可是超市里到处是他们的人了，看来是约好的。

兵哥忽然就从购物架后面钻出来了，一巴掌拍在他肩上。

“温警官啊，我们都在想念你呢。你倒好，躲起来了，把我们小区的问题全抛到脑后了。做人可不能这样啊！你看，我们都来了，来干什么呢？来劝你回我们小区啊。花园里的柿子都已经熟了，等着你去吃。”

小温已经领教过他的臂力，连忙用力打开他的手，说：“不要拉我，我这就跟你走。”

兵哥笑了，说：“好啊，好啊，我们欢迎你。”

小温同兵哥走到街上，大队人马跟在他们身后。幸亏小温是骑摩托车来的，一下就甩掉了他们。只有兵哥，死皮赖脸搭在他的车上。小温感到他紧紧贴在自己的背上，好像已经睡着了一样。可是到了小区门口，兵哥一跳就下来了。

小温又走进居委会，那里有他的一张办公桌。可是南大伯已占据了他的桌子。南大伯正在一边看报纸，一边喝茶，没有要给他让位的意思。

“南大伯，您好啊。”小温说，他想用打招呼的方式来暗示他。

南大伯从鼻孔里哼了一声，不买账。

小温只好向外走，打算去树荫下待着。

“哪里去？”南大伯喝住了他，“我看你这副涣散的样子，一点儿定力都没有啊！难道我们小区成了这个样子，你就没有一点儿内疚？”

“我是内疚的，我正在找线索。”

“就凭你这副德行！我告诉你，线索不在外面，它就在你心里头。你摸摸你的心窝，对，就像这样——摸到了吗？”

他捉住小温的手往小温的胸口戳了几下。然后，他甩开小温的手，掏出手巾擦自己的手，仿佛那上面沾了脏东西一样。

小温想，南大伯为什么要侮辱他呢？还有兵哥也是这样。从前，他同这里的居民的关系是不错的，自从发生了盗窃案，一切都改变了，大家都看他不顺眼了。可是，贼并不是他引来的啊！再说这些人似乎也不想破案，只想拖下去嘛——他刚想到这里，就有一块石头射中了他的右臂，是南大伯站在门外射进来的，力量很大。

小温疼得弯下了腰，又有种哭笑不得的感觉。

“你好好掂量一下自己的良心吧！”

南大伯喊完这句话就走了。小温听到了门外的笑声。

那些人在讥笑他。小温回忆自己这段时间的所作所为，好像有些明白了他们为什么讥笑自己。

一会儿他的周围就变得很冷清了。一直到中午都没有一个人到居委会来。中午时分，勤杂工送了一瓶开水进来，小温连忙问她居委会的人到哪里上班去了。勤杂工翻白眼想了好一会儿，才慢吞吞地说：“他们早就不上班了。”

“为什么？！”

“因为你不来这里了，他们觉得上班没意思，就破罐子破摔了。”

“还有这种事！”

“我也觉得奇怪，怎么会这样呢？”

勤杂工虽然一贯思维迟钝，小温也看得出她在忍住笑。

“你如何看待盗窃案的事？”

“盗贼？他们也不来了，觉得没意思。”

她说完这句话就走了。

小温用开水泡方便面时，老觉得那开水带绿色。他喝了几口，并没有什么特殊的味道。这次重返龙安小区，真是大不相同了。听这些人的口气，好像他是个关键人物，掌握了小区的命运似的。其实他算个什么？和这勤杂工差不多吧。昨天主任还对他发脾气，说“找不到线索就回家吃饭”呢。

勤杂工又偷偷溜进来了，站在他身后。

“你找我有事吗？”小温问。

“没有事。”她摇摇头，“这是我的工作。”

“你的工作不是烧开水吗？”

“那是表面的。居委会给我指定的工作是监视你。”

“那好，你监视吧，我要吃面了。”

小温埋头吃面，“吸溜吸溜”地发出很大的响声。他看见这位中年妇女脸红了。她为什么脸红？难道认为他是贼一类的家伙？她自己不过是个勤杂工！

女人不但脸红，还斜着眼鄙视地看他，看得他满心愤懑。

“你看不惯我就出去嘛。”小温说。

“那怎么行，这是我的工作。万一小区里头又失窃，我可就该死了。”

小温站起来，走到外面的院子里。那女人站在窗户那里盯着他。有两位老妇在院子的那边打门球，此刻她们也像听到什么命令一样，停止了击球，一动不动地站在原地看小温。两人的眼神都是热烈的、眼巴巴的，就仿佛小温再不发生点儿什么事，她们就要大大地失望了一样。

从居委会的院子里望出去，小温看见不少人正朝着八号楼跑。小温心中一惊，也跑了出去，跟在那群人后面。

到了八号楼，人们依次上到二楼，敲开那扇铁门进去。可是铁门对着小温劈面关上了，扔出来一句话：“你是不能进来的！”

小温后面还有一个人，居然是打门球的老女人。老女人笑起来，说：“里面在开秘密会议，你怎么能进去？连我也进不去！”

“可是您跑得真快！”小温对她由衷佩服。

“哼，我的腿脚功夫是练出来的。住在这种小区里不容易跟上形势啊，只要有个风吹草动——不，我可不想搞得自己很被动。你打算和我一道在这门口等他们吗？我估计这会开不了多久。”

小温点点头。

“我姓徐。”老女人自我介绍说，“我们老年组的运动员一直想同你联系，可是联系不上。你这个人有点儿骄傲。你是负责管我们小区的案件的，对吧？”

“是的，徐阿姨。”

徐阿姨将耳朵贴在防盗铁门上，接着扑哧一笑，说：“里头的人开始唱歌了。”

小温沮丧地说：“这些人真高兴。但是我啊，一点儿都高兴不起来。徐阿姨，您看我应该怎样才能同社区的居民打成一片呢？”

“打成一片？”老女人瞪大了眼，“你可千万不要同这里的人打成一片，那太没有前途了。这里是个黑帮窝子。”

“您这样看吗？”小温迷惑地眨眼。

“我怎么看是我的事。我是个文化人，分得很清楚的，我的意思是，对你这个小警察来说，这里是个黑帮窝子。”她一边咬牙切齿地强调后面四个字，一边又偷偷观察小温的反应。

铁门忽然开了一半，有一只手将徐阿姨拉了进去，立刻又将门用力关上了。小温心里感到很失落。开门的那一瞬间，他听到了里头狂笑的声音。

他下楼时，勤杂工正好上去。勤杂工停住脚步，忧郁地对他说：“你为什么要干警察这一行呢？”

小温无话可说，傻乎乎地看着她。她皱了皱眉头，一跺脚上楼去了。

小温决定回居委会。他的脑海里出现母亲担忧的面容。早上在家里，母亲对他说：“会不会有人要害你？”“妈妈你听到什么风声了吗？”“没有，我总是最后一个听到风声的人。”那番对话令他很不舒服。妈妈为什么疑神疑鬼？

居委会的大门已锁上，他没法进去了。肯定是勤杂工干的。时间还很早，小温还不能下班。忽然，他发现有人在捣弄他的摩托车，好像是在拆卸车子的轮胎！小温激动地朝那人奔过去。

“住手！”他高声叫喊。

那人转过身来，却原来是那天同他打乒乓球的莽汉。小温的态度立刻软下来了，他仇恨地看着对手水牛般的身躯，阴沉地说：“这是我的车。”

“我知道这是你的车。”

他提着铁钳和扳手离开了，完全不把小温放在眼里。

小温想，为什么这里的人全都说话底气十足，只有他这个警察反而心虚？俗话说，“做贼心虚”，他并没做贼，是从什么时候开始心虚的？

他走过去，将他的摩托车推到花园里，打算在那里度过余下的时间。

他锁好车，正要在石桌旁坐下来，一个人拖住了他。

“你不能坐在这里。”那人说，垮着一副脸。

“为什么不能坐？”

“小区正闹贼，连居民的电饭锅都被偷走了。你还有良心没有？”

“有可能贼是内鬼，刚才就有人要偷我的摩托车。”

那人的脸忽然涨得通红，小温很吃惊，不知道他害羞的原因。

“内鬼又怎么样？”他又强硬起来了，“谁的良心上没有过污点？犯过一次错误的人就不能再维护正义了吗？我劝你好自为之！”

他松开了小温的制服，但还死盯着他，双手紧捏着拳头。

“你不能闲坐。”他又说。

“我没有闲坐，我在思考线索的事。”

“大概还没有结果吧？”他鄙视地说。

“正好相反，已经有了一些收获。刚才在八号楼里面，有人露出了狐狸尾巴。”

“哼，你永远不会破案的。”

“你是希望我破案还是不希望？”

“你别痴心妄想了，我不会告诉你的。”

这个人转身就走，小温以为他会走掉，可是他走了几步就停下了，站在玉兰树下，掏出本笔记本来往上面写什么，不时瞥一眼小温。

小温在心里嘀咕：就当这个人不存在吧，反正不管哪里都有人监视自己，没地方可躲。他想起一些案中之案的例子，他这种情况应该可以算吧。啊，多么无聊的生活，他反倒成了贼！这个想法一旦明确，小温心里就轻松起来了。大不了如此吧，人的一生总免不了会遇上一些倒霉的事的。有一个问题不可理解，那就是为什么小区的居民都认为他应该去破案？他们好像都对他不满，都企图逼他努力去做那永远不会有头绪的工作，对面这个人就是个典型。他认为自己不该闲坐，又认为自己永远破不了案。

小温决定反抗一下这个人。

他坚决地发动了摩托车，对着那人冲过去。他看见那人连忙躲到了树后面，笔记本也掉到了地上，口里绝望地高喊：“你找死啊！你这个不要命的狂徒！”

小温骑着摩托车在小区里溜了一个圈，又回到花园里。那个人已经不在那里了，只有笔记本还掉在地上，大概他忘记捡起来了。

那是一本很精致的笔记本，只有第一页被用过了，上面画了五颗心，四个角上各一颗，中间一颗。刚才他站在这树底下一边监视自己，一边画了这些心！这是什么意思呢？是不是暗示同盗窃案有关的事？

“这不是老鱼的笔记本吗？哈！”

兵哥的脸凑过来了。小温皱了皱眉。

“你怎么知道是谁的？”

“我说是老鱼的就是老鱼的嘛！他一天到晚在笔记本上画那些心。他是有意让它掉在这里的，他心思特多，你可不要捡他扔下的东西。”

小温将笔记本扔到地上，对兵哥说自己要下班了。兵哥笑逐颜开，说：“好啊，好啊！我们社区天天欢迎你！你可别把这工作当负担啊，要自觉地改进工作方法。”

小温皮笑肉不笑地朝兵哥点点头，发动了摩托车。他在小区大门处看见那人在朝他挥手，他手里握着一本新的笔记本。

“永远都不要做懒汉啊！”那人在他身后喊道。

今天所长找小温谈话。这个派出所很大，所长的权力自然也很大，据说周围的居民和那些单位小领导都很怕这位所长。小温进去时以为自己要被开除了，全身都冒出了冷汗。不料所长对他很和蔼，还为他倒了杯水。

“小伙子，你可要挺住啊！”所长没头没脑地说。

“我要尽力，一定尽力，所长请放心！”小温的声音在颤抖。

“光是尽力还不行，”所长的表情一下子严肃了，“还要拿出智慧来！你想想看，这么大面积的范围闹贼，到底是怎么个内情，啊？你使劲儿想！”

“我一直在想是不是内鬼？”

“好！你有点儿上路了。你先去上班吧。要记住，思想不要停留在一个点上，要多方位，像泥鳅一样，明白了吗？”

所长拍了拍小温的头，血立刻涌到小温脸上。

他乘着公交车走出了好远，还在心神恍惚地回忆和所长的谈话。所长是很少找人谈话的，这会是个什么兆头？小温开始设想自己像泥鳅一样灵活的形态，可这种设想总不应点，他觉得自己天生有点儿迟钝。看来当初他选择干警察这个行当，是对自己估计过高。幸亏干的是民警，不是刑警。可他没料到这些居民小区会闹贼，闹了贼还要他这个民警来管。管一管，协助一下调查倒也罢了，上级又要他配合破案。他如何去破案？这里的居民怀疑他才是作案的人！他还小心翼翼地将他在两个小区的处境瞒着所里，要是上级真的怀疑起他来，他可是跳到黄河也洗不清了。

由于在车里胡思乱想，小温坐过站了。他脑袋昏昏地下了车，竟然认不出周围的景物了。这是怎么回事？莫非他到了另一个城市？远处那些碉堡似的建筑是什么？还有这马路，怎么会这么宽？他的城市里可没有这么宽的马路。他想看看路边站上的车牌，可是路边既无公交站又无车牌。可他坐的明明是公交车，车上还有穿制服的售票员，还画着每一个站的图示呢。他站在这陌生的地方，心里烦躁起来。站了好一会儿，终于有一位行人过来了。

“请问，到龙安小区该怎么走？”小温问行人。

那人抬眼看了他一眼，立刻笑弯了腰，笑得用双手拍打自己的屁股。

“这不是温警察吗？天哪，天哪，笑死我了！你在这里，可是全小区的人都在城里找你！是居委会发动的。我看你怎么向他们解释！”

“我不知道这是什么地方。”

“你不知道？天哪，天哪，你不要逗我笑了好不好？请你向我保证，不要再逗我笑了。”

“好，我保证。”

他俩一块儿向前走，仿佛没有目标似的。后来，忽然有一辆公交车停在他们旁边，那人一把拉着小温上车了。车上人很多，小温同那人并排站着，乖乖地一言不发，他觉得只有这样才能顺利到达龙安小区。

他没有到达龙安小区，却到达了好运小区。他一下车就有几位居委会的老干部来迎接他，而同他一起来的那人却不见了。一位白头发大妈说：“小温警察，你总算来了，我们都在担心龙安小区的人要谋害你呢。这事已经有一段时间了，小区里议论纷纷的。你也知道，我们居委会对于你的人身安全也是负有责任的——谁在扎我?!”

她像被跳蚤咬了一样在身上乱抓起来，也不管小温了，坐在路边骂起来。

那几个老干部都捂着嘴在笑。小温问那位老汉是怎么回事，老汉说路上说话不方便，怕人偷听，要小温去他家里谈。

老汉住在23栋一单元9楼，是那种没有电梯的老房子的顶层。老汉的腿脚很灵便，爬楼比小温还快。他一路上一言不发，到家才打开了话匣子。

“一言难尽啊，小温！来，你同我到窗口这里来，你朝外看，是不是小区风景尽收眼底？我告诉你，我家是最有利的观察台，我坐在家里时，小区居民的一举一动都逃不过我的眼睛。夜里活动吗？我照样看得清。钻地下室吗？枉费心机。我要向你揭发物业管理处的经理，他啊，一直在出卖小区的利益。”

“是他把贼引进了小区吗？”小温谨慎地问。

“什么贼？不要谈贼的事，贼的事是我们好运小区内部的事。我要揭发的是小区绿化工作承包的事，他把这项工作交给了他内弟。”

小温变得懒洋洋的，他感到这套顶层的一居室亮得刺眼。老汉房里那些油腻腻的家具仿佛都在瞪眼看他，厨房里居然养着两只大肉鸡，一股鸡屎味。

“您为什么不向业主委员会揭发呢？我不管这种事。”

“你不管？你怎么可以随便说出这样的话？这是很忌讳的事。”

“啊，对不起，我不知道。”

“你既然来了这里，就什么事都得管。我看你一点儿都不明白呢。你不是要努力破案吗？”他气愤地瞪了小温一眼。

“是啊，我要努力破掉小区的盗窃案。”小温毕恭毕敬地说。

“那就得什么都管！这是我们这里的规矩。我刚才说的绿化工作承包的事，已经闹到很严重的地步了。你听，就是那小子，物业经理的内弟。”

小温听到门外有人在吹那种老式的哨子，轻轻地吹，隔一会儿吹一下，很有耐心的派头。

“他总来我家门口等我，他想要我放他一马。”老汉沉思着说。

“您不怕他报复您吗？”小温话一出口就觉得自己很蠢。

“嘿嘿！”老汉立刻活跃起来，“你说得不对，这种事，你卷入得越深，反倒越安全。你还没有这方面的经验吧？很快你就会有了。其实这家伙啊，也差不多是一名盗窃犯。我是不是说漏了嘴？”

门不知为什么自动地开了，两人一齐走到门口去看，可是外面并没有人。老汉关好门，告诉小温说，这物业经理的内弟大概发现屋里有生人在，就躲起来了。“他是很害羞的人。”

又坐了一会儿，小温不自在起来，就问老汉到底找他有什么事。

“就是物业经理内弟违法承包绿化的事嘛，你还没听出来啊？”

“您说他还盗窃？”

“那不算什么，我们这里每个人都盗窃，因为很无聊嘛。可是违法承包，这可不是一件小事，关系到经济的环境。”

小温站起来，一边向门口走去一边说：“您给我上了很好的一课。”

老汉抢上前去替他开门。

“我姓杨，欢迎你常来拜访！”

小温小心翼翼地下楼，他很怕那内弟从什么角落里蹿出来撞倒自己。可是没有，他独自下到了一楼，走出了23栋。

他今天并没有打算来好运小区，他是打算去龙安小区的，所以一时他竟想不起应该干什么。

好运小区还是原来的样子，闲人们站在人行道上，三个一堆，五个一群。有人在人堆里叫他的小名，竟然是他妈妈！他妈妈红着脸从人堆里挤出来，很激动地看着他。

“妈妈，您怎么到这里来了？”他责备地说。

“我在家里都快急疯了，那么多对你不利的谣言。还算好，我今天弄清楚了很多事，慢慢放心了。现在我要回去了，你答应我，绝不自暴自弃。”

“我绝不会自暴自弃。”小温一个字一个字地说。

她严肃地点了点头，往小区大门走去。

小温凝视着妈妈的背影，心里一点儿都不明白她说的话。可他为什么答应她？不为什么，只是为妈妈的表情所打动。真是莫名其妙。

小温不愿去居委会，可他不去居委会就只能去花园。花园虽不好，里面的人相对来说少一些。他刚刚在玉兰树下的木椅上落座，就有一个人坐在他旁边了。那人向他转过脸来，是名叫瘪三的少年。小温皱了皱眉头。

“温警察，不要不高兴，我会对你有帮助呢。上次不是发现了项链吗？这一次是元代的青瓷，价值连城呢。在21栋楼顶层的水箱里。你跟不跟我去？这回你可要想好。”

瘪三口里喷出难闻的酸气，但他却生着洁白的牙齿。

“我不去。”小温淡然地说。

“好啊！”

瘪三吼了一声，突然扯住了小温的袖子死命地拖。他的手就像铁钳，小温被他拖得几乎摔倒。有几个人奔过来了，将少年和小温分开。

“什么原因起了冲突？”戴眼镜的教师模样的人问。

“他玩忽职守！”瘪三愤怒地说。

“有这种事？”那三个人异口同声地问。

“他很长时间都不来，来了又不工作。我怀疑他已经被收买了。你们说，我该不该去派出所反映？”

“算了，瘪三，为什么要去派出所反映？这是我们小区可以解决的问题嘛。”戴眼镜的教师模样的男子说。

小温看见瘪三崇敬地望着这位男子，心里就认定了他是一个有威信的人。

“我姓卢。”这位男子严肃地对小温说，“我们这里常常失窃，这并不代表我们小区道德水准低下。你愿意去参观我们的市民教育公开大课堂吗？”

小温有点儿犹豫，但旁边的那些人全都怂恿小温跟卢先生走，都劝他去开开眼界，说对他破案也有作用。

于是，这位卢先生就将小温带到了五号楼三楼一间布置成教室的大房间里。卢先生一进教室就变得很兴奋，他让小温坐在后排课桌中间，自己则靠墙站着。

黑板上有小温熟悉的图案，是五颗心，中间一颗，四个角上各一颗。

卢先生的声音响了起来，语速很快。

“这是我画的，你有什么感想吗？”

“我在别的地方见过这个图形，很熟悉啊。”小温说。

“那当然，这个图形到处都可以见到。就连公园的石凳旁边，楼道里的墙壁上也有。你只要盯着一个地方多看两眼，那五颗心就出来了。”卢先生喜气洋洋地说，仿佛他的一个思想被证实了一样。“发生在好运小区的这种现象说明了什么呢？一个经常失窃的小区，居民却有一种境界——你明白我的意思了吗？”

为了免得他失望，小温就含糊地点了点头。

有一个人在楼道里喊卢先生的名字，卢先生就冲出去了。

小温一个人留在教室里，他有点儿神情恍惚。不知为什么外面天黑了。才中午，为什么天就黑了？他从课桌的走道间小心地走过去，来到了讲台上。这时他发现玻璃黑板上的那五颗心在隐约地发出荧光。小温伸手去摸中间的那颗心，他摸到了软乎乎的肉类，他还轻轻地捏了它几下，以证实自己的判断。

有人在课桌的后排尖叫起来，小温吓了一跳。

“你太残忍了啊！你以为那是什么？那是龙安小区的人送来的东西！我们同他们是一窑货，现在你明白了吗？”

小温感到这个人的声音很熟悉，但又并不像龙安小区的那位在笔记本上画心形图案的老鱼。他是谁呢？教室里的光线太暗，看不清他是谁。他在那里笑。

“你走到哪里，哪里就出现相似的东西！”他又说。

小温很生气，就往教室外面走。他下了楼，站在人行道的路灯下面，心里很是诧异：他今天还没吃中饭，怎么一下子就到了晚上？他注意到教室里的那个人没有同他一块儿出来，他大概待在那黑蒙蒙的大房间里同那几颗心脏调情吧。想到这种情形，小温身上就起了鸡皮疙瘩。现在他必须马上回家了，他要告诉妈妈，他没有自暴自弃。是的，他是个坚强的男人了。

好运小区里今天似乎到处鬼影绰绰，冷风飕飕地吹。小温的皮鞋踩在水泥地上，发出单调的声音。他经过那些人群时，听到了只言片语。

“明天，没有明天了……”

“坚守总是好的，当然也可以打一枪换一个地方……”

“苗头不对就离开……哪里没有爱？”

小温差点儿笑出了声，这帮人，成天干些鸡鸣狗盗的事，居然说到爱！

出大门时又听到一个人冲他的背影喊道：“最好是走了就不要再来！”

小温上了公交车，那车上很多好运小区的居民，都在交头接耳，没有人注意他。他在角上找了个座位坐下，松了一口气。坐了五站车，到了家门口。

妈妈已经摆好了餐桌，就等他吃饭了。他去厨房洗手，妈妈跟了过来，在他身后问他："今天大概收获不小吧？"

"您怎么知道的，妈妈？"

"我消息灵通得很啊！"

他俩喝了点儿红酒。妈妈眼泪汪汪地回忆起小温当初选择职业的情形。老温是刑警，那一年外出执行任务，突然失踪了。小温的妈妈却并不怎么悲伤，她认为丈夫老谋深算，不可能意外失踪，必定有自己的打算。失踪前的几天，老温好几次说起希望儿子子承父业。"这个职业可以训练人的性格，我们的儿子太优柔寡断了。"

妈妈回忆完了就高兴起来了，说："你爹真是神机妙算啊！"

小温见妈妈高兴，自己也高兴起来，觉得当民警也没什么大不了的，他虽然很难评价自己的工作做得如何，但说不定领导认为他干得不算太坏？

第二天，小温骑摩托车准时到了龙安小区。他一进小区大门就碰见了南大伯。南大伯红光满面，气喘病也完全好了。

"小温警察啊，问题已经解决了呢。我错怪你了！"

"什么问、问题？"小温因为激动而结巴起来。

"就是失窃的问题嘛。昨天晚上好运小区来了几个人，谈起你在他们小区所做的工作，大家都为你的敬业精神叫好！你这家伙，真沉得住气，不知不觉就把工作做了！"

"嘿嘿，那不算什么。"

"你真谦虚。好多年了，我一直认为交流是生活中最大的事。他们说老鱼的笔记本是你带到那边去的，这事在好运小区已经轰动了。交流渠道一畅通啊，失窃的问题也没有了！你瞧，你瞧，他们的精神面貌大改观了！"他指着居委会门口的那些人说。

小温同南大伯一块儿走进居委会。

那几间办公室看来已经很久都没人进来过了，桌面上、椅子上、柜子上到处都是灰尘。为什么没人来打扫？

"他们已经把清洁工辞退了。现在没有人会在办公室待。这个星期居委会发起了一个运动，叫作'融入人民'。你刚才不是看见他们了吗？他们在办公室门口集合，然后分头去居民家中。”南大伯站在过道里说话。

“去居民家中干什么？”

“什么都干，挑拨离间，煽风点火。说白了就是居民之间的聊天。你想，我们这些人到了一块儿还能说些什么？”

谈话的时候小温极力想集中注意力，但总是走神。他老觉得有件事要问南大伯，却又想不起是件什么事。

“这个运动很见效，一下就抓住了每位居民的注意力！这种近距离的接触更能唤起每个人来参与。你怎么看待这事？”

“我？我要想一想。”小温一说完头就有点儿晕。

他拿不定主意要不要将桌椅上的灰扫掉坐下来。南大伯看着他，也不说要他坐下还是要他跟他出去。外面吹进一股风，屋里扬起的灰尘使得小温连打了几个喷嚏。打完喷嚏，小温感到不太舒服，就往外走去。南大伯也跟着他走。小温想，这老头今天有点儿怪异。

站在院子里吸了几口新鲜空气后，小温忍不住问南大伯：“您今天有什么事要和我谈吗？”

“为什么非要出什么事才来和你谈话？那可就晚了。我们之间以后要做到时时刻刻沟通。我代表人民，你和居委会代表官方，我们要一体化。”

“我太高兴了，南大伯！我看到了转机。”

“我们小区里每天都有转机。你没注意到我的气喘病已经好了吗？”

小温仔细打量南大伯，发现老头真是精神抖擞，显得年轻了许多。

南大伯笑眯眯地问小温想好了没有。

“什么事啊？”小温茫然地问。

“就是要不要加入‘融入人民’的运动嘛。”

“让我去离间小区的居民？去攻讦人，搬弄是非吗？”

“不要说得这么难听。”

“可我不认识很多人！”

“那没关系，慢慢就会熟悉的。你看谁来了？”

居然是他所里的所长来了。所长没穿警服，穿的便服。小温暗想，所长也要“融入人民”了吗？

“小伙子的灵活性是不是好了些？是不是像泥鳅一样了？”所长问南大伯。

“有希望，有希望！”南大伯说，“这位后起之秀眼看着就成长起来了。”

“我没预见错吧？当初你还说要把他赶走呢。去你家喝一杯如何？”

他俩说说笑笑地离开了居委会。小温站在门口看着那两人的背影，既震惊，又松了一口气。他仍然不是很明白发生在他身上的这些事，可是他有种感觉，就好像迷雾中有人向他伸出了一只手，拉着他向左边的一个方向走，他机械地迈动着脚步，忽然就听到了熟悉的谈话声。

龙安小区变得很安静。那灰不灰、蓝不蓝的天像一个垂着眼睑的男人，有种讥诮的表情挂在脸上。

（原载《花城》2014 年第 2 期）

残雪，原名邓小华，1953 年生，湖南耒阳人。中国作协会员。著有长篇小说《突围表演》，小说集《黄泥街》、《思想汇报》、《辉煌的日子》、《天堂里的对话》、《苍老的浮云》、《种在走廊上的苹果树》、《布谷鸟叫的那瞬间》、《绣花鞋的故事》等。作品曾获美国纽斯达克文学奖提名、美国最佳翻译图书奖提名、英国伦敦独立外国小说奖提名。

枪　神

米　可

一

多年之后，当老莫从又一个黑暗的梦魇中惊醒，他的脑海中还游荡着被他击毙的那个士兵似笑非笑的面孔，还有随即向后飘散的血雾。他努力睁大眼睛，黑色的瞳孔凝视着黑色的墙壁，回忆便如退潮时的海浪，渐渐消弭在吞噬一切的黑暗之中。

二

那不是老莫杀的第一个人，当然也可能不是

他杀的最后一个人，但却是老莫唯一一个把面孔看得真真切切的人。在老山攻防战的末期，战场两端的士兵更多的是躲在山洞的掩体中，打打冷枪，骂骂娘，心情好了，便用各自的乡音，哼着象征和平的家乡小调。老莫呢，除了盘算着下次轮休的时间，就是时不时将“八五”式狙击步枪探出阵地，一枪枪地将冒失的对方士兵“点名”，不需要验证是否命中，老莫便已经游走到另一处狙击阵地。到底消灭了多少敌人，老莫不会去算。杀人嘛，又不是积德的事，他这么想。

原以为战争会在小打小闹中走向终结。一日清晨，老莫顶了战友的缺，被征召到一个侦查分队中，在迷雾遮挡下，在被炮火犁过无数遍的战场上，一尺一寸地向对方炮兵观察哨可能存在的地方摸去。

几乎就在一瞬间，灰色的晨雾凝结出一个模糊的身影，年轻的敌方士兵抬起了脑袋，望着老莫，嘴角的笑容仿佛还在回味某个玩笑，又或是在享受战争即将结束的释然。他就这样看着老莫，看着老莫端着枪，扣动扳机，将他的左眼打出一个空空的血窟窿。

老莫也看着那个敌方士兵，看着他仰面倒下，年轻的脸庞上还定格着似笑非笑的表情。老莫有些发怔，直到队长扯过老莫的衣领，一起跌入身后的弹坑。

整排的敌方士兵冲出战壕，老莫在弹坑中只听见死亡召唤般沙沙的脚步声。与此同时，更大的死神呼啸着从老莫身后的天空飞来，落入冲锋的敌方队伍，掀起泥土与器官搅拌而成的血腥。

轰隆隆的炮击持续了十多分钟才宣告结束，老莫抖去覆在身上的尘土，探出脑袋。望着硝烟笼罩着的前方阵地，他试图寻找那个被他面对面屠戮的士兵，却只看见四下散落的残肢断臂。他愣了半天，才想起抹去脸上的血浆。熟悉的触感有了新的变化，他在自己的下巴处摸索着，发现自己的下巴被削去了半边，零落的牙齿在空气中神经质地打着寒战。

观察哨被端掉，敌方的炮兵也就失去了眼睛。更大规模的炮击后，老莫的战友们如潮水般冲了上来，而抬着老莫的担架却在向后转移，老莫被送到了野战医院，随即又被转送到昆明的大医院。两个月后，当老莫戴着军功章，出现在某个内陆县城公安局局长的办公室门前时，他已经退伍转业成了一名刑警。

曹局长握着老莫的手说欢迎新同事，老莫用刚整过形的嘴角挤出一个微笑，他的笑容出现在曹局长办公桌一侧的镜子里，狰狞恐怖。曹局长愣了一下，握着的手松开了。老莫赶紧收起了令人尴尬的笑容，向曹局长敬了个军礼，便出了门。转身的一刹那，那个被他打死的士兵的脸庞又一次从老莫的脑海里掠过。

是该开始一种新的生活了，老莫暗自想道。

三

刑警队队长老罗很喜欢带老莫出去抓捕，这个蒙古族汉子有时会觉得自己就是猎手，而老莫就是停在他肩上的鹰隼，只待自己一声令下，便会立刻向猎物扑去。既稳又狠，既冷又准，是罗队对老莫的评价。

罗队印象尤其深刻的是他们第一次的合作。那是一天夜里，市局指挥中心打来电话，在邻县地下赌场杀了人的屠夫邹一刀很有可能于当晚潜回本地，指挥中心要罗队带人去他家核实一下。放下电话，老罗叫起了在宿舍床上躺着看《七侠五义》的老莫，揣了把“六四”手枪，骑上摩托车就往邹一刀家赶。

罗、莫二人来到邹一刀的住处，屋里黑乎乎的没有一个人。罗队又想到二道河坝子下的一处民房，邹一刀经常和人在那里诈金花赌钱。罗队和老莫离着房子很远便把摩托车熄了火，然后摸着草丛向房子靠近。屋内摇曳的灯光让罗队觉得有戏，他兴奋地回头看看老莫，老莫眨眨眼，用手指将枪管往下压了压，没吱声。

离房子近了，罗队向老莫做了个迂回的手势，要老莫到房子后面堵着，以防屋里的人跳窗而逃，他自己则打算从正门进入实施突袭。然而就在分工完成的一刹那，屋里突然传出了狗叫，房门被打开，邹一刀的影子出现在光亮下，还牵着那条吃足了屠宰场里猪下水的狼狗。

狼狗吠叫着，邹一刀张望着，罗队半蹲着，身后的老莫更是做了个战术卧倒。最终，邹一刀像是看清了什么，一把松了狗绳，让狼狗向罗、莫潜伏的地方奔来，自己则转身往坝子下的黑影跑去。

罗队十来年的从警生涯，被狗咬过，被猫挠过，甚至被猪拱过，这些不可理喻的动物有时比犯罪分子还要危险得多。他站起身，拿枪对准了这条飞奔的疯狗，却只感到背后一阵风，老莫迎着狼狗冲了过去，在碰撞的瞬间，一个侧身，再一个右摆拳砸在了狼狗的脑袋上，狼狗连哼哼都没哼哼，就重重地摔在了地上。

再看邹一刀，他已经一头钻进坝子下长长的蒿草丛里，不见了踪影，只有晃动的蒿草大概标示出他的位置。罗队端起“六四”手枪，却没法扣下扳机，在这种情况下，直接击毙犯罪嫌疑人似乎不太稳妥，于是他向天放了一枪，喊道：“邹一刀，你他妈的给我出来，否则老子就不客气了！”枪声在空寂的旷野上回荡，压住了所有的声响，草丛也寂静下来，仿佛在嗅探着危险的远近。但也就是一瞬间的犹豫，草丛又沙沙地晃动起来，并不断向坝子的另一端延伸。

那是光明与黑暗的分界，越过坝顶那盏路灯，邹一刀便可遁隐无踪。罗队赶了几步，停在蒿草丛前，他不能轻易跟着钻进草丛，任何回马枪或埋伏都有可能发生；他也不愿将邹一刀这样放走，这的确是个立功的好机会。罗队踌躇着，瞅了瞅老莫。老莫则将枪举了起来，枪口对准五十米开外的那盏路灯，一动不动。罗队想说点儿什么，他不怕老莫打不准，他是怕老莫打得太准，直接把邹一刀给毙了。但罗队此刻却有点儿出戏，觉得老莫的持枪姿势实在潇洒，像极了《便衣警察》里的男主角。于是，罗队像是一名静默的观众，屏气凝神等待一部好戏上演。

草丛的两端又没了声响，夜风停止了吹拂，鸣虫也停止了捣乱，所有的生灵都屏住了呼吸。一秒、两秒，月光下的枪管，冰冷幽蓝；三秒、四秒，草尖上的露水，氤氲扩散；五秒，邹一刀突然从草丛里跳上坝顶，又一个箭步想跳到坝子的另一侧。突然，他腾空的身体失去了平衡，转过来的脸在路灯的照耀下显得极为惊恐，长长伸出的舌头像是刚走了一趟鬼门关，随即便重重跌落在坝顶。

老莫关了枪的保险，和罗队一起跑到邹一刀身边，看到他抱着被子弹击中的脚面不停地鬼嚎。罗队松了一口气，这当然是最好的结果。老莫则把枪交还给罗队，努努嘴说："火力太弱，连个贯穿伤都打不出来。"

此役之后，老莫一战成名，枪神的称号也不胫而走。

四

来者不善，这是老莫给开赌博游戏机室的邢七的第一印象。

那日傍晚，邢七正腆着肚子坐在游戏机室门外，眯缝着小眼瞅着对面面馆新来的四川妹子，油亮的光头在夕阳的照射下泛着色眯眯的光亮。就在此时，穿着警服的老莫闯入了邢七意淫的画面，他掀开门帘进了面馆。

来新警察了，邢七挠了挠头皮，得应酬一下。他让马仔拿了两包软中华，放在肚皮上等着老莫出来。不一会儿，老莫擦着脑门上的汗出了面馆。邢七起身迎了上去，笑嘻嘻地和老莫打招呼，点头哈腰地让老莫只看到一个不断摇晃的光头。

老莫退了一步，向邢七敬了个礼，这让邢七一怔，一是因为邢七看清了老莫那张被炮弹重塑的脸，二是因为邢七很少遇到敬礼的警察。慌乱间，邢七也依样画葫芦回敬了个礼。老莫问邢七有啥事。邢七说："您是刚调来的吧，还没机会结识一下呢！"说着就把两包烟往老莫裤兜里塞。

这次老莫没有退步，而是用手握住了邢七的手腕，冷冷地说道："同志客气了，我不抽烟。"邢七还想把烟往前递，可手腕却真切地感受到老莫的力量，于是送也不是，缩也不是，气氛有点儿尴尬。

还是老莫打破了僵局，问邢七干什么营生。邢七笑哈哈地收回烟，指着身后的游戏机室说："赚点儿小钱。"老莫望着卷闸门里黑洞洞的空间，嗯了一声，两步便迈进了游戏机室。适应了满屋的烟雾，他看清了靠东墙码成一排的赌博机。邢七跟在老莫身后提议道："玩两把，算我的？"

老莫没吭声，径直走到赌博机前，突然从裤兜里掏出一个伸缩警棍，回望了一下没搞清楚局面的邢七，便将警棍狠狠地砸向了赌博机。

第一棍砸在了赌博机的屏幕上，第二棍砸在了邢七的心坎里。引狼入室啊，邢七暗骂。但邢七还算有些定力，他按住了要上前拦阻的马仔，用眼神示意他们："让他砸。"

邢七的定力是在多次被砸的经历后练出来的，一方面像这种砸法最多损毁些零部件，伤不了内核，修修补补还能用；另一方面他也不确定老莫的砸是真疾恶如仇呢，还只是表个态——让邢七更服帖些。毕竟这些年来公安局一波又一波来砸场子，邢七的赌博机生意反倒是越干越大。"狡兔死，走狗烹"，邢七对他和公安局的关系这么总结道。

老莫哼哧哼哧地砸完那几台赌博机，丢给邢七一句警告的话，就离开了游戏机室。邢七拧巴着脸，目送老莫出了门，便打电话叫了几个同行，约了一家大排档，准备晚上开个碰头会。

碰头的结果是试探，怎么试探呢？请吃饭！要是老莫赴约呢，说明老莫还是"上道"的；要是请不动，那就要另想办法了。

次日，派出去的马仔很快带回了消息，老莫愿意赴宴。邢七满意地挠了挠光头，心想我邢七也还是有点儿脸面的。

五

宴席安排在旺龙大酒店，是邢七的一个把兄弟开的，招牌菜是"霸王别姬"，讲白了就是王八烩公鸡。

邢七和他的马仔们围坐在餐桌前，等待老莫赴约。邢七用筷子夹起一个鸡头，心中暗想，吃了我的饭，我便成了霸王，你便成了鸡。

邢七的霸王梦没做成，一伙人左等右等了两个小时，开饭店的把兄弟让邢七到吧台接电话。电话里，老莫说如果邢七是因为开赌博场的事请他吃饭，那么他可以省了；如果只是想认识认识，那么以后打交道的机会多的是，没必要吃这么一顿饭。末了，老莫还把自己的警号报给了邢七，说欢迎邢七对他随时监督。

邢七愤怒了，他的光头闪着复仇的光芒，嘴角则泛着歇斯底里的白沫。突然间，他将听筒砸向座机，红色的塑料片在撞击中四散飞溅，邢七咬牙切齿地重复着一句话："太不上道了，太不上道了……"说着就带着马仔们离开了饭店。跟在最后的马仔还不忘把那盘"霸王别姬"打包偷塞进了挎包里。

恨归恨，却不能硬着来，这点邢七明白，枪杆子里出政权，他邢七本事再大也大不过法律，还是要智取。从饭店出来，邢七便一头扎进了桑拿浴池，在水汽升腾的澡堂子里思索着对敌良策……

六

第二日，老莫起床下楼刷牙，发现有个小伙子蹲在刑警队门外的石头墩子上抽烟。老莫没太当回事。待到老莫从包子店吃完早饭出来，又发现了这个小伙子，正用眼神瞟着老莫。老莫嘿嘿一笑，心想我老莫真有面子，还给配了个跟班。

吃完早饭的老莫不急着回单位，便带着这个跟班不停地瞎转，一阵变速疾走，那个身材像虾米的跟班累得直喘粗气。老莫觉得肉包子消化得差不多了，心满意足地回到单位。跟班则擦把汗，重新坐回到石头墩子上，又点了根烟抽了起来。

老莫问同事大姚，认不认识那个跟班。大姚隔着窗户瞅了眼后说，那个"虾米"就是邢七店里看场子的马仔。原来如此，老莫心中冷笑，班门弄斧，还搞起反侦查来了。

白日已尽，弦月悬空，正是赌博游戏机场子上客的好时候。老莫让大姚穿上自己的衣服，出了刑警队院门，朝远离邢七场子的网吧一条街走去，待到跟班的马仔也跟随着大姚远去，老莫带着两名年轻的刑警队员，穿着便服，推上一辆平板车，杀向了邢七的老巢。

邢七还没看清迎面推着车的来人，老莫他们就已经闯进了场子里面。游戏机室顿时炸了窝，有夺门而逃的，有抱头蹲地的，有赶紧藏钱的，还有趁乱揩女服务员油的。一声枪响，大家都望向那支枪口朝上，还在冒着青烟的“六四”手枪。老莫龇着半面没有皮肉覆盖的牙床，冷冷地说道：“都别动。”

老莫就这样端着枪，另外两名队员则把赌博机一台台搬到平板车上，然后一个在前面拉，一个后面推，渐行渐远。老莫脑袋转了一圈，目光与枪口一道搜寻着人群中的邢七，当确认邢七已经跑路后，老莫向噤若寒蝉的男女们撂下一句话：“别再让我看到这儿有赌博的，否则我见一次，砸一次。”随后他便转身消失在夜幕中。

七

邢七没有跑路，而是在枪响的那一刻，一头钻进了床底，见证着这场有如抄家般的打砸。但是越看，邢七越平静，他甚至自嘲地想，我上门搞别人老婆的时候还没轮到钻床底，这次可真是搞得太漂亮啦。

邢七的平静中蕴藏着杀气，干大事的人一定要冷静，邢七一直这样告诫自己，既然撕破脸皮，只能图穷匕见。没上过几天学的邢七脑海里竟然蹦出了这个成语。嗯，那就图穷匕见。

跟班没有了，游戏机室也铁将军把门了，老莫以为这事告一段落了，他还是每天早晨到包子店吃一笼肉包子，喝一碗胡辣汤；晚上就住在刑警队，睡前准时到门外的公厕撒泡尿。这个生活规律不仅传输在老莫的神经元中，也记录在某人的小本子上。

过了一月有余，秋风渐起，老莫依然在深夜光着膀子出门撒尿。尿液哗啦啦地浇在小便池里，全身通透。把残留的尿液抖干净，老莫低头系上裤带，准备出厕所门。就在这时，冷冷的月光变成一道弯弧，劈头向老莫砍了过来。老莫一惊，顺着弯弧一甩头，就听见钢刃与石墙的撞击声。老莫趁机握住钢刃一端的手腕，一提肩，一背摔，面前黑色的身躯便也成了一道弯弧，摔进了身后的小便池。

老莫还没来得及回头看身后的情况，厕所门外的光亮又被两个瘦猴般的影子堵住。两个人像是拿不定主意前进还是后退，像门神一样守住了厕所的出口。老莫很烦躁，刚洗的澡，被这么一折腾，算是白洗了。老莫一个箭步，瞬间和他们贴了脸，短暂的眼神交汇，两人哇的一声，转身分头就跑。老莫趿拉着拖鞋，几个大步便追上了其中的一个，一个扫堂腿，把他扫倒在地。再看另一个人，已经越跑越远。老莫摇摇头，大声喊了句："再跑我就开枪了！"

或许真是被老莫枪神的名号吓到了，那个瘦猴还真停了下来，两手抱着脑袋，慢慢蹲了下来。老莫忍住笑，走到瘦猴身后，两只手指比画成枪口，抵住了瘦猴的后脑勺。良久，嘴里突然爆出一声"砰"，瘦猴立刻全身紧绷，应声倒地。老莫呢，则对着天上的月亮哈哈大笑。

八

老莫下手狠了点儿，这导致了两个结果：一是送走了雇用打手的邢七，被吓破胆的他连夜出逃，据说去了南方某座沿海城市；二是招来了出名的泼妇龅牙姜，她是被摔进小便池的打手的老婆。

埋伏事件后的第二日，老莫接了个电话，叫他到县局曹局长的办公室去一趟，说是这个龅牙姜带她老公来告状了。刑警队长老罗开车送老莫去县局。虽然老罗对老莫私自放走那三个打手有些意见，但他和老莫一样，是开弓没有回头箭的人，从来只想着下一步该做什么，因此一路无话。直到上楼，老罗才拉住老莫说："你别说话，一切让我来处理。"老莫看看老罗，笑着龇龇牙。

还没进曹局长的办公室，老罗就听见了女人撒泼般的哭闹。老莫呢，则闻到了熟悉的尿臊味，原来那个打手连衣服都没换，直接穿着沾着屎尿的汗衫就来了。

一见到老莫，龅牙姜就冲了上来，一波波地将唾液往老莫的脸上招呼。老罗是了解这个女人的，她在邢七场子的旁边摆了个烟摊儿，顺带帮邢七放风，一对龅牙便是她彪悍的代言，就连她在外面要横惯了的老公，回到家也要畏惧她几分。

老罗把老莫拉到身后，要龅牙姜平静一下，先坐下来讲事。老罗瞟了一眼曹局长，发现他靠在座椅上，皱着眉头，没说话，只等着听事情的真相。但龅牙姜根本不给老罗机会，说老莫拿她老公要酒疯，说老莫把她男人按在粪坑里，一颗门牙都崩断在茅厕墙壁上。

说到此处，老莫忍不住哼笑了一声，觉得如此龅牙姜和她老公更加般配了。这声哼笑更加激发了龅牙姜的斗志，她一下扯住了老莫的警服，眼泪鼻涕全蹭在老莫胸前的警号上，一副以命抵命的样子。老莫说："你放开。"女人不听，继续哭喊道："警察草菅人命。"老莫又说了遍："你放开。"女人还是不依不饶。

老莫没有把同样的话说第三遍，而是一个反肘，将女人的手腕折成了九十度，女人则顺势尖叫着跪在了老莫的脚边。老莫偷眼望向曹局长，却发现他站起了身，关切的眼神越过了自己的肩膀，向后面望去。原来，龅牙姜悲情下跪的一幕正好被市纪委的暗访组撞见，老莫纵有八张嘴也难再说清……一个月后，暗访结果通报下来，老莫殴打来访群众，行政记大过，撤销当年评优资格。

九

红头的批评通报贴在了县局机关大楼的大门口，不管是民警还是群众，无论是地痞还是混混儿，都能看到，有人叹息，有人偷乐，也有人觉得跟自己没关系。老莫也看到了通报的内容，他是在用心看，他或许在脑海里对照那些罪状回想自己的那个折腕、那个背摔；或许是在脑海里勾勒着一张张扭曲了的脸，邹一刀的、邢七的、龅牙姜的，还有那白白胖胖的暗访组组长的一脸大义凛然。

老莫把自己关在刑警队的枪库，取出一把"五四"手枪，弹夹、枪管、套筒、卡榫，一、二、三、四地拆下，码放整齐，发会儿呆，再卡榫、套筒、枪管、弹夹，一、二、三、四地装上，然后举枪瞄准，心中默念一、二、三、四……老莫重复拆卸的四个步骤，慢慢地，他平静下来，那些脸啊、牙啊的被清出了脑海，留下来的只是手掌中的每一个部件、每一根弹簧、每一根撞针，瞄准的时候，老莫甚至闭上了眼睛，任由举枪的动作长久定格，再度睁开双眼，却发现靶心中央的目标没有偏离丝毫。

日头将尽，老莫走出了枪库，身心都轻松了许多。老罗瞅瞅他，老莫笑笑，老罗放心了，让大姚把藏起来的子弹放回到枪库，心想事情到此也就告一段落了。

可事情没有完，就像有些电视剧会不断出续集一样，现实也是一个不断反刍和发酵的过程。对于老莫踢了邢七场子的事情，刑警队内部意见并不统一，马探长便是其中之一。姑且不说老马是不是收了邢七的钱，或是喝了邢七多少酒，仅是邢七每年提供的情报，就够老马破几个大案了，因此踢走了邢七，无疑是断了老马一条重要的情报渠道，这让老马很不爽。

老马的不爽挂在脸上，也说在嘴上，特别是老莫被处分后，老马更是有事没事拿话头呛老莫。老莫不正面回应，每每遇到这个情况，他便拍拍老马的肩，转身走开。老马被拍得莫名其妙，觉得他的肩头除了国家主席外，别人还没资格拍，便更是没深没浅地挑老莫的刺。

老莫不喜欢这种絮絮叨叨的人，虽然老马的战果也是有目共睹，但他的工作方式更多是一种奸猾，特别是在讯问的时候，像是在和犯人比着坏，有些话说得比地痞说的还不堪入耳，有些小敲小打更是透着阴狠，幅度不大，却钻心疼。

这些老莫尚且能睁一只眼闭一只眼，但老马却不知好歹地欺到自己头上，老莫只能给予有限度的忍耐。这种忍耐，就体现在对老马的拍肩上，一方面是让老马不要躁狂，看清自己；另一方面老莫也在默默计数。老莫心中定了个标准：对待敌人零容忍，对待无赖事不过三；对待同事呢，十不过九吧。

但无论老莫多么想老马悬崖勒马，这糟心的第九次还是来了。在一次失败的午夜围捕后，老罗带着抓捕队员到大排档吃夜宵，老莫和老马也在其中。几杯酒下肚后，老马又开始和老莫比画上了，说老莫只知道傻乎乎地往前冲，不管团队配合；说老莫那张脸老远就把犯罪嫌疑人吓跑了，追都追不上；还说老莫不是号称枪神吗，也没见他把偷车的贼给毙了。老莫把手掌搭在老马的肩上说："你喝多了。"老马把老莫的手掌打落说："你算个屁，听我说话！"

队长老罗说："老马过分了啊。"老马嬉笑着说："队长，你看老莫那㞞样……"他转头望向老莫，却听到腰间嗒嗒一声，像是慢镜头回放一样，老马看到老莫卸下自己枪套里的手枪，端举着这块生铁对着自己的脑门，距离不过十厘米，近得老马无法将两个眼球对焦到枪口上。又是一声嗒嗒，老莫打开了保险。这下老马看清了黑洞洞的枪口，还有枪口后面老莫那张整过形的脸。老莫龇着裸露的牙，一个字一个字地对老马说："你喝多了。"然后，关保险，收枪，把枪插回到老马的枪套里。前后也就半分钟，现场的人目瞪口呆，连案板前切菜的厨师也忘了把菜刀放下。

老马突然起身往后退，却被椅子绊倒在地。他指着老莫喊了声："你有种！"然后一个翻身，向县局跑去。

十

曹局长把老莫再一次请到了自己的办公室，对面还坐着刑警队的老马。曹局长盯着老莫看，老莫盯着老马看，老马则眼巴巴地瞅着曹局。沉默良久，曹局长清清嗓子："老莫，你给老马道个歉，这个事儿就算过了。"老莫站起身，用真诚的目光直视办公桌后面的顶头上司，平静地说道："曹局长，别为我坏了规矩。"

曹局长摸了摸下巴，情不自禁地说："规矩……"像是得到某种启示，又像是收获某种欣慰，曹局长正色道："那就按规矩来吧。"

板子落在了两个人的屁股上，老马因为饮酒配枪，被行政记过，老莫因为违规使用枪支，被关禁闭一个星期；另外，老马和老莫的持枪证也同时被吊销。

刚考来的特警小胡负责看守老莫，他每天就守在禁闭室外，百无聊赖。老莫则在里面读书看报，冥想打坐，每到日头快落山的时候，老莫便会用借来的绳子跳绳，一次跳一万个。轻盈的脚尖点着地，发不出一点儿声响。小胡自觉身体不错，就和老莫比赛，跳绳、掰手腕、俯卧撑，甚至是擒拿。小胡精力充沛，老莫经验老辣，两人互有胜负。

小胡听说过老莫枪神的大名，便想方设法求老莫传授枪法。老莫说："你先陪我打会儿坐。"小胡不情愿地陪着老莫盘腿坐在席子上，眼皮却时不时地翻动着，偷眼瞅着好似入定的老莫。

老莫呢，眼睛一闭，七荤八素的纷繁遭遇便从脑海深处涌来。他用意念设立了一道防线，将这些人啊、事啊分门别类、抽丝剥茧，一点点地融化掉，而不致让它们乱了心智。心静了、气匀了，这个世界变得无比通透。

末了，老莫轻轻地说道："小胡，在你十点钟方向的墙上，趴着一只马蜂，你把它赶出去。"

小胡抬眼望去，果然看到了墙壁上的那只黄蜂，再扭头瞅瞅老莫，依然是闭着眼，一副气定神闲的样子。小胡不禁感叹道："老莫，你都神掉了！"

十一

禁闭的日子过成了闭关修行，不觉间，老莫觉得自己的煞气消退了，一种平和灌入了他的丹田，甚至是原本有些桀骜的小胡也成了他的忘年交，不再认为他那张撕裂的脸有什么可怕。

别过小胡，老莫打起被装，扛在肩上，迎面遇到了上楼开会的曹局长。老莫脚后跟啪地一磕，敬了一个标准的军礼。曹局长的眼神从手中的文件上移开，瞧着老莫，想找寻一丝不平与怨恨。但曹局长看到的，却依然是那个刚从部队退伍下来的战士，身板笔挺、目光锐利。曹局长赞赏地点点头，拍了拍老莫的肱二头肌说："回去吧，好好干。”

老莫变了吗？老莫也在思考着这个问题，他边思考，边走在川流不息的人群中，落日的余晖洒在脚下的青石板路上，反射出一种柔和的光晕。他想成为太阳，扫荡所有的阴霾。可阳光不会拐弯，只能直直地照亮没遮挡的地方，对那些阴暗逼仄的旮旯却无可奈何。

不觉间，老莫行至一处三岔路口，对面的红灯让他停下了脚步。就在此刻，老莫的思绪被一股热浪卷走，路口的一家火锅店蹿出了火舌，人们拥挤着，连滚带爬地挤出店门。

没有人注意，在四散逃命的人群中，一个中年人裹着棉被，一头扎进了火场，消失在浓烟之后。火锅店里的人逃得差不多了，有的人用清水清洗伤口，有的人跑去电话亭打火警电话，有的人蹲在地上清点财物，有的人则啥事不干，双手插进裤兜看热闹。

火越来越大，烟越来越浓，围观的人们不断后撤着步伐，保持着安全距离。有的人看得厌了，准备回家吃晚饭，却被一声尖叫勾回了注意力。浓烟的中央出现一个燃烧的人影，颇像一位殉道的僧侣，坚定地朝着光亮处移着步伐，人像的两侧还拖着两个冒着火舌的煤气罐。

老莫高喊着闪开，将煤气罐放在店外的空地上，抖掉燃烧的棉被，从行李包里找出一床垫被披上，转身又消失在浓烟中。

时间定格了，空间定格了，就连呼吸也好似定格了，喧嚣转眼变成了沉寂，只听见火焰噼里啪啦舔舐着木材，熔化着塑料，人们就这样静静地等待着。突然，人群中又爆发出女人的尖叫：“出来了！”

老莫再次从浓烟中闯了出来，摇晃着又将两个煤气罐拖到空地上，然后便跪在地上猛烈地咳嗽，任由垫被在他的脊背上燃烧，闪亮的火星不断飞扬到半空。隔壁卖花鸟鱼虫的老汉从大鱼缸中舀了一桶水，劈头盖脸地将老莫浇透。老莫感谢地摆摆手，挣扎着站起身，一步一晃，再次返身进了火场。

警笛声越来越近，越来越急迫；路人的心跳也越来越快，越来越急迫，他们都期待着浓烟能够再次汇聚出那个熟悉的、燃烧的身影。母亲捂住了孩子的眼睛，姑娘开始偷偷抽泣，男人们更是挣脱了妻子的拉扯，冲上去和老汉一起舀水为燃烧的煤气罐冷却。

消防战士终于赶到了，小伙子们穿着厚厚的防护服，戴着头盔，一个个冲进火场。没一会儿，他们拉出了老莫，他烧到火红的手中还拽着一个煤气罐，咻咻的火苗正灼烧着他的眉眼。两个消防战士用灭火器一阵喷射，熄灭了火苗。他们掰开老莫的指头，揭开他身上的垫被，把他抬到了上风处，平着放在地上，便又杀回到火场。人群则以老莫为圆心，渐渐围了上来。

又过了两分钟，急救车来了，几十双手——男人的、女人的、医生的、小贩的——一齐将老莫轻轻放到担架上，又抬进了救护车。

然后几十双眼睛，浑浊的、清澈的、含泪的、祈祷的，目送着急救车呼啸驶远。

十二

是醒着吗？为何视觉却没有醒来？是睡着吗？为何痛觉在不停撕扯？黑暗不再纯净，它糅进了丝丝黏稠的光亮；光亮不再清晰，它只是夹缝中的光影变幻。意识开始苏醒，听觉变得敏锐，老罗在门外耳语："怕是要失明了。"老莫将脑袋歪向一边，对着秋风汩汩吹进的窗棂，脑海中勾勒着落叶、车流、路人……不觉间，眼泪从烧煳了的眼睑缝隙中，慢慢溢出。

生命中的第二次整容手术，消毒、切痂，植皮、缝合。一半麻醉，一半清醒；一半海水，一半火焰。

又过了三个月，当老莫被搀扶着走出了充满福尔马林味道的医院时，他下意识地用手摸了摸自己的脸。

如月球般坑洼！这是老莫最直观的想法。

老莫谢绝了所有的采访，只是将自己关在宿舍里面发呆。人们都想见一见这位救火英雄，尽管不确定是否会被烧伤的面孔吓到。他们堵在刑警队的门外，送上鲜花，送上鸡蛋，甚至买了许多套新被褥。

老莫听得见楼下的光景，老莫也能听见楼里的光景。他听见队长老罗悄悄地打开门，把一副墨镜放在了桌子上；他听见大姚悄悄地打开门，将一根导盲杖靠在了门后；他也听见了老马悄悄地打开门，在他身边坐下，抽了根烟，握了握他的手，然后把剩下的整包烟留下，一言不发地走了出去。

曹局长也来了，打开了一个小盒子，拿出一个小物件，在空气中丁零当啷地响着。老莫知道，这是立功奖章。曹局长问老莫有什么要求。老莫想了想说，把我的持枪证还给我吧。

曹局长没说话，算是默许了。

十三

老莫将自己再次封闭到那间十平方米见方的枪库，持枪证就放在枪库的桌子上。他摸索着打开枪库的柜子，拿出一把“五四”手枪，粗硬的线条，厚实的分量，握在手里很安心。

他又拿出一把“六四”手枪，7.62 毫米的枪口，冰冷、小巧，可以直接揣进口袋。

放下“六四”手枪，他摸到了新配发的左轮。木质的枪柄，空空的转轮，他一甩臂，转轮咔嗒一声卡入枪身。

他想起一种叫作俄罗斯转盘的游戏，随意放一发子弹到转轮内，让玩家们轮流对准太阳穴扣动扳机，赌一赌好运的眷顾或厄运的无常。

不觉间，老莫也将手中左轮抬起，唇齿将 9 毫米的枪口吞没。如果就这样把自己的脑袋轰掉，该是一幅多么绚烂的画面啊。老莫有些情不自禁。

老莫闭上了眼，试图清空所有的回忆，一桩桩、一件件，全部丢进无边的黑暗中。

只有一件，老莫无法抹去，是那张年轻士兵的脸，那张微笑的脸，那张还未感知下一秒死亡的脸。

造化弄人啊……凝滞了许久，肌肉一阵抽搐，似乎笑、似乎哭，老莫将枪管移出了口腔，一声轻轻的叹息，回荡在屋内。

归置好枪支后，老莫关上了灯，眼前的世界也便从灰色变成了黑色。老莫摸到椅子，戴上墨镜，坐了下来。

十四

老莫索性在枪库里摆了张床，定居了下来，开始与枪支日夜相守的日子。队长老罗也觉得很心安，一是枪库有了常年值守的人员；二是老莫的性格也慢慢有了转变。这一点刑警队的同事们也有所感受。

他不再倨傲，不会再提那些战场上的故事，不会再对看不惯的事情固执己见。开会的时候，他只是抱着个茶杯，微笑着坐那儿听。

他不再冷漠，开始和人交流，无论工作，还是家常。他甚至修补了和老马的关系，主动和老马交换烟抽。

他也不再封闭。除去晚上的时间，他也会戴上墨镜，走出刑警队的大门，用听觉，用嗅觉，用模糊的光影变化，用左敲敲、右敲敲的导盲杖，去感知这个世界。

他会坐在茶摊儿边，听一听打牌人的闲言碎语；他会和收破烂的老人，聊一聊黑市上摩托车的价格；他会和交警一同守在放学的路口，用导盲杖拦阻闯红灯的冒失小鬼；也会横坐在网吧门口，堵住那些来上网的少年。

于是，这个世界，在老莫的心底，慢慢呈现出了新的轮廓。一日午后，老莫坐在楼顶的健身房里晒太阳。老罗和大姚在那儿打乒乓球。老罗一记暴扣，黄色的“红双喜”划出一条弧线，向老莫飞去。

老莫正襟危坐，墨镜后的他没有任何表情，只是迎着声响，抬起右手，黄色的乒乓球稳稳地落到他的手心。

哐当一声，老罗的球拍惊得跌落在球台上。老莫也很讶异，这只黄色小球怎么就飞到了他的手心里？他将小球举到眼前，试图去捕捉它的颜色，甚至忘记了拿掉那副墨镜。在一番失败的端详后，老莫把小球揣进了口袋，若有所思地带回了枪库宿舍。

于是，每至深夜，留在刑警队值夜班的侦查员便会听见嗒嗒、嗒嗒的清脆韵律，他们知道那是老莫在枪库里耍他的乒乓球，等分的节奏赶得上墙上的挂钟。玩了一个小时之后，便是咔嗒、咔嗒、咔嗒的金属碰撞声，值班的侦查员也知道，老莫又在拆装枪械了。不同于乒乓球的回声，金属的碰撞声越来越紧、越来越密，密得让楼下的大姚看球都安不下心。他实在忍不住，就拿了个秒表，悄悄推开了枪库的门。

月光随着推开的房门倾泻进来，照亮了老莫的侧脸，是那半面残牙裸露的脸，除了狰狞，没有任何表情。月光也照亮了桌面上的枪，是那把老古董，极具分量的军用“五四”手枪，幽幽地泛着铁蓝色的光。

老莫转过头，向大姚点点头，便将那把“五四”手枪翻滚于指间，幽幽的蓝光便也忽而明亮、忽而暗淡、忽而分裂，成了两个部分，成了四个部分，弹夹、枪管、套筒、卡榫，一一码放在桌面上。老莫顿了一下，便又开始了他的指间魔术，蓝光开始合并，成了两个部分，成了一个部分，成了握在老莫手掌中那支可以毙命的武器。

咔嗒一声，老莫扣动了扳机，完成了一次没有装弹的击发，大姚也在此刻再次按下了秒表。五十八秒，一个极好的成绩。

十五

一年到头，十二月末，下了第一场雪，正赶上年底训练考核的日子。老罗和刑警队的同事们刚在雪中完成三公里的长跑，便上气不接下气地赶到靶场。二十五米定点射击和一分钟速射在等着他们。老莫则在靶场内，将从队里带来的手枪一一发给大家。油光闪亮的样子显示出枪支良好的保养状态。这几年，因为社会治安稳定，大多基层单位都实行了刀枪入库、马放南山的武器管理制度，疏于保养的枪支在实际使用时，便会出现卡壳哑火。可是每日被老莫把玩在手间的枪支却像是人体器官的延伸，怎么用怎么舒服，甚至是扣动扳机所需的食指力量，也比其他枪支要平和许多。一场考核下来，老罗的刑警队实现了大满贯，包揽了全部项目的第一名，前来观摩的曹局长在别的县局局长面前高兴得合不拢嘴。考核结束，人员逐渐散去，灯光渐次熄灭。老罗收拾好装备，准备带老莫离开打靶场。他看见老莫在枪位前伫立，背对着自己。老罗走上前去，看到老莫手里拿着一只空弹壳，放在鼻尖嗅着硝烟的味道。

老罗一阵心酸，扭头就进了控制厅。过了两分钟，靶场的灯光再次亮起，老罗回到了老莫的身边，将一把“五四”手枪放在老莫的手心。老莫扭头看看老罗，墨镜难掩他的惊异。

老罗笑着拍了拍老莫的肩膀说：“打几发吧，怎么说你也是有持枪证的人。”

老莫低下头，沉默了许久，像是在掂量某种分量，像是在积蓄某种力量，又像是在找寻某种回忆。

最后，老莫抬起头，喉结动了动，对老罗说了声谢谢。

两声铃音，靶场进入速射模式。木质的移动靶从宽大的正面突然直立，短暂停顿，一秒、两秒。大姚急着对老莫喊：“九点钟！”

一秒、两秒，时间在老莫的感官世界内被拉长，他听到了木板弹出的声音，听到了白雪簌簌落下的声音，听到了大姚的高喊，听到了扣动扳机的咔嗒声，听到了子弹冲出弹膛的喷发声，以及穿过木板正中的一声钝响。

接着，一切变成了顺理成章，一只只靶子被弹出，一只只靶位被击倒，空荡荡的打靶场只剩下那些击发的回响。九秒，老莫完成了限时半分钟的六次击发，发发命中。

老罗和同事们欢呼着，扑向了老莫。老莫关掉手枪的保险，轻轻地放下，转过身子，对飞奔而来的同事们挤出一个微笑。

至此，枪神的名号，再次和老莫联系了起来。

十六

老莫没想当这个枪神，他喜欢枪，喜欢那一份沉甸甸的踏实，却不喜欢硝烟里弥漫的杀戮。若每一发子弹都对应一条生命，他宁愿不去扣动扳机。对于他所射杀的那些生灵，老莫虽没觉得有罪，但却一直感到不安。而这份杀戮的不安，即便伴随着失明后对周遭万事的日月沉淀，铅华洗净，却也在午夜梦回时，如钢锥刺破了皮肤，巨石抛入了水面一般，搅得老莫心绪不宁。而那张敌方士兵微笑的、未知生死的脸，满满当当地挤满了老莫的神经回路，吞不下，吐不出，痛苦地不断反刍。老莫擦了擦脑门上的汗，从简陋的行军床上醒来，在满是枪油味的房间，盘腿而坐，慢慢平静自己的呼吸。或许是老莫太过于入定自己的内心，他竟没有听见公鸡的三遍打鸣，没有听见楼下煎饼果子的叫卖，没有听见大姚早起的哗哗撒尿，以及值班电话两端十万火急的紧迫语气。

枪库的门被老罗打开，五六个人拥了进来，领了枪支、弹药，不发一语地又拥了出去。老莫问发生了什么事，竟没有人搭理他。然后只听见两辆警车，拉着警笛，越驶越远。

老莫从行军床上起来，摸索着穿上罩褂，戴上墨镜，定了定神。警笛声一路向西，鸣了五分钟，平息了下来。老莫眉头皱了皱，大概是实验小学出了事。

老莫打开了枪库的柜子，摸到一把小巧的“六四”手枪，装上一个弹夹，揣到罩褂的内口袋里，出了枪库门。

被辞退的民办教师老方，从早市上抢了把菜刀，闯进了曾经代课的班级。小男孩儿们尖叫着，从门、从窗户逃出了教室，女孩子们胆小，瑟瑟发抖地挤在堆着扫帚的角落，被她们曾经的老师拿着刀尖抵着不敢动弹。

派出所片警来了，刑警队侦查员来了，特警队的狙击手也来了，教室外围拉上了警戒线，曹局长拿着扩音器对老方隐藏的角落喊话，半天听不见回音。

曹局长让校长去做老方的思想工作，校长不敢，正是他提议将老方和其他五名年龄较大的代课教师辞退，自称是淘汰落后产能。女教务主任咬咬牙说：“我去，我侄女也在教室里。”

女教务主任进了教室，还没站稳，一把飞来的菜刀就砸在身后的铁门上。人群一阵惊呼，待命的警察就要一拥而上，却被退出的女教务主任拦了下来。她扶着特警小伙子的肩膀，喘了口气说道：“他身上背了炸药。”

事情复杂了，曹局长放下手中的扩音器，对身后的老罗吼道：“赶紧给市局危爆大队、武警反恐中队打电话！”

老莫坐在外围的小花坛边上，导盲杖放在他的身边。他侧耳听着慌乱的脚步声、孩子的哭喊声、曹局长的喊话、老罗的电话，不觉间，日头就过了中天。老马发现了老莫，拿了份盒饭走过来。老莫摆摆手说：“吃不下。”老马说：“我也吃不下。”老莫问老马里面的情况，老马说：“很麻烦，嫌疑人情绪越来越糟，但更糟的是，嫌疑人连任何要求都没提，他连自己在做什么都不知道。”

老莫问老马：“什么时候强攻？”

老马看看天说：“入夜吧，到时候围观的群众会少许多。”

老莫点点头，拍了拍老马的后背说：“注意安全。”

老马站起身，准备回到岗位，老莫变了主意，说：“把盒饭留下吧，我还是得吃点儿垫垫肚子。”

傍晚，奔跑的脚步拖沓了，哭喊的嗓子哑了，曹局长也不再喊话，而是低声急切地和一群人商量着什么。

老莫站起身，伸了伸腰，迎着夕阳的方向，静静地等待着。

冬日的夜来得很早，老莫嗅到学校锅炉房里柴火的味道，柴火噼里啪啦地燃烧着，催动着炉里的热水咕咕嘟嘟冒着热气，安静且祥和。

夕阳慢慢收走最后一丝光线，老莫的世界便也从迷蒙的黄变成了死寂的灰。紧接着，嗒的一声，路灯开了，老莫的世界再次有了光线的照入。他转过身，左手握着导盲杖，右手揣在罩褂内的口袋里，一步步往教室走去。大概是现场的警员都在忙着突击前的准备，竟没有人发现老莫越来越靠近劫持现场，而在现场守候的家长，则以为是一个瞎子走错了路，误入了迷途。

老莫推开门，感受到了墙角的方老师，感受到他胸前的火药味，以及他的颤抖、他的恐慌；老莫还感受到了他身后的几个孩子蜷曲着、哭泣着；老莫也感受到了室外突然一片寂静，感受到自己此刻已经成为所有人视线的焦点。

老方嘶吼着，声音都变了味："滚开，瞎子，这里没你什么事！"

老莫摘下眼镜，一个被炮弹削去一半的下颚，一双被火焰烧化的眼睛，呈现在老方的眼前。老莫听到老方倒吸了一口气。

老莫平静地说道："方老师，别做傻事，这个世界，没有什么过不去的。"

老方继续吼道，更加恐惧："滚，你这个瞎子！滚，你这个怪物！"

老莫放下导盲杖，伸手向眼前那朦胧摇晃的人影慢慢抬起，右手还是揣在自己的罩褂口袋里："方老师，我是来救你的，请你相信我。"

老方的嘶吼带了哭腔："走开，我不要一个瞎子来救我，我不要人救，我要死，我要死！"

老莫问老方："你确定要死吗？"老方还在嘶吼，却已口齿不清、语词难辨。老莫叹了口气说："好吧。"一声枪响，仅有的那盏白炽灯失去了光芒，教室内陷入一片黑暗……警察惊呼着，端着枪往教室冲；家长尖叫着，软了膝盖坐在地上……他们只在用眼睛接收着未知的黑暗，却忘记了用耳朵去倾听那嘈杂中的信息。他们没有听见桌椅被撞开的杂乱，没有听见身躯扑倒在地的闷响，没有听见双臂被脱臼的清脆，以及老莫压在方老师的身上，对着他的耳朵边挤出的那几个字："再艰难，都要活着！"

特警队员把方老师反手铐着上了车，危爆大队的民警小心翼翼地研究着爆炸装置，勘查人员举着大灯正在拍照固定证据，被劫持的孩子们在妈妈的怀抱里嘤嘤地哭，曹局长则拿着对讲机，向市局领导做着汇报。

大家都在各忙各的，只有老莫坐在教室前排的小板凳上，手上还有那把击灭了白炽灯的“六四”手枪。老罗走过来，把导盲杖递给老莫。老莫则关掉手枪保险，把枪交给了老罗。

老罗努努嘴，欲说还休。老莫却先开了口：“罗队，回头把那发弹壳给我吧，留个念想。”然后，他站起身，笑了笑，接着说：“那我先回去了，昨晚做了一夜梦，没睡好，今晚估计能睡个好觉。”老罗点点头，目送老莫的背影出了教室。

能睡个好觉吗？老莫心里暗自发问，他的答案是肯定的。

（原载《啄木鸟·公安文学专号》2014 年第 3 期）

米可，1986 年生，安徽淮南人。淮南市公安局民警。全国公安文联会员，安徽省作协会员，鲁迅文学院第三十六届中青年作家高研班学员。出版有短篇小说集《小镇江湖》，长篇小说《蚂蟥》《回归爱》。

余　音

夏　凯

这家伙眼里根本没有我，只有审讯室的天花板。我是他面前一团看不见的空气。天花板长年失修，墙皮剥落，布满了因楼顶漏水侵蚀而成的污渍。他扶了扶镜框，仰头看着那片或浓或淡的污渍，像在惬意地欣赏一幅水墨画。我装作没看见，低头用手机翻看新闻。然而我的注意力无法集中在那条娱乐圈的花边消息上。低头的瞬间，我看见他用脚尖轻轻拍打着水泥地面，仿佛心里在唱歌，那双沾满泥浆的红跑鞋格外刺眼。

姓名？我问。话刚出口我便开始后悔。我突然想到这种常规审讯方式在他身上不管用。之前已经有三个人轮番审过他，这家伙始终一副死猪不怕开水烫的模样。老叶气得一巴掌拍在桌子上，偏偏拍中一枚不知道是哪个犯罪嫌疑人放上去的钉子，将大拇指根部扎了个洞。老叶一边包扎，一边将目光落到我身上。我知道我是麻烦的制造者——是我亲手将这家伙抓回来的。我在分不清老叶的目光是责备还是求助的情况下，打心底里泛起一层得意的涟漪，这层涟漪沿我的神经纤维开始荡漾，一直荡到控制语言表达的大脑左半球。于是我脱口而出，说了句一个年轻警察不该说的话，说完才意识到这话又是在自找麻烦。我说这种人外表装得像个心怀苍生的学究，实则是个畜生，他一翘尾巴我就知道他要拉什么屎。老叶听了淡然一笑。他过去是个法医，成天干着开膛破肚的活儿，平常不苟言笑，来到派出所后才有了笑容。我没去琢磨老叶短暂的笑意里隐藏着什么，爽快地接过他递到我眼前的那叠空白讯问笔录。

我抛出第一个问题后，这家伙脚尖抖动的频率明显加大。我知道他在用这个动作逼迫我承认一个事实：在僵持半个小时后，我终于开口说话了。我这样表述并不夸张。他已经恣意放肆到了可以颠倒角色的地步。说真的，我很想找根钢钎将他的脚尖牢牢地钉在水泥地面上。我当然不会这样做。我要是这样做了，三万元钱的犯罪心理学学费就算是打了水漂儿。于是我强压怒火，装作满不在乎地向他抛去一支烟。香烟在桌面打了个滚儿，落到他的脚边。我等待他俯身拾起来向我求个火。然而他无动于衷，继续保持蜡像般的坐姿，身子后仰，双手揖在胸前，生怕别人看不见他手腕上那副闪亮的手铐似的。我重新掏出一支烟塞到他的手上，顺势摁燃打火机。他的高傲终究没能抵挡住我谦卑的进攻。他欠了欠身子，对着火苗吸了口烟，用一个资深烟草鉴定专家的口吻说道，十七元的黄鹤楼，民工最喜欢了。

他显然想“入室行窃”我的尊严。我理解他为什么会说这番话。他是个贼精，入室行窃是他的专长，三年来，他在我们辖区作案三十五起，总是逮不着。他也是个人精。我的香烟是用一个铁皮盒子装的，盒子外层有镀金花纹，看上去很精美，装的烟讲究性价比，满满当当，如同“大奔”里载着一排带着泥土气息的七大姑八大姨，不乏人气。他自以为“踩点”踩到了一个外表威严的警察内心薄弱处，试图发起攻击。事实上他错了。我身上还有一包烟，他攻击我的尊严时，我会想起右边裤袋里的那包大中华。我并不觉得看人给烟是种虚伪的行为，这和看天气穿衣服是一回事。

以后你会在里面想念这种烟的。我边说边将烟盒玩得滴溜溜转，向他暗示我不在乎他的讥讽。你看你，一米七八的个子，长得白白净净、斯斯文文，戴副眼镜，拎个公文包，走在路上的确骗过很多双眼睛。但是贼有贼相，相由心生，心灵不纯的人，行为举止迟早会露端倪。辖区住户一千四百家，三千六百多人，我为什么偏偏注意上你？我们第一次相遇，是在路口的小卖部，那天你的动作太麻利了，掏包，递钱，接烟，几秒钟内完成，眼睛的余光还不忘扫视每个靠近你的人。常言道做贼心虚，你内心的龌龊令你伪装得近乎完美的外表成为一种徒劳。

有点儿意思，他说。走了个武夫来了个书生，你们应该换个警花试试。

你错了，我说。我不审你。我对审讯不感兴趣。

我低头重新玩起了手机。而他，继续仰头看着天花板，欣赏着他想象中的那幅水墨画。我暗暗将手机调成待机状态，这样一来，我无须抬头，就可以在黑色手机屏幕上清晰地观察他的一举一动。半小时后，我看见他抖动脚尖的节拍有所减慢，继而时断时续。他戴手铐的双手似乎举累了，往下挪了挪，搁在腹部的位置。他的眼镜片不再映着天花板，而是一会儿映着我，一会儿映着那叠讯问笔录。我猜测他在搜寻另一种东西，譬如一支钢笔。桌子上没有钢笔。我故意将钢笔藏了起来，向他暗示我有足够的耐心等待他开口。又过了几分钟，他后仰的身子往前躬了躬，屁股开始左右摇晃。我知道时机到了，不慌不忙为自己点上一支烟。这回我掏出的是大中华。我故意用这种方式打击他的嚣张气焰，让他接受一个事实，我和他不一样，我们之间有差距。

假姓名、假年龄、假籍贯、假身份证、假工作证，我像念绕口令似的说道。即便如此，我仍然能够像玩找碴儿游戏一样，准确地把你从人群中找出来。

他的鼻孔里哼了一声。找碴儿？弱智网游你也懂？

我像个小学生似的点点头，对他说，我知道你是个网游高手，英雄联盟、三国杀和魔兽世界对你来说都是小 CASE，但这些只是熟能生巧而已。换作别的，你就蒙了，譬如——我顿了顿，开始抛出诱饵——譬如心理游戏，这方面你不是我的对手。

他的嘴角动了动，欲言又止，一脸的不服输。我看出他的内心正在蠢蠢欲动，这印证了我最初的判断——这家伙是个自大狂。这种人傲慢狂妄，幻想自己有至高无上的能力，为了迎合幻想，他的行为方式会变得怪异和出人意料，譬如恣意的挑衅和狂躁的冲动。而这恰恰是我所期待的。

我趁机讲起了游戏规则。当然是临时编造的。我说这个游戏叫猜猜看，规则嘛，我猜测你的情况，猜对了，你就如实回答我的一个问题，反之也一样。他默不作声，眼镜片折射出两股来自瞳孔的渴望。他在权衡得失。我在张弓以待。我提醒自己要沉住气，我正在捕猎一只狐狸，能否成功，不仅要看我的陷阱设置得多完美，还要看狐狸有多饥饿。

我的等待很快有了结果。他清了清喉咙，对我说道，我需要一支烟。我爽快地再次为他点燃一支烟。我这次递上的不再是他眼里的民工烟，而是一支和我手中一样的大中华。他深吸一口烟，仿佛吸进一肚子的尊严，满意地抬起头来看着我。这是个应战的信号。我连忙启动“游戏程序”。

你很寂寞。我抛出我的第一个判断。我的这个判断来自他的通信录。在我们查获的他的手机里，通信录上一片空白，没有任何人的号码。我们还调取过他的通话记录，近三个月只打过一个电话，是打给 114 查号台的。这种情况很少见，一个连环杀手也不至于谨慎到如此地步，何况一个小偷，除非他真的没几个亲朋好友。

你可以提问了。他用发号施令的方式认可了我的判断。

姓名？我重新抛出刚开始失败过的那个问题。

刘青华。他答。该我了，你是个“兵”。

我禁不住笑了起来。我的笑里不只有一种被他言中的无奈，还有嘲笑之意。我嘲笑他用贼眼看世界。在一个贼的眼里，这个世界上只有两种警察，即兵和官。之前老叶告诉过我，全所二十五个民警即便烧成二十五堆灰，他也能够一一分辨出来，所以只会栽在我这个新手手上。他的结论应该是这样得出来的：他知道我是新来的，所以会关注我的警号。我的警号是机关序列，警衔是一杠三，一个年轻机关民警不在领导身边舞文弄墨，跑到派出所来捉贼，自然身无一官半职，这是个一加一等于二的判断。我想这家伙真是精明至极，尽拣四平八稳的便宜话说，他要是继续做出诸如“你是个男的”或者“你脸上长了颗黑痣”之类的判断，我就扬起巴掌替老叶扇他一脸的鼻血。

不错。我坦然地说。我是个“兵”。你也可以提问了。

为什么穿警服？

喜欢。

他的鼻孔里哼了下，轻蔑随之笼罩整张清瘦的脸庞。我张嘴用一团烟雾进行反击。烟雾袅袅，我们之间很快扯起一层朦胧的纱缦。我并非故意用烟雾遮挡我的不自在的表情。我没说谎。我问心无愧喜欢我的职业。小时候我用过小孩儿惯用的伎俩，将压岁钱交给马路交警，谎称捡来的，目的只是想借机摸一下那枚闪亮的帽徽。

你是个左撇子。我抛出了第二个判断。

话音刚落，我看见他夹烟的左手在空中停顿了几秒，然后连着手铐垂了下来，如同我在监控录像里看到的那样——他用左手夹着香烟，举在空中，机警地打量四周，然后又垂下来贴在裤缝边来回地晃动。

看来他不打算反驳。我乘机紧追不舍。年龄？我问。

二十九岁。他答。接着他又迅速地补充一句——你有强迫症。

坦率地说，我有点儿震惊。我自恃懂心理学，没想到碰到一个同样的对手，难怪经验丰富的老叶感到棘手。我正在琢磨哪里露了破绽，这家伙却喋喋不休主动说起来。需要解释吗？你玩弄烟盒时总将漂亮花纹的一面朝上，如果说这是你的虚荣心在作怪，那么风吹笔录时，哪怕没有吹乱，你仍然要按照原来的顺序将纸张一一地复位。你清楚这样做没有任何意义，但是你克服不了这个毛病。我甚至在想，你会不会经常认为某个订书钉订歪了，将装订很好的材料拆开重订；你在敲领导房门时，会不会琢磨一番敲两下还是三下。

他边说边将那双细小的眼睛放大到我可以清楚地看见我自己就在里面。

我不再震惊。我开始讨厌他了。这家伙在短时间内展现出一个优秀预审员的水平。这种水平将导致我们的较量难分伯仲，这让我感到些许不安和不悦。我用一丝勉强的浅笑掩盖心中的不悦。这家伙立即用一个眉毛上扬的动作回敬了我，嘴里飘出他的第二个问题——我究竟暴露了什么，让你在人群中认准了是我？

我暗暗松了口气。一个笨贼。我想。我差点儿高看了他。原来他的心理学只是半桶水。他不该在这时候抛出这种灭自己威风，长对方志气的问题。我于是装作犹豫不决地吸着烟，脑海里整理着词汇，决意将他的心理枷锁拧得更紧一些，直到他喊痛为止。

强迫症。我说，你有比我更严重的强迫症。我的强迫症令一些光阴付诸东流，而你的强迫症更麻烦，让你露了马脚，而且即将攫取你人生中最宝贵的一段自由。

红跑鞋脚尖终于完全停止了抖动。我乘机继续向他施压。你每抽完一口烟总要将烟杆捋直，即使戴着手铐也不忘做这个动作。你开锁时，总是用右手将同一个品牌的口香糖塞进锁孔，然而你是个左撇子，这说明你的病态严重到了逾越你的生理特征的程度。你踩点儿时从来只走右边，你明明知道罗湾小区有个出口的摄像头装在右边，却仍然从右边走出来，给我们留下一段唯一可以看清楚你面目的影像资料。任何一个侦查员都可以根据那段资料从人群中认出你。可惜他们从来没有和你碰过面，因为你认识他们中的每个人，你隔老远就躲开了。只有我这个新来的认出了你，对你起了疑心。我们有同样的弱点，都是因为过于认真和追求完美。但你的认真是恶的，我的认真是善的，这个世界的规则是善有善报，恶有恶报。

我说这番话时，一直在竭力掩饰自己的厌恶情绪。我厌恶和这种人同病相怜，因为共同的强迫症，他就像一面镜子，把我照得通体透彻。但我是警察，他是窃贼，我们之间注定势不两立，就像一对相互排斥的磁场，一正一负，一南一北。

他的鼻孔里又一次哼了一下，仿佛在质疑我最后几句的善恶论。但这无关紧要，我只需要他认可我的判断，至于信不信我的解释，是另一码事。

家庭住址？我抛出我的第三个问题。

他蹙了蹙眉，满脸凝重。很显然他不愿回答这个问题。但我必须知道答案。到目前为止他没占上风，我赌的依然是他的自大和高傲。伴随着我的话音停止，他手中的烟蒂也落在地上，这样一来，他两手空空，除了那副锃亮的手铐。他的两根指头依然张成一个 V 形的夹烟动作。我于是为他点燃第三支烟放上去。他没有立即吸它，垂下眼睑看着地面，如同思考一盘下到中局的围棋究竟该如何落子。

那么，游戏结束了？我用得意的口气提醒他必须做出回答。

岳飞路，九号。他嗫嚅着，仿佛费了很大的劲儿。

我颇感意外。这家伙操一口标准的普通话，竟然是本市人。

午餐时间到了。我边说边开始收拾笔录。我想没必要继续下去了。

他对我说停就停的做法显然不满意，鄙夷地看了我一眼，高傲重新爬上脸庞。

我回到休息室。老叶不知道从哪里冒出来，朝我竖着那根缠着绷带的大拇指，一脸的怪笑。我装作没看见。自从告别解剖刀后，老叶变了，动不动就展露出一副捉摸不透的笑脸。我理解他此刻怪笑的含义。之前我和他打了个赌，我要是撬开这家伙的嘴，老叶就沿派出所的外墙裸奔三圈。我假想着葫芦体形的老叶在电视新闻里裸奔的样子，私处还被打了马赛克，禁不住扑哧笑出了声。然而老叶毕竟是老叶，只字不提打赌的事，而是将一张纸条递给我。我不用看就知道纸条的内容：刘青华，二十九岁，本市人。后台监听的老叶完全可以根据这三项最基本也是最重要的信息，在电脑上将这家伙的情况查个底朝天。

初犯，老叶说，没有案底。

见鬼，初犯就偷了二十七台电脑、九部手机，我说。

中午吃饭我请客。老叶边说边用那根白色的拇指朝对面餐馆摇了摇。

不用了，留点儿钱退休后用来买旅游景点的门票吧。

老叶再过三个月就要退休了。这次审讯是他的绝唱。他当了四十年警察，和不同类型的人打过交道，从妇孺到老头，从富翁到高官，从扒手到杀手，不一而足，区别在于打交道的工具，前二十年用解剖刀，后二十年用记录笔。他在后二十年的审讯工作中，像个金刚钻无坚不摧，荣誉证书一拨接一拨。只是他从未上台领奖。巧得很，每次颁奖时他都在外地办案，由助手小董帮他代领。由于经常上报纸，替身小董的微博粉丝已经超过五万。我打心眼儿里敬仰老叶，觉得他是个真正淡泊名利的好警察。我知道这次审讯对老叶来说意味着什么，是他饥渴不安的眼神泄了密。因为敬仰，我不敢想象老叶带着满腹遗憾告别警察生涯的情景，如同我不敢面对一个我喜爱的运动员带伤离场一样。

老叶不愧为审讯老手，见我心神不宁，一眼看穿了我的心思，冲我大手一挥，说了声走。我说，去哪儿。他说，岳飞路啊。说话间他已跳上汽车。我也跟着上了车。他将那辆早该报废的富康车开得仿佛没装刹车系统，哐啷哐啷直奔岳飞路九号。

这条以民族英雄命名的街道，如今是闻名遐迩的发廊一条街，大腿和酥胸充塞眼球。汽车在小巷里七拐八弯，最后停在一间小屋门前。我们下了车，径直走进屋子。屋子很小，只有十几平方米，光线很暗。一段音乐不缓不急地在空气中流淌，闭上眼，我会怀疑自己进了某间异国情调的咖啡馆。但这里不是咖啡馆。空气中没有咖啡馆里特有的浓香，只有一股霉味。也没有侍者，一个中年女子坐在窗前吸烟。窗户是半开着的。中午的光线洒进来，照在她那张五官分明但衰老已现的脸上，烟雾在光线中升腾，构成一幕艺术家们喜欢的镜头。那首英文歌曲是从搁在桌子上的一部手机里发出来的。老叶向她出示了警官证。她瞟了一眼，对着警官证喷出一股浓浓的烟雾。

我老了，你们不会感兴趣的。她说。

我们只对刘青华感兴趣，老叶答。

她听见“刘青华”三个字，表情立即紧绷起来，像块坚硬的大理石。阳光将她眼神里的愤怒镀成了两柄闪光的利剑。旋即，她扔掉手中的烟蒂，嘴里冷冷地吐出一句本地粗话。

婊子养的！料到他迟早会有今天，她骂道。

接下来她告诉我们，她叫胡晓翠，祖籍河南，四十九岁。老叶说你儿子在外面犯了事。她说，你放屁，老娘我没有儿子，那个浑蛋是我一个姐妹的儿子。老叶问，你那个姐妹呢？她答，早就死了，青春一死，她就跟着死了。老叶说，可是刘青华亲口招供岳飞路九号是他的家。她愣了一下，怒气潮水般隐退，换成满脸的疑惑。老叶便将手机里审讯录音的最后几句放给她听。她听完后打了个哈哈，然后半笑半骂起来。

婊子养的终究还是认了我这个养母，她说。

我们的调查进展得并不顺利。胡晓翠不停地骂粗口，骂完本地话又骂河南话，中间还夹杂着京腔、广东话、湖南话、东北话、四川话和闽南话，似乎在向我们炫耀她掌握了全中国的恶俗方言。她骂完半盒中南海烟后，又开了一盒白沙烟骂起来。这时候我便听明白了个大概。我朝老叶使了个眼色示意撤退。老叶似乎心有不甘，临走时塞给她一张警民联系卡，叮嘱她想说什么就打上面的电话。她摇摇头说，没了，然后将卡片还给老叶。

回来的路上，老叶一言不发。我知道这次调查空手而归，对老叶的名声不利，他是在担心这件事传出去遭同事笑话。老叶办案子从不空手而归。五年前他追抓一个逃犯追到云南边陲，落空了，不甘心，便千里迢迢从当地拎了个扒手回来。这种扒窃案跨省不好办，取证不便，他又私自掏钱将那个扒手好吃好喝养了七天，然后帮他买了回云南的火车票。此后，他才重新展露笑容。

老叶在车上憋了半晌后，最终还是没憋住，突然问我，你觉得那家伙身上还有可以深挖的价值吗？我想了想说，也许有，也许没有。老叶说你小子莫玩文字游戏，给老子来句爽快的。我说，凭感觉应该有。老叶哂笑，凭感觉我还觉得所里全部的笔录纸张不够写呢。说完他猛踩油门，汽车刺溜过了长江大桥。

我和刘青华像两头要斗架的公牛似的，再次相向而坐。我故意打了个饱嗝，向他暗示中午我吃了顿饕餮大餐。他似乎坐累了，弯着腰，将手铐塞进裤裆，藏在镜片后面的眼珠子却往上翻，戒备地看着我。老叶继续在后台监听。刘青华见我两手空空，目光里充满疑惑。是的，这次我没带讯问笔录。我将笔录交给了老叶。我希望在上级眼里，这次审讯彻头彻尾是老叶的工作，我只是个充满好奇心的配角。

继续游戏？刘青华率先开口。

不，我说，游戏结束了，我只想讲个故事。

刘青华一言不发。裤裆下面传来手铐摩擦的声音。看来，他准备好了聆听。

我根据胡晓翠的谩骂开始编起故事。有个男婴，他出生那天生母就自杀了，是他现在的养母收养了他。但是他的养母经济拮据，没办法将他抚养成人，便把他送给一户人家当儿子。小男孩儿性格孤僻，行为极端，不合群，不是在家里大吵大闹，就是在幼儿园摔坏别的小朋友的玩具。这家主人忍无可忍，又把他送了回来。那时候他七岁。都说上帝为某人关上一扇门时，也会打开一扇窗，看来这话不假，上帝为这个小男孩儿也打开了一扇窗，赋予他超强的记忆力。可惜他记住的每个细节都是仇恨，譬如遭遗弃、被讥笑、挨骂、挨打、挨饿和无数的白眼。他仇恨女巫般的养母，更仇恨他的生父。虽然他不知道他的生父是谁，但他知道生父强奸了他母亲。他是强奸犯的儿子，是一枚恶果，是母亲眼中的一根刺，他不该来到这个世界，招惹母亲自杀。他的青春期充满了一系列报复行动。养母后来送他上了大学，但他觉得这是养母故意羞辱他，让他感受外界更多的白眼。他于是将养母一辈子的积蓄偷个精光之后逃之夭夭。

说到这里，我故意停顿下来，假装掏烟，观察他的反应，借此判断我的故事里有多少真实的成分。我看见他的脸色如同三月的天气，一会儿阴，一会儿晴，一会儿静如死水，一会儿愠色漫溢。我讲完最后一句话时，他再次将表情复原为我熟悉的那种自傲，冷冷地说，你骗我，你去找过她，你们警察个个是骗子王八蛋。我反驳说，我们警察个个可恶，是恶人眼里的恶人。他仿佛在漂浮的海洋中突然抓住一块木板，坐直身子说，又来了，善恶论吗？那么我也讲个故事。我说，好啊。我大方地将整盒烟抛给他以示鼓励。但他这次对我的中华烟不感兴趣。他将目光从我的一杠三警衔移到胸前的警号上，又从警号移到我脸上，如同一个演讲者正在从听众身上搜寻激发他演说的灵感。他必定是找到了那种灵感，一口气讲完下面的一段话。

罗湾小区有二十个治安探头，这些探头像二十只不知疲倦的眼睛，将小区几千个居民的日常活动一览无余地记录下来。你们为了捕捉百分之一的有用镜头，录下百分之九十九的私密生活。你们甚至将其中一个探头装在一家住户三楼卧室的对面，我猜测你们的夜班民警每晚都在监控室里观看现场直播。当然，你们看到的不止这个，还有每个人进出小区的穿着打扮、走路的姿势、电动车的牌照，甚至会放大研究手提包的品牌型号。至于流浪乞讨者，你们会将这类镜头过滤掉。也有不过滤的时候，譬如那个遭遗弃的小女孩儿睡在冰天雪地的垃圾堆旁，第二天清早死了，是冻死的，尸体差点儿被铲进垃圾车。你们保留了整个录像，并以此为据，向上面汇报小女孩儿并非他杀，不构成案件。

我打断他的讲述。我警告他不许贫嘴，警察的职责是打击违法犯罪，干不了别的活儿。他说，那就讲个不算贫嘴的。我猜测他狗嘴里吐不出象牙来，接着讲的可能比刚才的还无聊，于是转身将审讯室虚掩的铁门合上。他笑了笑，仿佛在笑我表现得比他更做贼心虚。笑完他俯身将那张猥琐、讨厌的脸凑过来，娴熟地跟我算起一笔账。二十个探头，每个探头每天记录二十四小时，以一个月计算，总共记录了一万四千四百个小时的画面。如果让一个民警一天看八个小时，需要花费一千八百天也就是五年才能看完。所以我断定有些镜头你们会错过。我说，错过了又怎么样，我们甚至会错过和家人的生死离别。他说，没那么严重，只是觉得某个镜头你不该错过。我估摸着他的话里有话，说不定他打算用“某个镜头”招供他的犯罪事实。我问他是哪天的镜头。他将双手高高地举在我眼前，狡黠地说，我不喜欢这副手铐。我毫不犹豫地替他打开手铐。他活动了几下筋骨，嘴里说出一个我熟悉的日子。

为了防止他逃跑，我将他带入一间狭窄到刚好能够蹲下的禁闭室，叮嘱他必须待在那里。他进门的瞬间，显得格外紧张，目光打量着四壁，如同一只羔羊打量屠夫手中的刀具。我并没在意他的反常情绪。这个疏忽让我接下来为此付出了代价。我急于知道那个日子里发生了什么。我要彻底摧毁他，像摧毁一个坚固的路障一样摧毁他，让我的审讯工作畅通无阻地奔驰起来。

我回到监控室开始查看录像。六月七日，这是我来派出所报到的日子。我清楚地记得，那天上午，领导在大会上传达了党委的会议精神，然后说，局里要选派一名民警协助相关派出所处理压发案，由于名额有限，人选要符合三个条件：一是高学历，二是无基层工作经验，三是年龄在三十五岁以内的男性。大家热烈鼓掌。我也跟着鼓掌，边鼓掌边放眼四周，发现我们处同时符合三个条件的只有一个人。这个人就是我。会后领导拍了拍我的肩膀，意味深长地说，小宋哪，这是个难得的锻炼机会，要好好把握。我嘴里连连称是，心里却有些发毛，觉得领导是在委婉地批评我过去五次下派没干出成绩来。

这时候禁闭室突然传来尖叫声，伴随着某类东西撞击墙壁的声音。我连忙起身往外奔。老叶早已像根弹簧似的蹿到禁闭室门口。我理解老叶急切的心情。刘青华是他最后的战利品，他不容许他的人生丰碑上出现错别字。老叶问我怎么回事。我摇摇头，通过监视窗口朝里面观望。那家伙可能是把墙上的电源插头蹬掉了，屋里一片漆黑。老叶打开铁门。一片光线扑进屋里。我看见刘青华像个疯子，双手扯着头发，红跑鞋狠命地蹬踏墙壁，那副黑边眼镜已经破裂，碎片散落一地。他一边尖叫一边大口喘气，全身汗如雨下，模样近乎晕厥。老叶的第一反应是，这家伙吞食了异物。但我不以为然。我想起他刚才进入禁闭室时惊恐不安的样子，便明白了是怎么回事。

幽闭恐惧症。我告诉老叶。这是一种心理疾病，害怕狭小封闭的空间，害怕黑暗，甚至害怕坐电梯，把门敞开一会儿他就没事了。老叶将信将疑地看着我。为了让老叶放心，我又补充一句，给他放一段音乐，最好是轻音乐。老叶说所里只有重音乐，没有轻音乐。说到这里他似乎想起什么，从裤袋里掏出手机，按下播放键。一段音乐随即响起。我熟悉这段旋律。两个小时之前我在胡晓翠的屋里反复听过。我不由得佩服老叶心细如丝，为了填满那份笔录，他录下胡晓翠的谩骂的同时，也录下了那首英文歌。

尖叫声随即停止。刘青华似乎喊累了，闭上眼，背倚墙壁开始休息。

我重新坐到监控室。老叶也回到值班室里继续整理笔录。派出所恢复了周末应有的宁静。我一边继续查阅录像，一边心中暗自庆幸，总算发现了这家伙身上最脆弱、最不堪一击的地方，和他的脆弱比起来，我的强迫症简直是一种引以为豪的荣耀。等会儿我要做的，就是将犀利的语言化作手术刀，一刀一刀慢慢地割他。

老叶再次愤怒地出现在我面前时，我正在盯着一段录像发愣。老叶将他单眼皮下的两颗眼珠子瞪成了牛卵。我也将我的牛卵似的眼珠子瞪成更大的牛卵。老叶盯着我。我盯着屏幕。我压根儿没听见老叶朝我吼叫些什么。我的全部注意力集中在屏幕上。那家伙当天晚上踩点儿时，可能是担心被录下，转动了探头。探头本来对着拐弯的出口，这下好了，对准了辖区一家 KTV 的大门。我看见屏幕上有个熟悉的身影摇摇晃晃从 KTV 大门走出来，那只当天亲切拍过我肩膀的手掌，正贴在一个衣着暴露的年轻女子的臀部上。夜风撩起女子的短裙，露出一条三角裤。录像资料是黑白的，我看不出三角裤的颜色，但我猜它是红色的，它和旁边汽车上插着的一面旗子的颜色相近。我认识那辆汽车，除了牌照很陌生。他们很快钻进汽车里。汽车刚开始抖了几下，然后开走了。我看了看屏幕左上角记录的时间，二十二点差五分，将这个时间倒退两个小时，刚才的那个身影还在欢送会上向全体下派民警宣扬五条禁令八项规定。

我想说点儿什么，话到嘴边又换成了咳嗽。我感觉喉咙里有只苍蝇，哽得我说不出话来。我厌恶刘青华，厌恶到忍无可忍的程度。这家伙为了做个成功的窃贼，下的功夫不少，不仅研究基层民警，还研究机关的领导。我上了他的当。他要我看这段录像，并非招供案情，而是要羞辱我。原来他一直在和我打心理战，从没打算认输。我一直在寻找某个开口撕裂他，而他已经在撕裂着我，撕得哗啦啦响。我的学问、我的理想、我的荣耀、我的正义感，还有我的尊严，全部被他撕成碎片，包在一块叫作羞辱的纱布里。

我彻底愤怒了。我站起身要去禁闭室，却被老叶一把按住。

继续关他，我吼道，把灯也熄了。

还关个球！老叶的怒吼声比我的更大。那家伙跑了！

我万万没有想到，那个浑蛋装作听音乐迷惑我们，乘周末所里人手少，跑了。那时候老叶急于整理出一份满意的审讯笔录，而我一心惦记着寻找他的人性弱点，逼迫他彻底招供，却忽略了他的狡诈。这真是打狗不成反被狗咬。

我一筹莫展。老叶很快镇定下来，将我一把拉开，自己坐在监控台前。他将二十个探头同时调了出来。刘青华柳条似的身影立即出现在其中一个屏幕里。老叶用那根缠着绷带的大拇指在屏幕上使劲儿地按他，似乎按住屏幕上的刘青华，便是按住了现实中奔跑的刘青华。但那家伙在画面里跳来跳去、忽隐忽现，迫使老叶的动作东一下、西一下，像在玩砸地鼠游戏。老叶边按边骂，你小子跑啊，往出租房跑啊，往藏赃物的地方跑啊。我一言不发。我知道刘青华没那么傻，或者说我们没那么幸运。

刘青华的身影很快从最后一个屏幕中消失了。我们俩面面相觑。老叶手机里的音乐还在流淌。我听着那段音乐，脑海里突然冒出一个奇怪的念头。我对老叶说，音乐里藏着什么。老叶气愤地说，藏着个鸡巴，所以那个老妓女喜欢。说完他在监控台上拍了一巴掌。我知道那一巴掌本来应该拍在我身上，是监控台替我承担了。我说老叶你说得对，音乐里的确藏着个——我改口用另外两个字代替鸡巴——男人，所以她才反反复复地播放它。老叶愣了愣，转怒为笑打起了哈哈。我们俩不约而同地冲出派出所大门。

刘青华比我们先到岳飞路九号。我们进屋时，看见他背对我们跪在地上，红跑鞋的鞋底朝外，成为暗淡的屋子里唯一的亮色。胡晓翠坐在一把木椅上，垂着头，一动不动，仿佛要将跪在她脚边的这个男青年看个仔细。窗帘是拉上的，露出一条缝，一线吝啬的阳光勉强地挤进来，打在地面几颗散落的药片上，也打在胡晓翠发白的脸上，使得她的脸庞看起来干干净净，像张无字白纸。还是上午见到的那部国产手机，搁在她身旁的桌子上。还是那首不知道叫什么名字的英文歌曲，不缓不急，不轻不重。刘青华低着头，屁股高高撅起。我不知道他是否在哭泣，舒缓的音乐盖住了屋内的一切声音，但我看见他脚下的地面湿了一大片。

她死了？老叶问道。我猜想他在问刘青华。但他的表情更像在问自己。他伸出两个指头在胡晓翠的鼻孔下探了探，似乎还不放心，又摸了一下她的脉搏，最后捡起一颗药片看了看。她真的死了。老叶回过头来确切地向我宣布他的鉴定结论：自杀，服药严重过量。

我充分相信法医出身的老叶做出的结论。我盯着刘青华的背影不知所措。此刻他弓着腰，背影抖得厉害，他的脑袋要是再尖一些就可以插进水泥地面了。我在来时的路上想好了，抓到这个家伙时，我一定扇他几个耳光，替我自己扇，替老叶扇，替所有专案组成员扇，扇得他哭爹喊娘跪地求饶才罢休。这下好了，他正在跪地喊娘，省得我动手。

傍晚，我和刘青华第三次相向而坐。刘青华依旧仰着头，只是不再看天花板。事实上他什么也没看，眼皮是合上的，两行泪水顺着眼角滑落。他脸上哀伤叠加哀伤，之前的那种高傲荡然无存。老叶这次格外小心，找来两副手铐，将他的两只胳膊分开锁在椅子两侧的扶手上，这样一来，刘青华仰头挺胸的坐姿不失为一种识时务的选择。

我知道你有很多问题要问。他率先开口。你想知道我为什么不逃跑。你还想知道，事情为什么来得这么突然，上午你们去见了她一面，下午她就自杀了。你更想知道，我隐瞒了些什么，还有哪些没招供的犯罪事实。

我没有回答。他的这番话令我觉得说什么都是多余的了。我将目光对准他的目光。他失去了眼镜，我可以清晰地看到，如果没有那层晨雾一般淡淡的忧伤，他的目光其实很清澈，也很明亮。我琢磨着他会先说哪个问题。我想他一定会按照刚才的逻辑顺序一一做出解释。然而出乎我意料，他话锋一转，向我提出另一个问题。

你有死亡的经历吗？他问。

我继续沉默。我的脑海里浮现出参警七年见到的各种场面，枪杀的、车祸的、服毒的、溺水的、爆炸的、火灾的，还有百年难遇的空难，每每想起那些场面，死亡气息就会雾霾似的笼罩在我头上，经久不衰，我甚至可以触摸到死亡的颗粒感。

他见我没吭声，便不搭理我，继续自言自语起来。我三岁生日那天，我娘第一次给我买了个礼物，是个皇冠头箍，金黄色的，上面镶着一排水钻。我打记事那天起就害怕我娘。她将它戴在我头上时，我怕得哭了起来。我觉得那东西像个紧箍咒，我娘要将我牢牢地套住。我娘说莫哭莫哭，我们去江边玩。我听见这句话立即止住了哭声。我一直想去看长江。我三岁时憧憬的长江是这样的：船比我家的屋子大，水里有鱼，成群结队地游来游去，王八爬到岸上来晒太阳，岸上有很多小朋友，他们无拘无束地奔跑，手上牵着一根线，顺着那根线我会看见天上有风筝，老鹰的、燕子的、金鱼的、蜈蚣的、熊猫的、小狗的，总之，地上跑的、水里游的都在天上飞。我高高兴兴地牵着我娘的手来到江边。那是个秋天的傍晚，风很大，吹得我睁不开眼。但我努力地要睁开它，因为我要看长江。我失望地发现，长江边上什么也没有。我娘说水里有鱼，我们去抓鱼。我于是将唯一的希望寄托在一条鱼身上。我娘抱着我朝水里走啊走，一直走到江水快要淹到我的脖子。我娘没看我，她的眼睛盯着前方，耳朵里听着音乐。我现在想起来了，音乐是从她口袋里一个巴掌大的小录音机里发出的，涛声很大，我听不清。我顺着我娘的目光看去，觉得要抓到鱼还有很远很远的路要走。我突然感到一阵恐惧。我迸发出一股超乎我年龄的力量，挣脱我娘的怀抱，跌落在水里。我娘送给我的那个皇冠头箍也落到水里，正在向远方漂去，我拼命地去抓它。一个浪头打过来，我抓住了我的礼物，我瘦小的身子也被卷入水中。我娘见状，突然发疯似的扑上去，将我从水里捞起来，又发疯似的抱着我爬上岸，沿江边狂奔不止，直到跑不动累倒在淤泥里。我娘倒下去的那一刻，才真正是我恐惧的开始。我明白了，我娘之前是要杀死我和她自己。我没有哭出声来，全身战栗不已。你不会理解那种恐惧，直到今天我娘死了，它还没死，继续活在我的记忆中。

刘青华讲述时，目光从我的头顶直直地穿过去，不知道落在何方。我猜想它应该是落在长江里，那里江水翻涌，风大浪急，岸边有一串奔跑的脚印。那里诞生了他的恐惧，是经历死亡的恐惧，比死亡的恐惧更可怕。

我想我该提问了，否则他会继续没完没了地讲下去。我想起他刚才最后一句话里提到“今天我娘死了”，令我迷惑不已。我于是问他，胡晓翠究竟是你的什么人？他答，我娘，我生母，不是养母，是那个曾经想杀死我的人。我摇摇头表示他在说谎。但他并不在乎我的质疑。他好像什么都不在乎了，幽幽地说，我的故事还没讲完，你莫打岔。然后继续说了起来。

二十九年前的秋天，我娘没听那个男人的话，将我生了下来。我的生日后来被她当成遭抛弃的日子。从那天开始我娘就恨我。她认为我毁掉了她的爱情甚至一生，在别人面前从不承认我是她的儿子。那次她没杀死我，也就没杀死她自己，于是变本加厉地厌恶我。她不高兴时将我关在那间黑暗的小屋里，任凭我哭干眼泪、哭哑嗓子，似乎这样她才解恨。我因此有了幽闭恐惧症。好几次我被她送给别人，但每次送人后，她又亲手把我接回了家。那时候她还年轻，为了养活我，送我上学，她做起了妓女。她一边用南来北往的男人们的脏钱养我，一边将他们骂她的方言脏话转骂到我身上。我十八岁上大学那天，她说了一大堆好听的话，这很反常，导致我在火车站台上徘徊不前，最后没去学校报到，而是返回家里。我进门时，看见她一个人坐在窗前，边听音乐边像嚼豆子似的嚼着一捧安眠药。对了，就是你们听到的那段音乐。我现在总算明白了，从我三岁生日那天开始，她随时都在准备了结自己。

如此看来，你逃跑是为了阻止她自杀，我说。

是的，他答。她若是活着，这个世界上至少还有人惦记着骂我。

你怎么确定她要自杀，仅凭推测吗？

他摇了摇头。当然不是，他说。他的目光终于开始落在我的脸上。我们的目光互不相让。我看见他的目光里除了悲伤外，还在滋长愤怒。我想，悲伤是给他自己的，而愤怒应该是给我的。

那段音乐，他说，它告诉我的。

音乐？那首英文歌？

是的。它叫《I Will》，翻译过来就是《我愿意》。我从小讨厌它，仿佛中了魔咒，它只要一响起，我就有种以头撞墙的冲动。有一次我小心翼翼地对我娘说，我不想听，它老是给我带来错觉，以为身处殡仪馆。那次我娘的反应是我从没见过的，她那张骂起人来流畅伶俐的嘴巴突然失了灵，张开后半天也没合拢。你们将音乐放给我听时，我幡然醒悟，我娘前两次自杀都在听它，仿佛我娘也中了它的魔咒，还有，都发生在我过生日时。这是不是构成一个逻辑推理的链条呢？

她有抑郁症，我说。

没错。我上大学后才明白。为了帮助她，我才自学心理学。你也懂心理学，你中午就看出我娘有严重的抑郁症，但你不关心她，你只关心你的任务，在你眼里她是个无关紧要的人。

你对警察并不了解，我打断他的讲述。你没资格指责我。你毕竟是个贼。你的丑陋货真价实。

贼？我不是贼。我讨厌小偷小摸。我偷东西是为了找到那个男人。我要杀了他。

狡辩。

你懂个屁！他忽然暴躁地叫起来，胳膊一使劲儿，椅子两侧的手铐链条哗啦啦作响。你知道长江的水流有多深多长吗？你将它放大一万倍，就是我的仇恨了。我娘恨我。我恨谁去？恨我娘吗？不！她是个受害者。但是，我天生不是来挨骂受气的。我的仇恨需要找个出口，好比雪山崩塌了雪水需要奔涌。那个男人便是出口，他完蛋了，我的仇恨才能结束。

他不过是生下你而已。他有错吗？

他骗了我娘。骗子算什么东西！骗点儿钱财也就算了，要是骗感情，这比杀人还罪恶，这种人就该千刀万剐下油锅煎。我这种观点并不偏激。我想你应该理解的，就拿你来说吧，我诱导你看那段视频，就那么一点儿不足挂齿的欺骗，你就暴跳如雷，还要用我最害怕的方式来惩罚我。你那叫受骗一时，我娘叫受骗一生。怎么说呢，那个男人答应我娘要娶她的，其实，他当时是一个有家室的男人，他还没有离婚。仅仅因为我娘没听他的话，生下了我，他就违背承诺将我娘抛弃了。我不是在信口胡诌。我娘这辈子没有结婚，每次见到电视里的婚礼场面，她就痴痴地发呆。我家有很多婚庆喜帖，都是她收藏的，仿古的、卡通的、剪纸的、缀花的、烫金的、单页的、对开的、信封式的，应有尽有。我曾经怀疑她会将喜帖上的名字改成她和那个男人的名字，每张都偷偷查看了。可惜她没那样做。她要是那样做了，我就知道那个男人是谁了，也就不会挨家挨户寻找线索。

偏题了，我说，谈谈你入室盗窃的事情。

没偏题，他答。我对那个男人的情况一无所知，我娘守口如瓶，很多年来她只用两种方式和我交流：一种是谩骂，另一种是沉默。她生气了就说，那个男人是个强奸犯，不值得去找他。有一次她骂漏了嘴，我才知道那个男人住在罗湾小区。于是我在小区租住下来，希望听到某些传闻，从中找出他是谁。一年后我发现这个办法不管用，便开始撬门翻窗入室。我只要电脑和手机，因为这两样东西里储存着个人的信息资料，我希望从中发现线索。我这个办法很笨，说出来很多人不相信，但是我要告诉你，莫说是个三千多人的小区，即便是一个千万人口的城市，我也会继续找下去。

你找到他了吗？

是的，我找到他了。我知道他是谁了。那个晚上我进入他家，抬头看见墙上挂着他的一幅大尺寸的照片，禁不住吓了一跳——我和他长得很像。我甚至差点儿把那幅照片看作一面镜子。回来后我立刻检查他的手机，发现他手机里也有那首可恶的英文歌。

然后呢？你复仇了吗？我迫切地追问。

他似乎有些渴了，喉结滑动了几下。我这才意识到他不能喝水，他的双手是铐在椅子上的。我连忙起身将他面前的那杯白开水端到他嘴边。他一口气将那杯水喝个精光。我的友好似乎起了作用。他开始用一种不急不躁的语气继续说起来。

那一刻我的心脏狂跳不止。我甚至想立即返回去掐死他。但是我迈不开步伐，不知道为什么，我的心情五味杂陈。我从第二天开始关注他，经常隔老远观察他。我希望他是个彻头彻尾的恶棍、流氓、色鬼、骗子、贪官、奸商、刁民，这样一来，我就可以心安理得地干掉他。偏偏他是个先进模范，电视和报纸上经常宣扬他的好人好事。我亲眼看见他给自闭症儿童买玩具，和艾滋患者共餐，寄衣物给山区儿童。那段时间我反复跟自己对话，就像你审问我一样，我不断地问自己，杀还是不杀？我犹豫不决时，上天替我做了一个决定——他死了。他是因为长年劳累得癌症去世的。那天很多人赶到殡仪馆参加他的追悼会。我没去。我在电视机前面守了一个上午。电视里哀乐响起时，我突然哭了，丧父一样地哭。我哭那个我敬仰的人，也哭那个我仇恨的人，他们一并死了，我的恨和爱一并死了，这令我感到不知所措、惶惶不安。我后来一次又一次潜入他生前的家里，抚摸他的每一样东西。但我发誓，我没拿其中任何一样，只是看看。你是知道的，最近一段时间辖区内没发生过入室盗窃案，这就是原因。偏偏我放弃作案时，你把我抓住了。

这件事你告诉过你娘吗？

没有。我猜我娘已经在电视新闻里得知了他的死讯。今天我跪在我娘的遗体旁时，耳边一直响着那段音乐，我娘设置了单曲反复播放，我相信它一定和婚礼有关，说不定那个男人当初答应过我娘，在他们俩的婚礼上播放它。我听音乐时心里没有仇恨，只有悲伤。我听着听着，突然明白了一切。我不敢大叫，更不敢大哭，我怕我的哭喊被我娘听见后，她会在天堂发笑。

你听明白了什么？

他们深爱着对方。我不是强奸犯的儿子。我娘骗我的。他爱我娘。他若想从记忆中删除我娘，不会把那首歌存在手机里随身带着。我娘也爱他，她忍受着一切痛苦在保护他的声誉，到死也不说出他的名字。她也从未被抛弃，而是主动离开了他，隐姓埋名。他当时前程似锦，我娘怕毁了他。我娘接连搬了五次家之后，他再也找不到我们了。

你说得没错。我长吁一口气。你娘不只爱他，也爱你，她不想让你知道太多，是在保护你，不想让你伤得太深。

他没吭声，打了个长长的哈欠，脸色随之柔和起来。我看见他右手的指尖不经意地碰了碰裤袋。我知道他的裤袋里有一样东西。是张纸条，准确地说是胡晓翠留给他的遗书，上面写着“生日快乐”四个字。

老叶用一条手机短信告诉我一切“OK”。六十岁的老叶用英文单词发短信，足见他的心情不错。我连忙起身走进值班室。老叶捧着一叠写得密密麻麻的纸张，正在逐字逐句地检查，见我进来，他叫我猜猜那家伙会不会在上面摁手印。我说你拿去试试就知道了。他说不行，还有一项重要内容没写上去。我不解其意。他一脸认真地说，凶器。

老叶果然神机妙算。半小时后，我们从刘青华的租房里不仅查获大量电脑和手机，还有一枚自制炸弹。老叶看着那枚炸弹，如同收藏家看着一件古董，眉宇之间透露出一丝没能藏住的惊喜。我立即赶写了一篇材料，标题是《六旬警察宝刀未老　审贼审出爆炸嫌犯》。我写完材料后又在标题上琢磨了一番，毕竟刘青华的生父已经死了，“爆炸嫌犯”这个说法值得斟酌。但我最终没做修改，将材料交给老叶。老叶边看材料边叹气，小宋你在机关写材料真是浪费了。老叶的话有两种理解：一种是我写材料的水平还欠火候，另一种是我应该到基层来写材料。我不知道属于哪一种理解，便岔开话题，跟他说了声对不起，我今天差点儿犯下大错。老叶说不碍事，来来来，抽支烟。说完他打开抽屉四处找烟，感激之情溢于言表，竟然错误地将一根电子假烟递过来。

晚上，月色很好。老叶买来两箱啤酒和几袋花生米，我们俩坐在派出所的院子里开始喝酒聊天。我问老叶什么是犯罪心理学。老叶摇摇头，仰起脖子将手中的一瓶啤酒喝个底朝天。喝完酒后，老叶反过来问我什么是法医。我说法医是司法机关中运用医学技术对与案件有关的人身、尸体、物品或物质进行鉴别并做出鉴定的专门人员。老叶吃惊地看着我，问我究竟是学过心理学还是解剖学。我说我答对了，你就该喝酒。老叶左右开弓又喝了两瓶。就这样边喝边聊，我们俩很快醉意朦胧。喝到夜深时分，老叶看着最后一瓶酒，抛出他的最后一个问题，要我猜猜他为什么不当法医而要到派出所当预审员。我说因为你喜欢审讯。他说错错错，最后一瓶归你。我说不行，你先说答案，证明我错了。他沉默片刻，说道，我用解剖刀在一个受害者身上开出一颗跳动的心脏，这之前，他居然还没有死！这件事我隐瞒了二十年，直到现在快要退休了才告诉你，那个凶手刚满十八岁，后来以故意杀人罪被枪决了，第二天我就申请调到派出所。说到这里，老叶将最后那瓶应该罚给我喝的啤酒一饮而尽。

我突然感觉好累，加上不胜酒力，我的眼前开始模糊。恍惚中我看见老叶脱掉警服，光着膀子仰面八叉躺下来，葫芦体形在月光下一览无余。他手机里的那段音乐也在这个时候响起，不急不缓，不轻不重，像微风掠过一片竹林，像溪流漫过一叠岩石。我不知道即将光荣退休的老叶为什么突然播放这首歌。毕竟我们都听不懂这首歌里藏着什么。我没去细想，抬头仰望天空。月光如水，洒在老叶的脸上，也洒在他的瞳孔上，他的瞳孔便蒙上了一层闪亮的水状物质。对面 KTV 的喧闹声从早到晚丝毫未减。倒是刘青华的呼噜声越来越安详，这个强奸犯的儿子，哦不，这个先进模范的儿子，几个小时内判若两人，竟然在禁闭室里熟睡了。难道白天他的幽闭恐惧症是装出来的？

（原载《长江文艺》2014 年第 9 期）

夏凯，男，1972 年生，湖南武冈人。武汉市公安局政治部民警，一级警督。湖北省作协签约作家，湖北省作协会员。著有长篇小说《出息》、中篇小说《原形笔录》、短篇小说《余音》等。曾获第六届全国侦探推理小说奖。

心　战

彭祖贻

这天早晨，老柴下楼的时候，看到一个男人正在电子门外站着，他隔着门栅瞅了一眼，心里愣了一下，直感那人身上透着一种说不出的古怪，他拉开门问：找谁？

那人冲他笑了笑，其实也就面部皮层动了几下，左侧嘴角向上扬，右侧嘴角向下撇，一种很让人惊悚的表情。谷诚是住这个单元吧？那人问。

锻炼去了。老柴出门的时候警觉地将门顺手带上，又说：快回了吧，你等等。

那我就在外面等。那人说着，走向单元门前的香樟树下，树下有一组大理石材质的休闲的石桌、石凳。

你们是亲戚还是朋友？老柴问。

熟人，老熟人。那人回答。

谷诚跑步回到小区院子的时候，湿透了的汗衫都贴在身上，迎面遇上了老柴。老柴说，老谷，你越来越性感了，乳房这么大，说着伸手去抓。谷诚闪开了，低头看看自己肌腱突出的胸脯笑了，说，再性感也没用，我又没媳妇要伺候。又去给媳妇买早餐？

我那臭小子晚上不想睡，早晨不想起——楼下有人找你。老柴岔过对他不利的话题，往院子外走了几步又回头补了一句：说是你的老熟人。我看着怎么怪怪的，好像才从牢里出来的，我没让他进去。

谷诚哦了一声，小跑着到自家单元的楼梯口，果然见香樟树下站着一个黑黑瘦瘦的中年人，头发极短，头皮中央有一道狭长发亮的疤痕。谷诚看着有点儿眼熟，一时又想不起是谁，上前问：你找我？

那人回头上下打量了谷诚一番：你是谷干部？不会吧？

谷诚说：我是谷诚啊，如假包换，你是——

那人说：你怎么看上去比十五年前还年轻？

没这样夸人的，除非我吃了防腐剂，那还得有蜕皮的功能。说吧，找我有什么事？——谷诚对第一印象不好的人一向不客套。

那人笑了笑，就在他两边嘴角蠕动的时候，谷诚的心里咯噔一下，心想，这家伙还真的来了。但他没露声色，双目直视对方，看着那人从西装短裤中摸出半包红金龙烟抽出一支递过来。戒了，谷诚用手掌抵了回去，有事说事吧。

就没打算请我到家里坐坐？那人自己点燃香烟。

我从不在家接待来历不明的人。

在你眼里我竟然成了来历不明的人？那人嘴角又在蠕动。

你要没事我就进去了，一身汗，得洗洗。谷诚说着就朝楼门走去。

看来你是真的没认出我。装的吧？那人显然有些失望，冲着他的背影叫道，没忘记十五年前我说的话吧？我说过，只要我没死就一定会来找你的。

那人说话的声音不大，却让正透过电子门栅进入有些阴暗的楼道的谷诚身上起了鸡皮疙瘩。

手机响的时候，沈炼正蜷缩在办公室的长沙发上睡觉，他凌晨五点多才躺下，所以彩铃响了好一阵子他才拿起手机问了一声：哪位？

手机里传出谷诚的声音：问我哪位？你把我的号码删了？

没有没有，沈炼听出是谷诚的声音，连忙解释，正睡觉，我没看来电显示。老拐子，怎么想到给我打电话了？

拐子在湖北方言中是哥哥的意思，老拐子就是老哥的意思。沈炼从警校毕业就跟着谷诚干，谷诚既是他的领导又是他的师父，但后来沈炼成了谷诚的领导，为了表示对谷诚的尊重，就改称他为拐子，谷诚改为非领导职务后，沈炼又在拐子前面加了一个“老”字。

又熬通宵了吧？吵你睡觉了啊，听你的意思我不该打你电话？那我挂了，对不起啊。

别别别，沈炼说，我最近正准备抽时间去南江看你，本来计划今天动身，看来今天去不了了。前天发生了个凶杀案，到现在还一点儿头绪都没有，碎尸了，人头到现在还不知道在哪儿。老拐子，不瞒你说，一到这个时候我就特别想你——

沈大局长，说假话的时候最好打个草稿，起码得让人信，对吧？谷诚说，不跟你客套了，跟你说个事。还记得吴斌吗？

吴斌？哪个吴斌？

也是啊，叫这个名字的太多，就是那个自称既无文又无武就是有钱的那个吴斌。

哦哦哦，他呀？怎么啦？我记得他进去的时候说过一句话，只要他不死，就会来找我们。沈炼想起来了。一身肥膘一脸横肉的那家伙，老拐子，你怎么想起他来了？

你这个现任的公安局副局长他是不敢找，找到我这儿来了。他不是被判无期了吗？

出来了？还找到南江去了？反了他！沈炼翻身坐起来。

人现在就在我楼下，我假装没认出来，给你打这个电话。谷诚说。

我马上给南江的吕局长打电话，让他派人——

不用不用，他当年一身横肉的时候我都能治他，现在瘦得跟麻秆似的，我更不怵了。我现在弄不清他想干吗，你查一下，他什么时候放的，是越狱还是减刑，出来以后都干吗了。知己知彼嘛，一会儿我再下楼去会会他，把他稳住。

我马上安排人查，尽快给你回话，老拐子，你可要小心。

放心吧，局长大人，我这一辈子净跟亡命徒打交道了。如果需要，小吕局长我会直接联系。真是啊，小吕都当局长了，我怎么不老呢。你刚才说想来看我？真的假的？

我是真的要去看你。是这样，最近局里开过会了，要求像你们这些一不退二不休的老同志重新上班，原来在哪个单位工作就由哪个单位通知。你也知道，这是上面有要求。刑侦的同志我跟他们说了，别打你电话，等我抽出时间跟秦支队一起去跑一趟，一来看望一下老拐子，请你喝喝酒，二来当面征求一下意见——

这事我知道了，我们老家伙之间也不是不联系，这几天打电话来来回回都在说这事。我还上个屁的班，差四个月就到龄了，要不你把我这四个月的工资全扣了？真是的，我去刑侦上班掺不掺和事？我要掺和了跟人家小秦的意见不一样，人家小秦怎么办？让我当哑巴，我是个当哑巴的人吗？我这臭德行你不清楚？——你那儿来人了吧？

沈炼看了一眼站在办公室门口的刑侦支队队长秦平，老拐子呀，你那耳朵真不是一般的耳朵，是秦支队。你放心吧，吴斌的事我现在就安排人查！

那我等你电话。谷诚话音一落，手机传出忙音。

谷支队电话？秦平问。

你马上安排人去查一个叫吴斌的家伙，要不干脆叫老曹去，他知道这人，我参警上的第一个大案子就是跟着谷支队和老曹他们搞吴斌这个团伙。

这人我知道，没少听你和老曹说，出来了？

不只出来了，现在就在谷支队楼下，好像要找谷支队麻烦。

啊？反了！沈局，这可不是小事，我马上打电话给南江县局——

不用，老拐子能应付，他真要用人，一个电话南江的吕局长还不前面两条腿都放下来跑？这样，让老曹亲自去查，看吴斌是什么时候出来的，怎么出来的，出来后都在干什么。是不是案子有进展了？

人头找到了，在新民街的那个公共厕所，脸上的肉都给剐了，认不出来了。法医初步判断是碎尸的一部分，最终确认当然还需要一些时间。狗日的，太狠了，这得多大的仇啊！

如果最后确认碎尸是陈继祖，这家伙一个放高利贷的，仇人少不了。逼追别人家破人亡的有没有？卖房、卖身的有没有？DNA 鉴定结果今天应该能出来吧？

应该能，一会儿一到上班时间我就催问一下。

鉴定也就那么个意思，人应该是陈继祖，在三个抛尸现场发现的那么多东西已经基本可以确认了，就差最后这一哆嗦了。前天晚上，我在案情分析会上就说了，这是这个案子的主攻方向。脸上肉都剐了？肯定是不想让人认出来呗。沈炼说，让法医和技术的同志们继续辛苦。外围查得怎么样？

还真像你说的，确实有人借了陈继祖的钱还不上跳楼了，是高坪镇的一个矿老板，姓刘。情况刚刚摸上来，本来我准备让老曹亲自去查的。我再安排吧。

这个线索非常重要，一定要安排得力的人选。沈炼严肃地说，我还是给南江的吕局长打个电话吧。不知怎的，心里不踏实，老拐子没打给我电话还好说，现在他打电话了，你我都知道了，他要是出了什么事儿，你我就得在江城市找个地缝钻进去。

这个电话应该打。干脆我安排人跑一趟。老曹，你来得正好。秦平对刚刚进门的刑侦支队的重案大队长曹正说，沈局长有重要任务交你办。

曹正说：任务放一下吧，我先说个情况：陈继祖的小三儿失踪了。

啊?! 秦平与沈炼面面相觑。

8 点多钟的时候，谷诚下楼了，一袭白绸唐装飘飘洒洒的，一手拎着一个琴盒，一手端着一个硕大的茶杯，出电子门的时候，他看到吴斌还坐在香樟树下，正在吃着一碗肥肠面，大理石桌子上还放着一小瓶枝江酒。看到谷诚出门朝这边走来，吴斌习惯性地蠕动了一下嘴角，起身做了个迎候的姿态。

坐坐，别客气，谷诚放下茶杯打了一个手势，拿起小酒瓶看了看，小日子过得不错嘛。我们南江这边早晨喝酒的人不多——你真是来找我的？别忙着说话，先吃先喝，吃饱了喝足了再说也不迟。他打开琴盒取出一把二胡，拉了两下试了试音，又很细心地往琴弓的马尾上抹了一些松香，整个过程有条不紊。

吴斌一仰脖子将小瓶中的酒喝干了，又呼哧呼哧地将餐盒中的面连汤带水吃干净，然后将酒瓶往餐盒中一放，随手一丢，抹了一下嘴，正准备说话，谷诚站起来，你看你这人，一点儿城市意识都没有。他起身捡起餐盒和酒瓶，扔进不远处的垃圾箱中，回头又教训对方：要讲文明，知道吗？文明要从点滴做起，知道吗？

吴斌说：我就是一个农民——

谷诚说：别侮辱农民，要说中国人的祖人就三种人：农民，渔民，猎人。你别自己干了不文明的事就说自己是农民，这是给农民抹黑。算了，不跟你说这些了。找我有什么事？说吧，我一会儿要出去练琴了啊。

吴斌说：你真想不起我了？

谷诚说：似乎有点儿面熟，想不起来。

吴斌说：我是从江城过来的。

谷诚说：我在市里工作差不多三十年了，认识的人没有一万也有九千，哪记得那么多。

吴斌说：我是被你送进牢房的。

谷诚说：哦？是吗？还是想不起来。被我送进牢房的少说也有千儿八百的。

吴斌说：我说过，只要我活着就要来找你。还想不起来?

谷诚说：我听这类话多了去了。还有人说要杀我全家，我从来不往心上放。你就别拐弯抹角让我回忆了，直接自报家门吧，你叫什么?

吴斌说：看来你真是想不起我了。我原本以为自己还算个人物，没想到在你心里一点儿分量都没有，我白混了。我叫吴斌，进去之前在江城码头一带混，现在想起来了?

吴斌?呵呵呵，是你呀，谷诚似乎这才认真地看了对方一眼，微微一笑，你以前挺壮的，还有啤酒肚，现在怎么成这样了?生过大病?

吴斌也盯着谷诚看：坐牢坐的呗，你看头上的疤，牢饭不好吃啊——没想到我时隔十五年还会找上门吧?

谷诚沉吟片刻：当年没枪毙你就算让你逃过一劫了。找我有什么事吗?

吴斌说：出狱之后我无法生存了，我想来想去还是得找你。当年我是被你送进监狱的，现在我回归社会了，你得帮助我生存下去呀。

谷诚说：这就是你找我的原因?那你算是找错人了，你应该找你户口所在地的派出所和社区，我现在就算是有心帮你也无能为力。我现在的状态，我想，在你找到我之前应该已经打听清楚了，对吧?

我承认，我出来之后就打听你，知道你退养了，回南江了，我就到南江来找你。不瞒你说，我在东门浴池旅社已经住五天了。

还真是功夫不负有心人呐，谷诚笑道，我想，你可以走了。我以前办你的案子，是一个公职行为不是个人行为，懂吗?我现在就是一个马上要退休的人，我要到南溪河边拉二胡去。要不你也过去听听?挺好的，真的。

你真的不管我的事了?

谷诚往琴盒里装好二胡，端起茶杯：我刚才的话说得还不清楚吗?

吴斌有点儿上火了：姓谷的，你还真别拿红薯不当粮食。

谷诚说：我告诉你，我不吃红薯，当知青的时候吃多了，吃伤了。

吴斌说：你就这样离开不怕我对你家里有什么不好的举动？

谷诚走了几步又回头说：吴斌啊，你怎么没点儿长进？既然要来威胁我就应该把我的家庭情况打听清楚嘛。告诉你吧，我儿子很争气，出国留学拿的是外国奖学金，还替我找了个洋媳妇，去年给我添了孙子，我老伴也过去看孙子去了。斯德哥尔摩，你知道那地方吗？去那边要先办护照、签证，手续挺麻烦的。

看到谷诚又要走，吴斌大声说：姓谷的，当年我托人送你二十万，你收了，答应尽量帮我开脱我才投案的。你收钱的事应该不是公职行为吧？你就不怕我举报？

已经转身的谷诚脚步稍稍停滞了一下，头也不回地说：这事儿你最好去纪委、检察院说。对了，一会儿保安来撵你，你可别跟人家使性子，我们这小区跟派出所是联网的。别才出来又进去了，日子好好过，还有几十年呢。

吴斌说：我知道还有几十年，你得让我活得下去呀。

谷诚往单元电子门那边瞟了一眼，又说：其实，吴斌，你应该知足。你心里应该清楚，当年你是应该被枪毙的，你算是逃过了一劫，不然的话，骨头早成灰了，既然还活着，就好好地珍惜生命，别没事找事。在我这儿，你占不到便宜，明白吗？

谷诚冷冷一笑，走了。单元的电子门开了，戴太阳帽、拿着钓竿包的老柴从门里出来，看看远去的谷诚的背影，又看看香樟树下的吴斌，犹犹豫豫地站了一会儿，还是走了过去。

南溪河是一条穿过南江县城的小河，河的两岸都修了很漂亮的护坡，南溪桥头有大片的修竹茂林，东桥头的一片楠竹林中，不时地传出袅袅的音乐声，二胡、扬琴、笛子各奏各的调，听上去有些零乱，显然，这是个业余音乐爱好者的聚散之地。

身着便装的南江县公安局局长吕辉和沈炼在竹林中看到谷诚的时候，他正与几个拉二胡的练习《赛马》曲。看到吕辉和沈炼，他收起二胡走过来，三人一道走到竹林外。吕辉说，老领导的日子过得挺潇洒的啊。沈炼说，老拐子从来就是泰山崩于前而脸不变色的人。

谷诚走近：今天心都挺闲的嘛，专门跑来夸我？

吕辉说：老领导琴拉得不错嘛，都能赛马了。

谷诚说：狗屁，我这是八十岁学吹鼓手，能好到哪儿去？你小吕局长不会笑话我，他沈大局长就不一定了——吴斌人呢？

吕辉说：你走后他也离开了小区，去把东门浴池旅社的账结了，收拾完行李又去你门口了，就在樟树下铺张席子睡下了。派出所的同志准备让保安撵他，我让他们先别动。现在就是撵他走了，转过身他还可以去，对吧？得想个一劳永逸的法子。

沈炼说：这家伙坐了几年牢怎么变成无赖了？他吴斌不是个耍无赖的人啊。老拐子，你怎么看？由着他耍无赖？

谷诚说：我去把琴收了。前面有个临江阁，咱们先喝茶，中午就在那儿喝两口酒。对了，你们中午不能喝，就喝茶代酒吧。我跟你们说呀，退了真好哇，想干吗干吗，随心所欲。哎，你们想想啊，不是无赖的人耍无赖不会是为了耍无赖而耍无赖吧？

看着谷诚进竹林的背景，吕辉说：老领导这话里有话啊。

沈炼笑笑：我看他身上的某种细胞又活动起来了。

你的意思是——

你也跟了他几年，他这人你还不知道？只要他不翻牌，里面扣的是什么牌鬼都不知道。

谷诚从竹林中走出来，他背着琴盒，端着茶杯，一只手在接电话：……在老地方啊，你过来吧，干脆，你直接往临江阁去吧，中午正好帮我陪陪客。没心情？喝两杯不就有心情了吗？市局的沈局长、县局的吕局长——

谷诚说着，突然被噎住了——邻居老柴就站在离沈炼、吕辉不远的地方。

老柴几乎是被谷诚强拉硬扯地带进了临江阁，于古色古香中找了一个临窗的位置落座。这地方不错吧？他对沈炼说，往窗外瞅，蓝天、白云、碧水、翠竹全都有了。现在知道我为什么不住市里要回南江住了吧？

沈炼说：小地方环境是好。

老柴说：老谷，我还是先跟你单独谈谈吧。我不害你，单独谈谈。

临江阁的老板娘走过来：老帅哥，有客呀？

谷诚说：让你叫叔怎么就改不了口呢？算了算了，我也不跟你计较了，反正现在社会上辈分也是乱的。先上一壶普洱吧，我们这四位，大概还有一两位要来。一会儿你到隔壁鱼庄给我叫几样儿，太贵的鱼就不要了，五六个人够吃就行。啤酒来一箱，冰冻的常温的一样一半。白酒也弄一瓶吧，九年的就行了，不不不，还是十二年的吧。就这儿，忙你的去吧，一会儿要过来敬酒啊。

一定来。老板娘笑笑，吕局长还是第一次进我这小店。

吕辉一愣：你认识我？

你不是常在电视上露脸吗？老板娘嫣然一笑，一扭一扭地走了，走了几步又回头，老帅哥，水煮花生、凉拌毛豆要不要哇？

你这不废话吗，这还用问？去去去，我们在谈正事。谷诚挥挥手。

你个老不死的老不退火的东西，老柴骂道，我说呢，有事没事拎把胡琴往河边跑，原来有这事儿。我说老伙计，你也算是一世英名——

打住，用不着你教育我，谷诚打了一个手势，就算是你猜想的那样你又能把我怎么样？我热爱生活，不行啊？小吕，忘了介绍，老柴，柴有明，也是咱们南江人，在县司法局、统战部都干过，退休以前在省纪委工作，算是个什么副厅级什么什么员吧，特别正直的一个人，就是爱絮叨，都退休好几年了，只要逮个机会就跟你讲大道理，烦着呢。你说我怎么跟他住楼上楼下了？老柴，你要么别说话，要说就当着我这两个兄弟面说，这位，沈炼，江城市公安局管侦查的局长，我的领导，现在他还管着我。

沈炼说：老领导，你要骂人别那么委婉好不好，直接骂。我管得了你？柴领导，你别听他的，老谷是我师父，我一参警就跟着他——

老柴，谷诚不客气地打断沈炼的话，这是小吕局长，吕辉，现在是咱们的父母官，以前也跟过我，我的事不瞒他们俩，有什么话，你要不想说就憋着，憋死你个老东西。等等，你先别着急说话，让我猜猜——是不是跟那个吴斌聊过了？

算你猜对了。你是不是跟那人说你老婆、儿子在什么斯德哥尔摩？

哎哎哎，谷诚一下子站起来，你不会告诉他在武汉吧？

放心吧，我们干纪委的也办案子，我一个副厅级的水平能比你个处级干部差？

你不多管闲事能死啊？钓你的鱼多好！还，还站在楼道里不出来，偷听，你以为我眼瞎呀。老家伙，我跟你说，当官我当不过你，论眼力见儿，等等，我接个电话。老曹，在哪儿呢？已经在南江了是吧？行行行，你先办你的事，沈局长、吕局长这会儿都跟我在一起，忙完了你往临江阁来就是。谷诚接完电话，又冲着老柴使劲儿：你个老东西要是说漏了嘴，他吴斌知道我老婆、儿子在武汉，你算是摊上事了，摊上大事了。

老拐子，儿子什么时候回来的？怎么没听你说？沈炼问。

去年，他供职的那家瑞典公司在武汉设了办事处，这不正好吗？谷诚说，上个月我那洋媳妇生了个小子，你嫂子就去武汉带孩子了。我跟你说，沈炼，那小杂种那是真漂亮，高鼻子，猫眼睛，那皮肤白的呀，我操，怎么看怎么像我。

混血儿聪明。你皮肤不白呀，鼻子也不高呀，沈炼笑道，怎么就像你了呢？

谷诚笑起来：你小子那么较真干吗，反正像我，越看越像。

哎哎哎，一说起孙子就没完了是不是？老柴叫道，有正事要跟你说呢。

我都花甲的人了，说孙子才是正事呢，谷诚说，说吧，是不是吴斌说我拿了他二十万元？

你这人，我们私下先聊聊不行吗？你非要把祸撩大呀？老柴有点儿无可奈何了。

谷诚拿起手机看了看时间：这样，我还有点儿事要办，得出去一会儿。老柴，你替我陪陪二位领导。对了，沈局长，你把吴斌的情况简单地跟他说说，省纪委的老领导，不算外人。我去去就来，等着我。

看着谷诚离去的背影，吕辉说，沈局，老领导好像真的进入状态了。

20 世纪 90 年代中期，江城市九码头附近有一家名叫楚天行的旅行社，这家赫赫有名的旅行社工商注册的老板是一个叫李震天的人，此人后来被公安机关认定为一个带黑社会性质的综合性犯罪团伙的主犯被枪毙了，与他一起被判刑的团伙成员共有二十余人，其中包括被判无期徒刑的吴斌，在法院的判决书中排位第五，在他之前的四人包括李震天都是判的死刑，排位吴斌之后的团伙成员分别被处以长短不一的有期徒刑。这个团伙在九码头一带肆虐多年，凡在这一带营运的餐馆、旅社、停车场包括进出停车场的客车大多要忍气吞声地向他们缴纳保护费，连从事地下工作的小姐们都不例外，当然，稍有姿色能够被团伙成员看上的小姐可以用身体代替金钱。法院判决书认定这个团伙成员的罪名有十三宗，涉及人命三条，身体受到伤害的达数十人，涉案金额法院认定的有五百多万元，其实远远不止这个数。在这个团伙被彻底摧毁之前，也因为一些具体案件公安机关打击处理过一些人，公安机关也知道这些人与楚天行旅社有关，但在证据链上却始终连不上李震天等重要的团伙成员，九码头一带的社会治安因此也无法实现根本好转。

1997 年年底，从省公安厅下派的新局长上任，通过暗访知道了这个情况，于是组建了一个由他本人挂帅、实际工作由时任刑侦支队重案大队长的谷诚直接抓的专案组。谷诚在进入专案组的时候对新局长提了两个条件：一是直接对局长负责，二是专案组成员必须由他本人确定。新局长同意了他的要求，于是，除了从外市县区抽调的几名老民警之外，像沈炼这样的一批刚刚参警的警校毕业生进入了专案组。在谷诚的协调下，专案组进行了长达九个月的秘密侦查，终于在一次集中统一行动中，将这个团伙连锅端了，但也留下了瑕疵——李震天和吴斌因为意外的原因漏网了，后期的追捕又长达半年之久。最终，吴斌主动投案自首，并供出李震天的下落，但他在供出李震天下落之前提了一个要求，就是无论如何不能暴露李震天的下落是他供出来的，主持审讯的谷诚答应了他的要求。

后来吴斌没有被列入死刑阵容与此事有很大的关系。

沈炼在回忆这起案件时说，当年我就觉得吴斌这家伙不是一般人，在正式的刑事诉讼卷宗中，吴斌几乎没有什么交代，接近于零口供，法庭定他的罪靠的是其他证据，而且，这家伙一直扮演的是一个硬汉角色，每次接受提审前，他出号子都要换上干净的衣服，走路的时候都是昂首挺胸，在法庭上也是一问三不知，更绝的是，就算同伙在某个具体案件的情节中也涉及他，他既不辩驳也不指责对方，唯一的回应就是相信法律，所以他在同伙的眼中也是了不得的哥们儿。沈炼说，这个案件最后执行的时候，我们刑侦的人配合法院负责刑场警戒，当被五花大绑的李震天从谷诚跟前经过时，突然挣扎着说了一句话，当时他与谷诚还有一段距离，没听清李震天具体说的什么，他看到谷诚的身体似乎震动了一下。任务执行完后，谷诚的脸色一直不大好，他问谷诚，李震天说了什么。谷诚回答说，没听清楚。

当刑警的，一生要经历很多案件，一般来说，已经结了的案件包括案件的当事人，过去了就过去了，就算偶尔提及，大抵也只是茶余饭后的谈资，很少在脑子里留下多么深刻的记忆。唯有这个吴斌，在沈炼与谷诚后来的共事中，听到他多次提及，有一次，他甚至说很少有吴斌这么坏的人，有些人犯了罪，只是针对受害方的坏，可吴斌不一样，他对所有的人都坏，谁遇上他谁倒霉。

听过沈炼简要地介绍了过去的情况后，老柴说：照你这么说，吴斌的话完全不可信？

沈炼说：老领导，说句不该说的话，你要是信他的话恐怕年都会过错。

老柴说：那就好，我是怕老谷临到退休了犯错，别到老了连退休金都拿不到。

入夜了，灯光透过枝叶照着香樟树下的景物，摇曳的枝叶令树下的影像都很斑驳，包括吴斌的脸。此时，大理石桌子上摆着一钵红艳艳的油焖大虾、一盘水煮花生、一盘炒田螺和四小瓶枝江白酒，其中一瓶已经空了，一个半瓶他拿在手中喝着。桌上除了几个田螺壳、花生壳，菜基本上没怎么动，他不时地朝小区大门方向看去，神情中隐隐透着焦虑。

谷诚进小区的时候已经过晚上 8 点了，他的脚步有些虚浮，出门时带的茶杯和琴盒子都拎在一旁搀着他的老柴的手上。都六十的人了，喝起酒还这么不要命，老柴埋怨着。谷诚说，这点儿酒算什么？倒退二十年老、老子拿白酒当开水喝、喝。噫，还、还没走啊？他看到了香樟树下的吴斌，甩开老柴踉跄着走过去。嗬，喝上了？真拿我、我这儿当家了？

吴斌眼皮都没动一下，拿起一小瓶酒往谷诚面前一放：一直等着你呢，瞧，菜我基本没动，这虾我还是跑了老远的路去东门那边的老钱虾王庄端来的。尝尝？

尝尝就尝尝，我可喜欢吃这虾了。谷诚拿起一个大虾就剥壳。酒、酒我是不能再喝了，不信你问老柴，中午、晚上连喝两顿，几个小狗日的欺负我老了，想灌我，哈哈。老子还能走回来，他们、他们两个现场直播，一个当场就趴下了。老柴，你坐，我没说假话吧？

老柴打横坐下，说：都这么一大把年纪了，还赌狠，何苦来呢。拦都拦不住。要不你早点儿回去睡觉？

人家等我一天了，还是陪他坐坐吧。谷诚将快剥好的小龙虾放在大理石桌面上。吴斌，你打算缠我到、到什么时候？

不是缠，是求，求你帮我过这一道坎儿。吴斌说。

既然求我为什么要、要害我？谷诚指点着对方：你跟老柴说、说你送过我二十万？他是省纪委的你知不知道？我要是被“双规”了你是不是特别开心？

双规？不会的。他退休了，我只是跟他随便聊聊。你们是邻居，他干吗要害你？吴斌扫了一眼对方面前那剥好的小龙虾和那一小瓶酒。

那你给他说说，我今天还、还真要较真一回。二十万是你亲手送给我的吗？

不是。托人。

托谁？

我不想说那人的名字，我是为你好。你要是真帮上我了，就算老柴举报你了，我可以说我是胡说的。那人名字我一说出来就麻烦了，对不？你懂的。来吧，喝一口？

一会儿一会儿，话得说清楚。你确认你说的那人把二十万交我手上了？有证据吗？

没有。但我确实把二十万交给他让他交给你，那人我信得过。吴斌自顾自地喝了一口酒，我现在还活着，也许就是因为……呵呵，你懂的。

因为那二十万？呵呵，你是这样理解的？那你就不应该找我麻烦呐。谷诚拿起剥好的小龙虾准备往嘴里送，半途又停下了。这么好的油焖大虾你自己怎么不吃呀？

你怕我下毒？哈哈，你也怕死呀？吴斌接过谷诚手中的虾一口吃了。我在这儿毒死你不等于也要我自己的命吗？今天一天都在躲我吧？你现在无职无权了，跟我一样小老百姓一个。你们警察呀，脱了老虎皮什么都不是。

你说得很对，草民一枚。老柴，他连你是省纪委的退休领导都搞清楚了。我说这人可怕你还说他可怜，现在感觉到了？他太有心计了。哎，吴斌，你究竟要我怎样帮你你才不缠着我？你可别害得我连退休金都拿不上啊。

帮我找份我做得来的工作，或者帮我做点儿小生意能活个命，两样有一样就行。

我要是一样都帮不了呢？

那我就天天待在这儿呗，做你的眼中钉，让你活得不自在。这不犯法吧？吴斌说，我还没想到去举报你，说实话，我还真不知道黑……那小子钱给你没有？

哈哈，说漏嘴了吧？原来你是把钱交给黑皮了，让他来贿赂我？哎，出来见过黑皮没有？对了，你应该找他帮你呀，他现在是大老板。

我去求他？我还做人不？我求到我以前的小马仔面前了？

这么说你出来后没见过黑皮？应该见见的。

没有，我饿死了也不会求到一个小马仔面前。

可我听说你出来后黑皮专门为你摆过酒接风？

鬼话，没有的事，你听谁说的？

黑皮自己呀，昨天跟我说的。

昨天？不可能，吴斌摆摆手说，绝对不可能。

你这话怎么说得这么肯定？谷诚笑道。

因为、因为，你，吴斌突然结巴起来，你、你谷干部就是爱诈人嘛。

哈哈哈哈，谷诚突然大笑，好像一点儿酒意都没有了，随手又拿起一只虾剥壳。老钱虾王庄的虾特别好吃，一般去店里吃得排队等着翻台子呢，你等了好长时间吧？

小一个钟头呢。这不是想好好孝敬一下谷干部你嘛，吴斌讨好地说，我听说你爱吃虾。

真有你的。哎，黑皮没给你弄点儿钱花花？他对我说准备给你一家店经营。谷诚随口又转了一个话题，这不挺好嘛，一出来就有老板当。

什么呀，那是别人欠他钱，抵债给了他一个旅店，根本就经营不下去，吴斌有些气恼地说，他就是想对付我。我如果能经营好呢，等于帮他把死钱盘活了，得大头的是他，若经营不好呢，他算帮过我了，还过我情了，在江湖上也说得过去，我也不好意思再找他麻烦了。

这小子跟你还耍心眼儿，那还真不是人！哎，当年他在你手下当马仔的时候你就没看出来？谷诚说，真是士别三日当刮目相看啊。昨天我还说他来着，我说，你小子可以对不起别人，不能对不起吴斌啊，人家当年对你可是——

你昨天真见过他？在哪儿？你又蒙我不是？

看，他这不是来了吗？谷诚朝他身后一努嘴，黑皮，过来呀。

吴斌霍地一下站起来，猛然转身，只见灯影下，摇曳的香樟树荫中果然有一个穿花格子短袖衬衣的男子站在离他身后不远处，朦朦胧胧的，吴斌吓得后退了一大步。黑皮，你、你，你是人还是鬼？树荫下的人影没有回应而是无声地向前走来。啊，吴斌吓得大叫一声，拔腿就跑，跑出几步又自己停下，呆立片刻，回身冲谷诚狞笑：姓谷的，你又玩我？

谷诚端坐未动，冲老柴淡淡一笑：回过味儿来了。吴斌，你怎么知道黑皮已经是鬼了呢？

老柴却没回过味来。刚才在回来的路上，谷诚买了一小瓶酒，让他帮忙喷在身上，然后，教了几句话让他配合，只说是想办法将吴斌骗走，可刚才听他们的对话，好像有很多他不知道的内容似的，他更没想到，谷诚会在瞬间将吴斌吓得丧魂失魄。

不远处的吴斌说：姓谷的，我玩不过你，我不玩了，我走。

树荫下的那个人影发声了：吴斌，你以为你走得了吗？

吴斌大吃一惊：老曹？曹干部?!

再回头，又看到几条汉子从不同的方位朝他围过来。

不用这么如临大敌，他跑不了，谷诚站起来说，老曹，吴斌，过来，坐，这可是我生活的小区，我可不想弄得我的邻居们不安。这虾不错，浪费了可惜。老柴，谷诚掏出自家的钥匙，麻烦你老人家上个楼，我家酒柜里有两瓶五粮液，一直没舍得喝。搞两杯？

你知道我只喝点儿红酒。老柴说。

有哇，就看你眼力见了，酒柜里有国产的，有合资的，还有我儿子从斯德哥尔摩给我带回来的，就看那些洋码子你会不会认。吴斌，你不知道吧？曹干部的外号也叫黑皮。

重新落座的吴斌已经垂头丧气了。穿花格子衬衫的老曹说，我就不明白了，吴斌你小子怎么就把我当成陈继祖了，我哪点儿像他？我有他那么黑吗？

还别说，你往那黑处一站，那身影还真有几分像黑皮，狼腰，背有点儿驼，谷诚说着，叹了一口气，好久没跟人斗心眼儿了，真累。老曹，我跟你说啊，能退早点儿退，什么正科呀副处呀，没劲，简单地没心没肺地活着最舒服。吴斌，你别怨我，是你自己找死。你要不找上门来，我还真不玩心眼儿，不信你问老柴。他指着刚从电子门那边出来的老柴说。老柴走近，将一瓶白酒一瓶红酒往大理石桌上一放。谷诚掏出眼镜盒，取出老花镜，认真地看了看红酒瓶上的洋文，倒吸一口凉气，我的天，这还真是我儿子从欧洲带回来的。你知道多少钱吗？

老柴将开酒器往大理石桌上一丢。我管你多少钱。考我外文？知道我什么文化程度吗？“文化大革命”后第一届大学本科！几个洋码子就难倒我了？扯吧你，开酒。

今天亏大了，谷诚懊恼地拍拍脑袋，吴斌，算你小子有口福，二进宫之前能喝上这么好的酒。特别贵，你知道吗？哦，对了，我小瞧人了，黑皮带着你在江城的惠特曼大酒店连泡了七八天，对吧？我说你小子不是人，人家对你算可以了，你还要人家的命，还还——

我没杀他全家算是客气了。我不喝这酒，喝不惯，来口白的吧。吴斌说。

行，就给你来白的，压压惊。刚才吓坏了吧？哎，分尸那会儿你怎么就下得了手呢？还把人给煮了剁，真是的。给，酒，好在这桌上没肉，我估计你这会儿看到肉会吐的……

别说，已经接过酒杯的吴斌叫了一声，跑到一旁干呕一气，被老曹扯回到大理石桌子边坐下时，呼吸还不顺畅。谷诚却继续说，也是，我想想就替你害怕，你在李娅梅家一刀一刀地剁着一个熟人的身体，特别是砍脑袋的时候，你又不是屠夫，那脖子要砍多少——

求你了，别说了，别说了！吴斌的身体在颤抖。这酒我不喝了。换个地方，光线强一点儿的地方。我全招了，行不行？

酒不喝了？那行，老曹，人交给你了。

老曹朝散在四周的便衣们招了招手。

吴斌起身走了几步，忍不住又回过头：谷干部，你怎么就能确定是我干的？

下午你手机收到了一条信息，谷诚说，内容是：我和孩子在南溪河桥头的竹林等你。你回了一条：不能去那儿，换个地方。对方回你：那就到老钱虾王庄对面河沿吧。你回信息说：好。下午 4 点 50 分的样子，你出现在老钱虾王庄对面的河沿，待了大约半个小时，不停地打电话，一直打不通，对吧？后来你到老钱虾王庄买了这盆虾，打包……

你把我的行踪搞得这么清楚？

老曹，他要想看看自己在录像中的形象，就满足他吧。谷诚说。

没问题。老曹说。

老曹一行带着吴斌走了。有些诧异的老柴看着谷诚。谷诚正在心疼他那刚刚开瓶的洋酒，试着将取下的木塞往瓶口塞，可怎么操作都不对。

老谷，你这样弄弄鬼就把一起杀人碎尸案给破了？老柴问。

谷诚说：什么叫弄鬼呀？这叫心理战，知道吗？这瓶子塞怎么塞不进去呀？老柴，你也太实在了，把我这么好的一瓶酒给糟蹋了。来来，干脆，喝了。

什么心理战？是你刚才提到的那个李娅梅给你们提供的线索对不？我敢肯定这个李娅梅跟吴斌关系不一般。知情人？说不定是同案犯？你刚才说的发信息的人是不是就是她？

李娅梅现在还不知道在哪儿呢。沈炼他们这会儿布置了一堆人在找她，今天一早才发现她不见了。——我不告诉你说是打的心理战吗？来，干一杯。我也想通了，这酒咱们只要喝了就不算糟蹋，对不？进了肚子它就到了它应该去的地方。

等会儿，你这老东西别跟我玩悬念，我也是搞过案件的人，我也没见过你老谷有多么高的智商啊，你不说清楚这酒没法喝。

你老柴怎么跟小孩儿似的有那么强的好奇心？老哥，我这样跟你说吧，第一，破案不是我一个人的功劳，就这会儿，市、县两级公安机关几大警种还有几十号人为这案子在忙呢。比如说，你刚才提到的李娅梅发信息那事儿，其实我们也在找她，她失踪了，我们判断她可能会与吴斌联系，于是，公安局就截断了她的手机，然后呢，用她的手机号给吴斌发信息。内容嘛，内容嘛，当然是经过精心设计的，明白了吧？

第二呢，再说第二。老柴有点儿急不可耐。

第二嘛，就是我本人发挥了一点点作用。说实话吧，吴斌我第一眼就认出来了，但我装作不认识他。为什么呢？我得做到知己知彼呀。我上楼打了一系列的电话后，对他出狱后的情况基本有所了解，于是我想，他出狱一个多月了，一个不是要赖皮性格的人突然跑到我的面前要赖皮，这又是为什么呢？是为要赖皮而要赖皮，还是这个要赖皮的背后隐藏着什么别的目的？答案显然是后者。那他想隐藏的是什么呢？这个时候我知道了黑皮被杀并且遭毁尸的信息，因为我了解他们过去的历史，所以产生联想就顺理成章了。

老拐子，在跟柴领导显摆吧？沈炼和吕辉在灯影中朝他们走来，吕辉手中拎着一提一次性餐盒。妈妈的，你们立功，我老人家显摆也不行啊？谷诚骂道。

啊，已经喝上了。沈局长还说来慰劳慰劳你老人家呢，吕辉将手中的饭盒放在大理石桌子上，都是你喜欢吃的菜。

李娅梅找到了？

没找到她沈局也不会让炒菜。我说要拎酒，沈局说不用，说你这儿有好酒。

都不是好东西，老子有两瓶好酒都惦记着，坐坐。谷诚不客气地一一打开餐盒往桌上布菜。老曹过不来吧？最好一起来，省得他下次又要敲我，一只羊是放，一群羊也是放。

算了吧，他这会儿正忙，下次他要来南江敲你我来埋单。吕辉说，老领导，在你面前不服不行啊。刚才沈局长还说，打从他知道死者是陈继祖后，他注意力就集中在陈继祖高息放贷上了，说如果不是你，这案子就可能要走弯路了。

别信他的，讨好的话又不要钱买。老柴，你知道东门浴池旅社以前叫什么吗？

不知道。

南江洗浴城，去年扫黄停业了，原来的老板借过陈继祖的钱，还不上了，就将洗浴城抵押给陈继祖了。陈继组将他的二奶李娅梅派到这儿接收，改名叫东门浴池旅社。这个李娅梅十几年前在江城九码头那儿做小姐的时候就让吴斌看上了，说白了就是他吴斌碗里的菜。这次吴斌一出来就到处打听这个李娅梅，原因是李娅梅有个十四岁多的儿子，他听人说孩子长得像他吴斌，于是他就到南江来了。还有一点，吴斌出来后陈继祖曾经高规格地接待过他，但到吴斌打听李娅梅的消息时，陈继祖却隐瞒了，这意味着什么？夺妻之恨！还有就是那个所谓的二十万，我相信当年吴斌确实拿出了那二十万，但我确实没收到。如今他旧话重提为什么？他想印证一下，当然是在陈继祖死后，顺便也给我们一个姿态：我吴斌敢找谷诚的麻烦，说明我吴斌——对吧，你懂的。

还有一点，陈继祖现在的妻子是当年李震天的姘头。老拐子，我记得李震天上刑场的时候跟你说过一句什么话。是不是跟吴斌有关？沈炼问。

是。这话窝在我心里十几年了。李震天当时的原话是：谷干部，你厉害，可这回你跟我一样，都上吴斌的当了……他话没说完就让武警给推走了，谷诚说，其实后来我们心里也清楚，那个团伙里真正主事的人是吴斌，李震天那几个人只是被他推在前头的。打个不一定恰当的比方，他吴斌有点儿像梁山上的吴用。可是办案要证据呀，卷宗里的证据只能将李震天那几个人摆前面，可见这个吴斌平时就留了心眼儿。李震天到临死那一刻才明白，所以才跟我说了那么一句话。

看着不怎么样的一个人，够厉害啊，老柴说。

厉害？还有比他厉害的。谷诚冷冷一笑，他吴斌坐了十五年的牢出来，发现他当年眼里的小马仔陈继祖不但当上了大老板，还把李震天和他吴斌的女人都收房了，我估计呀，我们当年办案查封李震天的资产时，漏掉了一块，就是当时我们当成受害人的那个女孩儿，也就是陈继祖现在的老婆张曼。在张曼那儿，陈继祖是财色双收，这还不说，连同他吴斌的女人李娅梅都成了他陈继祖的小老婆，这样一比，他吴斌根本就是个傻子，他心里能舒服得了？哎，李娅梅交代没有？

还没呢，沈炼说，不过已经有所收获。确实是你推测的那样，第一杀人现场在李娅梅的住处，分尸也是，技术的同志还在她家呢，老拐子——

别问了。其实这不难，案子是三天前发生的，在案发的前两天吴斌就住到南江的东门浴池旅社了。这个旅社的注册法人是谁？是李娅梅！这个李娅梅跟了陈继祖十五年还不能转正，她心里能舒服？这吴斌一出现，加上那个猜测中的是吴斌的儿子，这样一交集，什么情况不能发生？还有，你们前面发现的抛尸地点，那现场在哪儿？特别是碎尸，那可是个大工程啊，室内环境是不是最理想？这样一理思路不就出来了吗？

所以，你就让我们利用李娅梅的手机号设计了那几条发给吴斌的信息？吕辉问。

结果不是已经试出来了吗？谷诚笑道，我估计呀，李娅梅突然失踪有点儿出乎吴斌的意料，也可能是给吓着了，老曹他们在东门浴池旅社调查的时候不是发现旅社的工作人员并不知道吴斌与李娅梅相识吗？南江的人谁知道他们有十五年的关系呀？这说明什么？说明吴斌是暗中来考察的，东门浴池旅社现在的情况基本上就是一个亏，你说吴斌看清楚这一点后会对陈继祖产生一种什么样的情绪？所以两天后——这我就不往下说了，他们审吧。还有，我估计呀，李娅梅突然失踪，吴斌也乱了心智，胡思乱想一阵就跑到我这儿来了，他都敢找我麻烦了，谁还会想到他会杀人？他是这样想的，我不会呀？我是谁？是谷诚，更重要的，还有你们这一帮兄弟，跟我多少年了。我将思路稍稍一说，怎么行动你们都明白——

对不起，我接个电话。沈炼的手机彩铃响了。是我，你说。李娅梅撂了？嗯，嗯，她没想到吴斌会在她家杀人分尸？嗯，嗯，继续审，有情况打我电话。老拐子，李娅梅没动手，你信吗？

我信不信不重要了，关键是证据，谷诚说，行了，酒喝得差不多了，你们那边还在挑灯夜战，忙去吧你们。我跟老柴也要休息了，明早我还要跑步，老柴还要伺候媳妇呢。

老柴说：你这家伙又拿我开涮。老谷，行啊你，脑子还那么好用！

一般般吧，谷诚笑道，干了一辈子的经验和思维习惯，不是说扔就能扔下的。

老拐子，那上班的事？

不就还剩四个月吗？干吗老盯着我呀？谷诚有点儿不耐烦，老柴，沈炼这人不地道，当初他都当副局长了，还非把支队长兼了去，让我改政委……

我不都给你解释过了吗？不是我定的，他们几个认为你在刑侦支队威信太高，怕我这个年轻的副局长不好搞，所以才——沈炼急欲解释。

得得得，现在说这还有什么意思？谷诚打断沈炼，不就还剩四个月吗？要不，我每天到吕局长那儿打个晃晃？

太好了！吕辉高兴了，我明天一早就让人安排你的办公室。

（原载《前卫》2014 年第 10 期）

彭祖贻，男，1956 年生，湖北武穴人。湖北省鄂州市公安局退休警察，作家、影视编剧。湖北省作协会员、北京市侦探推理文艺协会理事、全国公安文联侦探文艺协会副主席、湖北省公安文学创作协会副主席。出版、发表长、中、短篇小说计 80 余篇（部），另有影视剧本、纪实、散文随笔等总计 1300 多万字。曾获金盾文学奖、《啄木鸟》文学奖，东方侦探小说大奖赛最佳、优秀作品奖。

小镇人物

聂　耶

王麻子

王麻子全名叫王福顺，家里是开锁匠铺的。

先锋镇原本是有好几家锁匠铺，但没有一家的生意能超过王麻子家，渐渐地，他们就都不做了，有的搬走了，有的改了行，最后只剩下王家。

虽然大家都喊他王麻子，但他的脸上并没有长麻子，这就好像叫张半仙的人，并不是半个神仙；叫李大傻子的人，也不一定是弱智一样。这只是一个外号，外号的来由有很多种，有的是神似，有的是形似；有的是出生就带来的，有的是半路喊出来的。王麻子属于后者。

小学六年级那年，王福顺的青春期如约而至，青春痘密密匝匝地如雨后春笋般从他脸上冒出来，将他原本秀气稚嫩的脸毁得一塌糊涂。也是从那时起，王麻子这个外号正式代替了他的本名。

王麻子成为一个锁匠与他的家庭不无关系。他家是锁匠世家，传到王麻子这已经是第三代。王麻子在这种环境里长大，自然摆脱不了做一个锁匠的宿命。又因为脸上那些纵横交错的青春痘，年幼的王麻子羞于找同龄人玩耍，他将所有时间都花在研究开锁和修锁上。到了初中，王麻子对锁的掌控已经达到出神入化的地步，他只需要一根铁丝，就能打开任何一把锁。

老王是个脑子非常活泛的人，他看出儿子身上潜在的商机，便利用赶集到处发布消息，说现在市面上劣质锁横行，随便用一根铁丝就能套开，毫无安全可言。自己愿意义务帮大家检验锁的品质，并承诺来他店里验锁的人，如果锁是正品，他愿出三倍的价钱收购；但如果锁能被铁丝套开，只需要在他店里买一把他推荐的安全锁即可。这消息放出去后，整个南乡都沸腾了，没有人相信自家的锁是劣质品，更不可能被铁丝打开，这种发横财的机会，谁会错过呢。到了约定的那天，王家锁店门口果然人山人海。大家把带来的锁摆在地上，垒得像谷堆一样高。

很多老一辈的人都记得那天的盛况。刚满十六岁一脸稚气与青春痘的王麻子用一根铁丝击碎了所有人的发财梦。不管是铜锁、铁锁、钢锁，还是轴心锁、弹子锁、链条锁，甚至是电视机盒子那么大的保险柜，没有一个能在王麻子手上挺过十秒钟的时间。它们就像一片片豆腐，被王麻子拿捏在手里，轻易地压扁、揉碎、捣烂，然后丢弃在脚下。

开锁表演从上午一直持续到傍晚，围观的人经历了从半信半疑到目瞪口呆到麻木无语到期盼奇迹到失望而归几个心理转折。老王发了一笔横财，王麻子则“一战成名”。

从那之后，王麻子的开锁绝活儿俨然变成了先锋镇的一张活名片，和镇上的瓷器、鞭炮一样远近驰名。那些南来北往经过先锋镇的外地车辆，常常要在镇上停留。他们一边享受镇上原汁原味的农家饭菜，一边到王家的锁店去欣赏绝妙的开锁表演。

王家的生意想不好都难。一个孩子都能打开的锁，这锁还保险吗？这些人在被王麻子的开锁技术震惊之余，纷纷大方地掏出身上的钞票，在老王的店子里选择最贵、最保险的锁带回家。那阵子，老王整天乐呵呵的，梦里都会笑醒。店里新雇了两名伙计，但就是这样还常常感到人手不足。王麻子自然是不读书了，他成绩糟透了，能混到初中毕业已经很不容易。现在终于可以告别枯燥的功课，天天在家里玩锁，这对他是一件快乐的事情。

快乐的时光总不长久。一天晚上，王麻子留下一张纸条后，离家出走了。当时还有另一种说法，说是外面来人将王麻子接走了。老王的老伴死得早，王麻子是他从小独自拉扯大的，儿子突然不辞而别，把他的心伤透了。老王无心打理生意，他关了店门，带着两个伙计到处寻找。半年时间，老王去了许多地方，只要是听说了哪怕是一点点关于王麻子的传言，他就会连夜坐火车从一个城市赶往另一个城市。但一切都是徒劳的，王麻子就这么彻底地从先锋镇也从老王的世界里消失了。

老王的精神很颓废，店里的生意一落千丈。他成天萎靡地坐在柜台后面，不说话，也不做事，所有活儿都交给伙计代劳。

第二年开春，老王意外地收到了王麻子寄回来的信和汇款单。王麻子说他和朋友在外面做生意，行情不错，就是忙，没时间回来，要父亲好好保重身体。镇上人只能从老王不断去银行取钱的频率判断王麻子发财了。老王找人把老房子推了，然后在原址上建起一栋三层高的小洋楼。他把一楼改装成店面，在楼下做生意，在楼上休息。大家从老王那里知道不少王麻子的消息：他结婚了，找了一个漂亮老婆；他当爹了，有了一个大胖小子。老王将儿子寄来的一张全家福照片放大后挂在店里的正墙上，一抬头就可以看见儿子、媳妇和孙子冲他幸福地笑。王麻子已经变成了先锋镇的传奇，镇上的人有事没事都爱到老王的店里坐坐，他们和老王摆龙门阵，一直聊到天黑吃晚饭才意犹未尽地离开。

时间一晃过去了两年。一天，派出所的社区民警刘大海带着通缉令来到店里，他要老王劝儿子自首。大家这才知道，原来消失了这么些年的王麻子走上了贼道，成了一只被全国通缉的“耗子”。通缉令上说王麻子是盗窃团伙的头目，他们牵涉盗窃案件十几宗，盗窃金额超过百万元。

王麻子的身份是被刘大海揭穿的。在一次作案时，墙角一个隐秘的监控探头拍到了王麻子的侧面，他脸上的痘痕非常清晰，刘大海只看一眼就想到了老王挂在墙上的全家福。王麻子因盗窃数额特别巨大被判了无期徒刑，那年他三十岁。

一晃眼，王麻子在监狱里度过近二十个春秋。他表现不错，获得好几次减刑的机会，终于在五十岁那年刑满释放。王麻子父亲已经过世了，老婆带着儿子改了嫁，他无处可去，只能回到先锋镇。

刑满释放的人回到原籍，都要到当地派出所报到。回来当天，刘大海带着王麻子在镇上吃了顿饭。

“日子嘛，往前看，谁都有犯错的时候。一辈子很长，咱们都得慢慢活。”那天刘大海说了很多话，他喝醉了。王麻子眼睛红红的，他也喝醉了。

王麻子又干起了老本行，帮人修锁、换锁，配钥匙。他只会这个，其他事情做不来。屋子里的摆设他没有改变，只是在一楼的大厅里添置了一套木桌椅，摆了一套茶具。来活儿的时候，他戴着老花镜，拿出工具做事；没活儿的时候，他坐在厅堂里喝茶。他家里从来不缺客人，有时候来的是镇上的老邻居、老伙计，有时候来的是道上的朋友，有来拜师的，有来切磋的，还有邀他出山的。

“年纪大了，又关进去这么久，手艺早丢了。”王麻子淡淡地摆摆手。“喝茶！”

“手艺真丢了？”刘大海也爱打趣他。

“真丢了。”王麻子笑笑。

刘大海也常来王麻子这里喝茶，他的重点不是喝茶，而是来“捡漏”。那些道上的人前脚刚从王麻子家里走出去，后脚就被海哥堵了个严实。他们身上或多或少都有案子，一抓一个准。

“你知道现在外面的人怎么称呼我?”王麻子和刘大海开玩笑。

“喊你啥?”刘大海眯着眼问。

“他们都喊我钓鱼佬，天天帮派出所钓鱼。”王麻子大笑。

“你还好意思埋怨。这些来看你的‘耗子’没有一个手脚干净的，来你家路上，他们都要顺手到集市上偷一把。你回来后，镇上的发案率上升了好几个百分点，你也确实该帮派出所做点儿事呢。”刘大海没好气地说。

“这哪里能怪我呢!”王麻子咧嘴一笑。

镇上再发生了盗窃案，刘大海就直接来找王麻子，一点儿也不拐弯抹角。

“这是两起入室盗窃案的现场照片，你看看有啥线索?”

“你还真不把我当外人啊!”王麻子笑着拿起照片说，“利用口香糖开锁是老套路，现在都不流行了。但看这门锁上还有工具的划痕，应该是新手，手劲儿不小。现场翻得比较乱，人很急躁，年龄不会太大。”

“那有啥破案线索?”刘大海接着问。

王麻子想了想说：“周边我认识的人里面没有手法这么差的。如果是外地过来的，肯定不会错过两天后的赶集。你可以留意一下集市上的生面孔，年轻男性，新手，最少有两个人，随身携带作案工具，应该容易抓。”

果然，两天后的集市上，刘大海将两名外地来的盗窃嫌疑人抓了个现行。

“神了，和你分析得一模一样!”破案后，刘大海专程到王麻子家道谢。

“瞎猫遇见死耗子!”王麻子哈哈大笑。

年底时，市里发了一起盗窃案。市中心一家金器店被盗，丢了五块金砖、二十多条金项链，价值超过两百万元。这个案子做得很专业，盗窃者里面应该有熟悉地形的本地人，有开锁的行家，还有一定的反侦查能力，公安局居然找不到一点儿破案的头绪。

市局向各区县的下属单位发了协查通报，要求彻查辖区内有盗窃前科的人员，王麻子自然也在排查范围之内。

接到通报后，刘大海就往王麻子家赶。

王麻子竟然不在家。据邻居说，前几天有一伙外地人来找过王麻子，从那之后，王麻子就不见了。刘大海的心颤了一下，该死的王麻子不会是重出江湖了吧？

刘大海将王麻子失联的情况作为线索反馈了上去。没想到，第二天市局就来人接刘大海去专案组报到，他们在金器店附近的监控录像上发现了王麻子的身影。

监控镜头里的王麻子穿着白色的套头衫，带着褐色的棒球帽，正在街边的盲道上来回踱步。这是案发前一天的视频录像，被盗的金器店就在王麻子身后的街上，相隔不到200米的距离。王麻子的穿着打扮发生了很大的变化，如果不是专案组的人提醒，刘大海只会以为是一个寻常的三十岁左右的年轻人。

“他是我们先锋镇人，叫王福顺，外号王麻子。他右脸上有痘印，好辨认。以前他曾因为盗窃被判无期徒刑，开锁很厉害。前两年他刑满释放后，在镇上独自生活。他父母过世了，老婆和他离了婚，现在独自经营一家锁店。他从牢里出来后，一直很安分，年龄也大了，按道理不可能再出来作案。”刘大海向专案组介绍。

“世事难料。在巨大的利益面前，他能守得住？而且他有技术，有人脉，干这个案子水到渠成。”专案组里有另外一种声音。

“那他现在人在哪里？”刘大海问。

“我们对他进行了监控，他现在住在城边的一家小招待所里。”

“让我去和王麻子谈谈！我认识他几十年了，如果是他做的，我有信心说服他自首。”刘大海说得很坚定。

午夜十二点，刘大海偷偷溜进了招待所，王麻子住在三楼第一个房间。

王麻子见了刘大海一点儿都不惊讶。“海哥，明天早上六点，你来城郊公园西门找我。”

“你不说清楚，今晚我就抓你。”刘大海一脸少有的严肃。

“海哥，相信我，一切自然会水落石出。”

第二天早上五点钟，刘大海及专案组的人就已经将城郊公园的西门包围得密密实实。

六点，海哥出现在门口。五分钟后，另一个年轻人走了过来。

“儿子，自首吧，你不能走爹的老路啊！”王麻子快步向前说道。

“我的事情不要你管。你从小就没有管过我，现在你有什么资格管我？”年轻人反驳。

“法网恢恢疏而不漏，总会被抓的。”王麻子继续说。

“……”

“你可别学我，一关就是一辈子啊。”

“……”

“就算没有被抓，难道你想躲一辈子，一辈子见不到太阳？”王麻子苦苦劝说。

“你说完了没？我要走了。”年轻人嘴角动了动，一转身，准备离开。

“你别执迷不悟啊。”王麻子冷不丁一下扑上去，将年轻人撞倒在地上，然后死命地压在他身上。

海哥等人迅速从周围靠了过去。

“海哥，我们自首，海哥，我们自首……”王麻子突然声嘶力竭地叫起来。四周的警察一拥而上。

“这到底是怎么回事？”在审讯室里，刘大海问王麻子。

“当年我坐牢去后，老婆和我离了婚，儿子也跟着老婆走了。他们从来没和我联系过。直到几天前，几个年轻人找到我，其中就有我儿子王祥。他说他妈死了，现在和兄弟们过，缺钱。他的兄弟手上有一笔大买卖，需要他出面找我去帮忙。”王麻子缓缓地说。

刘大海盯着王麻子：“继续说。”

“我自然没有答应。但我怕儿子走上邪路，就偷偷跟着他们进了城。他们在道上找了其他同伙，然后策划了这起入室盗窃案。我儿子只是初犯，我希望能给他一个机会。”王麻子缓缓地说。

“只要他老实交代，我尽力帮你。”刘大海拍拍王麻子的肩膀。

王祥被抓后，在王麻子的劝说下，如实供出了其他的同伙和赃物的下落。这起黄金盗窃案圆满告破。

刘大海没有食言，他帮王祥办理了取保候审的手续，又让王麻子带着王祥回了先锋镇。

回到家，王麻子将插在书柜缝隙里的医院诊断书拿给王祥看，他已经是肝癌晚期，时间不多了。王麻子说自己年轻那会儿，也喜欢往外面跑，什么刺激玩什么，哪里刺激去哪里。等年龄大了，才真正懂了“平平淡淡才是真”的含义。王麻子还说，儿子，你也别出去折腾了，家里什么都有。这些年我对不住你，对不住你妈，咱俩能最后聚在一起，也是缘分。你陪陪爹，让爹也陪陪你。等我走了，你如果在乡下住不习惯，就把这房子、这店铺都卖了，做点儿自己想做的事去吧。

王祥什么话也没有说，抱着父亲“呜呜”地哭了。

三个月后，法院开庭审理此案。考虑到王祥是初犯，有自首情节，还有立功表现，而且家里情况特殊，判处他有期徒刑三年，缓刑三年。

王麻子是在第二年去世的，他在最后的时光里过得很快乐，街坊邻居常听见爷俩的笑声从店子里溢出来。

王家的锁匠铺没有关门，王祥成了它的新主人。他购进了几台新机器，又在网络上开了网店，专门出售各种定制的锁。他的锁品种很多，有密码锁、指纹锁、声控锁……在网上卖得很不错。

刘大海闲暇时，会过来看看，看看王祥，又看看墙上王麻子的全家福。

老王家的锁匠铺后继有人，海哥感到很欣慰。

海哥

过完年，海哥明显感到身体不如以前了。门口的公鸡叫了三遍，他才从梦里醒过来。坐起身，脑袋仍是昏沉沉的，犯迷糊。

海哥想起年轻那会儿。天刚微亮，他就一个鲤鱼打挺从床上翻起来，外面公鸡打第一遍鸣，他已经穿衣出门了。四野静悄悄的，风“嗖嗖”穿过树叶的声音，野虫子在草里低语的声音，甚至是邻居家里微弱的鼾声，一点儿也逃不过他的耳朵。天上突然飞过一群鸽子或者麻雀，他瞟一眼就能报出具体的数字。可现在，全变了。

从家里到集市，路不远，但山路弯弯扭扭的，走路得好一会儿。年轻那会儿，海哥两条腿摆起来，像踩着风，想停都停不下来。而现在却像是灌满了铅，还未走过一半路程，就有点儿喘不过气来。

这条路海哥走了许多年，四十年还是五十年，记不清了。海哥在镇上读了小学、初中，接着参加工作，结婚、生子，又送走父亲、母亲。一眨眼女儿大了，大学毕业后留在省城工作。去年，女儿结了婚，还怀了孩子。老伴不甘寂寞，跑到省城陪女儿去了，海哥便独自留在先锋镇工作、生活。

海哥全名叫刘大海，是先锋所的一名社区民警。先锋所是先锋中心派出所的简称，海哥在这里工作了大半辈子。

派出所里的同事都喊他“海哥”，不管是和他年龄差不多的老民警，还是刚进来的愣头青，就连所长王新亮也这么叫他。其实从外表看，刘大海早过了称“哥”的年纪，已经跨入了“叔”或者“伯”的行列。他黑发下的银丝一大片一大片的，像冬天田埂上密布的枯草，密密麻麻地在月光下反射出银色的光。但这里没有人喊他“海叔”或者“海伯”，不知道是怕把他给喊老了，还是大家觉得喊“哥”才更显得亲切。或许是这么多年一直喊下来，喊的人和听的人都习惯了。反正“海哥”就这么自然而然地成了他的称谓。先锋所里的人这么喊，先锋镇上的人也这么喊。

海哥是南方人，但长得“一点也儿不南方”，这是大家对他的评价，褒义词。他个头高、身板厚，没当警察前，是村里数一数二的干活儿好手。杀猪、宰牛，做木工、干农活儿，他样样拿手。后来赶上好政策，他穿上警服，吃上了国家饭，这些手艺就摆弄得少了。一是公安工作忙，没时间；二是怕人嚼舌根子，说警察不务正业。他把全部精力都投入工作中，不管是有案子还是没案子，天天村前村后地忙活。收集破案线索、登记人口信息、调解邻里纠纷……或许是长期在户外奔走，海哥的皮肤晒得黝黑黝黑的，像是水塘里掏出来的泥鳅，黑得发亮。

也许在多数人的眼里，警察是严肃、冷酷的，他们办事利索，说话老到，就连眼神都锐利得让人不寒而栗。但海哥的出现完全颠覆了这种普遍的看法。他大大咧咧的性格，爱笑，爱说话，和人聊不上三句，“哈哈哈”震天的笑声已经传得好远。他和什么人都聊得来，整个就是一“话痨”。这是大家对他的另一个评价。

“海哥，我们当警察的，嘴巴还是要严实一点儿才好。”王所长不止一次地提醒他。

“生成的眉毛画成的相，我这性格改不了啦。”海哥两手一摊，一脸的无奈。旋即他一抬头，开聊了，“王所长，你知道不，这个性格啊，决定命运，像我这样的人吧……”

一看海哥又要开始长谈了，王所长赶紧摆摆手，走开了。

干刑侦工作，海哥不适合，为什么？抓人前他和同事聊，蹲点时他和路人聊，抓到犯罪嫌疑人他和犯罪嫌疑人聊。他那张嘴巴见什么人说什么话，聊起来没完没了。分管刑侦的副所长受不了，求着所长把海哥安排到治安口。没想到海哥搞社区工作是上鞋不用锥子——针（真）行。他凭借那张能说会道的嘴，和辖区群众聊出了深厚的情谊。海哥工作了近三十年，全市优秀社区民警，海哥榜上有名；全省优秀社区民警，照样有他的名字。

有人说，海哥亏就亏在这些虚名上。他参加工作时间早，是公安局里的老前辈。那些当年和他一起进来的同事，有的当了局长、副局长，有的当了所长、队长；派出所的领导都换了几拨，唯独海哥还在原地踏步。究其原因，就是因为这些荣誉，先锋派出所是全省优秀派出所，先锋社区是全省优秀社区，海哥是全省优秀社区民警，如果海哥调离这里，或者不搞社区工作，那局里这面省优市优的大旗也将不复存在。

这些话传来传去，终究还是传到海哥的耳朵里，可他却一点儿反应也没有。

“海哥，你觉得亏不?”同事忍不住问。

“为国家做事，有啥亏不亏，知足常乐。”刘大海哈哈一笑，一转身，又下社区忙活去了。

先锋所建所时间早。最初的时候，这里叫先锋警务站，一个镇设立一个警务站，类似于现在的社区警务室。站里就两个人，一个民警，一个协警。后来搞警务改革，先锋镇以及周边的几个警务站合并成先锋派出所。又过了几年，先锋派出所和附近的几个派出所合并成南乡警署。警署类似于现在的城市分局，就有那么点儿规模了。它管着南乡的十二个乡镇，警署里民警加协警有近两百号人。但没过两年，政策又变了，警署重新拆分成若干个派出所，这里也变回了原样，只是多了“中心”两个字，改成了先锋中心派出所，管辖着先锋镇以及相邻的四个乡镇。

其实无论名字怎么变，要做的还是那些事，巡逻、抓贼、安保、维稳、调解邻里纠纷……处理的事情或者大一点儿，或者小一点儿。做事的也还是那么几拨人。

有那么一阵子，派出所里人心惶惶的，没有人知道明天会调动到哪里去，上面的政策又会有什么新的变化。镇上发了好几起盗窃案，谁也不想管。海哥这才罕见地在所里拍了桌子起了高腔：“他妈了个巴子，尽玩些虚的。有这些瞎琢磨的时间，不如出去抓几个‘耗子’。”

“耗子”是本地方言，小偷的意思。小偷只是一个统称，在道上细分为很多种类。例如，按作案地点分，在轮船上作案的，叫“大漂洋”；在火车上行窃的，叫“蹬大轮”；在城里行窃的，叫“扒手”；而在我们这乡下，则称“耗子”。按偷盗手段分，那就更细了，用镊子夹钱包的，叫“尖角”；用刀片割口袋的，叫“舔刀”；晚上翻墙入室的，叫“爬梁”；偷鸡摸狗的，叫“细贼”……行有行规，贼亦有贼道，这里面的水深着了。说这话时，海哥显得很豪气，像是也沾上了那么点儿江湖的味道。

每个月“逢五”“逢十”，是南乡赶集的日子，也是“耗子”活动的高发期。

赶集的场子坐落在先锋镇的南边。从派出所出门顺着国道往南走，大概过去两公里，可以看见一片旷地。早先这里是一个砖厂，后来不知什么原因垮掉了，只留下了一片空地。赶集的日子，外边的商贩和周边邻近村镇的居民都聚集在空地上，自发地形成一个简易的集市。有人出售家里养的猫、狗下的崽子，用一只鞋盒装着，眼睛还没睁开，颤颤巍巍地缩在一团取暖；有人带来鸡、鸭刚生的蛋，蛋壳上还沾着草屑，带着微微的热度和一股子家禽粪便的气味；有人出售刚从地里摘出来的新鲜蔬菜、水果，全是时令货，嫩绿的叶子上沾着露水；还有卖衣帽鞋袜的，都是城里卖场的换季货，款式过时了，便拿到乡下来碰碰运气，折扣普遍低得吓人。这些人和货物一股脑儿地堆进空地，把这块空间填塞得拥挤不堪。而那些晚到的没有来得及挤进空地的赶集人则如同宣纸上滴下的墨迹，往空地四周不断地浸染开去。源源不断的人群经常造成国道堵塞，偶尔还会引发交通意外。

先锋镇是本市与外市的连接点，这条穿镇而过的国道是唯一的交通要道。每年镇上发生在国道边的交通事故有十几起，其中大半与这个临时集市有关。交通事故虽然不归派出所负责，但如果因交通事故引发了纠纷、上访，甚至是群体性事件，派出所照样脱不了干系。而作为先锋镇的社区民警，海哥是这些后果的第一责任人。他配合交警在事故现场布置过警戒线，参与过事故双方的调解会，处置过因觉得赔偿不公拖着尸体堵政府大门的愤怒家属。他脸上被人吐过唾沫星子，衣领被人扯坏过，肚子上还挨过不知道哪个角落飞过来的拳头。好在海哥皮实、耐打，人缘也不错，在他手上终究没有闹出什么惊天动地的大事。海哥能理解那些人失去亲人后的愤怒，虽然有些愤怒直接起源于赔偿金额的多少。

这个临时集市就像一个烫手的山芋，取缔违背民意，存在又隐患不断，让派出所很是头疼。海哥向上级部门打了数次报告，还跑到县政府、市政府去反映情况，想申请一笔资金，对空地进行改造。那段时间里，海哥一改往日啰唆的习惯，说话言简意赅，走路风风火火，他把所有闲暇的时间都用来研究市场的改造和如何向上级部门汇报。所里流行的口头禅也从见面问“出警了没?”“有案子没?”变成了“有消息没?”

快过年的时候，省里一位领导到下面来检查工作，临着国道边的先锋镇是车队的必经之路，镇政府和派出所必须提前安排人手对国道沿线的人流进行疏导控制，保证车队的正常通行。但因为那天不是节假日，又没有赶集，派出所只是按照惯例派了两名值班的民警上路站岗。结果，领导的车队行进到先锋镇时，突然遭遇到一大波赶集的人流，车队被堵在国道上，足足堵了半小时。

王所长一张脸黑了半个月。听说因为这事，他被局长骂得狗血淋头。除了海哥，谁会有这么大的号召力能在平常的日子聚集起这么多人赶集，而且又能将车队过身的时间拿捏得如此准确。王所长脾气憋在心里不能发作，一是海哥辈分高，二是没有任何证据。有同事听见他在办公室里对着墙壁发牢骚：“老实人不干老实事!”

不知道是因为海哥递上去的申请报告终于起了成效，还是因为堵路事件引起了领导的重视，上面不久就拨下一笔专项资金。因为是专款专用，集市改造的工程弄得又快又好。不到半个月，原来的空地就被改造成一个井然有序的半封闭市场。

虽然挨了一顿训，但解决了困扰派出所多年的隐患，王所长的脸色缓和了不少。中午在所里吃饭时，他破天荒地开起了海哥的玩笑：“海哥，真人不露相啊!”

“啥真人假人，能办事的就是好人。”海哥嘿嘿一笑。

改造后的集市犹如鸟枪换大炮，提升了好几个档次，再加上临着国道，交通便利，人气很旺，一度成为南乡最大的交易市场。随着集市名气、人气的增长，先锋派出所的报警量和发案率也节节高升。赶集时，远近的“耗子”全聚集到这里。男的、女的、老的、少的，一个人跑单来的，两个人搭帮来的，三四个人组团来的……集市上那些值钱的东西，稍不留神就被他们“顺”走了。王所长被这些案子闹得头疼，安排海哥天天在集市蹲守。

海哥走到集市时，天已经敞亮了。赶早市的人不多，星星点点的。有认识海哥的商贩或顾客争先和他打招呼。

“海哥，早啊。”

“海哥，吃饭没？”

海哥边走边一一回应。

集市弄得越来越好了，海哥的步子放缓下来，走走停停的，看看人，又看看货，心里凭空地多了些自豪。张老头的儿子又长胖了，虎头虎脑地蹲在他爹的摊位上玩耍；刘家大嫂子出院后，恢复得不错，气色圆润多了；这集市里多了好些蔬菜、水果，自己连名字都喊不上来，价格还贵得吓人……

人群里有“耗子”混了进来，海哥眼睛扫过去，雷达一样，分秒间就把他们“挑”了出来。

“‘扁脑壳’，上个月刚拘留了你，今天又想过来撞运气？”海哥冲着一个背影吼道。

被唤作“扁脑壳”的中年男子转过身，很尴尬地跑过来。“海哥，看您说的，我今天是来赶集的，买点儿东西就走。”

“我今天没事，全程陪你逛。”

“怎么能麻烦您呢，我还有事，我先走。”“扁脑壳”灰溜溜地离开了。

海哥拐了个弯。

“‘铁伢子’，带着朋友过来赶集呢？”

“嗨，海哥！您来了。”“铁伢子”是个小年轻，模样只有十七八岁。

“你都来了我还能不来？今天要是丢了东西，我谁也不找，就找你。”

“别别别，海哥，你这不是冤枉我嘛。我走还不行吗？”“铁伢子”和另外两个伙伴赶紧开溜了。

……

五十九岁那年，海哥病了一场。也没有什么征兆，只是多年的伤病攒集在一起暴发出来。医生说是病毒性感冒引发了身体上其他的一些问题。主要原因还是年纪大了，身体的抵抗力下降了。

“我不服老，你看我这胳膊、这大腿，我得干到六十岁再说。”

海哥病好后回到所里，他当着王所长和大伙儿的面，拍了拍胸脯。

大家都笑了："海哥，你离六十岁也就差几个月了。"

"一个月还有三十天呢，干满再说。"海哥狡黠地一笑。

海哥终于还是退休了，大伙儿给海哥办了一场欢送会，本来只有所里的同事参加，后来不知消息怎么传出去了，几乎整个先锋镇的居民全来了。派出所的大坪里面热热闹闹地摆了十个大圆桌。海哥的老伴、女儿、女婿都来了，他们要接海哥去省城生活。海哥走的时候很多人流了泪，镇上好些孩子是海哥看着长大的，他们抱着海哥的腿不让他离开。

王所长眼睛红红的，把海哥的手握了又握。

海哥退休了，最高兴的要数那些"耗子"，这些年他们被海哥憋坏了。海哥一走，镇上的发案率大幅反弹，大多集中在赶集的日子。

"这些'耗子'还想翻天呢？"王所长亲自上阵，带着民警天天守在集市上。情况好转了一点，但仍不时有案子发生。"耗子"认识所里的民警，但民警却不认识"耗子"，他们被对方牵着鼻子走。

"王所长，海哥走的时候不是交给你一个大信封，说如果发了案子，可以拿出来参考。"有人提醒。

"是哦，你不说我差点儿忘了。"王所长连忙回到办公室，从抽屉里找出信封。信封里面是一个厚厚的笔记本，密密麻麻地记录了海哥这些年来打过交道的"耗子"的信息，有照片，有前科资料，有家庭住址，有盗窃习惯，有朋友关系网……内容分门别类，细致翔实。大家一边围着看一边咂舌，说："好家伙，一百多页，都赶上一本贼道上的百科全书了。"

接下来的事情就轻松多了，王所长把海哥的笔记复印了十几份，所里的民警人手一份。集市上只要发了案子，民警比照着作案类别、相片资料直接过去抓人就行了，就和在自家菜园子里拔萝卜似的，一抓一个准。就算没有发案子，那些榜上有名的"耗子"只要一接近集市，民警就盯着他们，让他们无从下手。

“真是活见鬼了，这些警察一个个比海哥还厉害。”“耗子”们一次次无功而返，最后干脆来都不来了。先锋镇上的治安前所未有地好转。

“真是多亏了海哥，也不知道他现在怎么样？”一眨眼，海哥退休大半年了。大伙儿和他通过几次电话，他总说自己忙，匆匆就挂断了。看来他带孙子很辛苦，大伙儿都这样猜测。

又快过年了，中午民警都在食堂吃饭，电视里在播放一个访谈节目。记者正在采访一位戴着口罩、墨镜、贝雷帽的老人，他是城里便衣反扒队的队长，专门组织那些身体不错，又赋闲在家的老大爷、老大妈，帮助警察在超市、农贸市场、汽车站等地方盯梢抓小偷。他很健谈，说自己也是从公安局退休的，身体还不老，想发挥余热，为社会作点儿贡献。

“那不是海哥吗？”王所长眼尖，大喊了出来。

大伙儿仔细一观察，那身形、那外貌，特别是那说话没完没了的劲儿，除了海哥还有谁呢？

“城里的‘耗子’这下要倒霉了，有海哥在，他们这个年一定会过得很难受！”王所长有点儿幸灾乐祸地说。

“就是，就是。”食堂里传出一片欢笑。

（原载《朔方》2016 年第 1 期）

聂耶，1981 年生，湖南株洲人。株洲市公安局芦淞分局纪委副书记。鲁迅文学院二十三期高研班学员，全国公安文联会员，湖南省作协会员，湖南省小说学会理事。代表作有《派出所一姐》、《寒夜》、《乡村警务》等，出版有短篇小说集《那年那月那些人》、《手铐》。

变　焦

付旭东

我喜欢捣鼓相机。其实我对拍摄的内容并无多大兴趣，倒觉得拍照的方式——不断调整焦距，然后由虚入实或者由实入虚——很有意思。渐渐地，我发觉变焦是一种哲学，既可以使模糊不清的事物还原其本来面目，也能让显而易见的事物变得一片朦胧。作为一名画像专家，我觉得变焦的原理同样适用。目击者的记忆总是游离于虚实之间，对记忆的探寻犹如雾里看花，若想看到最真实的一面，只能不断地调整焦距——我将这一过程称为“记忆的变焦”。

当我一脚踏进电梯的时候，我又不由自主地联想起变焦。

住院部十二楼 1203 病房。这是我要去的地方。

我即将面对的目击者是一个什么样的人——鬼知道呢？画像专家永远无权选择目击者，这是铁定的事。后者的认知习惯以及观察的目的和动机——恐怕连他们自己都说不出个所以然。

在出发之前我只是习惯性地瞅了瞅电脑上的警情通报：这起案件发生在前天晚上十点左右，犯罪嫌疑人潜入某住户家中，持钝器将一名十四岁的女孩儿残忍地杀害，之后移尸卫生间。凶手正待逃离时跟碰巧回家的死者的母亲遭遇，随即又将后者打伤。死者的母亲名叫徐丹妮，现年四十岁。她就是我即将要面对的人——既是目击者又是受害人。这很正常，在我所接触的案子里经常会遇到这种情况。特别之处在于，通报上写着“受害人因头面部受伤暂不能自主表达”。对画像专家而言，一个不能开口说话的目击者无异于一根难啃的骨头。当我继续往下看，脑门不由得冒起烟来，不是因为目击者，而是因为杜凡——江岸分局刑警大队副大队长，一个长相精明、油腔滑调的家伙。上次那起纵火案，他找到的目击者其实是个道听途说的臆想狂，我差点儿被对方带进沟里。画像三易其稿让侦查员无所适从，局长也对我冷眼相看。幸亏关键时刻真正的目击者主动现身，否则我真不知该如何收场。想到这次办案的又是此人，实在有些头疼。

在电梯门即将关上的时候，连连的喊声打断了我的思绪，紧接着一只手从门缝塞了进来——指头上挂着好几个方便袋，露出油条、豆浆、热干面之类的早餐。我连忙按下开门键，挤进来一位中年女士。我问她去几楼，她回答说十二楼，于是我的手从控制面板上缩了回来。电梯上行，我的注意力习惯性地集中到她身上，她伸进电梯的手上戴着一枚分量不小的金戒指，与项链、耳坠花色统一，似乎是一套，但款式有些说不上来的陈旧，起码在我看来，跟她身上的碎花连衣裙不是同一时期的产物。至于她的相貌，属于那种能瞬间湮灭在茫茫人海中的类型。如果非得说相貌特征，要数她不太自然的上眼睑——留有双眼皮手术的疤痕。这次手术看上去并不成功，我想应该是多年以前的事了，因为就当下而言，这种技术已经相当成熟。

“丁零”一声电梯门开启后，我紧跟她走了出去。当我俩一并站在1203病房的门口时，都有点儿明白了。

“你是受害人家属吧。”我说。

“可以这么说，我是丹妮的好朋友，”她看了一眼我手里的工具箱，笑了笑说，“你是画像专家吧。杜警官说你今天要来。看，我给你准备了早餐。”

推门看见杜凡。

“你们……认识？”他有点儿诧异。

“刚刚认识，”我说，“还不知道怎么称呼。”

“于红。”她一边干脆地回答，一边绕到床头，麻利地清理床头柜上的东西。

病床上的人头上裹满纱布，只露出肿胀的眼睛。床头的病床牌上写着徐丹妮的名字。

“受害人昨天才从手术室里出来，我跟医生好说歹说终于同意了，但只给了一个小时的时间。”杜凡说，“时间很紧，我先把案情介绍一下。受害人回家发现女儿的房门开着，地板上有血，随后听到客厅有响动，于是跑出来，正好跟犯罪嫌疑人遭遇。她看到了对方，所以我们想绘制一张犯罪嫌疑人的模拟像。”

“只是她的头部多处受伤，包括下颌，暂时不能开口说话。”他接着说，“也许于红可以帮上忙，于红懂她的意思，知道她想说什么。”

“是这样，”于红在一旁说，“我们是多年的好姐妹，一起读卫校，一起分配到冶金医院，后来单位改制，又一起办理了提前退休手续。”

她叹了口气又说：“我们这代人可什么都赶上了，丹妮还经历了离婚，她老公挺会做生意的，后来有了外遇，还偷偷生了个儿子。好在他还有点儿良心，给丹妮留下房子和一笔钱，还有筱茉……”

我发现，于红说话的时候右眼皮偶尔会神经性地颤动一下——似乎进一步证明了双眼皮手术的不成功。

“她们彼此之间非常了解。”杜凡说，“相信于红是个不错的翻译。”

“但愿如此。不过我想问你，你确信受害人看到了凶手吗？”我对上次的经历依然心有余悸。

“没错，是目击者昨天亲口说的——”随后他做了一个纠正的手势，“我的意思是，于红能读懂她的意思，她说犯罪嫌疑人穿着一件迷彩服。”

“是的，”于红证实说，“长袖的迷彩服。”

“长袖迷彩服？”

“没错，伙计，”杜凡抢着说，“对你来说绝对是小菜一碟，跟上次的纵火案相比，这次的条件要好得多……”

我瞪了他一眼，他知趣地闭上了嘴巴。

“你看到他了——我指的是凶手。”我坐在床头右侧的折叠椅上。

受害人点了点头。之前我让于红调整了床垫的角度，让受害人保持一种半躺的姿势。

“好样的丹妮，就这样，非常好。”于红鼓励说。她坐在我对面，正拿湿棉签涂抹徐丹妮皲裂的嘴唇。

相对于正常状态下面对面的沟通方式，这种三角形的位置关系看上去有点儿别扭，但只能这样。

至于杜凡，在接到一个电话后就神鬼般地消失了。也好，他在这里反倒显得碍手碍脚。

“你是十点左右回家的，你知道女儿在家里？”我问。

受害人点了一下头。

“筱茉今年读初二，九点钟结束晚自习，九点半准时回家。这个时间她刚回来不久。”于红解释说。

“大门当时是关着的？”

受害人点头。

“你是拿钥匙打开……还是先敲门？”

受害人做了一个用钥匙开门的动作。

“开门后看到什么？”

摇头。随后指了一下天花板，又摆了摆手。

“客厅的灯没开，不过筱茉的房门开着，里面有灯光。”于红说。之后她似乎意识到什么，又连忙补充说：“杜警官昨天问过这个问题，我在旁边。”

“然后呢？”我索性把问题抛给了于红。

“然后丹妮喊筱茉，筱茉没有回答，丹妮来到房间……”于红朝床头瞄了一眼，“就在这个时候，丹妮听到外头有动静，急急忙忙地跑出来，就看见一个穿迷彩服的人……”

“你的意思是，凶手当时就躲在屋里？”

“是的，凶手打算溜掉，偏偏这时丹妮回来了。”于红说，“凶手就躲在卫生间里。卫生间的门框上挂着一串风铃，凶手出来的时候碰了一下。丹妮是听到风铃的声音才从房间里跑出来的。”

“好吧，接下来呢？”

“丹妮想抓住凶手，凶手拿锤子狠狠砸她，然后乘机逃走了。她挣扎着爬起来，之后来到卫生间，看见筱茉躺在里面……”

“你刚才说客厅的灯是关着的，在这种光线条件下，她能够看清凶手吗？”

“只能借助筱茉房里的灯光，是书桌上的台灯。”

“台灯？”我把视线转向床头。

受害人点头。

“房灯关着？”

又点了点头。

“是呀，我也怀疑……”于红的右眼皮又颤动了一下。

“你看见凶手穿着一件迷彩服，是吗？”我又问。

点头。

“裤子呢？”

摇头。

“鞋？”

“她没有注意这些。”于红插一句说。

我给于红递了一个眼神。我想让受害人自己表达。

随后我从工具箱里取出一个活页本和一支记号笔，将它们递给受害人。“你可以把答案写在上面。”

“好吧，我想知道他的年龄。”我接着说。

受害人在本子上写了阿拉伯数字——“20”。

“多高?”

本子被翻到另一页，然后写上“一米六五”。

“体态？也就是胖瘦。”

受害人一笔一画地写了“中等”两个字。

“你能看清他的表情吗?”

受害人迟疑了一下，随后写了“惊慌”两个字。

“他看上去像哪种类型的人？我指的是身份或者职业，比如大学生、农民工，或者街头的小混混。可以从气质类型上加以区分。”

很清楚，我跟受害人的沟通就要进入主题了。构成一张脸的元素不仅包括具体的轮廓和形态，还包括相应的人格特征。从某种角度看，所有的轮廓和形态都是为人格特征服务的，只有这样，一张脸看上去才会协调统一，才会显得与众不同。

这个问题让受害人陷入纠结，开始跟于红用肢体语言交流起来。几分钟后于红对我说：“她有点儿拿不准，当时光线太暗了，不过……她觉得像个小混混。”

“如果再看到这个人，你能认出来吗?”

这个问题看似简单实际上蕴含着一种记忆测量方法，我们称之为“再认测量法”。简单地说，如果对方能够肯定地回答这个问题，证明他具备再认能力，由此推断——目击者的记忆中确实存在着我们想要的那张脸。

点头。

“好吧，能告诉我——他的脸型吗?”

受害人用笔画了一个圆圈。

“圆脸?”

受害人摇头，随后将本子翻到另一页，重新画了一次。

“椭圆脸?”

受害人点了点头，接下来她在本子上写了一个字。

“白？”我说，“你的意思是——他的皮肤很白？”

点头。

“嗯，一张白白净净的脸……已经有点儿感觉了。”我这么说的时候，一些大脑意象在我眼前不停地翻滚起来。我略微调整着焦距，想让它们变得清晰一点儿。接着，我又问：“就第一印象来说，这个人看上去有什么特别之处吗？”

受害人陷入思考，之后索性闭上了眼睛。

几分钟后，她的呼吸陡然急促起来，直至发出令人不安的喘息。

“好了丹妮，我们歇会儿，不想这个了好吗？”于红紧紧抓住对方的手，“别怕，我在这里……”

于红转而对我说：“她不能想这些，她受不了……要不等情况好一点儿再说，你觉得呢？”

“好吧，今天就到这儿，如果可以的话我们明天继续，”我起身说，“请放心，不会耽误很长时间。”

“明天还要继续？”

“对，顶多一个小时。画像的依据是记忆，它们随时都有可能被遗忘，或者污染。我们不得不抓紧时间。”

说完我跟受害人打了一个招呼。她渐渐平复下来。我发现，她的眼睛正死死地盯着我。

“有什么问题吗？”我问。

她将双手举在头顶，做了一个由上至下的手势。

我跟于红面面相觑。

“她的意思是……”我向于红求助。对方也一脸愕然。

受害人随即拿起记号笔，在活页本上很快地写了两个字，然后将本子递给我。

“头套？”我很惊讶。

受害人先是点头，然后又莫名其妙地摇头……

“头套……没有搞错吧，丹妮？”于红说。

我在工具箱里翻找起来，随后将一本人像饰物图谱递给受害人。

她仔细浏览着，图谱里面有各式各样的帽子，还有一些要么花里胡哨，要么稀奇古怪的饰物，包括像兔子耳朵的发卡、镶着钻石的独眼罩什么的。

她的目光最终停留在一只黑色头套上——跟侦查员实施抓捕时给犯罪嫌疑人戴上的头套非常接近，唯一的差别是多了三个窟窿……

我决定对现场进行实地测量。上车后我面色铁青，杜凡一边开车一边鬼鬼祟祟地瞄我，然后有一茬儿没一茬儿地闲扯。我才不会理他。

"伙计，你至少应该吭一声，现在车上只有我跟你。"他是个沉不住气的家伙。

"如果目击条件并不像你所说的那样，你应该负相应的责任，起码……你应该感到羞愧！"我说这话时杜凡正第七次瞄我。

"她说她看清楚了，她的确是这么说的。"杜凡说。

"你相信她有特异功能吗？能透过头套看清一个人的脸？"

"这我倒不敢肯定，不过，也许有其他的可能，比如打斗过程中受害人将凶手的头套拽了下来……"

"毫无可能！"我打断说，"受害人跟凶手根本没有肢体接触，她刚刚靠近凶手，脑袋上就重重地挨了一下——这都是你说的。"

"是的，没错。但谁也不能排除凶手中途摘下了头套，就像小偷戴手套作案时，偶尔也会因为行动不便把手套摘下来。"

"你这是不负责任地狡辩！"我恼火地说，"我不相信在一个没有开灯的黑咕隆咚的客厅里能看清楚什么——尽管我没有到过现场。"

"现在还不是争论的时候，伙计，你先暂时消消火。"

我沉默了片刻，长呼一口气说："你应该尽到一名侦查员的职责，摸清现场情况，核实目击条件，而不是整天晃来晃去。"末了我又说，"你一点儿都不踏实！"

"你的批评过于严厉了吧，要知道我可没闲着，看到后座上的东西了吗？头套和迷彩服，这些东西可不会像变魔术一样变出来。”他冲我挤了一下眼睛，“等看了现场再说，还没到发牢骚的时候呢。”

现场位于一栋临江的公寓。这里是所谓的富人区。

开门就闻到一股怪味，我想最初是血腥味，之后因为潮热渐渐变质了。

地上有现场勘查的痕迹，包括粘贴在地板上的足迹比例尺。

大门位于客厅的一侧，用玄关遮挡。对应的一侧是内走廊，连通四间卧室。另一侧是厨房和洗手间。

穿过内走廊来到筱茉的房间。里面窗帘紧闭。我把房灯打开，一眼看到地板上的血滴，已经变成深褐色。

杜凡指着书桌上的台灯和摊开的作业本说：“这里应该是第一现场，看上去……筱茉当时正在写作业。”之后拿起桌上的小相框，“看，多漂亮的小女孩儿。”

我没有理会他，转身来到洗手间。正如于红所说，门框的正中央挂着一串紫色的玻璃风铃。面盆旁边的马赛克地板上有用粉笔画出的人体轮廓，在头部位置赫然可见一片已经凝固的血泊。

“现勘队的弟兄说，徐丹妮回来的时候，凶手就躲在这里，当时筱茉已经死了，钝器打击，脑袋都变形了。”杜凡说，“门后有重叠的鞋印，凶手在这里待了一会儿。鞋印没什么价值——是拖鞋印——凶手进门后换了鞋。门框上有带血的纤维痕迹，凶手作案时戴着手套。”

杜凡像影子一样跟着我回到客厅。这里敞亮而豪华。

“你是第几次来这儿？”我问他。

“当天晚上来过，今天是第二次。”他问，“有什么问题吗？”

“我想知道确切的位置——受害人跟凶手在客厅遭遇的位置。”

他得意地哼了一声，随后从屁股口袋里掏出一张纸。

“不要忘了——这也是我最关心的问题。昨天晚些时候，等徐丹妮的状态稍稍好点儿后，我就核实了这件事。”

是张随手勾勒的草图，准确地说是这套房子的平面图，两根红色的虚线特别明显——分别从卫生间和筱茉的房间延伸至客厅，最后在玄关附近交汇。

杜凡指着玄关前面的一块椭圆形地毯说：“就在这里，她伸手想抓住对方，结果刚刚靠近，头上就重重地挨了一下。你看，这里有血滴。整个过程非常短暂，几秒钟而已。”

“好吧，”我朝他手里的东西努了努嘴，“现在你得委屈一下，咱们来演示演示。”

他将脑袋伸进头套时做了一个自认倒霉的怪相。

说完我将客厅的窗帘逐一拉上，然后来到筱茉的房间，打开书桌上的台灯。

当我听到风铃的声音后，立刻冲了出去……

我从地毯上爬起来，拍拍手说：“什么都看不清楚，除了你身上的迷彩服。”

“我也有同感。”他把头套摘下来，顺势擦了擦脸上的汗，“要不再来一次——不戴这鬼玩意儿？”

“不用了。我敢肯定，在紧张慌乱的状态下，受害人看到的只是一团黑影。”

“见鬼，这到底是怎么回事儿……因为受了刺激？或者极度的悲痛？”他摸了摸鼻子，“也许只是幻觉，让她误以为自己看到了凶手，其实根本没有这回事儿。对了，我想起来了，你曾经说过‘创伤后应激反应’的两种症状，一种是尽量让自己忘记这件事情，另一种则截然相反，会拼命地胡思乱想……徐丹妮显然属于后面这种情形。”

接着杜凡不无沮丧地说：“很抱歉伙计，这的确是个错误，我原以为……现在看来……好吧，我接受你的批评，你批评得没错，我的确……缺乏踏实。”

我突然有点儿想发笑，不过没有理他，而是抄起一副勘查手套按了房灯的开关，反复了好几次。

杜凡先是不解地看着我，随后挠了挠脑袋，小心地问道：“难道房灯和台灯当时都亮着？肯定是的，这样客厅就亮多了，完全可以看清一个人的脸。”

我瞟了他一眼，快步走到窗前然后刷地拉开窗帘，屋里瞬间亮堂起来。我凝神于窗外，往远处望去，一片朦胧的江景。在层层雾霾笼罩下，对岸的建筑露出依稀的轮廓。

“知道我为什么喜欢这个工作吗？对我来说，每一次目击活动和每一个目击者都全然不同，不仅需要启发和挖掘，更重要的是从一团迷雾中寻找真相——这是一件多么有意思的事情！”我看了一眼身旁的同伴，“现在，你是不是认为，我应该拎着箱子灰溜溜地滚蛋？”

“我可没有这么想，”杜凡说，“可是……就像刚才看到的，现场的目击条件根本达不到模拟画像的要求，丹妮什么都没有看到，她脑袋里的那张脸与其说是记忆倒不如说是凭空臆想。我想问你，明天还要继续吗？”

我没有回答，只是突然问他：“爱玩相机吗？”

不用看我也知道杜凡的表情。我不想再卖关子了，这家伙今天也够受的了。

“用相机拍照的时候我有一个体会，当你紧盯一个物体时，焦点也全部集中在这个物体上，而背景——以及周围的事物自然被忽略，变得一片模糊。同样，对记忆的搜索和甄别也是如此，不要紧盯某个看似重要的细节，要将它融入一个整体，跟其他的细节结合起来，”我做了一个变焦的动作，“不妨调整一下你的焦距，肯定会有新的发现。”

我身旁的家伙似是而非地看着我。我拍了一下他的肩膀，“我想了解一下详细的勘查结果，我有个直觉，有些事情如果想明白了，画像不是难事。”

在灯下翻阅现场勘查笔录时我看了看手表，正好是晚上十点——跟案发时间相仿。我下意识地朝客厅瞥了一眼，笔录上说，门窗未见异常痕迹，第一现场在筱茉的房间，第二现场在卫生间，筱茉身穿睡衣仰卧在地上……我突然有了一点儿灵感，但究竟是什么，还得再想想。

当我再次走进1203病房时，于红已经来了。她今天换了一个名牌手袋——只不过边角处磨得发白，看上去很陈旧。

“早上好！你今天看上去好多了，”简单寒暄后我绕到病床前，将笔和本子递给对方，“如果可以的话，今天还得耽误你一个小时的时间。”

“丹妮很早就醒了，她肯定会告诉你很多东西，”于红说，“我们一早就在讨论……”

“讨论？”我皱着眉头说，“要知道，我很忌讳这个词。”

“有什么不对吗？”她愣在那里，“我只想让她说得更清楚一点儿。”

“怪我没有提醒你，以后你们不要谈论跟案件有关的任何事情。”我说，“她的记忆非常脆弱，很容易被破坏。”

她没说什么，只是闷声不响地走到我的对面，然后坐下来。现在，三个人又回到昨天的位置。

“有一点让我感到疑惑，你说你看到了凶手的脸，可又说他戴着头套，这不是自相矛盾吗？”我问受害人。

受害人迟疑了一下，然后做了一个抓握的动作。

“你把头套……拽了下来？”

受害人点了点头，之后在本子上写了两个字。

“短发？”

受害人掐起指头比画了一下。于红在一旁解释说：“很短很短的板寸头。”

这是时下很流行的发型之一，尤其是小青年更喜欢留这种发型。这种发型修剪非常简单：用电剪平推，三分钟就能搞定。也许正是这样，看上去有点儿桀骜不驯的味道。

“你说得没错，凶手还真有点儿像个小混混。”我说，“好的，我想接着昨天的话题——他有什么显著的相貌特征？这点很重要，显著的相貌特征往往是记忆中最深刻的部分，也是最真实的部分。”

受害人指了指自己的眼睛。

“她记得凶手的眼睛。她说凶手长着一双三角眼。”于红说。

我将一本眼部图谱递了过去——没有递给受害人，而是直接递给于红。

于红很快翻到某一页，用求证的口吻问受害人："丹妮，像这种眼睛……是吗？"

受害人随即点了点头。

我接过图谱仔细看了看。"没错，三角眼，看上去阴险狡诈。"我说，"不过，在这种椭圆脸型上出现三角眼的概率非常低。要知道相貌中的五官构件是依附于脸型的，它们的外部形态——包括宽窄、角度和体积，都取决于面部固有的框架，好比什么样的树结什么样的果，必须符合一定的客观规律。拿椭圆脸来说，出现那种又大又圆的眼睛的可能性要大得多，而且看上去更加和谐统一。"

面前的两个人默不作声了。接着我又说："除此之外，五官构件必须跟人格特征相匹配，如果凶手是个白白净净的年轻人，一个小混混，那么，长着一双阴险狡诈的三角眼的概率简直是微乎其微。"

受害人用求助的目光看着我对面的人。

过了好一会儿，于红嗫嚅着说："都过去好几天了……丹妮可能有点儿淡忘了，也许就像你所说的那样……"

她把头又转向受害人："丹妮，你再好好想想……我怀疑……你是不是搞错了？"

受害人重新打开图谱……

等我再次接过图谱的时候，看到一双完全不同的眼睛——正如我所说的，一双又圆又大的眼睛。

随后是鼻子和嘴巴。它们看上去并无特别之处。

"专家同志，你现在可以动笔了吧？"于红说，"说心里话，我们想早点儿看到凶手的画像。"

"还没呢，"我摸着下巴说，"别着急，我想把所有的情况都搞清楚。"

"难道还有什么不清楚的吗？"

"坦率地说，昨天我跟杜警官对现场进行了测量，我们发现，仅仅借助筱茉书桌上的台灯散发出来的光线，根本无法分辨出一个人的相貌。”

停顿了一下我又说：“唯一的可能是，房间里的房灯是亮着的。房灯的亮度比台灯强很多，经过走廊然后漫射到客厅，光线虽然减弱了不少，但足以看清一张脸！”

受害人摇了摇头。

“房灯没开……还是记不清楚了？”于红这时紧紧握住对方的手，“丹妮，你再想想，房灯当时开着吗？”

受害人闭上了眼睛。

“她又开始犯糊涂了。”于红说，“前天我就问过这个问题，如果只有台灯，客厅里面什么也看不见。她肯定记错了……”

我做了一个手势，于红这才打住。

“让她休息一下，她看上去有点儿疲劳。”我说。

我来到走廊呼吸新鲜空气，看见杜凡站在走廊的另一端。他正在接听电话，于是我朝他走去。

“情况怎么样？”他收了电话问我。

“做了两个测试。”

“说来听听。”

“先说第一个测试，”我说，“在对五官构件进行确认的过程中，我抛出一个完全不同的观点。结果是：受害人转而支持这个观点。作为支撑我讲了一些不着边际的道理——都是一些蒙人的鬼话。事实上，我说的这个观点是完全不成立的。

“测试表明，受害人的易受暗示性非常强，这里面包括依赖、从众和对权威的服从。受害人还表现出极度的不自信。对于外界的干扰非常敏感，一个微妙的变化就能让她改变决定。

“受害人对于红非常依赖。不仅是当前，而是持久的、根深蒂固的，已经习以为常。她在回答每一个问题时都会顾及于红的看法，从不质疑或反驳。

“这一弱点恰恰被于红抓住了。我认为后者的行为与其说是暗示或诱导，倒不如说是彻头彻尾地操控。”

“这点并不奇怪，”杜凡说，“据我了解，丹妮的个性很柔弱，而于红是个十足的女汉子，两个人的性格正好互补。再说，从读卫校到冶金医院再到现在，她们彼此太熟悉了，就像你说的，这种依赖是根深蒂固的。”

“我很纳闷。倒不是因为受害人，而是因为于红，她比我们更了解受害人。她知道对方的弱点，却有意诱导，似乎在放任某种结果的发生，显然具有某种目的。”

“那么第二个测试呢?”

“第二个测试可以说——是一个圈套。”

杜凡张了张嘴又咽了回去。我回头瞟了一眼，看见两名护士正推车走进1203病房。

当我再次来到病房，于红说房灯是开着的时候，我一点儿也不觉得意外。这个测试结果是我早已预知的。

我只是缓缓走到窗前，然后拉上窗帘。

“很好，”我对房间里的昏暗光线非常满意，“现在，让我们进入当时的状态。”

“那天晚上你是用钥匙打开大门的，客厅没有开灯，只有对面的内走廊透着光，是从筱茉的房间漫射出来的。看上去一切正常，说明筱茉已经放学回家，正在房间里写作业呢。

“你一边在玄关换鞋，一边喊了两声筱茉。没有任何回应。这时你没有觉得有什么不对头，也许因为筱茉过于专心。然后你朝她的房间走去……你看见书桌上的台灯亮着，还有翻开的作业本……没有看见筱茉，你以为她去了卫生间或者阳台，不过你很快紧张起来，因为看到地板上的血，一滴，两滴……从椅子后面一直延伸到房门。

“你感觉有些不妙，就在这时，你听到风铃的声音，你喊了一声筱茉，然后转身往外跑。

“客厅的光线很暗，你看到一个模糊的黑影，正朝大门慌忙逃窜，你喊叫着冲了过去……”

说到这儿我停了一下。

“正如后来的现场测量，你的确看到了凶手——包括他身上的迷彩服，”我用缓和的语调说，“不过，仅凭台灯发出的漫射光，根本分辨不出对方的相貌。”

“不对！我刚才说过，当时筱茉房里的房灯是开着的，”于红说，“丹妮看得很清楚！”

我霍地拉开窗帘，阳光倾泻进来，让眼睛很不适应。当我回头的时候，看见于红的眼皮又不由自主地颤动着。

“人的眼睛具有自我调节的功能，骤然地由明到暗或者由暗到明都会产生应激反应。假如像你所说的，丹妮从开着房灯的卧室突然进入漆黑的客厅，眼睛至少需要十秒钟的时间来适应——这段时间什么也看不见，这叫‘暗视场效应’。所以，我昨天提到的房灯，是一个十足的伪命题。不用丹妮回答，我也知道房灯当时绝对是关着的。”

于红脸色煞白，嘴唇紧抿着。这时，从床头传来轻轻的抽泣声。受害人用手指着于红，然后又指向自己……

“我想知道这到底是怎么回事。”我说。

“好吧，我不想再隐瞒了。”于红镇定地说，“就像你说的，凶手戴着头套。”

“这件事发生得太突然了。丹妮根本经受不了这种打击，因为筱茉是她的全部——完全可以这么说。她已经崩溃了，听说你要给凶手画像，又胡思乱想起来。她太想抓到凶手了，所以始终认为自己看到了凶手，其实那个穿迷彩服的小混混跟凶手是两码事，她把他们混为一谈了。

“半个多月前的一个傍晚，我跟丹妮像往常一样在江滩散步，我们聊了很多家常，不知不觉从轮渡码头一直走到一片低洼的芦苇林，那里很偏僻，天快黑了，我们决定返回。就在这个时候，我们身后突然冒出一个穿迷彩服的人，一把抢走丹妮肩上的挎包，之后撒腿就跑。我大喊一声追了上去，上高中时我是校田径队的，没几步就追上了，我想抓住他，结果把迷彩服给扯下来了，然后我扑上去，跟他扭打起来。

“他戴着一只黑色的头套，把脸捂得严严实实的，估计怕被认出来。我一把把头套拽下来，是个长得白白净净的二十来岁的小伙子。他慌了，拿挎包砸过来，之后就跑了。我没有追，因为丹妮的挎包在我手上，他什么东西也没有抢走。”

“这么说你也看到了这个人?”我问受害人。

“丹妮当然看到了，我们扭打的时候她就站在旁边，吓得浑身哆嗦，回家的路上还在不停地发抖，她胆子特别小。”于红说，“不要怪我迟迟没有说出真相，我只是不想伤害她，如果当面揭穿的话，对她来说又将是一次打击，我不能这么做……”

说完，她把脸深深地埋进手里。

我看见泪珠从受害人紧闭着的眼角滚落下来……

“当丹妮在本子上写下‘头套’时，我就意识到确有其事。”我摩挲着下巴说，“她在客厅看到了凶手，一个穿迷彩服戴头套的人——跟半个月前试图抢劫的小混混简直一模一样。说到这儿我不禁想问：在那次抢劫事件中，小混混遗落在现场的迷彩服和头套——它们在哪里?”

“我把它们捡起来，然后塞进包里，我跟丹妮原本打算报警，把它们交给警察，不过后来改变了主意。”于红说，“回家后它们被我扔进了垃圾桶，有什么问题吗?”

我冷冷地看着于红，她移开视线，拿手掖了掖被角。

“两起案件中的犯罪嫌疑人有着相同的装扮，难道你不觉得蹊跷吗?”杜凡问道。这家伙不知道是什么时候溜进来的。

“也许两起案子都是那个小混混干的。也许丹妮被他盯上了，她总是一身名牌，喜欢把自己打扮得珠光宝气。”于红的声音里透着一丝慌乱。

“哼哼，”我冷笑了一声，“就像你刚才说的，凶手这么做的目的只有一个——转移视线——让丹妮和警察都误以为两起案子是同一个人干的。如果我没有猜错的话，半个月前你从江滩捡回来的迷彩服和头套并没有被扔掉，它们后来派上了用场，被凶手当作伪装。”

“你……你是什么意思?”于红瞪大了眼睛。

“我一直感到奇怪，筱茉身穿睡衣在卧室里被袭击，现场门窗完好。一位少女在穿着睡衣的情况下会让谁进入自己的卧室？于红，作为丹妮和筱茉最亲近的人，你帮我们想想！”

“你是什么意思？你这是血口喷人！”于红的脸转而变得通红，全身也紧绷起来。她朝床头看去，受害人一边痛苦地呜咽着一边伸出手，颤颤巍巍地指着她。

这是谁都不想看到的一幕。

“你已经丧心病狂，至于你的作案动机我还不敢妄下结论，不过我们很快就会搞清楚的。”我朝病床靠近了一步，同时给了杜凡一个眼神。

于红的眼珠子滴溜转动着，最终停留在床头柜的边沿，那儿放着一把水果刀。她猛然伸手——但晚了一步，杜凡敏捷地将她扑倒在地。

再见到于红是一周之后。她戴着手铐坐在对面，冲我惨淡地笑了一下：“你不是想知道我的作案动机吗？我现在就告诉你。”

“我身上的裙子是丹妮不要的旧衣服。脸上抹的是她快要过期的化妆品。也许我们是老同学，也是好朋友，从认识到现在足足有二十五年的时间。但我时常觉得，我更像一个小跟班，招之即来，挥之即去，帮她拿这拿那，跑上跑下。又像一个保姆，帮忙打扫卫生接送孩子。她喜欢跟我在一起，也许是一种需要，因为我——才能衬托出她的美丽和高贵，还有她的富有和慷慨。我的确不如她，什么地方都不如她，但我真心看重我们之间的情分，从没把这些琐碎小事放在心上。后来我渐渐发现，对她来说我只是一块破抹布——破抹布，就是这样。也许你不知道，我和丹妮还有一个同病相怜的地方，我们都是单亲母亲，孩子是我们唯一的指望。我儿子挺争气的，在上海上大学，不过去年夏天这孩子惹上点儿事儿，别人要他赔一笔钱，我凑来凑去还差一点儿，所以向丹妮开口，你知道她怎么说，她要我把房子作抵押，我同意了，可她坚持要等手续下来才给我钱。我能等，可我儿子等不了，等我拿到钱的时候接到的是警察的电话，我儿子……他竟然……竟然自杀了。”说到这儿她已经泣不成声了。

“杀了徐丹妮的孩子，难道你的孩子就能回来吗？”我把纸巾递给对方。

“我让她也尝尝这种滋味，这种剜心的痛苦。那天我去的时候九点多钟，看着筱茉在台灯下写作业……我经常接她放学，给她做好吃的，把她当自己的孩子一样看待。我确实犹豫了。可你知道吗？当她扭头看我的时候，那种轻蔑，还有厌恶，就像看到一只脏兮兮的癞皮狗！我当时……”

把一切说完后于红沉默了，眼里没有了泪，反而呈现出一种释怀后的坦然。

在被带离时她突然回头问我：“丹妮……她好些了吗？”

我没有回答。身体的伤痛可以治愈，那么心上的呢？

出门后我上了杜凡的车。

“那天你身手挺不错。”我说。

“伙计，这可是头一次听你表扬我。”杜凡酸不溜秋地说，“没想到……到手的山芋被一个画像专家给抢走了。”

“什么意思？”

“其实……我早就盯上她了。”他露出一脸坏笑，“第一次走访的时候她脱口而出，说凶手的作案工具是把锤子。而事实上，法医仅仅推断是一种钝器，所有的侦查员也是这么认为的，包括我。后来我跟法医进行了探讨，法医认为锤子的可能性非常大。”

“看出来了，现场测量后你以为我会撂挑子，没想到我赖着不走。”我说，“你一定很烦，怕我抢了功劳。”

“没错，你根本没有打算画像，你甚至没有碰过画笔。”他说，“你想把那套‘变焦’的理论在我面前显摆一下，当然，你成功了，对此我无话可说。”

“如果一名画像专家只善于运用手里的画笔，那他肯定不是一名优秀的画像专家。”我不无得意地说。

黄灯闪烁后红灯亮起，杜凡踩了刹车。

“周末我想出去拍几张照片，不知道你有没有兴趣。”

“恕我俗事缠身，我可没你那么快活，不过……听起来好像很不错，学画像为时已晚，学学‘变焦’倒是很有必要。好了，那就一言为定！”

绿灯亮了，车子又继续前行……

（原载中国公安文学精选网 2016 年 1 月 25 日）

付旭东，1971 年生，湖北应城人。现任武汉市公安局司法鉴定中心第四实验室主任，模拟画像专家，一等功臣，全国优秀人民警察。1992 年开始陆续在《啄木鸟》、《警笛》、《人民公安》等杂志上发表中短篇小说四十余篇，出版有《模拟画像你我他》、《与目击者沟通》、《密不透风》等书。

解个手到底用多久

张　暄

姚新珍

厕所驻在半坡上，是陆家庄唯一的公厕。

很早的时候，每到下课时分，大批的孩子从校门里涌出来，自动分成两拨。里面位置有限，如厕的孩子们需要排队，尤其女厕这边。男孩子们不害臊，就在厕所外拨动着小鸡鸡努着劲儿把尿液往天上滋，阳光下一条条亮晶晶的弧线让女孩子们羞红了脸。这些年再见不到这样的景象了，大家都想了法子把孩子往外送，学校彻底成了一座空巢。

孩子成家后，姚新珍两口子和村干部说了

说，占据了学校的一间教室。房子紧张，宅基地又迟迟批不下来。起初是权宜之策，住得时间长了，反倒把这儿当成了家，不想离开了。

这是下午七点，天微微黑，但还氤氲着光。老公出去打麻将还没回来，陆大嘴在她这儿聊天也没回去。姚新珍突然小腹一阵紧张，扯上一截卫生纸就往门外跑。将近五十岁的人，已经没了女人的矜持，哪怕一个男人坐在自己对面。

跨过马路，姚新珍耳边响起摩托车发动机的轰隆声，她下意识地扭头朝坡上看了看，一辆摩托车疾驰而来。如今的人哪，总是一副急吼吼的样子，骑车子下坡也不知减速，让人走路总得抱几分小心。她在心里骂一声，刚要拐进厕所，突听啪嚓一声巨响，再回头，却是两辆摩托车撞在了一起——这么说，坡下也上来一辆。便意让姚新珍顾不了许多，她一头扎进厕所。

厕所外砖里坯砌成，历史久远，可追溯到姚新珍出生之前。土坯这种东西真是奇怪，居然可以经历如此残酷岁月的侵蚀，至多棱角处有些剥落，露出中间掺杂的麦秸。中间的分隔墙则完全是土坯，曾被淘气的男孩子们用棍子掏出一个个小洞。姚新珍小的时候就在这边领略过那边闪闪烁烁的懵懂又好奇的目光，未必不怀好意，却让她们紧张兮兮。她们堵住，那边捅开，如此几番，乐此不疲。一茬茬的人就做着这样的儿时风月游戏，终于长大了。后来她搬进学校成为住家户后，一劳永逸地把这些岁月遗迹都修补好了。新泥旧泥，对比分明。可学校旁再没有孩子们叽叽喳喳的叫声了。

不光学校，整个村子都变得寂寥。

人命关天，她记挂外面的事情，可这边却哩哩啦啦总也解不利索，刚准备起身，便意又不期而至，终于浪费了些时间。她胡乱兜好裤子，慌慌张张地赶出去，却见马路中央三人两车倒地——一个人要挣扎着起来，另外两个人悄无声息。她吓得没了主意，突然想起陆大嘴还在她家，赶紧跑回去搬救兵。

天更暗了一些。倒地的三个人中，有一个是年轻姑娘，一袭长发辨得分明。陆大嘴认出这是村西头陆新春的闺女，赶紧掏出手机报信，却无人接听。姚新珍嚷“报警报警报警”，陆大嘴便拨“110”。

围观的人越来越多，受伤的人被分别认了出来。从坡上下来的是黄家村的黄大头，在他们陆家庄村东头的鸡场打工。陆新春的闺女叫陆倩，和她骑一个车子的是村北头陆大壮的儿子陆斐斐，两个年轻人正在谈对象。

招呼的人多，口口相传，陆新春、陆大壮连同他们的七大姑八大姨很快赶了过来，分别把人拉到了医院。黄大头一条光棍，家在外村，还没有能够救急的人，最后等警察来了通知“120”拉走了事。

这么一桩说起来简单的事情，姚新珍却遭遇了大半生前所未有的麻烦。从发生事故的第二天起，警察就缠上了她，直直缠了她半年多，而且看样子还要继续，无休无止。

起初警察问她事发当时的情况，她如实作答，就那么个事儿，看清就说看清，没看清就说没看清。

但到了后来，警察的问题越来越细致：你解的是大手还是小手？

大手，但稀得像小手，我不是拉肚子吗？姚新珍也不害臊，如实回答，因为有点儿烦，便半调侃半挑衅。

用了多长时间？

不就解个手嘛，谁知多长时间，又没看表。农村人，哪能像你们搞块表戴戴！她嘴上这样说，心里想的却是：解个手用多久和事故有屁关系？

但警察仍在问：你到底用了多长时间？加了个“到底”。

三五分钟？六七分钟？十来分钟？姚新珍终于被问烦了，便对警察没好气：喂喂喂，问这干啥，吃饱了撑的？谁说得清呢？

她烦，警察不烦，仍然是好话说尽，循循善诱。让她回忆，再回忆，厘清细节，做最准确的估摸。

到后来，真是问到细节了。姚新珍就感觉自己像光着屁股面对警察重新拉了一遍稀。幸亏自己一把年纪，要是小姑娘，禁得住你们这么没羞没臊地问吗？她都后悔和警察说真话，说自己几次想起来但没能起来，拉肚子嘛，感觉拉尽了，准备起身，又来了。

几次？到底几次？警察穷打猛追，不依不饶。

真服了你们了！

终于，姚新珍斩钉截铁地说，短，我说不清，长，也就是大概十分钟。不是外面撞车了吗，我还忧着呢！

你平常解大手一般用多长时间？

那能一样吗？我平常干结，就是你们说的便秘，有时半个小时都不止。可那天我拉肚子！

真是吃饱了撑的，姚新珍撇嘴。

这是警察的盘问，还有老公：他奶奶的，怎么我一不在那个陆大嘴就来？

毕竟老公好斗些，姚新珍也不怕他。

陆大壮

受伤的三个人，陆斐斐、陆倩、黄大头，起初都被送进一个医院，县医院。

黄大头小臂轻微骨折，打好石膏，输了一星期液就出院了，只等时间一到拆石膏。陆倩小腿上划了一条口子，虽然流了很多血，却无大碍，也是输了几天液便回去了。陆斐斐在医院住到第二天凌晨，主治大夫便通知他们转院，说伤重，这里治不了。

陆大壮一家子便把陆斐斐带到市医院。市医院的大夫看了县医院的旧片子，又张罗人拍了新片子，也摇摇头，但还是收下了。

大夫前前后后在陆斐斐身上动了几处刀子，仍没把他从不省人事的状态中拉出来。陆大壮的女人动不动便哭，陆大壮也想流泪，但男人嘛，便忍住了。

第十五天，警察找到医院，给他们下了交通事故认定书。两个骑车人，陆斐斐和黄大头各负一半责任。陆倩无责任。

问他们有没有意见。陆大壮愣怔了好一会儿，说没意见。

这时，他们在医院已经花了十九万元。其中十二万元，是陆大壮两口子这些年的积蓄。剩余七万元，是找亲戚朋友东拼西凑借的。

这十二万元，原本是准备给陆斐斐结婚用的钱：彩礼五万元，买一辆车子五万元，办事二万元。如果女方能陪嫁点儿，车子就买好一些。不陪嫁，就照着五万元买，那种档次的车子村子里到处都是，看起来也不错。

农村办事儿，都这个样子。

不出意外的话，那五万元的彩礼会落到陆新春手里。因为大概有一年了，陆斐斐和陆倩的关系还算稳定。

但陆大壮顶不喜欢陆新春，这个出了名的抠门货。从小学到初中，他们一直是同学。那时条件差，吃不饱，偶尔谁带点儿干粮到学校，一般情况下小伙伴们会相互分享。可陆新春就不，总是躲着大家自已吃。这一躲就躲了半辈子，以前是躲得遮遮掩掩。躲着躲着成了习性，反倒理直气壮了。村里惯例，男方呈给女方的彩礼，除了当天办事儿用的花费，通常女方会把剩余的钱给陪嫁回来。大方些的，还会搭上一些——现在人都想通了，孩子结婚嘛，又不是卖闺女！但陆新春早就放了话，说闺女养这么大容易吗？倒贴？没门！虽然陆大壮没有亲耳听到陆新春这么说，但他相信这话肯定不虚。一个村子里的人，从小一起长大，撅撅屁股就知道屙什么屎。

陆倩这闺女倒是长得漂亮，高挑，圆润。虽然五官仿爹，但陆新春的贼眉贼眼遗传到她身上，便出落成那种令男孩子们心动的妖眉妖眼。长相没说的，性情呢，也看不出什么不大对劲儿的地方。既然双方孩子都愿意，认了。

过个把来月，陆大壮便计划托个媒人把办事的细节和陆新春具体谈谈，谁想发生了这样的事情。

陆大壮也知道这场事故中陆倩无大碍，只不过当时被吓晕了。他有点儿犯嘀咕的是，按说都快成亲家了，陆斐斐伤成这样，他们那边不该来个人看看吗？

想到这里，他就隐隐地担忧。

倒是女人给他宽心说，人家毕竟是女方嘛，何况也受伤了，我还想等斐斐好一些我能抽出身子去人家那儿看看呢。斐斐都这样了，可不能闹意气惹了人家，把婚事给吹了。

陆大壮说，只怨那货小气。何况，斐斐是和他闺女一起玩时出事的，他闺女就没一点儿责任？

女人说，人家坐个车有什么责任，交警都说了无责任。

斐斐肯定是送她回家时出的事。咱们家住北头，车却是上坡去西头，不是送她是干什么？

话虽这样说，只怨咱孩子骑车不操心。说着，女人的泪又流了出来。

陆大壮便后悔给儿子买摩托车，还那么贵，那么大。现在的孩子，都把车骑那么老快。自己也年轻过，却从来没有那份张扬。大约十年前，他终于在慢了时代大半拍后咬咬牙，扔掉自行车买了一辆黑“七零”，每天突突突稳当当地走，车到现在还没有坏。后来儿子大了，他把“七零”给儿子骑，儿子撇撇嘴，很不屑的样子说，丢不起那人！他本来打算一步到位等儿子结婚给他买辆小车的，可又怕眼下没车耽搁了儿子谈对象，终于咬咬牙花了一万多元按儿子的要求买了一辆“大野狼”。车确实是威风，却威风得出了事。

摩托车现在还被警察扣着，面目全非。

陆大壮有点儿小迷信，他觉得任何一辆车，都有保不保人之说。他的黑“七零”就保人，骑车十年了，从没出过事。买上“大野狼”后，他还和女人嘀咕过：看着好，也不知保不保人？谁想一语成谶。

第二十七天，陆斐斐终于在医院里醒了过来。醒来后意识却仍旧含混。

第三十一天的时候，陆斐斐彻底醒了过来。在大家的帮助下，陆斐斐把事情的经过回想了一遍，结果他说了一句话，把全家人惊呆了。

陆斐斐说，出事时是陆倩骑的车。

连盼

陆倩骑的车。当孙立刚把这个消息告诉连盼时，连盼也惊呆了。她突然意识到，也许他们犯了同一个错误，先入为主。

一对青年男女同骑一辆摩托车，一般人都会不假思索地认为是男骑女坐。何况，问笔录时那女孩儿也说了，是男孩儿骑车送自己回家。

问另一方当事人黄大头，黄大头说车祸发生得猝不及防，天色又暗，没看清。接着又说，这还需要问吗？

还有，那么大一辆摩托车，是女孩儿玩的东西吗？

当时男孩儿还昏迷在医院里，而事故认定的期限又到了，他们就根据女孩儿的陈述作了认定。谁想，问题出来了。

按说连盼作为分管领导，有些事情不需她亲力亲为的。但事关重大，她还是亲自和孙立刚到医院跑了一趟了解情况。

她心里想着，如果真是男孩儿说的情况，他们算是搞了一个错案。事情说大不大，说小不小——案子是孙立刚他们搞的，却是她拍的板。

也算不得拍板，只是听取了例行公事的汇报，脑子没有特别的转动，就同意了他们的意见。每天要没完没了地听各种交通事故汇报，有时便麻木。甚至算不得麻木，假如这件事情重新来过，也许仍是当前这么一个结果。

男孩儿躺在病床上，面庞清秀而呆滞。清秀是底子，呆滞是遭遇给他覆上的膜，那种大睡刚醒的模样儿。

头发被剃光，样子便显得无辜。

如果有疼痛，他的表情也许会生动些。但他没有，自胸部以下都没了知觉。肉体没有，心灵也没有。他刚醒过来没几天，心灵的疼痛还没有被唤醒。

连盼也是当母亲的人，她的心倒先痛了一下。

来之前，连盼览阅了女孩儿的笔录。几乎所有细节，陆斐斐与陆倩陈述得都一样。陆斐斐说，他和陆倩在赵家庄村一个叫赵鹏飞的同学家玩，快到晚饭点了，两人决定回家。当时一起在赵鹏飞家玩的，还有一个女孩儿，是赵鹏飞的女朋友，叫黄圆圆，黄家村的。本来赵鹏飞要亲自送黄圆圆，但他们回去时路过黄家村，便捎上了黄圆圆，三个人同骑一辆摩托车。

连盼见过摩托车的照片，那么大一辆车，坐三个人绰绰有余。

陆大壮补充说，赵家庄、黄家村、陆家庄三个村子由远而近，三点一线。

赵鹏飞、黄圆圆的笔录都问过，他们也是这样回答的。赵鹏飞和黄圆圆都说，出门时，是陆斐斐骑的车，陆倩坐中间，黄圆圆坐后面——至于谁坐中间，谁坐后面没有多大关系，主要是搞清谁在骑车。当然，如果是陆斐斐骑车，自然陆倩会坐中间——难道她会允许别的女孩儿夹在自己和男友中间？

黄圆圆说，到了黄家村村口，她下车走回去，没让陆斐斐再往村里送。家离村口没多远，几步路。

黄圆圆证明，这时仍是陆斐斐骑的车，陆倩一只手搂着陆斐斐的腰，另一只手和她挥动说再见。说过再见，她便扭头往家走。

陆斐斐却在这里插进来一个他们都没掌握的情节。他说，到了黄家村村口，突然想起自己借过黄逸飞二十元钱，当即决定到黄逸飞家把钱还给人家。去了黄逸飞家，大门却锁着，便折了回来。又到村口，也就是黄圆圆下车的地方，陆倩提出自己要骑车，他便把车交给她。傍晚了，笔直的柏油马路空荡荡的，陆倩车速很快，摩托车排气筒的声音大得让人兴奋，但他没有劝拦，他熟悉她的做派，也享受这种感觉，结果到了村半坡公厕那个地方出了事。

黄逸飞是谁？

也是我们一个同学。

陆倩会骑摩托车吗？

会，我教会的。她以前就会骑那种踏板车，但觉得不过瘾，硬要学这种有挡的车。我们俩在一起的时候，经常是她骑我坐。不信你们可以调查，村里人都见过她骑车。

还有一些疑点，但连盼没问出口。问了也是白问，搞事故调查这么多年，经验让她知道，随便一个回答便让你的问话没有任何意义，因为你不能以一般抹杀特殊。比如，当时陆斐斐怎么会突然想起还黄逸飞二十元钱？二十元钱值当专门去还一次吗，不是天快黑了急着回家吗？等等。

但陆斐斐却提供了一个在连盼看来有价值的情况。黄圆圆下车前，接了一个电话，她说了句“就快到了”，然后便下车走了。

孙立刚

按照连盼的吩咐，孙立刚又到黄家村跑了一趟。

连盼升任副大队长后，事故科长的位置还空着。大家都说这次科长的位置必定是孙立刚的，孙立刚也认为必定是自己的。本来，如果论资排辈，科长的位置早就该是他的，但上次人事调整，连盼从别的部门过来“挤”了他，让他好几年很不爽。更不爽的是，连盼是个女人。

据说人事调整很近了，这种节骨眼上，可不能因为一个案子把事情搞砸。

村外的麦地里，绿油油的麦苗散发着清香。孙立刚张大鼻孔贪婪地吸了几下，想农村就是这点好。

也仅有这点好，其他是不能和城市比的。就说破案，城市里到处是监控，案发时的情况一目了然。可他们大队辖区，除了县城，这么多乡村道路，一个监控也没有。

孙立刚在农村长大，后来上警校，毕业分配做了警察。大半辈子过去了，虽然连个科长也没捞着，但在村里人看来，他算是个有本事的人，因为他们那里穷乡僻壤，能出去工作的人就不多。他一直是业务骨干，有时候因为搞案子，偶尔还能上上电视新闻，假模假样地说几句话。这些画面恰巧被村里人看到了，口口相传，他便显得更有本事了。回乡看望父母，总能领略到乡亲们那种热情又艳羡的目光。每逢这种时候，他就感叹自己官做得太小了。

黄圆圆说，那天下车前，我确实接到一个电话，我妈打的，问我什么时候回家。我说就快到了，便挂了电话——这对你们重要吗？

这对你们重要吗？孙立刚总是听到这样的疑问，听得多了，他便不加解释。

当然非常重要。这个电话，能帮他们卡死一些时间节点。

查询了一下，这个电话打在6点45分。

在黄圆圆的带领下，孙立刚去了黄逸飞家一趟。

黄逸飞说，他和陆斐斐是初中同学，但这些年很少来往。借他二十元钱的事是有过，但他说过别还了，所以也算不得借。

是这么回事，大概有一年多了，一次在镇子里，我和一个同学，陆斐斐和另外一个同学，两拨四个人碰巧遇到。我们听说陆斐斐和陆倩谈上对象了，就让陆斐斐请客。陆倩我们都知道，就比我们低一届，很漂亮的。这么漂亮的姑娘，不得请客啊。当时天热，决定吃凉粉。四碗，二十元钱。吃完了埋单，陆斐斐才发现自己根本没带钱。我说，唉，亏大了。只好代他结了账，成了我请客。陆斐斐说下次见面一定还上。我说值当吗，二十元钱。后来我还开了句玩笑，说闹洞房时，让我亲一下新媳妇就行。陆斐斐擂了我一拳。

黄圆圆笑，孙立刚也笑。

以前他们去调查案子时，无论大人小孩儿一见他们就紧张得不行，话都说不利索。但现在的年轻人完全没有这种顾虑，不仅侃侃而谈，连玩笑都敢开。他专门瞟了黄圆圆一下，也未见如他认为的那样听了那种带色的玩笑会羞红脸，司空见惯似的。便感慨，现在的小青年，真是开放。

孙立刚问，事故那天你在家吗？

在啊。那天我记得清清的。两个村子没多远，晚上八九点钟，就有消息传过来，说陆家庄出了车祸，陆斐斐撞车了。还有那谁，对，光棍黄大头，不就是我们村的吗？

那天你爸妈在不在？

孙立刚这样问，一是验证黄逸飞是否说的假话，二是验证陆斐斐说他家“锁着大门”的说法。

都在啊，不光我爸妈在，还有我爷爷。消息传过来时，我爷爷还对我说，飞啊，你以后骑车可得慢点儿。

陆斐斐的爷爷就蹲在不远处晒太阳。一问，果然如此。

这么说，陆斐斐说了假话？

黄圆圆住在村口，但黄逸飞住在村的这一头，这个村子还很大，从黄圆圆家过来，他们大约走了十分钟。这十分钟的路程，让孙立刚灵光一闪，脑海里现出一个思路，先抛开黄逸飞家是否有人，只需把时间卡死便可验证陆斐斐话的真伪。

陆大嘴的电话清单早就调取过。他的第一个电话是打给陆新春的，7 点零 2 分。第二个电话打给“110”，7 点零 4 分。也就是说，7 点零 2 分的时候，事故早已发生。从黄圆圆下车的 6 点 45 分到 7 点零 2 分，中间共有十七分钟的时间。

在这短短的十七分钟内，陆斐斐是否来得及去黄逸飞家一趟并赶到事故现场？

这需要做侦查试验，自然也不复杂。

返程路上，孙立刚问黄圆圆，你往家走时，看到陆斐斐他们骑着车子进村了吗？

黄圆圆瞪大眼睛，迷茫又无辜地摇摇头。

孙立刚认为，如果陆斐斐骑车往村里走，这时黄圆圆未必已经回到了家，就一条路，她应该能够看到他们的。

你为什么不让他们把你送到家门口？

黄圆圆嘟一下嘴说，那个陆倩顶爱吃醋的。我不想让陆斐斐显得对我太过殷勤了，主动下了车留一小截路自己走。我们都是同班同学嘛，得避嫌。陆倩比我们低一届。

哦，陆斐斐平素人怎么样？

什么意思？

孙立刚犹疑了一下：比如是否老实什么的？

黄圆圆皱了一下眉头：也没见他鬼过我们什么啊。

陆大壮

第四十五天的时候，大夫通知他们可以出院了，再住也是往医院白扔钱，不如回家养着。

陆大壮这才开始正视一个事实，儿子永远瘫痪在床了。尽管大夫叮嘱说，你们要坚持给他翻身按摩，锻炼，也许会有奇迹发生。

回到家，陆大壮终于能抽出身去和警察理论。

警察说，你儿子说是陆倩骑的车，但陆倩说是你儿子骑的车。一比一证据，原先的认定一时还推翻不了。我们会进一步调查，有结论后告诉你。

可你们当时出结论也太草率了！陆大壮很生气警察和他这么说。

我们给你结论时也说了，如果有异议可申请复核，可你当时不也同意了吗？

儿子都那样了，我们顾得上这些事情吗？

警察笑笑。

陆大壮知道警察笑什么。因为自己当时根本没想到会有别种可能。转念间，他继续保持了自己的生气：我们可以有失误，但你们不能啊——我们是平民老百姓，你们是什么？

又过了许多天，警察告诉他，没有证据可以表明当时不是你儿子骑的车。

我儿子都那样了，还会骗你们不成？陆大壮对警察的不负责任极其愤怒。

我们只重证据。

我儿子的话算不算证据？

算，只是其一。陆倩的也算，还是一比一，谁也推翻不了谁。

后来，陆大壮真希望儿子醒过来后没有说过那句话，这句话闹得他左右为难。命运摊给他这件事情，起初他认了。当年他父亲活着的时候，一句话经常挂在嘴边：人啊，三截五截活不到头。他这几十年，倒是对这句话没有多深的感受。家里突然摊上这件事，让他意识到了命运的残酷，也让他对父亲的这句话有了刻骨的体会。

如果儿子说的是真的，不说其他，在赔偿上就有大的差别。他们在医院已经花了二十四万元，按原先事故双方各一半的责任划分，黄大头得赔他们十二万元，那十二万元他们自己承担。倘若真是陆倩骑的车，那么儿子在这场事故中则完全无责任，自己则不需要承担那十二万元，而是黄大头和陆倩各承担十二万元。

这是医疗费，只是赔偿费用的一部分，还有伤残费。他们了解了，如果儿子一辈子站不起来，那几乎构成最高的伤残等级，仅这项据说就有五六十万呢。还有什么营养费、陪侍费，等等。

女人说，那不还一样嘛。就算是陆倩骑的车，可陆倩是谁，你能让人家赔咱？

陆大壮说，儿子都这样了，你以为人家还会嫁给咱？如果人家真有那心，这么长时间了怎么会不来瞧一眼？

女人叹口气，也是。

看来儿子说得没错，那闺女就是心虚。

咱儿子啥时说过假话？

女人的这句话，他没有反驳，毕竟自己儿子嘛。陆大壮突然想起，儿子刚睁开眼那一天，曾问过他们陆倩怎么样了，来过吗，等等的话。他还想儿子算是有情义的，自己都这样了还记挂陆倩。

此时，他却突然产生怀疑，儿子是否因为生气陆倩不来看他才故意说是陆倩骑的车？

难道是报复？陆大壮一激灵，不敢再深想了。

自己的儿子自己了解。陆斐斐很小的时候，一次陆大壮去地里看庄稼，路过村口，却见陆斐斐在往土里埋着什么。陆斐斐见了他很紧张，捂着那个小坑不让他翻看。他发了脾气，才总算用手刨开了那刚用虚土掩好的坑，原来是一只文具盒。陆斐斐这才流着委屈的泪和他说，班里某某某欺负他了，他便偷了那人的文具盒给埋到这个地方。

后来，他又几次发现儿子常用这种阴柔的手段来满足自己的报复心。

他摇摇头，既不敢和女人把这层疑问说出来，更不敢去询问儿子。

于是，只好叹口气。

不知从哪天起，陆大壮心里总是会压上块石头。起初，陆大壮叹口气就能把这块石头抖落掉。但自从儿子说了那句话，石头突然变大了，大得他无计可施，就只能那么压着，压得他垂头丧气，灰头土脸。

当然，长吁短叹还是免不了的，不是没别的法子吗？叹口气总是好受些。

女人还能流泪。

即使叹气、流泪也得藏藏掖掖，儿子的心理负担已经够重了。藏藏掖掖也不容易，农村的房子阔大却没有单元分隔。无论白天、晚上，他们都需要陪床。一声一响，一举一动，一目了然。在医院的时候，由于病房里不止他们一家，他们的声音能恰到好处地融入别的声音之中，起码没那么明显。而在这空旷的房子里，什么掩护都没了，一切昭然若揭。

连盼

孙立刚把参与这个案件的几个民警叫到一块儿开了个案情分析会，连盼也参加了。

孙立刚首先作了自我批评。他说，到底是谁骑车的事实虽然没有坐实，但这个事情本身说明我们在处理案件中考虑不周。当然，首先是我的责任，我作为事故科的负责人，把关不严，导致草率作了认定。

说这句话时，孙立刚瞄了连盼一眼。连盼感觉这句话有一部分针对自己，特别是“把关不严”四个字更是指向鲜明，但她没动声色。

孙立刚是老事故民警，年龄大连盼几岁，事故处理的资历更是比她老得多。连盼是后来从其他部门调到事故科任科长的，两个人搭班子期间，搭得磕磕绊绊。但很快连盼便被提拔了，因为班子里要配一个女同志，只有她合适。

然后孙立刚批评民警小李。我常向你们讲规范，可咱们的案卷中老出现不规范的问题。比如小李，姚新珍的笔录是你问的吧。为什么要用“解手”这两个字，她怎么说你就怎么写？要换成规范用语，比如“大便”“小便”，或者干脆用“上厕所”也行。

连盼皱了一下眉头。

孙立刚意犹未尽，接着说这个话题。我这么说不是空穴来风，曾经就出过笑话。当年我在刑警队工作时，我们的一位同志问一份强奸案件的笔录，说到男人那家伙，本来该用“阴茎”两个字，他偏偏用“阳具”，材料问好，挨了领导好一顿剋，最后推倒重来。

说到这里，孙立刚先不自禁地笑起来，其他人或被逗笑，或附和他笑起来。只有内勤小张还是个女孩儿，羞得低下了头。

连盼倒没有像小张那样反应明显，但仍旧觉得孙立刚举这个例子有点儿过分，不管怎么说自己也是个女同志，还是他们的领导，虽说这也是能够上得了台面的话，但此情此景被他拿来在大庭广众之下言说总是显得猥琐粗鄙，似乎是成心的。有几个人在笑的过程中就把目光投向她，似乎在看她的反应。

连盼清了一下嗓子，打断正欲开口的孙立刚。她也不像往常一样对着科里人叫他孙科长，直接说道，立刚说得没错，大家要注意一下这个问题。但“解手”两个字，我认为还是可用的。因为“解手”本身就是个书面语，在咱们中国广大范围内通用。这里有个典故，大家知道山西洪洞大槐树吧，那是明朝移民的集散地，当年朝廷在移民过程中，官兵将大家的手反绑在一起，遇到内急上厕所时才将手解开，这就是“解手”的由来。明清的一些话本小说里经常用这两个字。

她看到孙立刚神色中露出不屑的样子，仍旧为自己当众驳了他而快意。

连盼接着说。我觉得咱们现在得明确一个问题，虽然现在没有足够证据证明到底是谁骑的车，但这个问题关系重大，因为涉及当事人的赔偿问题。我问过医生了，那个男孩子可能永远瘫痪在床，这对一个人来说是很残忍的。如果身体遭了罪，案子再蒙了冤，那这个世界不是没有天理了？现在这个男孩子负的是同等责任，如果能证明人家无责任，这可能关系到几十万元差别的赔偿，而这几十万元对一个家庭特别是农村家庭来说意义是巨大的。想想，如果这个孩子是你们自己的孩子或你们的亲戚，你们会怎样，所以，咱们要扎下身子把这个事情搞清楚。会前，立刚和我说了下一步侦查要点，这些我都认可。关键是，咱们要有不遮掩、不护短的勇气，通过认真细致的工作把事情的真相挖掘出来。真是咱们认定错了，我承担责任。

孙立刚打断了她的话，而且打断得有点儿不客气。他说，我觉得咱们领导这话有倾向性，好像咱们的案子已经铁定搞错了。从我初步调查来看，很可能是男孩子所言不实，或者说一家子没真话，就为了多得点儿赔偿。还有，咱们认定的另一个责任人是个光棍，就在事故发生地的那个村子打工，挣不了多少钱，可谓赔偿能力不足。也许男孩子一家已经想到这种情况，所以编故事、编情节再拖上一家。当然，这只是我的推断。我的意思是，谁的责任就是谁的责任。谁家的钱也是钱。有一家多得，就得有一家多出，几十万元对谁家来说也不容易。关键大家要客观，要相信证据。

连盼觉得自己完全是出于同情心和责任感才说的刚才那段话，但孙立刚的说法，好像她存心偏袒或是与那个男孩子有什么说不清的关系似的。她愈加不快，略微安排了下一步的侦查事项后，找了个借口先离开了。

孙立刚

孙立刚带着小李又跑了黄家村一趟，这次是量距离。尽管他真心不希望最后的侦查改变最初的认定，但还是认真细致、一丝不苟地调查。

把陆斐斐停车后黄圆圆下车的地点作为原点，从原点到黄圆圆家，320 米；到黄逸飞家，1680 米；到事故发生地，3460 米。

按照陆斐斐的说法，他们从原点到黄逸飞家，再返回原点到事故发生地，总共走了 6820 米的路程。一般人的骑车速度，最快时速也就是 60 公里。

孙立刚当下用手机计算器算了一下，如果他们骑车的时速是 30 迈，需要 13.6 分钟；40 迈，需要 10.2 分钟；50 迈，需要 8.2 分钟；60 迈，需要 6.8 分钟。

这还要除去“陆斐斐和陆倩商量去黄逸飞家”的时间，“到黄逸飞家敲门发现不在”的时间，“陆斐斐和陆倩在村口换骑车辆”的时间。即使再快，加起来总得一两分钟吧。

关键是，从事故发生到报警，还有个姚新珍解手用的时间。

对了，还有姚新珍跑回家叫陆大嘴，然后两个人再跑出来的时间，这也需要至少一两分钟。

除去这两个一两分钟，中间至多有十四分钟的时间。

就以最快速度算，他们从原点到达事故现场后，仅剩下七分钟时间。

所以，姚新珍解手到底用了多长时间，对验证陆斐斐是否说谎至关重要。

于是，他开始不厌其烦地询问姚新珍上厕所到底用了多长时间。他自己问了觉得还不放心，还委派小李他们几个分别去问。

直到姚新珍说了那句“长，也就是大概十分钟”，孙立刚才把这个事情告一段落。

孙立刚基本判断陆斐斐所言不实：如果真像姚新珍说的她上厕所用了十分钟，即使他们一直以 60 迈的速度行进也难以完成这些事情。他认为，在当时天已微黑的情况下，一般人骑摩托车的速度至多 40 迈。他专门找了一辆摩托车试了一下，40 迈的速度已经很快了。如果是这个速度，可能性更小，除非姚新珍解手只用了三四分钟。

何况听姚新珍的描述，那么曲折反复地拉肚子总不至于三四分钟就能结束吧。

还有，从另一桩事情验证：黄圆圆下车后回家也需要大概两分钟。如果陆斐斐真去了黄逸飞家，黄圆圆应该在回家途中能看到的，进村就一条路嘛。但黄圆圆没看到。

嗯，这个陆斐斐果然说了假话，孙立刚自己点点头。

他又见了陆斐斐一面。他这次单刀直入，说黄逸飞那天明明在家，你怎么说锁着大门。

陆斐斐说就是锁着大门。

孙立刚让他把黄逸飞家的位置说一下，结果根本没说对。

哼，这小子果然说的假话。

其间，他又见了几次陆倩，陆倩始终咬定一直是陆斐斐骑的车。

陆大壮

像所有站在政府大楼门口上访的人一样，陆大壮面孔上呈现出那种由愤怒、焦虑、无助、企盼以及一点点恐惧杂糅而成的神色。后来次数多了，这种神色中又加入了厌倦与绝望。

有时，他也举一块牌子，上面写着“徇私枉法”等一些刺激人眼球的字眼以期引起别人的注意。但似乎所有人都行色匆匆，根本就没人在意他。

工作人员也接待过他几次，无一例外的结果是，把最初给他办案的人叫过来。彼此都成熟人了，于是他真实的愤怒到后来似乎变成了表演。而办案人员也成了例行公事，好话歹话说尽，终于把他劝回去了，并再次答应给他把案子再好好查查。

也确实会有警察再来村子里转一遭，见几个相关人。然后告诉他们，确实查不清。

后来有一次，那个管事的警察来盘问了陆斐斐半天。从盘问的话语来看，那警察只差明白地告诉他们：陆斐斐说了假话。

这次谈话却激怒了陆斐斐。警察走后，他说，爸，你把我抬到政府门口。

陆大壮不忍心，说，算了吧。

陆斐斐说，你们不抬我去，我咬掉自己的舌头。

陆大壮心里咯噔了一下。

每次从县里回来，陆大壮疲惫又厌倦的目光总能把陆斐斐眼睛里那一点点期盼的小火苗扑灭。后来，陆大壮对女人和儿子说，算了吧，咱们认了。反倒是陆斐斐不同意，他说，你们必须为我讨个说法。

躺在床上的陆斐斐越来越胖。起初陆大壮一个人就能帮他翻身，后来，没有女人帮忙，他根本无法把儿子给翻过来。

翻过来，还要帮他全身上下做按摩，松弛肌肉。饶是这样，陆斐斐的屁股下面还是起了褥疮。

儿子已经够惨了，他不想把儿子的惨展示给路人看。

陆斐斐执意要去。他要用自己的身体做筹码，帮助陆大壮给他欲见的和欲求的人施加一些压力。

于是租了一辆面包车，并叫了几个亲戚帮忙把陆斐斐抬上车子，一并往县城走。

陆斐斐暴晒在阳光下，果然吸引了许多路人。人围得越来越多，陆大壮便从头到尾一遍遍地诉说。终于，信访局局长露面了。

局长和颜悦色，说，双方主事的各来两个人。

交警那厢去的是连盼和孙立刚。这厢去的是陆大壮他们两口子。

局长听了陆大壮的陈述，点点头，说，咱们是法制社会，一切事情都要依法进行，好不好？

陆大壮也点点头。

这么说你同意我这个观点？

观点我当然同意。可他们交警队……

好好好，局长挥起一只手，打断他的话：有你说话的机会，你先说同意不同意我的观点？

陆大壮再次点点头。

这么说你是同意了？

同意了。

你申诉的是什么事情？

交通事故，我儿子瘫痪在床了，但他们的事故认定是错的。

刚才你说了，同意我的观点，也就是咱们干什么事都要依法进行，对不对？那么我问你，假如他们真像你说的作了错误认定，那么该由谁来管他们？

我这不是来找你们政府来了吗？

政府有好多部门，我问你具体该由哪一家管？

陆大壮摇摇头，说，我们小老百姓哪知道这些。

局长的头转向连盼和孙立刚：你们说，假如你们的认定错了，该由谁来管你们？

孙立刚看连盼一眼，连盼示意他回答。孙立刚说，上级公安部门或交通管理部门。

局长说，好！然后把眼睛转向陆大壮：上级公安部门是县公安局，上级交通管理部门是市交警支队。你找过这两家单位吗？

陆大壮说，我去过，不抵事，他们还是把这帮人叫来让继续查。

局长说，这怎么叫不抵事呢？让他们继续查就是一个态度。

问题是他们始终查不清。

好，我再问你，结案的期限到了没？

陆大壮不清楚。

还有，上面让他们继续查，他们查了没有？

陆大壮皱了一下眉头，查倒是查了，可一直查不清。

局长说，查案总需要一些时间，你得给他们时间，你给了吗？

陆大壮说，问题是他们一开始就把案子搞错了，明明是另一个人骑的车，非要说是我儿子骑的车……

好好好，局长再次挥手打断他的话，我不想听具体案件，我们信访局，只是一个接待、协调机构，只负责为你的冤屈在法律的范围内指一条明路。你说他们把案子搞错了，你有证据吗？

我儿子的话就是证据。

局长再次把目光转向连盼和孙立刚。

孙立刚赶紧接上话，现在是一比一证据，又没有其他见证人。

局长点点头：我清楚了。然后把目光转回去：还是刚才那句话，你得给他们时间。

可已经过去有半年了。

许多案子，可能需要一年、两年，或者更长时间。你们要有耐心，而且，要相信党，相信政府！总会查清的。

陆大壮正欲辩解，局长摆摆手把他的话压到嗓子里：还有，如果他们真有徇私枉法的行为，你可以向纪检监察部门举报，我为你们撑腰。

……

最后，局长严肃地对连盼和孙立刚说，你们要把群众的事情当成大事，赶紧增派力量继续查办，早日给人家一个答复。对，还有，帮助人家把病人给送回去。

连盼

孙立刚把侦查结果连同推断说给连盼听，以此证明陆斐斐说了假话。

连盼听了觉得很好笑，她反驳了孙立刚一句：如果真是那女孩儿骑的车，而且速度就是60迈呢？

不可能！一个女孩儿哪能骑那么快？我试过了，40迈的速度已经很快了，风在耳边飕飕的。孙立刚专门加了形容词，以此来加重自己话的可信性。他回想一下，确实风在耳边飕飕的。

你不能以己度人，你多大年纪，小女孩儿多大年纪？何况那男孩儿也说了，女孩儿有时骑车子比他都要快。

男孩儿一筐子假话，哪能信他？孙立刚不屑。

既然你已经对男孩儿的品质作了判断，还做那些侦查实验干吗？

就是进一步证明他素爱说假话。

连盼摇摇头苦笑一下：你这是“有罪推定”。

我确实搞实验了，拿的是数据说话。

你的思路没错，数据没错。可全部数据的前提是假设。你搞过刑侦，比我更清楚，搞案子要排除一切可能性。就如你说的，如果女孩儿骑车真是60迈的速度，而姚新珍上厕所只用了五分钟，时间不就绰绰有余了吗？

她本想把证据的唯一性和排他性理论端出来，但想想还是算了。按理说，他应该比她懂。

孙立刚突然很急躁，他皱皱眉头说：姚新珍都说了，她上厕所用了大概有十分钟。

她真是这么说的吗？何况，什么是大概？谁能在没表的情况下凭空估算出自己上厕所到底用了多长时间？问题是恰恰这个时间对你的推断起着关键性作用。如果真是十分钟，你的推断也许是站得住脚的——可毕竟是估算。

好好好，这些都不算数。有一点你给解释一下，他说他去过黄逸飞家，为什么连黄逸飞家的位置都搞不清楚？

这倒把连盼问住了。

连盼认为孙立刚刚才的表现，可谓是捧着道理的不可理喻。当然她也清楚，他的一切努力，只为验证他们作出的不是一起错误认定。应该说，他们是一条绳上的蚂蚱，一荣俱荣，一损俱损。可不知怎么了，她确实有点儿同情那个男孩子。

她自己也多次到事故现场和当事人途经路线进行走访，包括访问姚新珍，真的很不幸，沿途再没有其他见证人，所以到底是谁骑的车，真是一个谜。

可这个世上的许多事情，相对于当事人而言的所有外人来说，永远是一个谜，除非两个人都说实话——而这种可能几乎不会发生。

他们的调查，也于事无补。

还有，那天信访局局长的每一句话都讲得很有道理，听起来也很有道理。但所有道理，只是竖起了一面屏障，这面屏障，把所有如陆大壮一样的人堵在了他们的期望之外，还让他们无话可说。

但有一点她得搞清楚，那就是孙立刚说陆斐斐居然没说对黄逸飞家的位置。

于是，她也跑到村子里见了陆斐斐一面。陆斐斐很不耐烦。

陆斐斐坚持说黄逸飞家那天就是锁着大门。

她让他再把黄逸飞家的位置说一下，陆斐斐瞪着她看了半天，最终还是说了。之后，他把脸扭到一边，再不吭声。

她当即到黄家村按照陆斐斐说的地址找到那一家，结果是一处旧院子，大门紧锁。她和邻居打听了一下，却是黄逸飞家的旧院子，搬走已经快两年了。

而且，从黄圆圆下车的地方到这里，走路只需要不到五分钟的路程。

这么说，陆斐斐说的未必是假话。

她把这个事情和孙立刚通报了一下。孙立刚倒没料到会有这种情况，他鼻子哼一声说，没准儿是那小子编的，如果他说去的是新家，不就露馅儿了？

连盼摇摇头，苦笑一下。

姚新珍

直到有一天，陆大壮的女人和陆新春的女人撕扯到一起的时候，整个案情的细节才在你来我往的骂声中公之于众，姚新珍这才想通了警察为什么要对她那么不依不饶地追问。

陆大壮的女人骂陆新春一家颠倒黑白，不仁不义。陆新春的女人骂陆大壮一家挑三祸四，居心叵测。

陆大壮的女人说幸亏没娶了你那逼闺女，真娶了也要把我们一家祸害死。陆新春的女人说你倒想得美，你那短命鬼躺在床上都在想着怎么算计人。

从她们不屈不挠、振振有词的说头里，村里人也无法辨别到底是谁骑的车，于是就问最初发现事故的姚新珍。

每个人都问，你就没看清他们谁骑的车？

姚新珍说别说看清谁骑的车，我根本就没看见从坡下面还上来一辆车——我不当时急着上茅厕嘛。

大家都怀疑姚新珍耍鬼——也可以理解，都是村里人，惹了哪家也不合适。

连她老公也怀疑，但说出的话是另一股味道：就是你真看见了也不能说，惹了哪家都是几辈子的仇怨。

姚新珍说，你瞎咧咧什么，我这辈子骗过你吗？

老公一副诡异又不屑的样子：骗不骗谁知道，那你说那天陆大嘴来咱家干什么？你们就真的……没那个啥？

姚新珍只好甩了脸子堵他的嘴。

老公嘟哝道，有本事和警察甩脸去。

终于有一次，姚新珍又吃坏了肚子。这次她真的戴了一块表，像裁判员一样掐自己拉肚子的时间。但这次不一样，拉过一通后，肚子却偃旗息鼓了。还好，毕竟这一通的时间卡清了，但她怎么也记不起出事故那天，自己到底拉了几通。

再后来，姚新珍犯了一种病，总是解手解不利索就要急急地从厕所跑出来。她总觉得厕所外面有什么事情在等着她，让她一刻也不能待下去。

（原载《山西文学》2016 年第 3 期）

张暄，1976 年生，山西泽州人。山西省泽州县公安局交通警察大队副教导员。中国作协会员，山西文学院签约作家，晋城市作协副主席，全国公安文联散文分会副主席。出版小说、散文集多部，曾获首届“孙犁散文奖”。

出　警

戈　舟

大学四年，从警五年，算起来，迄今人生已经在架子床上断断续续睡了九年。没什么意外的话，可能还得隔三岔五地睡九年。躺在上铺往窗外瞧，夜色氤氲，所门口的警灯无声闪烁。对面超市门前的投币木马也旋转着同样的彩灯，没谁玩，它也播放着儿歌。这让人产生错觉，仿佛我们是一家游乐场的守夜人，身后有摩天轮隐现或者七个小矮人出没。

此刻要是从宿舍冲入夏夜，不啻跳进沸腾的大锅。和冬泳一个道理，那得有点儿勇气。楼下值班室的电话响个不停，好在没什么大事需要出警，但谁也说不准。外面太热，晚上好像更甚，地面蓄积了一天的热力开始蒸腾。暑气弥散，像是黑夜对白昼的反攻倒算，还好所里给装了空调。去年夏天，宿舍里还是靠风扇降温的。

报纸上说这个夏天的高温破了六十年的纪录。我还不到三十岁，反正长这么大我没被这么热过，小吕却认为这在他们家乡根本算不得什么——如果他们家乡的夏天是一百摄氏度，现在我们承受着的，顶多才六十摄氏度。小吕是新疆人，住在火焰山脚下，那儿真会这么热吗？他的说法让人感觉大家是被扔在同一口大锅里的青蛙，但一般苦，两样愁，有人已经将要被煮熟，有人却还在惬意地蛙泳。

我还是挺爱值班的，因为接着可以休息一天。再过一周，我就要去封闭集训，市局组织篮球赛，我被挑中了。那样一来，就有段日子不能回家了。小吕和我心思一样，他是想值完班就能多出一天时间去陪女朋友。小伙子正在热恋，女孩刚刚大学毕业，还没找到工作，有大把的时间需要有人陪着一起打发。而我是想在家多陪陪我妈。

我们每隔四天值一次班。我是主班，小吕是副班，还带着几个协警。他警校毕业分配到所里，我们就成了搭档。我算是他师父。值班当天，小吕会提前准备好休息日的便装——这像是吹响了他约会的预备哨——牛仔裤什么的，能让他摇身一变，精精神神地去约会。他长得帅，个头和我差不多，要不是单薄些，肯定也会被抓去打篮球。因为个儿高，有几次我们俩还被法院临时借去押嫌疑人上庭。都是大案子，电视台要播新闻，两个高大的警察上镜，将嫌疑人夹在当间儿，那效果不言而喻。

值班的时候小吕很快活，一副随时会唱上几句的高兴劲儿。其实我也是这样的心情，一般早早地就让妻子做好了我妈爱吃的东西。这种精神状态不会影响工作，因为我们都感觉有了个近在眼前的盼头，心里得到了鼓舞。人的盼头很多，但近在眼前的却很少。

那天一共接警二十多起，跟高峰期比要少得多。按规定，要是没有突发事件，我们可以在夜里十一点睡觉，凌晨五点再爬起来出警。那时我们已经躺在宿舍的架子床上了，我跟他聊起片区的老奎——就是被报社记者写进文章里的那个主角。小吕听了我讲的一切后，陷入了沉思，他肯定受到了不小的启发。后来他就跳进了外面那口沸腾的大锅，等他回来，晨光熹微，黎明已近。他好像完全忘了还要摇身一变这档子事儿。

我们这一行也是师父带徒弟。我的师父是老郭。他教会了我怎么做警察，可惜三年前查出了喉癌，提前退休了。前段时间我去看他，老头看来已经挺不了多久了，整个人出气多，进气少了。我进所的时候他可健康着呢，黑脸，皱纹像是用刀子削出来的，胸脯拍上去，让人相信能听见金属发出的咣咣声。我觉得他长得很像写《白鹿原》的那个作家，都是那种典型的关中老汉的样子。

老郭烟瘾大。后来满世界开始禁烟，所里也禁，他得空只好跑到院子里，找个拐角蹲着抽几口。有时候太忙，他忘了这茬儿，嘴里不小心叼上了烟，结果被所长撞到，挨了批评还得罚款。这规矩不太通人情。要说喉癌可能跟吸烟会有点儿关系，可我觉得要是放开让老郭抽，他没准儿现在还带着我巡街呢。烟就像是老郭的口粮，每天在所里抽根烟都跟做贼似的，可能这就叫度日如年吧。真是委屈了老郭。他在所里干了一辈子，架子床可是没少睡。

我们这个派出所在城乡接合部，高楼大厦的背面弄不好就藏着块儿菜地。咖啡馆里坐着的，经常是光着膀子打麻将的人。一开始，要是老郭不带着我到片区走一趟，我肯定得迷路。那就是一个迷宫。有的窄道楼挨着楼，只容得下一个人通过。如果迎面也有人走进来，脾气不好的话，往往就会形成对峙的局面，搞不好还能腾挪不开地打一架。上帝说通往天堂的是窄门，每次从这种窄道挤过去，我都幻想会有一个天堂等在前面。有一回，一个女孩走进窄道里，没遇到歹徒，却遇到两条流浪狗，一前一后，前后夹击，预谋好了似的。女孩儿被吓惨了，打电话报警。等我们赶过去，她裙子尿得湿漉漉的。于是我挥舞着套狗杆，又充当了一回打狗人。对付流浪狗，也是我们的工作。

我师父老郭跟谁都熟，谁见着他都会给他让烟，有点儿妇孺皆知的意思。很多不吸烟的人，见了他也能摸出一根皱巴巴的烟来，像是专门为了见他备了好几天似的。他有一个铝制的烟盒，上面刻着天安门前的华表，看上去恐怕有些年头儿了。收了递上来的烟，他就放进铝烟盒里。巡逻一圈回来，差不多能装满一盒。他也给别人让烟，但收到铝烟盒里的他不会再让出去，递给对方的，肯定是他自己的烟。这里面就有了原则和讲究，是一种德行，也是一种从警之道。我觉得，我就是从这种你来我往的让烟里，开始领悟做一个警察的真谛。老实说，这和我入行时的想象不太一样。我师父老郭穿上警服也还是个大爷。何况，现在跟警服差别不大的制服也太多了，所里的协警，超市的保安，跟我们站一起，没点儿专门知识，你分不清谁是谁。巡逻的时候我腰里会有警具，可保安的腰里也有根棍子呢。

每个辖区都会有几个狠角色，我们的专业术语叫“重点人口”。对这些人，你得盯着点儿。老奎就是这么个人物。我到所里时他已经七十出头了。在我眼里，他要是还能算得上“重点”，顶多也就是上路碰个瓷，伏地不起，讹点儿钱什么的。可我师父老郭不这么看，他跟我说：“别看这老汉走得慢，腰里别的都是万。”“万”就是“万货”，方言里指“东西”和“玩意儿”。好像老奎腰里缠了一圈暗器，随便亮出一件，就能吓你一跳。

我觉得老奎和老郭长得也有点儿像。第一次老郭带着我上门“认人”，我都以为他俩是亲戚。他们两个对坐在老奎家被烟熏得四壁焦黄的客厅里，彼此互不搭理，都埋着头使劲儿抽烟。烟是老奎自己卷的。他把烟丝铺在两指宽的报纸上，搓成棒，用舌头舔一遍，递给老郭。老郭接了，点上，反手也给他递根自己的烟。老奎应该比老郭大二十多岁，但除了腿脚没老郭利索，背也驼得厉害，看上去两个人没多大差别。也不知道是老郭显老还是老奎显小。可能关中男人上了岁数都像是一个模子倒出来的吧，跟兵马俑一样。他让老郭坐在沙发上，自己搬张板凳，矮上那么一截地坐着。老郭跟他介绍我，他瞟了我一眼，就像瞟了眼他的孙子。他可没孙子，就是一个孤老头。

按制度，对重点人口，每个月走访一次就行。可老郭基本上每周都会带着我上老奎家转一趟。有时候巡逻遛到了老奎家楼下，他也要上去歇个脚。我猜老奎沾着唾沫卷出的烟，挺合我师父的口味。

他们第一次当着我面说起老奎的案底时，我已经不算个新人了，已经习惯了偶尔上街去打打狗什么的，也不再盼望窄道的尽头就是天堂。老奎闷头抽烟，突然来了一句："早知道当年把人弄死算了，活着就是受罪！"这话跟他嘴里的烟一同喷出来，格外呛人。他的老底儿我知道，故意杀人，致人残疾，被判了十八年。可我没料到时隔多年，他还能放出这种狠话。

老奎说完扔了手里的烟卷，伸出穿着懒汉鞋的脚使劲儿踩。旁边就有烟缸，可他故意这么干，说明他是故意摆出一个凶狠的态度。我静等老郭发话。我猜他会训一顿老奎，至少脸色会严肃起来，低沉地说："你这么想不对，想早死也不能拿别人的命垫背嘛。"老奎呢，就会垂下脑袋说："对嘛，你说得对。"因为我已经训过不少家伙了，基本上没遇到过跟我顶着干的。我想，此时老奎要是不垂下脑袋挨训，我会让他把刚刚踩灭了的烟头捡起来吞下去的。然后老郭会说："有问题就跟政府说嘛，你现在有啥困难？"然后老奎就会诉诉苦：肉价太贵，假货满天飞，乃至人心不古，女孩子穿得太暴露什么的。老人们经常就是这么跟我抱怨的。疏导民意也是我们的职责，这么一番对话，是我心里的套路。我算是个内心戏比较多的人。

可老郭压根儿没接茬。他只是递了根烟过去，然后就聊起医保、天气和附近即将拆迁的居民楼。老郭平时也不是个话多的人，这有些难为他了。他有一出没一出地说，老奎有一句没一句地听。说什么可能也不重要，就是有人说话有人听。说到拆迁，老奎身上也有劣迹。他家老屋拆得早，是这一带最先被开发了的。也就两间小平房，当年硬是被他置换成了两套一居室的楼房——不能得逞的话，他扬言就要再杀一次人。说到做到，他天天敞胸露怀坐在自家门口，地上撂着把杀猪刀，随时要给谁开膛破肚的架势。这都是老郭告诉我的。

那天老郭跟他东拉西扯了半天，临走还给他扔下半包烟。出门时我回头看了眼老奎，怎么看，埋头坐在小板凳上的这个老恶棍，都只是个于世无碍的废物了。脊柱都像是被重锤给敲弯了，还咋呼什么？

从那以后老郭带着我去的次数更多了，隔三岔五就得去看看老奎。在我看来，这事好像被搞颠倒了。老奎放了句狠话，老郭没教育他，反而像是被他吓住了。退休前老郭还专门叮咛我，让我没事也多去瞅一眼老奎。后来我一个人上门，老奎听我说老郭得了喉癌，那眼神，就像是挨了一棍子似的。他当时的表情，让我相信了，这厮其实早就被我师父驯服了。

我不抽烟，跟老奎没法坐一块儿。我师父跟他坐一块儿，即使没话，也是心照不宣和意味深长。我跟他可没什么默契。他干脆连句狠话也不给我撂。我自然也就没去落实老郭的叮咛，顶多每个月去看一眼，例行公事而已。

我太忙了。派出所警察的事情，说出来你能当笑话听。更多的时候，我们就是个片区里跑腿的，而且谁都能使唤我们。没了老郭带着，同样的事，我干起来手忙脚乱。那些鸡零狗碎的小案件、小纠纷，老郭处理起来就是烟来烟往，举重若轻，可是让我来，怎么就有了疲于奔命的感觉。如今我成了小吕的师父，我该拿什么给他言传身教？

小吕这个人挺爱自己琢磨事，责任心也挺强，就是跟我才入行时差不多，想象力还没落到地面上。在他心目中，警察就该是神探，破大案，捕顽凶，除暴安良，跟打狗赶鸡没半毛钱关系。我想这可能跟他正在谈恋爱有些关系，男人在谈恋爱的时候，可不都会把自己想象成一个英雄吗？否则好像就配不上一个美人。这情绪我也有过。直到今天，我也不太跟妻子说我每天都忙活些什么。我不做英雄梦了，但希望我妻子还接着做，那样回了家，我才可以心安理得地喊累。所以有时候遇着邻里纠纷之类的事儿，我都不忍心让小吕去处理。我怕这会过早地消磨一个男子汉的英雄气。小吕和我不同，我是跨了专业，半路出家，考公务员干上的警察，他却是从火焰山脚下走出来的正规警校毕业生。我愿意看到他成长为一个我从前想象过的那种警察。

把那天我俩的值班情况捋一捋，你就能明白现实跟梦想之间有多大的差距了。

早上八点半报到，户籍室打来电话，要进行境外人员办证提醒。这事让小吕来，他英语不错。但是有个别电话已经停机，只有等方便的时候上门找人了。

打完电话开始巡逻。一看油表，发现油箱存量不多，先开到加油站加油，免得在半路上抛锚。我可是吃过这种亏的。

十点多，接到报警，公墓边上的苗圃有人打架。到现场才知道，昨天早上两个工人为小事动了手，其中一个吃亏大点儿的，睡了一夜气不过，醒来后索性报案。秋后算账，当事人都是一副养精蓄锐后的样子，精神头十足，谁也不让谁，只能拉回所里处理。回去后跟他们掰扯了半天，俩人还是要较劲儿。我当然又想起了老郭。可能这事他用两根烟就打发了，而我就得把自己弄得口干舌燥。

正感慨，有人报警，说是接到了反动电话。我让小吕出警，过了会儿他把人也带回来了，是个满头大汗、一看就知道是警惕性很高的那种大妈。询问，登记。兹事体大，要向上级汇报。

处理好已经过了饭点儿，食堂打饭的窗口空无一人。幸好食堂阿姨还在，不然又得上对面的小饭馆吃油泼面。那面不好吃，就是便宜。

刚端上碗，接到有人打架的报警。我让小吕接着吃，自己带了几个协警过去。路远事急，报案人情绪激动，像是要出人命的架势，于是上车后一脚油门踩到底。边上的协警落实当事人的具体方位，对方却报出了邻近派出所的辖区。这叫错报，汇报给指挥中心，掉头回去接着吃。

也就是刚放下碗，所长指示：最近辖区盗窃案件多发，最好召集几个小区的物业开会通通气，想想对策，同时给居民拟一份“警方提醒”。这活儿我干吧。说实话，我不太好意思让小吕去趴着写安民告示。

才开了个头，接到报警，某公司门口发生纠纷，小吕跟着我一起赶过去。烈日之下，一派安宁，压根儿没什么状况。街面上几乎没有人影，别说人影，连阴影都没有。正午的艳阳直射着，马路明晃晃地宛如一匹发光的银练。跟公司的门卫打听，原来人已经走了。“就是小两口闹别扭。”门卫的答复听上去还有点儿幸灾乐祸。

回到所里，有报案人等着，是个姑娘，说是“心爱的”电动车被盗了。她说不出电动车的型号，只说得出电动车对她的重要性——男朋友送的生日礼物，“是世界上最漂亮的电动车”，小吕耐着性子做笔录，我继续写安民告示。

刚写好，有人报警在饭馆被偷。还没赶到现场，又接到报警电话，一家塑胶公司发生了纠纷。兵分两路，小吕去处理饭馆盗窃案——好歹这也算是个刑事案件。我到了塑胶公司，却是一场劳务纠纷。打工的觉得老板给得少了，双方不同意调解，我只好告知他们可以到劳动仲裁部门处理。

回所的路上接到社区的电话，说他们晚上有个群众活动，可能参与的人比较多，需要我们帮助维持秩序……

差不多就是这些事。

黄昏的时候稍微消停点儿，小吕自己去了片区。有人报警说邻居在家里制毒，我没怎么考虑就把这案子交给了小吕。开始他挺兴奋的，像是张网以待，期望已久，终于来了条大鱼。涉案的那栋楼我知道，教育局盖的，里面住的都是中学老师。报案人是位退休的校长，信誓旦旦地说，以他对化学知识的丰富掌握，完全能够通过阳台上飘来的怪味儿做出判断。他的邻居也是一对教师，两口子带着个十多岁的孩子，女主人倒还真是个教化学的。可查来查去，一点儿证据都没有。小吕不太甘心，加上老校长半年报了五十多次警，这个案子就成了小吕的心事。他不觉得我们就只能写写安民告示、追回一辆“世界上最漂亮的电动车”。倒也是，前几天别的片区还发生了大案子，几个女孩儿把个酒吧老板捅了足有几百刀。

回来后小吕眉头不展。他说他又趴在老校长家的阳台上闻了半天，隔壁飘来的只有红烧肉味儿。我想的却是这会儿的阳台上怕是得有五十摄氏度的高温。不知怎么回事，在这个夏天我总是觉得夜晚比白天更难熬。白天的热正大光明，不由分说，但晚上的热却显得没有道理。没有道理，就热得更加令人不堪忍受。

那天晚上社区的活动就是广场舞表演，实际上围观的人并没有他们想象的那么多，他们高估了自己的风头。过去后看了看情况，安排几个保安维持秩序，我和小吕徒步去人员密集的场所巡逻。小吕懂事，他以见识过真正酷暑的火焰山人的善意，让我尽量钻到商场里去，巡街的苦差由他来干。真是热啊。巡逻时还得扎起腰带、戴上帽子。从商场走到街上，我感觉会被烫一下，从街上进到商场，我又感觉会被冻一下。每次进出，心里都一惊一乍，让人畏缩。我本来是农大毕业的，“解民生之多艰”是我们的校训。眼下干的活儿，冷热交替，打摆子一样，让我觉得真是“多艰”。

那天算得上是平安无事，我们本来可以睡个好觉。顺利的话，第二天早上八点半交了班，小吕就能摇身一变，去会女朋友了。我也可以带着冻好的饺子去看看我妈。我爸去世得早，年前我妈起夜时摔了一跤，摔断了股骨头，手术后就卧床不起了，只好找了个小保姆陪着。结果当我说完了老奎的事，小吕又跑出去忙活了大半夜。他不在，我也没睡踏实。一开始他可能并没留意听我说话，躺在下铺憧憬第二天的约会。可我是故意说给他听的，就一直往下说。他果然听进去，领会了我的苦心。我只是没想到他会那么雷厉风行，当机立断就跑去印证自己的猜测了。

老郭退了休，我按部就班，每个月顶多到老奎家转一圈。后来有一次我再去的时候，家里却没人了。我当时也没怎么放在心上，下楼顺便问了句，一个老太太告诉我有日子没见着老奎了，“不知道死哪儿去了。”她这么一说，我就有点儿担心了。老年人鳏寡孤独，死在家里都没人知道，这事也不是没发生过。回去跟所领导作了汇报，我喊来锁匠打开了老奎的家门。屋里空空荡荡，家徒四壁，死的和活的都没有，但看得出有日子没人烟了。

老奎失踪了。这看上去也不能算是件事儿。老奎有老奎失踪的自由，谁也没规定他只能窝在屋里卷烟抽。我猜他没准出门旅游去了。他的经济状况还过得去，有套房子出租给别人。如今这一片的房价可不低。我让锁匠师傅换了新锁，给邻居留了话，关上了老奎的家门。

我去看我师父老郭时，把这事跟他说了。他一听就有些要跟我急的样子。“旅游个屁！他老奎要是会去旅游，我就会去逛窑子了！”老郭冲着我吼。我一下子没太听明白，但我不想惹老郭生气，他正在进行保守治疗，效果如何，谁都没底儿。“你去申请协查一下，看看市里有没有发现无人认领的死尸。”他这么说我就听懂了，他是担心老奎真的死在外面了啊。“也去收容站问问，人老了糊涂，说不定遛个弯儿自己就找不回去了。”老郭接着指示我。

回去后，这两件事我一一落实了，但都查无其人。就在我发愁该怎么向老郭交代时，半个月后，老奎自己冒出来了，而且冒出来的方式完全出乎人的意料。一天夜里，他竟然打报警电话，说是自己在家摔倒了，现在根本爬不起来。赶过去的路上我还纳闷，新锁的钥匙在我手里，他是怎么进的家门呢？

老奎家的门虚掩着。我推门进去，以为会看到卧地不起的老奎——年前我妈摔断腿就在地上躺了一夜。我妈常年独居，电话又不在手边儿，第二天早上邻居听见屋里有人哭才发现出了事。看到我后，我妈委屈得像个孩子那样号啕不已。我从没见我妈哭得那么凶过，她真是伤心极了。可是老奎佝背坐在小板凳上。客厅灯泡的瓦数太低，就照亮着他头顶那一圈，其他角落一片昏暗。他就像是孤零零地坐在一个黑暗的舞台上，被追光灯示众般地圈定着。

老奎三十岁才娶上老婆，当时这地方还是一片良田。他就没干过什么农活儿。换一个时代，他能在梁山上谋个差事。入狱前他就是村里的混混。三十五岁的时候，他终于把自己混到大牢里去了。十八年后回来，老婆孩子都没了。二十多年过去，良田变成了高楼，姑娘们的裙子越穿越短，当年的村霸一个人坐在了三十瓦的灯泡下面，就这么苟延残喘地老去了。

他并没摔跤，更谈不上爬不起来。说白了，老奎报了个假案。可我不知道他意欲何为。看到我，他也没话，并不解释自己的作为。我拉下脸批评了他几句。他就那么听着，过了会儿，开始卷烟。卷好后，下意识地给我递过来。我猜他把我当成老郭了。递烟的手在半空有个停顿，随即他醒悟过来，缩回去塞到了自己嘴里。点火，手哆哆嗦嗦，看着让人着急。想到了老郭，我就对他客气点儿了。问他这段日子跑哪儿去了，他也不吭声，就是埋头抽他的烟。间或把一口痰吐在地上，然后用脚蹭。我没话找话，问他怎么进的家门。他不屑地回我一句：开个锁费啥劲儿吗？我去看了看，门已经换了锁。这钱我得给他，毕竟前面那锁是我给他换的。他不说要，也不说不要。我没什么耐心了，塞给他二十元钱。我的手跟他的手相触的那个瞬间，他连钱带手一起抓住了我，像是激起了某种动物性的应激反应。可能不到一秒钟的时间，但我有着突然被什么抓牢了的感觉。

这事还不算完，几天后老奎又报警了，还是说他摔得起不来了。即使知道这回八成还是个假案，我也得上门去看看。果然，老奎照旧坐在小板凳上，臊眉耷眼，像个坐在黑暗舞台中央的老猿猴。不同的是，这回他竟然泡好了茶等着我。茶泡在一只破搪瓷缸子里，我闻了闻，可能是那种需要熬制的砖茶。我像是能听到熬茶时发出的“噗噗”声。那么好吧，既然请我喝砖茶，老奎你总得跟我说说干吗老折腾我？他不作说明，倒是跟我聊起他前段时间跑出去干什么了。我从来没听过他说那么多话。其实，我差不多就没怎么听过他说话，但这天晚上他却对我打开了话匣子。

老奎说他是去找自己的闺女了。

他先去了重庆的云阳县。循着记忆，他看到的却是一片滔滔江水——当年这里不是连绵的青山吗？那一刻，他以为自己真的是老糊涂了。原来那里如今已是三峡库区，昔日的村落十几年前就搬迁了。这就叫天翻地覆，沧海桑田。老奎不甘心啊。他走了那么远的路，孰料已经换了人间。他在江边硬是坐了三天，好像那样就能等来一个水落石出的奇迹。三天后，他动身前往上海。他打听到了，当地的移民都迁到了上海的青浦镇。上海滩带给他的冲击恐怕不亚于滔滔江水。想必那里的一切对于他来讲，就是光怪陆离的另一个世界。溜门撬锁他不在话下，可是要在上海找到个人，这事儿他根本办不到。青浦镇倒是找着了，但当年移民来的人，十有八九继续流动，早已四散。他还是不能甘心。青浦镇西面是上海最大的淡水湖，十万亩烟波浩渺，他又在湖边对着水面海枯石烂地坐了三天。他没找到闺女，感觉是从天而来的大水带走了所有的人间消息。

我对他的家事没什么兴趣，也搞不懂他干吗跟我说这些。但我看出来了，可能说什么对他也没那么重要。重要的是说话本身。他的嘴巴就像是台生锈了的老机器，重新运转，吱吱嘎嘎地颇为费力。而这费力的运转，却能带给他不一般的快感和惊喜。他矮一截地坐在我对面，边说边吞咽口水，润滑着他喉咙里那尘封已久的轴承。他的眼神浑浊而又迷乱。没错，他有点儿亢奋。我在想，这老头大概有许多年没这么滔滔不绝地跟人说话了吧。他都快把自己给说醉了。一边说，一边打着气味难闻的醉嗝。为此，我耐心地喝了两缸子茶，权当自己听了个没多大意思的故事。我猜，最后他会提出要求，让我们帮着他找闺女。他要是真这么要求，我就又多了件事。我都想好了，回去先跟上海警方联系一下。但临了他也没跟我提过这茬儿。

破天荒地，这回我走的时候老奎还送了送我。他趿拉着懒汉鞋，颤巍巍地踅到门前替我开门。手伸出去，捞一把，又捞一把，第三把才捞到门把手上。我就知道了，这老头是真的老到头了。明摆着的，身体已经不听使唤了。

又是几天，还是在半夜，老奎的求助电话又来了。他好像专门找我值班的日子这么干。我让一个协警过去看看。小伙子回来跟我说，老奎点名要我去。这我的气就不打一处来了。问明白他没什么事儿后，干脆就置之不理了。谁知第二天一大早老奎竟然找上门来。

我刚在值班室坐下，打算整理一下头天的值班记录，一抬眼，看见老奎隔着窗子矮一截地出现在我面前。他不说话，我也懒得理他，自顾干事。过了会儿，他敲了下玻璃。我抬眼看到他翕动着嘴在嘀咕什么，模样就是动物园里跟游客隔窗龇牙咧嘴的大猩猩状。我低头继续忙活，他继续敲玻璃。这下我听见他说什么了。我以为自己听错了，歪着头瞅他。他的嘴在张合，但隔着层玻璃，让我感觉那是声腹语。一只看不见的手把老奎的肚肠搅和得翻腾不已，发出了不受他支配的神秘气声。他又咕哝了一遍。没错，他就是说“我要自首”。

不管真的假的，事儿来了。我用手示意他进来说。隔着窗子，我看他扶着墙往里走的时候，脸上竟然有股掩藏不住的幸福感。

直接说了吧，老奎二十四年前从监狱里一放出来，转身就把自己的闺女给卖了。

就在老奎出狱的前一年，他老婆跟人跑了。对此我挺怀疑的。那个时候，老奎已经五十多了，他老婆也不会年轻到哪儿去吧？谁会带着她跑呢？要跑，也是自个跑了的吧？可老奎认定他老婆就是“跟人跑了”。好像不如此，不足以强调他内心的愤怒。可即便这样，他被强调起来的怒火也还是难平。坐了十八年的牢，他肚子里可是没少憋着邪火。所以他才有资格做个“重点人口”。这种家伙仇视万物，是该盯着点儿。老奎重返社会，举目四望，十八年过去，世界变得跟火星似的，让他老虎吃天，根本无从下嘴。但他有邪火，要抗议。没个泄愤的地方，就盯上自己闺女了。

老奎的闺女那年二十三岁。你都能想到，这种家里长大的孩子会有什么好？倒不是说那女孩儿品行不端，她挺好的，就是太单纯孤僻。怎么能不单纯孤僻呢？老爹坐牢，老娘撒手跑了，换了谁可能都一样。女孩儿小学毕业就辍学了，在路边摆了个菜摊，冬天还卖烤白薯。按说老奎回家了，当钉子户搞到了两套房子，守着闺女过日子也挺好，可他偏不这么干。人心不就是这么叵测嘛！否则，也用不着警察这个行当了。我听说南方有钱人还盛行吃婴儿呢。虽然我每天面对的都是些鸡零狗碎，走的路也多是窄道，但仔细想想，世态炎凉，里面确实有惊涛骇浪。比方说，妻子跟踪丈夫，丈夫跟踪妻子，这些事儿让你都不知道世界到底怎么了。但你能感觉到，它们正在改变那些赋予你生活意义的重要信念。

老奎在监狱里有个狱友是重庆云阳县人，服刑时跟他开过玩笑，说出去后要把他闺女买了当老婆。想到这茬儿，邪火攻心的老奎开了窍。他联络上了这个人，带着闺女上路了。坐了两天两夜的火车，到了地方，老奎一看，山清水秀，适合人居——这可能是他最后的一点儿良心了——当即拿了那人两万元钱，撂下闺女就走了。他跟我说他压根没打算在那人家里过夜。我想我明白他的意思。他的邪火发到这儿就算到头了，再烧下去，会把他也活活烧死。两万元钱多吗？这恐怕不是个问题。钱不是他的目的，没准两百元钱他也要这么干。他就是想报复，至于报复谁，他都说不清楚。人性中那块最为崎岖陡峭的暗面，早把他黑晕了。他想要报复的对象，是他老婆，是带走他老婆的某个人，是世道和人心，没准，连他自己也能算在里面，那是种连自己都一并仇恨厌弃的情绪。他跟我说，那钱直到今天他都没动过。当年他转身而去，走在山路上，脚底发虚，轻飘飘的像是腾云驾雾。后来还跌进了沟里。旷野无人，他在野地里昏睡了一宿。醒来后，山风浩荡，感觉像是死过了一回。

当年老奎的女儿不见了，群众都想当然地认为女孩儿是找自己的亲妈去了。谁知道背后藏着个天大的秘密。

不折不扣，这是罪行。

可是怎么处理呢？却非常棘手。拐卖人口罪，最长的追诉期是二十年。不放心，我还特意又查了下刑事诉讼法。就是说，时光已经赦免这桩令人发指的罪行了。如果要把老奎绳之以法，得报请共和国的最高人民检察院核准。他肯定还够不上这资格。我做完笔录，上楼去给领导汇报。出门时老奎喊住我，问我干吗不把他铐起来？我瞅了他一眼，用指头点点他，意思是你给我等着。至于等着又如何，我也不知道。在我眼里，他当然是个浑蛋。可是我还没见过这么老的浑蛋。可不是嘛，一个浑蛋老到这种地步，浑蛋的程度都要打折扣了。

所长听了我的汇报，跟着我去了值班室。他也只能歪着头瞅了半天老奎。但毕竟是领导，一开口就问出了我心里面纠结的疑惑。

“我说老奎，”所长捏着自己的下巴问，“你咋今天才想着要来自首呢？”

老奎活动着嘴。刚才他说了不少，肯定也说累了。但他只是活动嘴，像空转着的马达，就是不启动，让人干着急。

他是为了逃避打击吗？那么他压根就不需要跑来认罪。是他的良心终于发现了吗？看起来也不像。你从他脸上根本看不出痛苦和悔意，反倒有股兴奋劲儿。就像那天晚上他跟我滔滔不绝后一样，脸上洋溢着的是一股“可是给说痛快了”的惬意。我都想踹他一脚。

所长拍板，让老奎先回去。他却不走了，无论如何也要让我们把他先关起来。关起来谈何容易！对于这种根本不能批捕的案子，你没法把人送进看守所去。留在所里更是不可想象，等于是弄来了个祖宗，得专门派人伺候着。怎么办？急中生智，我想到了老郭。

一段时间没见，老郭真的瘦成了一张纸片。他像是飘到所里来的，让我不禁一阵心酸。看到老郭，老奎一下子就蔫了。刚才他看上去还得意扬扬的——好像回光返照，又成了当年那个臭名昭著的滚刀肉。但老郭只给他递了根烟，他就像条老狗似的，佝背塌腰地跟着老郭走了。他们一同消失在派出所的门廊前，飘进炽白的光里，就像是羽化成仙，遁入了虚空当中。

我以为这事就算完了，至少是可以暂时搁置起来了。但过了大概有半个月，报纸上居然登出了报道，题目是——老浪子昔日卖女，今日终于投案自首。还配了照片，老奎在镜头里正说得眉飞色舞。然后就有不明就里的群众往所里打电话，义愤填膺地质问我们，干吗不把这没人性的老东西逮起来？所长被搞得恼火，指派我专门答复这样的质询，好像这事儿是我惹出来的一样。我当然更恼火，每天的琐事已经够多的了，还得在电话里苦口婆心地普法。同事们也故意逗我，一接到这种电话，就大呼小叫地喊我。

是老奎自己跑到报社爆的料。他像是专门要给我找事儿。

这事儿闹了有小半年，我被折腾得够呛。后来有一天我在家休息，中午时老郭给我打来了电话。他让我找辆车，马上到老奎家去。我到了的时候，他们已经等在楼下了。两个老头儿都蹲着抽烟，旁边撂着一捆包袱。老郭得病后就戒了烟，我看出来了，这会儿他也就是做做样子。好像不做做这个样子，就不能跟老奎打成一片。

上了车，我才知道这是要把老奎送到养老院去。地方是老郭找的，离得也不算远，还在我们派出所的辖区里。这家养老院是私营的，规模不小，据说条件不错，住进去不容易，有的老人已经排了两年的队。天知道老郭是怎么搞定的。我想这事儿，怕是不会像让两根烟那么轻而易举。这就是我师父。他除了跟老奎长得像点儿，二人之间既不沾亲又不带故。再说了，他已经退休了，自己还在跟喉癌死磕。

两个老头儿都不说话。我偶尔回头，看到坐在后排的他们，居然手拉着手。两只满是老年斑的手彼此扣着，像盘根错节的枯树根咬合在一起。车里有股老年人身上特有的怪味儿。这气味还带着颜色，青灰，又泛着点儿苔藓长着毛的墨绿。没错，你也可以说那就是死亡的味道。

到了地方，老奎却不想进去了。老郭也不劝他，让我跟他在院门口等着，自己蹒跚着进去找人办手续。老奎的包袱扔在地上，他一屁股坐了上去，从口袋里拿出个铝烟盒。这个铝烟盒我太熟悉了，现在竟然到了他的手里。铝烟盒里装着烟丝，估计不够他抽几回的。也就是说，用这个铝烟盒来装烟丝，实用性不大。它更像是个装饰品或者是纪念物。不知为什么，我还觉得拿在老奎手里，它也像是个女人用的粉饼盒。尽管它也算不上太讲究，但对于老奎来说，还是精致了点儿。

他开始卷烟。我跟他说这家养老院有多好。我的话他压根没往耳朵里进。他抽着烟，眼睛空洞地望出去，像是曾经望着滔滔的江水。最后我还是忍不住又问了那个问题。它挺困扰我的，我当时想的是，我要是再不问一下，可能就永远不会得到答案了。我装作漫不经心地问老奎——为啥要在一把年纪了的时候想到来自首？老奎不搭理我，抽他的烟，望他的水。问完我才明白，其实我也没那么想得到个答案。这世界上说不清的东西太多了，而有答案的东西却太少。法律写得倒是清楚，那也可能是一部分答案，但如果世界的问题犹如滔滔江水，法律的答案扔进去，顶多是颗微不足道的石子。明白了这点，你大概才能当好一个警察。

“就是孤单嘛，想跟人说话。”冷不丁，老奎来了这么一句。

我听见了，但当时像没听见一样。随后我才意识到，“孤单”这个说法，我压根就没跟他挂上过钩。这个词不该在他老奎的词库里。我认为有些情感是他无从觉醒到的。哪怕它们已经实实在在地攫紧了他的心，疯狂地荼毒他。就好比如果他真的被“孤单”所煎熬，恐怕他也只会本能地有所不适而已——那情形完全是生理上的，在他，可能就像是嗅到了一股令人反胃的恶臭。他没法将之上升为一种情感。所以，我以为听见了另外一个人说话。

他还是不看我。但我没看错的话，他的眼角有浑浊的老泪。你见过人的眼泪像洗过抹布的脏水吗？当时我就见识了。他还能流出脏水一样的眼泪，这算是上帝对他的一个优待。你知道，动物们只能干瞪着眼睛默默承受。不过这可不像一辈子都让上帝头疼的那个老恶棍。他敢杀人，敢卖闺女，敢当钉子户，可是不敢承受老了的“孤单”。

他坐在那儿，整个人蜷缩着，像是被人扔出去时还揉成了团的废纸，你要是想重新弄平整，得用熨斗使劲儿熨才行。报纸卷出的烟卷都快烧到他指头上了。有一阵，我甚至动念，是不是想办法帮他把闺女给找回来。但这念头立刻打消了。还是算了吧。有什么好说的呢？你要是也被自己的亲爹卖过一回，你就会明白我的意思。

“从上海回来，咋就觉得屋里更空了。”他说，“我都后悔为啥非要那么大的房子，不如回监狱去待着。”

那房子并不大，一居室而已，凑合着住倒是够了，可已经放不下一个老浑蛋的“孤单”——这玩意儿好像有体量，而且呈弥漫状，随物赋形，无孔不入，能把整个世界都塞得满满当当的。

老郭在院子里朝我们招手。我把老奎拎起来，还替他拎起了包袱。这两样都不重，轻飘飘的。不是的，我没有同情他的感觉。或者说，仅仅光是同情他并不足以说明我的情绪。我只是被更加虚无的东西给裹住了，就像是掉进了云堆里。怎么说呢，嗯，我是有点儿伤感。

我师父老郭站在不远处。几个统一穿着橘红色马甲的老人在窗口探头探脑。条件再好，在我眼里，这里也是生老病死的所在，是荒凉之地。但你无能为力。可能最后我也得把我妈送进来。可能最后我自己也得被人送进来。我们向老郭走过去，我突然觉得我师父也是轻飘飘的，大概也已经瘦到了能被我一只手就拎起来的地步。时值仲秋，天高云淡，但那一刻，我的感觉并不比待在六十年未遇的酷暑中好受多少。那是浩渺的炽灼跟微茫的薄凉交织在一起的滋味。

本来小吕是要求睡上铺的，他觉得下铺是我应该享受的待遇。但我还是坚持睡了上铺。我觉得在那样一个上不着天、下不着地的高度躺着，人像是躺在了另外的一个维度里。这能让我有种无从说明的平静之感。我说过，我是个内心戏比较多的人。我睡在上面，看不到下面的情况，说话就像是自言自语了。说完这些后，下面半天都没声音。我以为小吕已经睡着了。

“孤单。”他突然发出了一声叹息般的回味。

我探出头，看到小吕的头枕在自己胳膊上，一脸若有所思的样子。又过了一会儿，小吕就跳了起来。临出门他还没忘记戴上帽子。他就是这样，注重警容，比我强，是个当警察的好苗子。他没跟我说要去干什么，但我大致能猜出来。我从窗子望出去，看见他跑进夜色里，于是开始将他想象成一只在六十摄氏度的水温里畅游着的青蛙。

我想睡，但是却不怎么能睡得着了。夜深人静，万籁俱寂，连值班室的电话都不再响了，对面超市门前的木马却还在唱着儿歌。我也想过要提醒超市的老板夜里就把它给关了，费电，也有点儿扰民。但我没那么做。我想，这世上的人干世上的事，恐怕都有他的理由。如果对别人妨碍不大，就由他们去吧。儿歌里唱到“天上的眼睛眨呀眨，妈妈的心啊鲁冰花”，我开始想我妈。我想，她老人家现在孤单吗？

小吕出门时替我关了灯。外面旋转着的警灯把斑斓的光投射在天花板上。我举起手，光着的胳膊被照进的彩光裹缠，红红绿绿，像是文了身。这一刻，我又想到了我们农大“解民生之多艰”的校训。随后，我也感到了那大水一般漫卷着的孤单。

天边露出鱼肚白的时候小吕才回来。我迷迷糊糊地被他吵醒，看见他兴奋地趴在我床沿上，腋窝下全是汗渍。

“没错，老校长承认是报假案了。”他说，“本来问清楚我就打算回来，可老头硬是拽着我说了一宿的话。他儿子去美国三年了，平时连个说话的人都没有。”小吕的眼睛里有血丝，不像青蛙，着实像兔子。

“他那是诬陷，”我说，“涉嫌犯罪了。”

我当然早料到了，否则干吗半夜跟他聊老奎？

“我教育过他了。”他说，“老头就是见不得邻居一家三口其乐融融，说是看了堵心。”

小吕的口气里有着替人辩护的味道。我想我没看错人，这小伙子没铝烟盒，也能当个好警察。

我翻下床准备洗漱。洗澡间在对面食堂的楼上，从宿舍走过去，盛夏清晨的空气都开始隐隐发烫。冲澡的时候小吕一直围在我身边说东说西。这个晚上，可能让他有了不少感触。为了让他更高兴些，我在水花中拍了拍他的肩膀。

再有半个小时，五点半，就得在值班室里就位了。但愿八点半交班前不用出警。不是厌战畏难，是天太热，都破了六十年的纪录了。人活着已经是在苦熬了。

（原载《人民文学》2016 年第 7 期）

弋舟，原名邹弋舟，1972 年生，江苏无锡人。《延河》杂志社副主编。中国作协会员。曾获郁达夫小说奖、中华文学基金会茅盾文学新人奖、鲁彦周文学奖、敦煌文艺奖、黄河文学奖一等奖、《小说选刊》年度大奖、《小说月报》百花奖、《作家》“金短篇”小说奖、《当代》长篇小说年度五佳、《十月》文学奖等。《出警》获第七届鲁迅文学奖。

手　铐

宋庆华

夜入阑干，窗外只听得见稀稀疏疏的风声和雨声，大地一片寂静。

咚！咚！咚！一阵急促的敲门声响起，还夹杂着一片人声，值班的信访处长王健从睡梦中惊醒。拉开信访接待大厅的门，一群人连同一股寒风呼啦地蹿了进来。没等他看清来人，突然听见“咚隆”一声响，中间一个女人跪倒在地，双手抱拳高举过头不停地弯腰作揖磕头，头手落地把水晶砖地板磕得砰砰作响，一个劲儿地撕心裂肺般连哭带号：“大官儿，冤枉啊！他们冤枉好人啊！我男人是好人，你可要为民作主啊！”哭声还伴着清脆的金属撞击声。

“莫下跪！现在不是从前了！”女人身旁的男

人大声地吼，双手要拉她起来，他腕上戴着一副铿亮的钢手铐，钢链哗哗地响。

王健急忙跨步上前伸手将她扶了起来，忙不迭地说："怎么回事儿？怎么回事儿？起来说话。"

那女人站起身，指指身旁的男人，说："大官儿，这是我男人，他冤啊！"王健把目光转向僵直站着的那男人，见他可真瘦，瘦得颈项上青筋毕现，面黑，头发蓬乱，一张怒容满满的脸胡子拉碴。

那男人紧抿着嘴，紧闭着眼，脸色黑里泛青，不言不语只顾喘粗气。那女人也埋头抽抽搭搭地呜咽。待安静下来，王健才看清进屋的七个人中间还有俩警察，因为淋了雨，湿漉漉的警服变成了黑色，满头满脸的雨水遮掩不住无奈、无辜还有些尴尬的神情。他拿眼瞪了瞪俩警察，手指着年轻的一个以命令的口吻说："你去拿杯子，给大家倒杯水，让大家热乎热乎，不要弄感冒了。"回头盯住另一个中年警察说："你说说，这是怎么回事？"

中年警察欲言又止，面露难色。王健说："那好吧，你跟我进来谈。"捩身对着大厅说："大家伙儿先坐会儿啊，喝点儿水，暖和暖和。"

进了办公室，王健掩上门说："我是市公安局信访处的处长王健，你是谁？戴手铐的那个人是谁？这是怎么回事？"中年警察闻言，啪，一个立正，右手举起行了一个礼，声音洪亮地说："王处长好，我是白山县公安局陈家桥镇派出所的所长，叫刘勇。"接着，他噼噼啪啪竹筒倒豆子一般把事情讲得清清楚楚。

前天傍晚，派出所接到报警说是有个叫朱少理的逃犯潜回了家，家人杀鸡宰鸭正犒劳他。派出所民警迅速核查，资料显示：朱少理，男，39岁，陈家桥镇朱家村二社农民。2006年因为扒窃被判刑一年，以后多次因为盗窃被治安拘留；2010年因为贩毒被判刑两年，2013年在市强制戒毒所强制戒毒期间脱逃。现因参与贩毒团伙被江城市江州区公安分局网上追逃。刘勇所长立即率民警前往擒人。"我们赶到朱家的时候，一家人正围成一桌高高兴兴地吃晚饭。民警抓了朱少理，一家人肯定也吓坏了。等我们出示手续说明情况时，朱少理突然晕倒了，这下可炸了营，他家里人吵吵嚷嚷地就是不让我们带人走。好不容易把人带到派出所，他的家人、亲戚来了一大堆，说什么的都有。讯问朱少理，他一言不发，问急了，就一句话，要见江城最大的警察，不然，什么都不会说。”

“他要见局长，你就带他来了？他要见总理，你也带他上北京？”王健当了几十年的警察，没见过这样办案的，他愤愤地盯住刘勇。

“王处长，我们当时也这样想，跟他熬了两天什么招数都使了，不灵，迫不得已才上市局来了！”

刘勇是有苦难言，出门前做的工作够多了：一边在镇卫生院给他检查身体，一边通知江州分局来接人，但对方没动静。派老民警讯问他，他只说要见局长。去村里做深入调查，也不见端倪。要图省事，他可以直接把人给江州分局送去，不过，刘勇这人也很犟，看着朱少理那副驴头噘嘴的样儿，他还不想放手了。“你犟我比你更犟！我不输这口气，哪怕我在县局遭人冷眼，挨批评，我也要弄清这人、这案！”

“整个过程中，警察有什么过错没有？动手没有？打人没有？”

“没有，绝对没有。现在谁还敢搞逼供！”刘勇又摇头又摆手，目光坚定，不容置疑。

王健掏出烟抠出一支递给刘勇，自己也点燃一支猛吸了一口说：“刘所长，从我们掌握的情况来看，朱少理是逃犯，但了解他的人认为他是好人，对吧？”

刘勇掏出打火机点燃烟，点点头。

“问题就在这儿。”王健沉思半晌，一支烟抽完又说，“如此看来，最直接有效的路子是见局长。”

“对的，最直接但也是最难的！”刘勇目不转睛地将一切希望寄托在这位处长身上，他有理由相信市局的处长应该比基层派出所所长更有招数。

这时门外的信访接待大厅里又响起一阵嘈杂的声音，有个大嗓门在问：“刘所长在哪里？谁是朱少理？”

王健刚拉开门，一个高大魁梧的警察立在眼前，一双手热情地伸了出来，不无歉意地说：“嘀嘀，不好意思，王处长，一个逃犯怎么会惊动您老人家啊？”王健见是江州分局主管刑侦的副局长李大奎，上去就是一拳擂在他厚实的胸脯上，说：“你个大奎，好久不见，这么个小案咋会惊动你呀？”

李大奎宽阔的眉毛竖立，瞪圆眼睛，刻意压低嗓门说：“一个特大贩毒团伙案就差朱少理一人结不了案，而且他还算主犯之一。我们上网追逃，八方缉捕，耗了多少人力、物力呀。”李大奎调高了嗓门，又说，“这下好了，人家刘所长帮了咱一个大忙，得好好谢谢人家，也得谢谢您呀。”他使劲儿握住王健的手，还用力摇晃着。

王健痛得龇牙咧嘴，使劲儿抽出一只手指指身旁的刘勇，说：“李局长，这才是你要感谢的刘所长。”

“哦，您就是刘所长，我们电脑系统坏了，今天修好后才见到你们发的信息。呵呵，兄弟，您帮了我们一个大忙啊。分局老大把咱们骂惨了，骂得狗血淋头啊，为了一个朱少理，我那帮弟兄们那个急哟，差点儿上了墙……”李大奎转身两步跨进门，一个熊抱把刘勇揽进怀里紧紧抱住，嘴里顺溜出一串热情洋溢的话来。

王健招呼他俩坐下，李大奎从兜里掏出一包软中华，抽出两支烟一一给他俩点上。刘勇走过去把门关上，坐下来又把事情的来龙去脉说了一遍。听完，李大奎眉头一挑，蛮横地说：“朱少理是犯罪嫌疑人，是毒贩，对吧？你说他死不开口，对吧？我不管他家里人怎么闹，人我要带走。”又说，“对啦，我带了四个荷枪实弹的刑警，在大厅里把朱少理控制住了，不管怎么说，人我得带走，得逮捕。”他乜了刘勇一眼，加重语气说，“你们没办法叫他开口，我有的是办法叫他开口。再说，他死不开口也得把他捕了判了。”

“哼！我把他抓住带回派出所，又从派出所带到市局，一点儿问题都没出，需要你来控制住？”刘勇对他的说法显然不满，至少对他有些轻蔑的语气不服，又说，“就你有本事，你能让他开口？我倒想看看你的道法。”刘勇显然是故意要将李大奎的军。

这话李大奎是听懂了的。他逞能似的挥舞了一下粗壮的胳膊，说："试试？这辈子就干了警察，什么蟊贼没见过。茅坑里的石头又臭又硬，到了老子手里都得变成泥团。"李大奎不无得意地冲着门外大喝一声，"猴子，把朱少理带进来。小张，你来做笔录。"

几个刑警喊里咔嚓就把朱少理拎了进来，扔在一张椅子上。外边的家属一起来阻挡，吵嚷声一片。刘勇挡住："别吵，到里边问话呢，没事儿，大家安静点儿。"

房间里安静下来，王健介绍了李大奎的身份，在"局长"两字上加重了语气，而且省略了"副"字。

李大奎挺了挺腰，开始问话："你，叫什么名字？"

"问了多少遍了，还问？"朱少理耷拉着脑袋，一副爱搭不理的样子。

刘勇拍了桌子："朱少理，抬起头来，放规矩点儿。这是市局，这是李局长。"

"叫什么名字？"李大奎提高了嗓门，声色俱厉。

终于，还是姓名、年龄、性别那套程序，问答流畅地过了。李大奎睥睨刘勇一眼，那意思就是你看看这不是开口了嘛。

"你知道你为什么被抓到公安局的吗？"

"你们抓的我，还问我为什么。"朱少理徐徐地吐气，像在做深呼吸。

"你自己做的事，你不清楚？"

"我清楚呀，我没做坏事，更没做犯法的事。"

"没做犯法的事，警察会抓你？"

"我怎么知道你们为什么抓我。"

"那么，我们冤枉你了？"李大奎的口气有些戏谑，还有些嘲弄。

"冤枉不冤枉，你们清楚。"

"我们清楚得很，现在是要问你。"

"既然你们清楚，还问我干吗？"

"就是要你认罪，你懂吗？"

"我什么都不懂，只懂我什么坏事都没干。"

“你什么坏事都没干，警察怎么会抓你？”

嘭！李大奎气恼地拍了桌子，动起了粗口：“朱少理，你他妈的绕圈子又绕回来啦！”李大奎捋了捋衣袖，嘭嘭嘭地把桌子拍得山响，嗓门更高。

王健仔细打量朱少理，见他的眉眼并不刁钻，目光里没有戾气，反倒像两汪可以一眼见底的清水，但清水里荡起的涟漪看得出来有怨恨也有敌视，皮包骨般的脸黝黑精瘦，布满的皱纹显示出至少比他实际年龄超出十多岁的苍老。答完问题他立刻垂下头，用他凌乱但质地很硬的头发对着人。

这时，他看到刘勇侧眼瞅着李大奎，一副不以为然的神情。他觉得这个来自基层的警察经验丰富，不可能对朱少理没个基本认识，否则他不会阻挡不住一个犯罪嫌疑人到市局上访，但他隐而不发又是为什么呢？

刘勇的腮帮子抽搐了一下，似乎想笑却被克制住了，仍旧岿然不动的模样。这个细节被王健瞅见了，他给刘勇递了个眼神便起身往外走，身后还听见李大奎一个人在骂娘，知道他恼羞成怒了。

走出办公室，穿过信访接待大厅，进到另一个房间，刘勇跟了进来，王健转身就毫不客气地责问开来：“你高兴啦？这是猫戏老鼠，还是老鼠戏猫？都是警察，看谁的笑话呢？刘所长，你老实告诉我，对朱少理你们没个基本判断？这明明是个老实巴交的农民工嘛，他要上访，你们就阻挡不住？”

刘勇一愣怔，稍一回神立马笑嘻嘻地说：“我……我这不是没招儿了嘛。这案肯定有蹊跷，这人肯定有隐情，可他口口声声要见江城警察最大的官，见了就什么都招了，这不，连李局长都搞不定……”

“你把他引来了，就把麻烦交给市局了，对吧？你倒是想走捷径图个交差了事。”王健恼怒地说，“咱局长是副市长，是市领导，不是什么人说见就能见的，再说哪，这夜半三更天寒地冻的，怎么好去惊动大领导啊，你这不是叫我为难吗？”愤怒之下，王健用手指戳了戳他的头，恨恨地说，“就是局长来啦，随便问几个问题，你要是答不上来，该做的活儿没做好，你头上这顶乌纱帽戴不成了不说，还得给你个处分，你想想这个后果啊。”

刘勇看来并没被镇住，脸上还挂着笑意说：“我来之前有过思想斗争，连最坏的结果，我都有准备。”又说：“这样，我们都图省事，就把人交给李局长带走了事！”

王健想了想说：“不能这样，这案子有问题，暂时不能交人。我单独和他谈谈，看他能不能泄点儿真货。”

刘勇看了看王健，会意地笑了。

临时充当询问室的办公室里，李大奎还在不停地说理、问话、骂娘，王健挥手止住了他，见朱少理还是低着头一声不吭，就说：“你们出去吧，我和他单独谈谈。”刘勇指着王健说：“朱少理，抬起头来，我告诉你，这位是市公安局信访处的王处长，这就是今天晚上能见到的最大的官了，有什么冤，有什么苦，你要如实讲，他才能给你做主，知道了吗？”

朱少理举起戴着铐子的双手，用手指擤了一下鼻涕说：“他们抓错人啦，我什么坏事都没干。”

“你不是朱少理？”

“我是朱少理，可我没干过坏事，我是好人哪。真的。”

“我看过你的材料，那些记录在案的事儿，怎么解释？你说你没干过坏事，那么你说这些坏事是谁干的。”

“你问我，我问谁？”

王健心里咯噔一下，这圈子又绕回来了，怎么给绕出去得费点儿神。

朱少理瞪大了小眼睛，疑惑地问：“你是局长？”

“不是，我是处长。你放心，我一定会秉公处理。”

朱少理拨浪鼓似的摇头，手铐在椅子的边缘上磕碰发出稀里哗啦的响声：“你做不了主的。你不是局长。我认识你们局长，圆圆的脸，大眼睛，有神，颜色跟我一样，黑黑的，叫郝敬，是个好人，是个青天，能为民做主。你请他来，我要见他，见了他我什么都说。”

王健瞪大眼睛，不无揶揄甚至是嘲讽地说：“你以为你是谁啊？咱郝局长啊，一万多江城警察的头儿，你撒泡尿照照，你这样儿？”

朱少理一本正经地说：“我是谁？一个农民工，但我是一个公民，一个守法的公民，你们局长是人民的公仆，公民见见公仆，不会有错吧？”顿了顿，又说：“好歹我在南方大城市熬了十多年呢，见过的事多了，我懂法，知道现在是法治社会，什么都讲法，你们也不可能办冤案，是吧？”

这话从眼前这个有些萎靡、有点儿邋遢的人嘴里说出来，让王健吃惊不小。他心里嘀咕，真是个难伺候的主儿，还是个一根筋。但嘴上却说：“局长是公仆，没错。我们都是公仆，可公仆有分工啊，郝局长有他的事，我现在就管你的事。”说着说着，心里泛起一阵烦躁，又说：“朱少理，你少跟我兜圈子，我最后问你一句，你是不是不跟我说实话，你是不是非得见局长才说？”

“我早就听说郝局长是个好官，我知道我的事，所以我特别要见见他，看他是否像老百姓口中传说的那样。”说完，朱少理把戴着手铐的双手高举过头，那样儿如指天发愿。

王健没辙了，只好叫刘勇把他押了出去。夜很深了，王健现在明白了刘勇为什么要带朱少理到市局见局长的无奈心境了。现在办案真不比从前了，老百姓的法治观念增强了，公安机关再也不敢蛮干，像李大奎那样还使蛮劲儿的法子，已经行不通了。但开口就要见局长，也是个难事呀！我往上报，局长怎么看我，会不会被郝局长臭骂！但转念一想，刘勇一个所长搞不定朱少理这样的人，也是正常的。现在的人有太多、太复杂的心思了，他开始同情起基层的民警了。

试试吧，也许……

他拿起桌子上的电话，给市局指挥中心把这里的情况作了汇报。一会儿，电话回了过来，王健一听，忙不迭地说：“对不起呀，丁副局长，这么晚了打搅您，属下无能，这点儿小事还惊动您了。”电话那端说：“这么晚？这么早哦，天都要亮啦。你们肯定熬夜了，你们辛苦。我说怎么着？这么一个普通的案子，这么个普通的人，非得要见郝局长？我来见见，行不？”

“不行！”王健急了，话一出口觉着不妥，又说，“领导，这人一根筋呀，我们什么话都说尽了，他是油盐不进呀，实在是没法子才向您请示。”

“那好吧，我试试看，昨天郝局长去南江县看现场研究案子很晚才回来。”丁副局长在电话里叹了一口气，挂了。

放下电话，王健也长叹一口气，心中忐忑不安，便从烟盒里抠出一支烟点燃，猛吸了一口慢慢地吐出来，稳了稳神。他走到窗户边，拉开绒布窗帘打开玻璃窗，凛冽的寒风扑面而来，不禁打了个寒战，确实，天边已晨曦微露。

丁零零，桌上的电话响起，王健急忙扑过去抓在手上，听筒里说：“王健啊，我是郝敬，我到了。”话音刚落，王健已经听见大门外汽车引擎的声音，忙招呼刘勇、李大奎一起出门迎接。

郝敬在头里走进大门，大厅里旋即开锅了，朱少理刚撑起半个身子立马被两个警察按了下去，就举着双手，手上的钢铐哗啦啦地响，喊道：“郝局长，我在这里，他们抓错了人，您要为我做主啊。”郝敬走到他面前，平静地问：“你就是朱少理？”朱少理想站起来又被摁了下去，说：“我是，郝局长，我认识您。”郝敬皱了皱眉：“你认识我？”朱少理又想站起来，警察把他摁了下去，郝敬摆摆手示意警察把他放开，他就站起身来说：“我听说了好多您亲民爱民的事儿，在电视上见过您，您是好人哪，我有话跟您讲。”

郝敬满脸和蔼地笑道：“那好吧，你进来，我们谈谈。”说完，带头往里边办公室走去，朱少理在两个警察的伴随下跟了进来。

刚坐下，郝敬就问：“你的情况我基本上都清楚了，你有什么话，直接跟我讲，好吗？”朱少理情绪有点儿激动：“他们把我抓错了，我是好人哪，郝局长。”

郝敬很冷静，耐心地问：“抓错了？错在什么地方？你实话告诉我，好吗？”

朱少理有些迟疑，木讷地回答：“我……我也不知道错在什么地方。”

郝敬安慰他，语调很轻松："你别紧张，实话实说，有理说理，有事说事。"

朱少理两眼盯着他，充满期待，语气恳切："郝局长，我不想骗您，也不想给您添麻烦，我是朱少理，但我不是你们的犯罪嫌疑人，明白吗？"

郝敬心里突地震颤了一下，试着问："大概是有人冒用你的名字干了坏事，是这样吗？"又问："如果是，那你说有可能是谁。"

朱少理垂下目光，手指摩挲着腕上的铐子，像是沉思，也像是犹豫。

"感谢你对我的信任，我来了，你却无话可说，看来你还是不信任我。"说话间，郝敬的眼光捕捉到两个细节：一个是朱少理的眼眶里泛潮，如果他不强力克制，一定会有泪水流下来；另一个是他手指摩挲铐子时很有规律，左手食指一下，右手食指一下，一点儿也不乱。郝敬判断这是个意志力很强、做事有条不紊而且考虑问题比较周密的人，便说："你找我肯定是有话说的，我相信你会对我说真话，说出真相我们才能帮你，才对你有利，对不对？"

朱少理抬起头，泪花在眼圈里打旋儿："郝局长，您真会帮我？我就一草根哟！"

郝敬郑重地点头，目光如炬："草根、树根都是根，法治社会讲平等。"

朱少理正眼望着郝敬，目光明亮："郝局长，您也是副市长，是我们江城人的父母官，我有个不情之请，也许不合适，我说出来，请您不要拒绝。"又说："我就想请您到我们村子去看一看，行不？"

郝敬略一思忖，以商量的口吻说："有什么话在这里讲不好吗？到你老家去讲同在这里讲有区别吗？我看，就在这里讲吧，如果你说的事情需要调查，市里还方便一点儿，对吧？"

朱少理昂起头、犟起脖子，以不容商量的口气说："市长，您去村里看了，不用我说，就什么都明白了。"

"去了，就明白了？"郝敬想了想，笑了，"那好，咱们就去你老家瞧瞧。”

朱少理也笑了，举起双手用手背擦擦眼睛，千恩万谢一般：“谢谢市长，谢谢郝局长！”

朱少理举起的手铐有些扎眼，郝敬说：“要不要把你的手铐摘了？”

朱少理摇头，笑笑说：“不用，不用，警察把我铐了带走，全村人都知道，没事儿。”

王健给大家安排了简单的早餐。郝敬把王健、李大奎、刘勇叫到一块儿，一边吃一边商量了面儿上和下乡的调查工作。刘勇心里直打鼓，虽然局长提的几个问题他都答上了，局长也说大家在这么短的时间把事干成这样也尽心了，但现在看来这个朱少理肯定是抓错了，这个结怎么解，他心里没数。

天色大亮，阳光普照，但冬季的天意昭示的还是寒冷。

汽车沿着泡江左岸的高速公路疾驰，晌午时分，车抵村边，朱少理满脸堆笑，抢先站起身来：“市长，这里是村西头，我家在东边，我们下去走走，看看新农村。”

“好啊。”郝敬欣然答应，“看什么？你头里走，指点指点。”

走在水泥硬化了的村道上，郝敬看见庄稼地里蒙上一层白茫茫的霜，满山遍野的树木凋零、草丛枯萎，但见村道两旁和半坡上一溜黑瓦或红墙或青砖的农舍，错落有致，挺有型的，禁不住问：“哎，怎么老乡们的房子修得这么漂亮，都是新的？”

朱少理在两个警察的伴随下走在头里，此时停步捩身等郝敬走近了，说：“村里大部分青壮年都出去打工去了，剩下的老弱病残孕什么都干不了，大片庄稼地撂荒。这些房子都是打工仔寄回来的钱修的。”

郝敬若有所思：“他们出去都干些什么呢？”

“脏活儿、累活儿什么都干，当然，也干了见不得人的事。这年头儿的人想钱都想疯了，人人向钱看，人人都想捞钱，只要能捞钱，什么坏事、脏事都干得出来。”朱少理脸上明显露出愤懑、鄙夷、无奈的神色，且越说越激动，“不瞒您说，市长，有的人走出去，卖淫、诈骗、偷盗、贩毒、赌博什么都干，您看啊，有的房子是新的，但也是脏的。”

朱少理说这番话时的神情极自然，不像是危言耸听装出来的，郝敬在琢磨他的表情。

走近村东头，郝敬远远地就看见路边一个很大的庄园：用红砖砌起的一个四方阔院，中央是一栋四层高的楼，贴了淡黄色的瓷砖，墙面在阳光的折射下闪着一晃一晃的光芒，几株银杏树泛黄的树叶与高楼相映相衬倒显得十分和谐。走近了看，高大的门楼下绿色的大铁门半掩着，可以窥见院子里绿色掩映下的昏暗。这与一路走来看到的没有围墙只有一层顶多两层楼的其他农舍相比显得更加不同凡响，气派、辉煌、张扬、高大上。他不由得问道：“小朱，这家恐怕是村里的首富吧？这是谁家呀？”

朱少理的脸上有点儿惊诧：“什么首富啊，这是我堂兄朱少勇的家。他跟我一样是个打工仔，这几年不知道在外面做什么生意，发啦。不过，他家里还是很遭罪，他父亲，也就是我伯父，去世得早，母亲长期卧床不起，弟弟是个智障，他出去十多年没回过家，只听说寄回来很多钱，他媳妇拉扯着两个十来岁的孩子，这么大一座宅子空荡荡的。”又说：“郝市长，请您进去看看吧，关心关心老百姓的疾苦。”

朱少理推开大门，喊着：“伯母，大伯母，大领导来看您来了。”然后领头穿过庭院走进东厢房的一间卧室。郝敬跟了进来，见一张大床上躺着一个干瘦、小个儿的老太婆，听见有人在喊叫，正使劲儿地撑起身子，问：“谁呀？”“是我，少理。伯母，您看，郝敬市长专门来看您来啦。”朱少理连忙上前几步，到床边搀起老太婆。

老人迷糊着眼睛。“市长？看我？”她瞅见朱少理双手被铐着，眼睛一下子睁大了，“哟，少理哟，你怎么戴着铁枷呢？”

郝敬躬下身子，说：“老人家，听说您病得厉害，我们路过进来看看您，没什么事的。”

老太婆哎呀一声松了神，瘫倒在床上，有气无力地说：“市长啊，我们一家子都得感谢少理啊。他是个好人啊，朱少勇跟他出去打工，现在生意做大了，赚了钱才建了房子，养活了一家人呀。”老太婆呻吟了一阵，又说：“少理这孩子是个好孩子呀，老实、勤快、肯帮人，村里人都知道。”

出了院门，郝敬眉头紧锁得像是一个大大的问号，说：“小朱，你带我看你堂兄家，什么意思？你堂兄是做什么生意的，家里这么有钱？”又对刘勇说：“这些外出打工人员的情况，你们掌握多少？”

朱少理说：“市长，您看看就明白了。您比我更明白，对吧？”

郝敬点了点头。

刘勇说：“农村在外打工人员太多了，但重点人头的情况我们是知道的。这家朱少勇出门十多年了，我们确实没掌握什么情况。”

横过村道，爬几步坎就上到朱少理家门前的院坝，一家人把朱少理围住，问长问短的。

这时，白山县公安局局长苟巨桦气喘吁吁地赶到了，身后跟着的好几个人也是喘着粗气一溜小跑，隔老远他就扯起嗓门喊：“郝市长，您来怎么也不吩咐一声啊？我怎么也得去迎接您呀。”转头把跟来的几个人介绍给郝敬，有镇党委书记、镇长、村支部书记。郝敬笑盈盈地说：“鼻子挺灵的，这么远就嗅到我来到你的地盘了。”他瞅见刘勇低下了头，又说：“是谁走漏了风声？”

苟巨桦自嘲：“狗鼻子嘛，咋能不灵呢？”众人皆笑。

王健在院坝边的黄果树下接听电话，又给郝敬招手示意。郝敬瞅见，起身走过去，王健递给他一份电传，说：“这是苟局长送来的，是南方城市公安机关查证朱少理的情况报告，苟巨桦怕挨剋不敢直接送给您，叫我转呈。”郝敬接了，就一页纸，一目十行看完，说：“哼！他做错了事，还怕我剋。”王健接着说：“市局那边只查到朱少勇 2007 年 5 月因为扒窃被南江区公安分局治安拘留七天的违法记录，在江宁区查到了他最新的暂住地址。”郝敬果断下令：“全力找到朱少勇，抓紧采样、比对、核实，一有进展马上给我汇报。”又说：“告诉他们，我在这里等，不出结果我不会回城。”

时过晌午，寒风乍起。郝敬把王健、苟巨桦、李大奎和镇长、书记召集到朱家正中的堂屋碰头。情况集中后，分歧落在对朱少理是放还是不放上面，郝敬拍板："放，当场释放。"李大奎问："谁去执行？"郝敬说："谁铐的，谁去解铐。"苟巨桦说："好，叫刘勇去，解铃还须系铃人。"郝敬说："但我们得等那边朱少勇的情况核查落地之后。"苟巨桦郑重地点头。

刘勇和村长带着饭店的伙计送来了盒饭，白花花的米饭上面浇盖了肉丝、酱菜、大白菜，热气腾腾，香味诱人，大家人手一盒狼吞虎咽地吃了起来。

吃完午饭，王健从屋子里出来，走到朱家院坝上，对坐在石磴边的郝敬附耳报告："朱少勇已被市局禁毒支队抓获，初审，已经供认是他冒用了朱少理的名字。"

"刘勇！"郝敬大声道。

刘勇站上前来："到！局长！"

"该你的事了！"郝局长领头，身后是王健、苟巨桦和民警们，对面同样站着的是镇长、村长及朱少理的一大家人，还有些看热闹的乡亲。

郝敬笔直地站立着说："朱少理，你的事我们弄错了，该怎么赔偿依法办，咱们不含糊。作为江城警察最大的头儿，我有责任，我先给你赔礼，我们立刻把你的铐子摘了。"说完，站直身体给朱少理鞠躬，他身后一拨警察也齐刷刷地弓下了腰。

朱少理从没见过这阵势，心慌慌地连说："受不起，受不起！我的郝局长，拿钥匙来我自己摘！"

郝局长这个鞠躬是屏息着缓下缓起的，就像电影里的慢动作一样，久久地停留在老乡们的视线里。当他抬头站正，所长刘勇已经跨步上前，走到朱少理的面前，钥匙捅进锁孔，铐子张开龇牙大口，金属链环丁零响处，朱少理的双腕露出来了！

郝敬接过刘勇递过来的手铐，一手举起手铐，一手搂着朱少理，在院坝中间站定，大声说："我宣布，白山县公安局陈家桥镇派出所把朱少理同志铐错了，应当纠正，现在这个铐错的手铐已经摘下来了！"

“郝局长，我的事怎么弄错了？”朱少理不解地问。

郝敬说：“你这个堂兄朱少勇很不地道，他在很多年前第一次犯案时，就盗用了你的名字。”

朱少理一听，泪水夺眶而出，握住郝敬的手一个劲儿地说：“谢谢，谢谢，要不是你们，我这黑锅不知要背到哪年哪月！”

这时，一个中年农妇凑近，说：“我家里有鞭炮，我去放一串，高兴高兴，也去去晦气，郝局长您批不批？”刘勇插话：“她是朱少理的老婆，就是在市局信访处一直哭哭啼啼的那个婆姨。”那女人红了脸：“人家不是觉着冤，心里着急嘛。”

郝敬举起右手说：“放鞭炮不用我批，但我赞成。”

噼噼啪啪的鞭炮炸响，房前屋后栖息的鸟儿被惊动，叽叽喳喳地在树梢上空盘旋，久久不见离去。

（原载群众出版社 2017 年版《绝对现场》）

宋庆华，1961 年生，重庆巴南人。现任重庆市公安局轨道交通总队副总队长。代表作有长篇小说《绝对意外》《绝对现场》，中篇小说《刑警的后脑勺》《蓝色阳光》，短篇小说《手铐》等。《手铐》获重庆市公安文联 2017 年文学评选一等奖。

绝对信号

张国庆

一

雪下了三天三夜，到大年三十的早晨，天空才放晴。

用力撞开警务室僵硬的门，老宋走出了屋。抬头看了一眼东山梁，太阳刺目，冷风随即钻进了鼻孔。他张开嘴，冲着大山打了个响亮的喷嚏。对面红松林里的麻雀和斑鸠被他惊扰了，扑棱着翅膀，成片地扑向山崖下那片茂密的针叶林。

从屋里早已蹿到雪地里的“大福”和“苞米”，突然受到了惊吓，在雪地上旋转回头，竖起耳朵，圆睁眼睛，望着门口那个披着警蓝大衣的干瘦的老男人……

山林安静下来。鸟儿们又飞到云杉的枝丫上继续跳跃，不时踏落一些细细的雪粉，狗儿们继续在雪地里撒泼打滚儿。

天很高，很蓝。山风呼呼地吹着，吹着老宋褶皱的脸。老宋做了几次深呼吸，吐出几口白雾，转身回屋穿戴整齐，走到门前的旗杆下，仰起头，双手交替着，缓缓将一面崭新的国旗呼啦啦地升上天空。

老宋是个做事严谨的人，严格到国旗在旗杆上的上升速度，几乎与他心里唱的“新闻联播”国歌节奏相差不到两三秒。

升完国旗，他开始贴春联。春联是进山前老婆给他采购进山给养时，顺手在市场一个地摊儿上买的印刷品。这让老宋心里有些不爽——花五元钱买几张印刷品，他觉着很不值！

说不值，非是老宋心疼钱，因为他在森林公安局是书法“名家”。专习欧楷二十余年，每逢春节，他给县局机关的同事写春联福字，可以从早上一直写到天黑。那年，他写的一幅行书，在全省庆“七一”书法大赛中捧回来三等奖。

三等奖也是奖，也是为县公安局争来了一份荣誉。局长在政工简报上批了两个字：很好！年底，局里给了老宋一个嘉奖，以表彰他为公安文化建设做出的贡献。

给了嘉奖，局长还惦记着他。半年后，局里要在距县城九十公里的金沟岭林场成立一个警务室，局长点将——已经卸任刑警队教导员的老宋出任警务室警长。

在这么远的老林子里建警务室，是因为几个月前，一头远东豹在金沟岭的一条溪水旁，钻进了盗猎者下的钢丝套，拼命挣扎勒断了大动脉……

在长白山，野生远东豹（金钱豹亚种）数量少得可怜，专家论证起来，极度濒危程度比东北虎都金贵。杀死一只豹子，比杀个人影响都大。

“残杀远东豹”的案子捅了天。媒体披露后，有关部门领导先后批示，最后连国际野生动物保护机构都惊动了，天天等着案件的侦破进展。

省厅领导批示：“胆大妄为，速侦办破案。”

老宋是专案组的主要成员，十几个刑警在林场走访不到十天，下套的涉案嫌疑人便悉数落网。为了一张豹皮，五个人要在监狱里蹲十三年。

局长喊来了老宋，坐下来面对面地说：“在山里建警务室，可不是权宜之计，这叫警务工作前移，是为了适应形势的需求。修高速以后，金沟岭就是虎豹出入边境的唯一通道啦，我不指望你抓几个盗猎的，只要把人吓跑了，不发案，就算成绩。”

说完，局长起身关上门，与老宋订了一个君子协议：警务室建起来，正常运转了，其间没有发生野生动物被猎杀案件，老宋将调回来县局后保科。悬而未晋的正科级，局里会优先考虑解决。

揣着这个协议走出县局的大楼，初春的风虽然很冷，但老宋心里感觉像揣了一根蜡烛。不论白天晚上，想起来，他的心里就敞亮，就热乎。

进山前一天，小舅子庆生在县城一家菜馆请全家吃杀猪菜。

老婆家姐弟四个，庆生是唯一的男孩儿，从小在姐姐们的背上长大，姐弟们的感情是不用说了。老宋在林场派出所工作那几年，家里事全扔给了老婆，那时儿子还小，大事小事都是庆生出面张罗。老宋嘴上不说，心里总感觉对小舅子有份亏欠。

十多年前，庆生下海经商，在边境一带倒腾皮货和药材。有钱有车有房了，可两口子感情却出了问题。最后，老婆还是带着孩子走了。

一杯高粱烧下肚，庆生涨红着脸问：“姐夫，这金沟岭比咱县城都大好几倍呢，这深山老林的，你一人进山得带枪吧？”

老宋嚼着花生米说：“屁也没有。进山就是建个警务室，巡山清套（猎捕野生动物钢丝套），估计连棍子都得自己削！”

庆生叹口气说：“你们局长够狠啊！姐夫你在林场派出所当过所长，在刑警队当过教导员，破了这么多案子，在山里也算滚了三十多年，五十多岁的副科，还往大山里撵你，你肯定得罪领导了!”

老宋当然不会告诉他与局长的“协议”，一脸不屑道：“你瞎扯啥呢？我进山就是打前站，等警务室建好了，局里再派人把我换回去!”

转天早上，庆生开着面包车送姐夫进山。车上除了吃穿用的，老宋还发现，车厢后还趴着一条摇尾巴的大黄狗。

庆生笑着说：“姐夫，这家伙您捎着吧，它叫‘大福’，在山里它能给你壮壮胆儿。”

老宋一听，脑袋就大了。在林场转了三十多年，在林子里，成天与动物们打头碰脸，早就审美疲劳了……更让他起急的是，“大福”滚圆的肚子里还揣着崽儿。

老宋埋怨庆生做事不动脑子，死活让庆生把这个“孕妇”带回去。庆生无奈地说：“我是好心啊，你不喜欢，我给它捎回县城就是了……”

临时的办公房，是两间林管站闲置多年的旧房。房子很老，但盖得挺结实。封山育林一晃都二十多年了，空房子就成了摆设，风吹雨淋，房前屋后爬满了荒草和藤蔓，墙壁千疮百孔。

庆生先辨认了墙上的几行斑驳的“最高指示”，然后用手扯去门口的几层蜘蛛网，用力推开门，进屋四下打量着说：“姐夫，这儿怎么像抗联住的窝棚呢?”

老宋没说话，闷头清扫屋里的垃圾杂物。庆生用铁锹将缠绕房子的藤蔓和荒草清理干净。随后卸下车里的给养，一切都收拾停当，两人坐在屋前的石头上喝水。庆生吹了声口哨，想招呼“大福”过来，可那狗却踪迹皆无。

“大福”是庆生一年前，某晚醉卧路边花坛偶遇的流浪犬。虽不是什么名犬，可是鬼聪明，一里地之外能辨出庆生的汽车和脚步声。怎么会没影儿了呢?

庆生说：“这家伙贼着呢，可能知道要留在山里，躲起来了。”

老宋不这样认为：“别让豹子给拉走了吧？金沟岭的豹子可比老虎还多。”

庆生的小眼睛一下子圆了："附近有豹子啊！"

老宋笑道："尿了不是！小样儿的还送我进山！"

庆生收回惊讶，干咳几声说："我怕啥啊！每年进山收皮子，都是独来独往，小土豹子还能吓住我！"

说完，两人分散开，连喊带吆喝地在房前屋后、树林子里和石头后面一通踅摸。最后，在屋后一间破柴棚里，老宋找到正趴在一堆破帆布上，舔着五只狗崽儿的"大福"……

庆生笑了："行了，现在想下山都难了！"

"大福"留下了，还魔术般从一只变成了六只。

二

金沟岭发自长白，有的是负氧离子和汩汩山泉，就是没有电和通讯信号。拿着老婆给他新买的手机，老宋围着房前屋后转了十几圈，就是拨不出去，这个意外让他心里很是懊恼。

与山外的派出所联系，仅靠一部局里配发的警用电台。可电台是与派出所谈工作的。进山就意味着与老婆断了联系。

老宋每半月下一次山，回家休两天，拉上给养后再返回。

这样的日子过了一年，一排三间的警务室终于竣工了。局里还拨专款，安装了太阳能发电机和电视"信号锅"，在门前十几米竖了旗杆；新盖了柴房和车库，屋里盘了暖暖的大火炕，所有执法办案规程一一上墙。

警务室启动仪式很热闹，县、乡政府主管政法的领导们带着媒体记者们进山了。在一片掌声中，政法委书记讲话并和局长剪彩升国旗。老宋还面对镜头和话筒表示了决心。

局长临上车，对老宋悄悄说："警务室虽小，可责任重大啊！"

领导们的车队在山道上逐渐消失了。警务室门前站着孤零零的老宋。他有些不明白，局长跟他说的是悄悄话，只说责任重大，为啥没说那个协议的事呢？

几天后，派出所里给警务室补充来两位实习新警：小金和小林，都是大学毕业考上公务员的大学生。年龄比老宋儿子都小，整天跟在他屁股后面巡山清套，张嘴闭嘴喊他大叔，喊得老宋感觉又多了两个儿子。

按现在时尚的描述，老宋有了满满的幸福感。因为他看见了警务室未来的接班人，更看到了幸福感后面的希望。这个希望叫——君子协议。

他无数次告诉自己，现在能做的，就是等待。除了等待，就是尽量让两个孩子下山回家团圆。

新警下山过节了，可他的问题来了。每个年节都留守在山里，老婆的不满和唠叨开始喷发了，在饭桌前、在灶台前、在枕头上，一句顶一句地数落着他，说得老宋心里翻江倒海……

老婆是县城一所重点中学的数学老师，刚退休不久，两口子感情是不用说。年轻时的累和苦都熬过来了，为什么老了还要往大山里扎，这个命题让教数学的老婆始终无法解答。

老宋当过教导员，在刑警队调解两口子干仗、打离婚的是家常便饭。他耐心听完了，等老婆火气渐弱，便与她说起隐藏在他心里的那根“蜡烛”。

说起未来，老宋的眼睛在黑暗里也会发光，浑身上下像那部电源满格的手机，时刻蓄势待发。这烛光很亮、很暖，连老婆焦躁的情绪也被照耀得春暖花开了。转天一早，张罗着帮他收拾进山的东西。

这样的等待，又熬过了三年，那期盼已久的光芒，终于在腊月二十三这天出现了——正在家收拾东西的老宋，突然接到分局政治处胡主任打来的电话。说根据局里安排，过了正月十五，他将从金沟岭警务室调回县局后保科工作，并让他抓紧写一份在警务室工作期间的个人总结。

进山前的晚上，他让老婆喊庆生来家喝酒。两年前，庆生的生意彻底倒闭，连房子和汽车都抵进去了，还是没翻过身来。

电话里的庆生，情绪有些低落。说正在海南谈生意，争取过年赶回家。

老婆说：“你姐夫今年不进山了，在家过节，节后就回县局上班了。”

远在海南的庆生应道：“太好了，争取赶过节回家……”

在金沟岭一晃待了四年，白发多了一圈儿；心脏与血压也开始不稳定；“大福”一家由六口变成了两口。想起这些，他开始惆怅，可想想这几年，他们在大山里清理了三百多个钢丝套，身边的小金和小林也能独立工作，金沟岭里的野生动物们一年四季都安安生生的。他心里这才感到踏实。

人活着，别管穷富贵贱，混的不就是一个心里踏实吗？

这顿酒，老宋在家喝得很坦然、很舒服。因为上山以后，他滴酒不沾……

老宋披着大衣，从柴房的柳条筐里扒出七八个干裂的松塔，回屋给灶膛里添了把火，坐在半截松木墩儿上，开始烧水煮饺子。

按照局里节日值班安排，三天前，小金和小林就该上山来。可那天突降大雪，进山唯一的山道，被大雪盖个严实，两人只得中途返回了派出所。

所长在电台里说：“老宋啊，进山的路，雪都过膝盖了。林场清障队要雪停了才能清雪。这个大年三十你得奉献了。我给嫂子打电话道歉！等路通了，我们马上进山接你！”

大雪封路，一个人就一个人吧。反正在警务室的工作时间也是倒计时了。这个念头让老宋的心里顿时敞亮起来。办公设备和所有各种台账都整理好，连他的换洗衣服也都装箱了。静等着清雪后，两个徒弟来接班了。

想想家里，县城的街道和小区里该有鞭炮声了，家家户户该忙着准备年夜饭了。老伴儿肯定正抱着孙女看着窗外飞舞的雪花儿，免不了会与儿子儿媳唠叨几句……

一个人过年，对老宋来说不是什么难事。可让他闹心的是，前天晚上，太阳能发电机的一块传输板电容突然烧坏了。太阳能蓄电池勉强撑了多半天，最后也罢工了。

点着蜡烛，老宋过了两个晚上。点蜡烛也没什么，关键是警用电台不能充电，电池耗尽，孤零零地成了桌子上的一个摆设。就是说，他与派出所唯一的联系也中断了。自己的手机里还有两格电，老宋赶紧关机，静静等待着山下来人。

山下来人不知何时，现在看来，连蜡烛也得节省了。

山里下午四点多，天就暗了。早早地扒拉几口饭，他就摸黑儿了。坐在屋里，喝着热茶，除了山风不时从屋顶呼啸而过，老宋唯一能听到的就是自己的心跳。

大年三十的太阳从窗外明晃晃地照进来，一直转到了火炕上，映得整个屋子很亮堂。炕烧得很热乎，老宋盘腿儿坐在炕沿儿上，端着大海碗，大口吃着老婆包的酸菜馅儿饺子。一碗饺子刚吃一半儿，外面忽然传来“大福”和“苞米”的叫声。

老宋将碗筷放在灶台上，推门走出来。见“大福”和“苞米”，正冲着远处的山崖不住地狂叫。他抬头朝山崖望去，一个深黄色的影子在石砬子上一闪而过……

那是住在山崖上的一只远东豹，四年来，见面就像碰到一位老邻居出门遛弯儿一样自然。不过，择居于山崖上的这位“邻居”遛弯儿时间，多是在黄昏或夜里。见面的方式也是山上山下，远远地互相凝望。

大年三十中午出来，估计是断粮外出觅食了……

三

进山当天，“大福”产下五只狗崽儿，半年后就成了一支队伍。狗崽们个头远不如“大福”那样强健，可外面有点儿风吹草动，瞬间便倾巢出动。老宋背手在后观望，感觉自己很像一位呼啸山林的部族首领。

老宋记得第一个初夏，是山里最惬意的日子。晚风吹到身上很凉爽。那天老宋巡山回来，吃了晚饭，到柴棚给“大福”一家准备晚餐。听到老宋的吆喝声，远处的那支队伍旋即会欢快着蜂拥而来。

那只个头儿最小的狗崽，似乎不太在意柴棚里的晚餐，仍叼着一棵松塔在十几米外的空地上打滚儿、啃咬。

老宋端着水杯，端坐在半截松树墩上，用心看狗儿们挤在一起饕餮进餐的神态。忽闻一声尖叫，他抬头一瞧，见一头一米多长的豹子，一口咬住狗崽的脖子，长长的豹尾一甩，三步两步闪电般消失在远处的松树林里……

这是老宋第一次近距离看到这位叫远东豹的邻居，连豹子身上的深褐色的斑点轮廓，都瞅得明明白白的。老宋站起身来，望着豹子消失的那片树林，重重喘了一口气。

连着几天，老宋在心里一直翻腾着这件事：按理说，豹子在森林里追逐的对象是狍子。可为何总是躲在山石砬子上俯视“大福”一家呢？他甚至有些后悔，当初选建警务室为什么选在这个山崖下面，为何与这头豹子做邻居？

亲生骨肉遭劫，让“大福”变得越发敏感和愤怒。周围遇有一丝的风吹草动，它立刻会狂叫不止。

更让老宋郁闷的是，“大福”一家的减员现象仍在继续。

那日黄昏，老宋到百米外的溪水边去洗菜，远处又传来“大福”透着凄惨的叫声。他端起菜盆朝警务室猛跑。远远地，就见“大福”正与那头豹子激烈地撕咬，显然这次邻居的“偷营劫寨”行动被“大福”发现了，为护崽儿，“大福”舍命拼了……

那豹的双爪已将“大福”死死按在地上，正低头左右寻找喉咙下嘴。

老宋爱看中央台的《动物世界》，知道豹与狗的敏捷度和咬合力相差悬殊，可以说不在一个级别上。

老宋扔下了菜盆，从地上顺手抄起一根枯朽的桦树枝，大喊着冲了过去。见援兵赶来，那豹子忙松了口，撇下受伤的“大福”，顺势叼住另一只颤抖退缩的小狗，跃过一块大岩石，三蹿两跳，瞬间没了踪影。

“大福”虽没什么外伤，可脑袋却抬不起来了，显然脊椎骨受伤严重。老宋小心翼翼地将它抱回了屋，放在火炕上。

三天后，所长派人上山来了，送来一袋子兽医开的药。

“大福”在火炕上躺了一个多月，老宋天天灌药伺候着。“大福”终于能摇着尾巴站起来了，可头永远不能像往日一样，高高昂起了。

没有了“大福”的戒备和保护，山崖上的邻居更加猖狂，让老宋想起省领导的那句批示“胆大妄为”。

三年过后，“大福”一家，就这样被这个邻居一只只悄无声息地偷袭劫杀了。只剩“大福”和它那只最喜欢啃苞米的女儿。

“苞米”之所以能幸运地存活下来，是因为它寸步不离“大福”。它目睹几个姐妹兄弟之所以被豹子一只只拉走，明白致命之处，在于它们形单影只地出现在豹子的窥视中。

山上山下直线不过五百米，那只豹子不到两分钟即可从峭壁上闪电般冲到近前……

老宋还发现，每次偷袭成功，豹子不是叼着猎物跑回峭壁上，而是拖着美味到远处的松树林里去独享。

老宋还记得，最后一次偷袭，那家伙竟然拖着那只半大的狗，直接蹿上了远处的美人松。

警务室建立后，辖区案件是零，可老宋的遭遇却极为丰富。那个晚上，“大福”突然叫声怪异地率着队伍跑进屋内，趴在地上，浑身战栗不止，老宋起身隔窗一望，见一只体形硕大的东北虎正在旗杆下撒尿……

今日“大王”巡山——老宋以此为题，在当天的工作日志上，详细地记录了目击野生东北虎的全过程。

四

警务室的新警小金是浙江人，读大学时擅长游泳和演讲，身手和口才一样敏捷。关于对面山崖上豹子的传说，小金听老宋讲过很多次，多次请求宋大叔带他巡视一遭。

“偷营劫寨”了这么久，上山拜访一下这位邻居也是必需的。老宋想了想，就答应了。

那天上午，两人换好作训服，带了绳子和棍子朝山崖走去。

山崖在警务室的东边，走到近前才发现，其实通向山崖是有路的。那是采药者们当年开出来的一条崎岖小道儿。

山道宽不足一米，之字形迂回向上，坡度微向下倾，人向上前行，身体自然会朝外倾斜，前行必须抓住崖壁上的藤蔓和灌木。

这就是豹子每次下山劫杀“大福”一家的通道——老宋心里明白了。

向上蜿蜒行进二十分钟，坡度越来越陡。石砬子与各种树木混杂在一起，几乎寸步难行。脚下的道越来越窄，最后被大片的灌木和山石全部遮盖了。距崖洞不到二十米处，一块巨石横亘拦路。两人只得手脚并用爬了上去。

小金坐在石头上，喘息着说：“歇会儿吧，大叔。”

他们在岩石上坐下来，远处的茫茫林海尽收眼底，俯瞰山下，蓝顶的警务室竟如火柴盒大小。小金越看越激动，待气喘匀了，他突然站起身，冲着远山喊：“金沟岭，我来了……”

标准的普通话在山谷中回荡着，很像电影里的声音。老宋双手拄着棍子闭目听完，突然说：“小点儿声，别把豹子整惊啦！”

话音刚落，老宋果真听到大石头后面有“嗷嗷”的声音传来。声音虽有些微弱，但听得真真的。

老宋用手制止了小金。两人弯着腰，握紧棍子，小心翼翼地朝发出声音的地方挪动。

从石头顶部探出头，两人顿时惊出一身汗：巨石下面有个凹进去的洞穴，高不足一米。距洞穴不远是一处笔直的断崖。一棵弯曲的柏树探出山崖之外，一只深黄色幼豹，两只前爪扒在柏树干上，两条后腿胡乱蹬踏着，下面的断崖深不可测；另一只幼豹站在石洞前，上蹿下跳地徘徊，惊恐地叫着……

原来这就是豹子的藏身之处啊！这个意外发现让老宋很兴奋。身边的小金张大了嘴巴，一句话也说不出来。

兴奋过后是紧张和恐惧，因为老宋决定要从树杈上把那只幼豹“摘”下来。可柏树干探出了崖外，人必须探出半个身子，伸出手才能抓住幼豹。一旦失手，人和豹崽都可能一头栽下去。

“快点儿，它妈回来就麻烦了……”老宋说完，招呼小金从岩石高处溜了下来。

小金说：“我身体灵巧，让我来吧。”

老宋看了看他，没同意。而是将绳子的一头紧紧绑在自己的腰上，绳子另一头交给小金说：“抓住了。”

小金将绳子绑在自己腰上，又将绳子缠绕在手上。一只脚用力蹬住石头。

老宋稳稳神儿，待脚下踩实了，便一手抓住树干，身子缓缓探了出去，另一只手一寸一寸接近幼豹。

老宋的手越接近，那豹崽越是惊恐地挣扎。或许是在树干上挂的时间太久了。两只前爪无力撑住身体，忽然坠落下去……

眨眼之间，老宋伸出一只手，抓住了豹崽的一条后腿。

豹洞是一处凹进去的石洞。里面漆黑一片。老宋将浑身颤抖的幼豹送回幽深的洞口。解下腰里的绳子，对小金说：“赶紧下山，它的家长快回来了!”

小金擦着汗说：“想不到大叔身手真敏捷啊!”

正说着，老金裤兜儿里的手机突然响了……

老宋非常感谢那天打进电话来的县城售楼处的姑娘。虽然他不买房，但还是认真听了对方关于新楼盘的简介……

那天下山的路上，他高兴地停住脚，掏出手机想告诉老婆这个重大发现，可是，信号又神秘地消失了。

森警巡山发现两只活体野生东北幼豹，并成功解救一只，被派出所当作一条工作信息上报到县局，之后从市报到省。

林业厅领导批示：措施果断，责任心强。两位民警应给予奖励。当地晚报刊发的一则新闻，还被全国多家网站争相转载。

老宋的“山崖救豹”让金沟岭一夜出名。

其实，老宋心里很不踏实。连着几天，他没有看到山崖上的邻居的影子。他有些犯嘀咕，莫不是豹子闻到陌生人的气味，把幼豹转移了，还是母豹外出一直没有回来。如果是后者，那两只幼豹就很危险了。

每天晚上，老宋都用手电筒扫视几圈对面的山崖。直到十几天后，山崖上那双绿色的“铃铛”与他远远对视，他才放心一半儿。

让他彻底放心是一个月后，省野生动物保护站在媒体上发布的消息，数日前，架设在金沟岭的一台远红外照相机，拍摄到清晰的影像，一只远东豹带着两只幼崽从镜头前缓缓走过……

五

“大福”与“苞米”又开始狂叫不停。

此时，老宋躺在火炕上，戴着花镜，正揣摩一本老字帖楷书的间架结构。

侧耳细听，叫声显然不是抵抗和预警，而是焦急和不安。不仅叫声焦虑，“大福”还几次跑过来，用爪子扑打警务室的门。

老宋下火炕穿鞋，打开屋门。“大福”带着“苞米”裹着一阵冷风冲进来狂叫不停。老宋不解其意，跟着它走出警务室，见“大福”直奔屋后的山道，冲着大山继续狂叫……

大雪，将山道盖得严严实实。好在往前地势较高，落雪刚没过脚踝，穿戴严实的老宋拄着棍子，嘴里喷着团团热气，跟着“大福”深一脚浅一脚地往山上走。

“大福”显得很兴奋，弓着身子，兴奋地在雪地里蹿蹦着，老宋和“苞米”稀里糊涂地跟着。翻过了一座矮山梁，山势陡然变得起伏不定，一道坡接着一道坡，各种树木开始密集起来，远处的树林也变得更加茂密幽深了。

春天，老宋带着小金他们巡山来过这儿，这里植被茂密，是狍子经常出没之地，封山前，猎人们常在此射猎狍子，得名为“狍子沟”。

刚走进沟里，老宋就发现地上有一道歪歪扭扭的痕迹……

脚印是中途折回去的，显然这条沟里是有人的。

大年三十，此人朝山沟里走？老宋越想，脚底板就越发有力度。

往前走，雪更深，那行脚印变得更清晰。老宋的心跳也随着加快。看着前边的“大福”，蹿蹦得很吃力，却兴奋异常。

前行百米，雪地的痕迹变得清晰而复杂起来。除了一行人的脚印，不远处，散乱着的，显然是狍子和豹的。

穿过一大片灌木丛，“大福”在一片奇怪的坡地前停住了，不住回头叫着。

这是猎人们过去冬天狩猎时躲避风雪的地窝棚。年久失修的圆木顶子，破败不堪却很结实，屋顶略高于地面，像战争期间士兵挖的坑道。

“谁在里面?”老宋执棍冲着地窝门喊了一声。

地窝里没有声音。红松的木门紧闭。耳边只有风呼呼地吹。

“里面的人，赶紧出来!”

门没有打开，一个男人的抽泣声从门缝里传出来。老宋有些发蒙：大年三十，是谁跑到这深山老林里独自抽泣，不会是看破红尘，进山自寻短见的吧?

“有啥事，出来说，我是森林公安局的警察。”老宋赶紧冲着地窝亮明了身份。

木门依然紧闭。“大福”更加兴奋，前爪不住地扑打着木门。男人不再抽泣，开始号啕大哭。老宋决定不再等了。他几步走过来，用力拉开了地窝的木门。

地窝里只有一张简易的地铺和一张木板子搭的桌子。地上笼着一个简易的火盆，地上是一个酒瓶子和吃剩的残羹。一个戴狗皮帽子的男人，坐在地铺上，身子裹在脏兮兮的大衣里，低着头，双手捂住脸呜呜地哭着。

庆生——老宋的头突然眩晕了，脚底下似乎也站立不稳……

六

正在海南谈生意的庆生，怎么出现在狍子沟的地窝里呢?

老宋不知道，四年前的庆生，生意彻底“翻车”。一单獭兔生意看走了眼，让庆生赔了两百多万元。要捞本儿，要翻身必须有本钱。抵押了房子和汽车，庆生从马哥的公司贷了一百万元后再次亏本。

老宋更不知道，庆生舍命溜进狍子沟收套子也是马哥指的一条路。猎取目标，正是警务室对面山崖上的远东豹。如果得手，欠款八十万元的利息即可免除。这是马哥给他开出的条件。

那天，庆生是放下姐姐的电话，带上钢丝套和几块狍子肉跟着马哥进山的。因为姐夫今年难得在家过节。

在狍子沟，他们将十个钢丝套铺设在远东豹出没的通道上。马哥留下给养，答应三天后派人进山来接他。谁想，一场大雪将他困在了狍子沟。

老宋没有发火，只感觉脑子一片空白，胸口有些憋闷，盯着庆生一言不发。庆生的脚和脸严重冻伤，嘴角裂开了一道口子，朝外渗着血。地窝里能吃的都吃光了，手机没有信号，庆生想出来找吃的，他走了一段，害怕迷路又折返回来。他并不知道，警务室就在距狍子沟外不远的悬崖之下。

老宋带着一瘸一拐的庆生，在林子里穿行了一个小时，将绑在树下的十个钢丝套摘除干净。

起风了。林涛阵阵，在山谷中此起彼伏的回荡中，老宋搀着行走困难的庆生趺趺撞撞回到警务室，刚摘掉庆生的棉帽子，庆生身子一歪直接瘫倒在地上。

一碗热姜糖水把庆生从昏迷中唤醒过来。

老宋烧水给庆生煮着饺子，庆生躺在火炕上，呆望着屋顶一言不发。

“告诉我马哥是谁？”老宋盯着灶膛里的火苗问。

“姐夫，我说实话，您答应我别追这事行不？”

老宋点了一根烟，深深地吸了一口说：“先告诉我实情。”

庆生突然起身，跪在火炕上说：“姐夫，我对不起你啊，我一时糊涂。我告诉您实情，他们上山那天，在狍子沟套走了一只小豹子，是打了麻醉针装车上弄走的。”

“你说什么？”老宋站起身，一把揪住庆生的衣领，眼睛红得让庆生浑身不停地颤抖。

一记耳光重重地打在庆生的脸上。趴在地上的“大福”突然起身冲着老宋狂叫起来。

老宋的手在不停地颤抖，一手漂亮的硬笔书法，抖得竟然字迹歪斜，像一个酒鬼在雪后的大街上深浅不一的足印。

按照庆生的供述抑或是交代，老宋一字不漏地记录着盗猎事件的整个经过。

越写他的血压和心跳越在不断提速。更让他心跳加快的是，被盗走的那只远东豹将在过节期间偷偷运往边境交货。

“姐夫，这大山里只有咱哥俩儿。您就当没看见我，我也没碰上您，您也不知道这码事儿……”庆生哀求着。

老宋的手和嘴唇一起在抖，他用手指着卧在火炕下安静的“大福”说：“庆生，它是你送进山的，它是条狗，可它记得你对它的恩，大雪封山，它能救你的命，可你现在，怎么连一条狗都不如啊！”

七

太阳西坠，警务室门前的雪地安静极了。

孤单的“苞米”茫然地在雪地上徘徊着。被风卷起的雪尘不时让它眯起双目，不时用前爪擦去眼前的那片晶莹的颗粒。

警务室的门慢慢打开了，老宋穿戴整齐地出了门，脚步匆匆地直奔通往山崖的那条小路而去。

此时的老宋，身上带了三件东西，棍子、手电筒和仅有两格电的手机。山路铺满了雪，但偶尔能清晰地看到那只远东豹几分钟前，从山崖飞驰而下的痕迹。

涉案情况都装在他脑子里。他现在只有抢时间，或者说必须抢时间，以最快速度到达崖洞口，抢在那只母豹返回洞穴之前，拨通他的手机……

雪，将当年采药者走过的山道覆盖得杳无踪迹。即使有棍子在前慢慢探寻，但老宋还是预感到脚下危机四伏。

今夜是喜庆的，是吉祥的，是应该被无数中国家庭所期盼的；但老宋此刻的心，却在沉入另一条河流。他不停地在心里祈祷着：老天爷，黑得再晚一点儿吧。

山路越发陡峭，老宋手里的棍子此刻成了最碍手的家伙。他把棍子放在道边，双脚用力，手拽着从岩石中探出的枝条一点点向上移动着。脸被枝条刮得很疼，虽然出门前，他朝嘴里猛灌了几口白酒，但这点儿微弱的血液循环还是无法抵挡深山严寒的猛烈攻击。

崖洞口那块熟悉的巨石在头顶已赫然闪现，这让老宋心中一阵欢喜。这时，他突然感到喘气费力，加速的心跳突然让他大张着嘴无法动弹。他清楚，问题来自心脏……

他闭上眼，安静地倚靠在一块岩石旁。坐了多久，他想不起来。只感觉自己呼吸逐渐平稳，用力挪到那块巨石下时，天已经完全黑了。但他已无力如当初身手矫健地一跃而上了。现在，他只得安静地在那块巨石前坐下，慢慢掏出手机，用僵硬的手按下开机按钮。待熟悉的开机声同时划亮屏幕，他忙按下通信录中刑警队高支队的号码，屏幕的显示让他的心坠入冰窟——无移动信号。

他迅速挂掉了手机，再次遁入黑暗中。

星星悄悄爬上夜空，除了山下的阵阵涛声，他能听见的，只有自己的喘息声。他闭上眼睛，开始回忆当时与售楼小姐通话的准确位置。

没错儿，当时小金就是站在这块巨石上用普通话大声朗诵的。他从悬崖边树杈上把小豹子救下来送回山洞后，再拉着小金离开崖洞，是小金先抓住藤蔓从巨石上溜下来。这时，他口袋里的手机响了……

最后的希望就在巨石上面。他决定爬上去！必须爬上去！虽然眼前这块巨石近两米高。

岩石表面落满厚雪，很像餐桌上一块涂抹厚厚奶油的生日蛋糕。对，模样像庆生给他过五十岁生日那天定制的那个。现在，他要摸着黑，徒手爬上蛋糕的顶部去打个电话。这匪夷所思的行为在他的梦中或是生活字典中，是永远找不到的。

想到这儿，身高一米七八的老宋突然感觉自己一下子变成了森林中的小矮人。

他在黑暗中摸索着，回忆寻找着小金从石头上溜下来的大致位置。当他的手触摸到掩藏在石缝中几束干枯的藤蔓时，他的眼在黑暗中放出了光，藤蔓依然很结实，拢在一起，就像他拉住一位耄耋老人干瘦而沧桑的臂膀。

向上攀登，老宋用尽身体最后的能量。双手被坚硬的藤蔓划出了血痕，他还是咬着牙，攀上了巨石顶端。

他慢慢躺下，大口地呼吸着，身边的厚雪如一片棉絮，让他静静地深陷其中，烙下一个深深的人形……

他掏出手机，摘下手套，僵硬的食指按下开机键，手机屏幕银色的光芒，照亮了老宋干瘦且苍白的脸。

一连串问候拜年的短信彩铃声，一个接一个地跳跃着，浪花一样冲刷着老宋泪花闪烁的眼。

移动信号满格!

这天晚上，老宋与高支队通话时间为三分半。之后，他的声音开始微弱，高支队大声喊着："大哥，说话啊……"

滑落在冰床上的那部手机，长时间的寂静之后，信号彻底消失……

正月十六的早晨，两条新闻占据了各媒体网站的头条。

森林公安局打掉一境内外勾结盗猎远东豹的特大盗猎团伙。除一名涉案嫌疑人主动投案自首外，十二名主要涉案嫌疑人被全部抓获并依法刑事拘留。办案人员收缴受伤的活体远东幼豹一只，已送至省野生动物保护中心。

另一条新闻是"除夕夜追盗猎团伙，老民警以身殉职"。

老宋的追悼会规格很高，甚至超出了不久前去世的副厅级的市委副书记。省市县的各级领导及生前同事、亲友来了七百多人。

警务室的小金和小林扛着灵柩走在最前边。初一下午，他俩随着救援人员赶到警务室，按照张庆生的指点，他们冒险攀上了山崖，将巨石上已经僵硬的“宋大叔”抬下了山……

老宋沉睡在冰棺里，一身崭新的警服裹着他消瘦的身躯，青灰色的遗容上，紫黑色的冻伤痕迹隐约显现。

局长表情凝重地念着悼词。哀乐声中，领导们排着队与家属握手。局长排着队走过来，轻轻握着老宋老婆的手说：“大嫂，老宋是个好民警，是我们全局民警学习的榜样！请节哀，为老宋申报烈士的事基本落实了；还有老宋生前的正科级，春节前就已经解决了……”

被取保候审的庆生搀着姐姐抽泣不止，看着躺在远处的丈夫，宋大嫂缓缓地说：“这些，我们就不要了！”

局长压低声音说：“大嫂啊，抚恤金您不用担心，我们一定按照规定和上级领导的指示，近期全部落实到位。今后有什么困难，就直接跟我们说。”

“我想要他活着回家……”

说完，她踉跄着走向自己的丈夫：冰棺里老宋嘴巴微张着，似乎还有话没有说完……

（原载《东方剑》2018 年第 4 期）

张国庆，1963 年生，天津人。天津市公安局指挥中心新闻宣传处四级调研员，中国公安文学精选网编委兼编辑部主任。天津市作协会员。短篇小说《联防队员马幸福》获 2002 年金盾文学奖，报告文学《兄弟，我就是你的双腿》获 2004 上海公安文学大赛二等奖，短篇小说《绝对信号》获 2018 年《东方剑》杂志小说大赛二等奖。中篇小说《子丑寅卯》被改编成院线电影。

又见梨花开

薛景川

天际间像是摆开了战场，乌云翻滚如墨，刺眼的闪电夹杂着滚滚雷声，演绎着风雨来临的前奏。山风也不甘寂寞，呼号着四处横冲直撞。整个山谷中刚才还是郁郁葱葱的，眨眼之间却成了一幅山雨欲来风满楼的景象。

听着远处低沉的雷声，秦昊使劲儿挥了挥手，驱赶着眼前纠缠不清的蚊虫，转过头对着卫天云说，卫队，马上就要下雨了，今天是不是又要白费力气了？

卫天云抬头斜着眼睛看了看天空，慢慢地说，不好说，根据确切消息，山下的这个女人即将临盆，在这深山里没有其他人照顾，按常理分析娄欢极有可能回来。

可是，我们跑了一千多里地，在这里蹲守了三天，这所孤零零的房子里出来进去的就那个女人吴萍，别说娄欢了，连个兔子撒欢儿都没见着。秦昊话里带着牢骚。

面对秦昊的牢骚，卫天云毫不介意，无声地一笑，别泄气嘛，守得乌云开，方见日头来。蹲坑守候是刑警的基本功，最忌讳心浮气躁。

秦昊不服气，我跟着你也四五年了，这点儿道理我岂能不懂。我的意思是天高气爽他都不来，难道非要等到大雨滂沱才会出现吗？

卫天云一副胸有成竹的样子，劝道，沉住气，先别急着下结论，别忘了，对手智商相当高。我倒是觉得，根据他以往不按常理出牌的逻辑，越是这样恶劣的天气，越可能出现。

对于娄欢的高智商，秦昊显然并不赞同，撇了撇嘴，嘴里嘟嘟囔囔，什么高智商，把一个大着肚子的女子扔在荒山老林受罪，自己却不知道躲到哪个乌龟壳里了。大隐隐于市，这点儿道理都不清楚，充其量有点儿小聪明罢了。

说到这里，他停顿了一下，把头向前探了探，好奇地问道，他就这么稀罕孩子？

卫天云点点头，如果不是，他潜逃这么长时间，比狐狸还警觉，为啥甘愿冒着这么大风险，弄个女人在此地姘居，不就是圆他的梦吗？

秦昊感觉不可思议，咂咂嘴摇摇头，真搞不懂这家伙究竟是怎么想的。

转过身，卫天云活动活动腿脚，说，也没有什么奇怪的，他们家到他是三代单传，他父母也是有了三个女儿后才生的他。娄欢结婚后一直没有孩子，听村里人说，他父亲因为没有抱上孙子临死也没闭上眼睛。

秦昊做了个夸张的鬼脸，这观念根深蒂固啊。

仿佛是折腾累了，雷公电母都悄悄收了兵，偃旗息鼓。小雨却像是个不速之客，飘然而至。

卫天云用手抹了一把脸上的雨水，搭着凉棚朝那所房子看了看，房子里的女人依然在忙碌着。卫天云若有所思地对秦昊说，有没有发现吴萍有点儿反常？

秦昊没有马上回答，起身观察了良久，依然一脸懵懂的神情，有啥反常的，还不是涂胭脂抹粉那些把戏吗，这里荒无人烟，不知道化妆给谁看，给山里的野猪吗？

卫天云摇了摇头说，刚才还自称是老警察，说话就露怯。老话讲得好，女为悦己者容，这难道不是个信号？

秦昊眨巴一下眼睛，好像明白过来，拍了一下前额，我这猪脑子。

秦昊凑近卫天云说，我还发现一个问题，这个女人有个怪毛病，每晚睡觉都不关灯。

卫天云瞅着秦昊一笑，这正是我充满信心的地方。

为啥？

你个小屁孩儿，没有结婚，不了解女人的心理。

秦昊有点儿不服气，这和结婚有啥关系，我就不相信，难道嫂子每晚睡觉会开着灯？

秦昊的反问却勾起了卫天云的遐思，他眺望着夜雨蒙蒙的远方，目光有些深邃，说，不错，只要晚上我加班，家里廊灯永远是亮着的。

这个话题秦昊很感兴趣，紧着追问，为啥？

卫天云轻轻扒拉一下秦昊的脑袋，傻瓜，那是老婆发出的信息，她在等你回家。

秦昊眨眨眼，恍然大悟似的往山下一指，按照这个逻辑推理，她是在等娄欢。

卫天云的语气很肯定，十有八九是这样。

小雨像是来了劲儿，越发密集起来，淅淅沥沥的，好似天上抛下千万条纤细珠帘，天和地被串联成了一个整体。房屋的灯光也在视线里模糊起来，远远望去，宛若一朵荷花在水中绽开。

卫天云向前看了看说，阵地必须前移，这里的视线已经看不清楚了。

秦昊环顾了一下四周，前面不远有棵大榕树，应该是个不错的地方。

把树周边的环境观察了一番，卫天云暗暗点头，距离目标有三十多米，居高临下，便于观察。植被也非常茂密，不容易暴露，更难得大榕树枝繁叶茂，枝条婆娑的树冠宛若擎起了一个巨大的伞盖，俨然一个天然的避雨场所。

抖了抖雨衣上的雨水，他用力搓着手，低声商量，咱们也别全在雨里淋着了，你回车里面，换身干净衣服眯一会儿，一个小时后再来换我，眼前这情形恐怕又得熬个通宵了。

秦昊不同意，队长，还是你回去吧，我先坚持一会儿，蹲守三天了，你基本上都没有合眼。

看着秦昊，卫天云佯装生气地一瞪眼说，别婆婆妈妈的，如果心疼我，记着准时来替换就行了，别像前几次似的睡过了头。

秦昊挠挠头，不好意思地笑了笑，我就这优点，睡眠质量超级好。然后一吐舌头，走了。

车在山坳一个隐蔽地方停放着，秦昊回到车上，没有迷糊多长的时间，手持台就传来了卫天云的呼叫，目标出现。秦昊一个激灵睡意全消，问，娄欢出现了？

对讲机里，卫天云的语气十分笃定，没错，就是他。

卫天云所在的仙龙市虽然地处北方，是个县级市，但由于地处京畿地带，又是南北交通要冲，经济发展相当快，其繁华程度甚至超过了一般的地级市。每到春天，遍地梨花次第开放，花白如雪浩瀚无垠，整个仙龙市都弥漫着一股沁人肺腑的清香。

那年的天气有些反常，虽然已经是阳春三月，依然寒风料峭，天气出奇的冷。

天气冷，刑警大队长卫天云的心里更冷。昨天晚上，市区发生一起恶性杀人案，住在玫瑰园的焦文丽被人杀死在卧室内。现场相当凄惨，焦文丽全身上下被捅了十几刀，血肉模糊。更让人震惊的是，她的一个三岁和一个还在襁褓中的儿子也未能幸免，被扔进洗衣机里活活闷死。

这个惊人的消息，随着寒冷的春风瞬间传遍了整个仙龙城。

案件就是命令，卫天云立即带领队员们投入案件侦破当中。勘查现场、查询被害人信息、摸排案件线索，工作有条不紊地迅速展开，然而让人失望的是，连续奋战几个昼夜，搜集到的线索被一一否定，眼看破案的黄金时间已过，案情没有一点儿实际进展，卫天云的眉头越皱越紧。

屋漏偏逢连夜雨，案发的第三天，市局指挥中心又紧急通知卫天云马上回局里，市区又发生一起凶杀案。

情况很快就清楚了，又是一起入室凶杀案，一个名叫屈彩霞的女人被人杀死在床上，作案手法及残忍程度和玫瑰园杀人案几乎如出一辙。

短短不到一个星期的时间连发两起凶杀案，四条人命，这是仙龙市从来没有发生过的情况。市领导极为震怒，作出重要批示，严令公安局限期破案。

接二连三发生命案，市区的百姓人心惶惶，各种流言就如大街上的柳絮，漫天飞舞。卫天云和他的刑警弟兄们瞬时被推到舆论的风口浪尖。

那段时间卫天云走在大街上最怕遇见熟人，因为每个人无一例外都会问他相同的问题：案子破了吗，凶手啥时候抓到啊？

两起凶杀案仅仅相隔三天，作案手法相似，尽管专案组成员有不同的看法，但是凭着多年的破案经验，卫天云还是力排众议决定并案侦查。让他苦恼的是，犯罪嫌疑人十分狡猾，作案后对现场做了精心处理，能收集到的物证极其有限。法医经过细致的勘查，才在焦文丽被害现场发现了疑似犯罪嫌疑人的生物检材。另外，两个凶杀案的因果关系也不明显，焦文丽和屈彩霞的生活轨迹几乎没有任何交集，究竟是仇杀还是情杀抑或是侵财各种意见都有，这种不确定性无形中为侦破增加了难度。

转眼又是一个多星期过去了，案件还在原地踏步，没有丝毫进展。

这天，卫天云叫上法医来到被害者家中重新还原现场状态，勘查现场，这已经是他带领法医第三次还原现场了。

一个小细节引起了卫天云的注意，一个带有少许血迹的小纸团出现在屈彩霞被害现场，勘查现场时被法医提取了。法医告诉卫天云，已经对上面的血迹进行了检验，是被害人的血迹，应该是作案人擦拭什么地方留下的，不具有任何破案价值。

卫天云却对这个纸团产生了浓厚的兴趣，翻过来调过去对着它端详了半天，然后对侦查员秦昊说，跟我去趟医院的停尸房。

回来的时候，卫天云的神情有了细微的变化，紧锁的眉头开始舒展。他召集侦查员开会，让大家调整侦查重点，重新摸排和屈彩霞关系密切的人，并特别嘱咐，所有的亲属朋友一律重新调查，包括原先已经排查过的人员，一个也不许漏掉。

队员们虽然不明就里，基于这些年对卫天云的信任，都立即行动起来。

经过几天的摸排，案情有了突破，原先因为作案时间被排除的娄欢，也就是被害人屈彩霞的丈夫，有重大嫌疑。卫天云命令秘密获取检材，送技术室进行比对，过了一天，法医那边传来消息，比对成功，娄欢就是这两起案件的重大嫌疑人。

尽管表面上不动声色，听到这个消息，卫天云还是有点儿吃惊。难道真的是他？那个在妻子的尸体面前悲痛欲绝的丈夫，那个多次到市局省厅上访，要求尽快破案严惩凶手的年轻人？

卫天云不禁感慨，演技太好了，不去拍电影真是白瞎了。

秦昊好奇地问，卫队，你从什么时候开始怀疑他的？

从现场那个小纸团开始。

能告诉我理由吗？

说起案情，卫天云脸上的表情开始丰富，话语也变得滔滔不绝。很简单，从两个犯罪现场来看，犯罪嫌疑人极其凶狠残暴，每个被害人身上都被捅了十几刀，既然这样，犯罪嫌疑人身上和现场都会有大量的喷溅血迹，这个纸团在现场似乎显得不和谐了。它上面只有少许血迹，肯定不是犯罪嫌疑人擦拭自身留下的，现场的血迹也没有做过处理，那么他擦拭的哪里呢？带着这个疑问我又重新察看了尸体，我发现，屈彩霞的脸上比较干净，没有血迹，仔细观察皮肤表层有轻微的擦拭痕迹。试想一想，假如和被害人之间没有关联，以犯罪嫌疑人的残暴怎么会有这个动作呢？

一席话，秦昊如醍醐灌顶，一竖大拇指，真高，简直是火眼金睛。沉吟片刻，有些不解地问卫天云，既然这家伙对屈彩霞还有感情，为啥要对她下死手呢？

卫天云双手一摊，我也弄不清状况，也许是杀人后娄欢良心发现，这得等到他归案才能闹明白。

回想起这次侦破，秦昊有些庆幸，这个家伙确实够狡猾，反侦查意识相当高，居然还会金蝉脱壳。在外地打工，竟然雇了一个人替他打卡，自己偷偷潜回来作案。如果不是你下令重新调查，差一点儿让他蒙混过关了。

拿起案头娄欢的照片，卫天云颇有些感慨。这是一张年轻秀气的脸，如果不是证据确凿，真的很难把他和凶狠残暴联系到一起。

卫天云马不停蹄，立即组织对娄欢的抓捕工作，他要亲手抓住他。因为他心里还有一个谜团，那就是娄欢的作案动机。他搞不明白，究竟是什么原因，让这个年轻人如此残忍地举起屠刀，砍向毫无反抗的妇女和幼儿，其中还包括他自己的妻子。

到了目的地却发现，娄欢早已消失得无影无踪了。

在这个雨夜里，娄欢那张脸庞第一次映入卫天云的眼帘时，饶是卫天云这个见多识广的老刑警，心脏也破天荒地咚咚地剧烈跳动起来。

小雨依然是密密麻麻的，飘落在峰峦山壑之中，发出沙沙的浅吟低唱。虽然道路变得泥泞不堪，雨声却为卫天云的抓捕行动提供了掩护。

犹如狮子捕猎一般，两个人悄悄移动到了房屋前。卫天云拉了一把正要破门而入的秦昊，压低声音叮嘱道，那个吴萍是个大月份的孕妇，抓捕的时候千万注意，不要惊吓着她。

行动出奇地顺利，娄欢还在睡梦中就被牢牢地摁在被窝里戴上了手铐。起初娄欢还心存侥幸试图抵赖，当他听到卫天云一口熟悉的家乡仙龙口音，神情一下委顿下来。

娄欢看了看旁边惊呆了的吴萍，低声对卫天云说，事情和她没有关系，不要吓她，她胆子小，肚子里还有娃儿。

看着娄欢被押上警车，卫天云扭头看了一眼那个立在风雨中一脸惊恐的女人，一股莫名的情绪突然掩过了他内心的喜悦。肚子里还有娃儿，娄欢刚才说的这句话，妻子杨梅也曾经说过……

第一次抓捕扑了个空，娄欢潜逃了。之后相当长一段时间里，卫天云用尽各种手段，都没有一点儿娄欢的消息，他好像在人间蒸发了一般。

那段时间是卫天云最为纠结的岁月，他的大脑始终处于高压状态。他和弟兄们四处摸排查找线索，汇总各地上报的信息，然后条分缕析，从中筛选出有价值的东西，再派人去各地逐一调查核实，不分昼夜忙得团团转。

让卫天云很无奈的是，工作上起早贪黑不算，还要抽出大量时间应付各级的督导督查，一次又一次汇报案情，聆听领导的指示。更让他苦不堪言的是，本来警力就十分紧张，时常还要抽出人来去安抚那些四处上访的受害者家属。

以上林林总总，卫天云整天折腾得头昏脑涨、焦头烂额。

家里的情况也让他糟心，妻子杨梅偏巧这个时候怀孕了，妊娠反应相当厉害。

以前案件没有头绪的时候，卫天云一干人黑天白日连轴转，根本顾不上回家，别的家属一肚子牢骚，只有杨梅晓得案子正处在攻坚阶段，卫天云他们责任重大顾不上自己，所以很少去打扰卫天云。即使打个电话也是嘘寒问暖，让一帮弟兄既是羡慕又是汗颜。

杨梅怀孕后，妊娠反应相当大，全身水肿，吃什么吐什么，身材也变了形，俏丽的容颜也变了样。心理准备不足的杨梅一下子性情大变，天天打电话，要卫天云回家陪伴。

卫天云忙着追捕娄欢，哪里有这么多时间，还是三天两头不回家。杨梅本来就情感细腻，再加上生理上的反应，颇有些接受不了，打电话给卫天云，言语中就少了以往的温柔，多了些不耐烦，你心里还有这个家吗，认识不认识回家的路，可还记得有个老婆？

一听语气，就知道来者不善，电话那头卫天云说话小心翼翼，老婆，实在对不起，抓捕工作太忙，杀人犯不归案，没法儿向那些被害者家属交代。

提起案子，杨梅开始抱怨，案子没破的时候，你整天不回家，现在真相大白，还是见不到你人影，现在的社会每天都会有犯罪发生，犯罪分子抓得完吗？

卫天云大吐苦水，我们也有难处，市局每天要进度不说，那帮被害者家属几乎天天来局里要求给他们一个说法。

杨梅打断卫天云，我不听这些，我也要一个说法，人家老婆怀孕了，丈夫在身边嘘寒问暖细心呵护，我却连你个人影也见不着，今天表个态，你到底要不要这个家。

电话那头，卫天云胸脯拍得山响，要，当然要，这么好的老婆打着灯笼也难找。

卫天云一顿温言软语，杨梅慢慢地消了火气，无奈地说，结婚这么些年，你在家正儿八经待过几天，我责怪过你吗？现在怀孕了，看着人家老婆被宠着、护着，自己像个落单的孤雁，心里有些失落罢了。

卫天云也清楚，确实欠妻子很多，只好信誓旦旦保证，等抓到娄欢，我请假天天陪着你。

杨梅根本不吃这一套，你也别开空头支票了，你说过的话什么时候兑现过？不过，我要你答应一件事，当我们的孩子出生的时候，无论你有多忙，你都必须抽出时间陪我把孩子生下来。别忘了，肚子里是你的娃儿。

卫天云一口答应下来。

雨越发地大了，狂野的山风在山谷间盘旋，掠起松涛阵阵，铜钱大的雨点敲打着车窗玻璃，啪啪乱响。一道闪电划过，照亮了娄欢那张毫无表情的脸。

秦昊一边发动车，一边扭头问娄欢，认栽了吧，这就叫天网恢恢，疏而不漏。

娄欢半仰着头斜倚在汽车靠背上，一脸的冷漠，听了秦昊的话，眼皮也没抬地说："如果不是这个女人，你们是抓不到俺的。"

秦昊微微一笑，就那么有信心？

娄欢依旧半眯着眼，一脸倨傲，原以为这案子你们就破不了，没想到你们只用几个星期就查到了俺，倒是出乎俺的意料，不过，虽然破了案，但是俺仍然不相信你们能抓到俺。

秦昊一脸不屑，说，你现在已经在我们手里了，还狂妄啥。

娄欢摇摇头，说话一字一句，这不是俺的错，要怨就怨俺娘。

两个人你来我往言语交锋，卫天云只是静静地坐在旁边聆听，娄欢的这句话，让他有些不解，插嘴问道，和你娘有关系吗？

提起老娘，娄欢的表情有了细微的变化，满脸的冷漠不见了，一丝不易察觉的愁绪挂上了眉端，说，俺的背景你们肯定调查清楚了，家里三代单传，在家里养儿子传宗接代是天大的事。案发后，俺逃到边境，已经和偷渡的蛇头商量好给他们三万元负责把俺偷渡出境。

在等待出境的那几天，俺天天做梦，梦到回到了老家，梦见了在梨树地里劳作的俺娘……从梦里醒来俺一脸的泪水，俺心里明白，这一走，今生今世再也见不到俺娘了，于是一咬牙，决定偷偷回家一趟，给俺娘磕个头再走。

一年多不见，俺娘苍老了许多，头发几乎全白了，见了俺就不停地流泪，听说俺要偷渡出国，她神情凄惨说了一句，以后没有儿子了，更别说孙子，老娄家绝后了，俺这把老骨头活着还有什么指望，还不如早点儿去地下见你那死去的爹。

看到俺娘绝望的眼神，俺的心突然软了，她从小疼俺，俺这辈子欠她太多了，当时脑袋一热做了个大胆的决定，俺暂时不走了，俺要找个女人生个儿子。虽然俺今后不能尽孝了，如果她知道还有个孙子，她就有了活下去的指望。俺当然知道这么做的危险性，但是为了俺娘，还是决定冒险一试。

先后去了几个地方，都不是很安全，稍微有点儿松懈，你们就会跟踪而至，幸亏俺警觉，及时转移才没有被你们抓获。后来，在深山里俺找到了一个合适的目标，大字不识的女人吴萍。找吴萍的目的很明确，山里女人单纯又愚昧，与外界接触不多，唯有这样才会安全。

编造了一堆谎言取得她的信任后，俺带她离开家，来到这荒山野岭居住下来。尽管如此，俺心里还是没有安全感，以打工为名到别处躲藏，尽量减少回来的次数。后来，吴萍怀孕了，预产期就在这两天，俺今晚回来打算送她去医院待产的。

卫天云一皱眉，对着前面的秦昊喊了声，停车。

秦昊猛地一脚刹车，回过头纳闷儿地问，啥事？

卫天云努努嘴，掉头回去。

秦昊有些不明白，问了一句，回哪里？

回刚才那所房子。

为啥？

卫天云一指娄欢，没听他说吗，吴萍就是这两天生产，深山里荒无人烟，天又下着大雨，留下她一个人会有危险的。

秦昊听明白了，不以为然地笑了笑说，我还以为什么事呢，这个好办，明天到了上班时间及时把这个情况通报给当地有关部门，由他们负责不就行了。今晚就别回去了，就我们两个人，还带着一个危险人物，车里再多个孕妇，一旦出现状况怎么处理？

卫天云低头看了看表，一脸的凝重，抓捕的时候我就想把她带出来，当时觉得没那么紧迫才没做，出来后心里一直不踏实，现在离天亮还有六七个钟头，她随时可能生产，那可是两条人命。

听卫天云这么一说，秦昊似乎感觉到事态的严重性，没再言语，沉吟片刻，一打方向盘，汽车的灯光在漆黑的雨幕中划出了一道漂亮的弧线，顺着来路，又消失在黑沉沉的风雨中。

推开房屋的门，眼前的景象着实吓了卫天云一跳。屋里桌椅东倒西歪的，被褥、枕头散落在地上，吴萍捂着肚子，痛苦地蜷曲在门口。卫天云暗暗吃惊，不好，她要生了。

看着大汗淋漓、极度痛苦的吴萍，望着笼罩在风雨中黑黝黝的山峰，卫天云面带焦急，问娄欢，这里距离县城还有多远？

自从吴萍被抬上车，娄欢就一下变得紧张起来，眼睛一刻也没离开吴萍，卫天云连问两句，他才缓过神来，略一思索，答道，一百多里。

卫天云看了一眼捂着肚子叫声连连的吴萍，摇摇头，说，恐怕来不及了，附近还有没有别的医院？

距离这儿十几里有个石泉镇，那里有卫生院，只是那里的条件……

卫天云没有听他说完，扭头对着秦昊说，快，去石泉镇卫生院。

几十分钟艰难的行驶，崎岖山路渐趋开阔，一片灯光在夜幕中隐隐闪烁，娄欢拿手一指，那就是石泉镇。

下车的时候，吴萍突然伸出手拉住卫天云的胳膊，央求道，求求你，别把娄欢带走，让他陪俺把孩子生下来。

这个请求让秦昊有些哭笑不得，大声问道，你知道我们是啥人，他又是啥人吗？

吴萍点点头，说，俺知道你们是警察，娄欢肯定是犯了罪。

秦昊从鼻子里哼了一声，既然知道，还求什么，要知道国法无情。

一路上消耗了极大的体力，吴萍的声音弱弱的，俺是抛了父母跟他私奔的，在这里举目无亲，这个关口他要是被带走，俺真怕撑不住。

卫天云用目光制止了还想继续理论的秦昊，安慰说，不要胡思乱想，医生和护士都已经在等着了，先进去吧。

看着吴萍那张惨白的脸，失望的眼神，卫天云忽然想起了自己的妻子杨梅……

从卫生院出来，卫天云满脸是水，也闹不清是雨水还是汗水，秦昊关切地问道，都已经安排好了？

卫天云点点头，已经送进手术室了。

秦昊出了一口长气，这下可好了，然后把头转向一直焦躁不安的娄欢，放心了吧？

娄欢没有回答，默默地把头朝后一仰，又恢复到之前一脸冷漠的状态。

卫天云的表情没有那么轻松，对秦昊说，听医生讲，是异位难产，她情绪很不好，一个劲儿喊娄欢，真担心出意外。

秦昊也有些后怕，擦了擦额头说，幸亏听了你的话，否则后果真不堪设想。

卫天云低声和秦昊商量，咱们能不能把娄欢带到手术室外面，给孕妇增加点儿信心？

秦昊瞪大眼睛，带着一个杀人犯去医院转悠？

用衣服把手铐盖住，谁知道他是杀人犯。

秦昊的头摇得像拨浪鼓，队长，这不符合规矩，咱们是警察，不是医生，把她送到医院已经超出职责了，如何接生那是医院的事情。

面对秦昊的坚持，卫天云仍不想放弃，我当然知道不合规矩，咱们不也是常常讲人性化执法吗？毕竟对她来说今晚的变故太大了，见不到娄欢，恐怕她真的撑不下去。

秦昊一副较真的模样，卫队，平时你总说我是菜鸟，你可是老刑警了，这点儿常识不用我提醒吧，医院的环境复杂，万一发生意外，这责任你我可承担不起。

这些话合情合理，卫天云无法辩驳，但是他仍不死心，顿了顿，说，风险肯定有，但那里可是性命攸关啊！

秦昊有些赌气，嘴里不依不饶，不是我不通情理，你想一想，为了这个案子，我们天南地北四处追捕他，受了多少罪。就是因为他迟迟不能归案，省里市里拿我们当反面典型，大会批小会点，咱们受了多少委屈。这些都可以忽略不计，就说嫂子，要不是因为你去广州抓捕娄欢把嫂子一个人扔在家，她能出意外吗？差一点儿早产，嫂子到现在都不能起床。现在，为了这么一个人渣，为了他生儿子，冒这个险值得吗？

秦昊气呼呼甩出这些话，就像外面时断时续的风雨，噼里啪啦地敲打着卫天云的心扉。

杨梅打来电话告诉卫天云，她有点儿不舒服想去医院做个检查，让他请假陪着去一趟。妻子已经怀孕六个月了，身体日渐臃肿笨拙，这个要求也在情理之中。卫天云却无法满足，因为他得到消息，在广州发现了娄欢的踪迹，此时他正在前往广州的路上，无奈之下，卫天云和杨梅商量，能不能坚持一两天，等我回来陪你去医院。

电话那头杨梅无名火顿时发作，卫天云，你有没有长心啊，我为了咱们的娃儿吃苦遭罪，你却像个毫不相关的人，去医院看病还能拖吗？

这几句话犹如疾风骤雨，打得卫天云有点儿蒙，仔细一想这段时间忙于工作确实冷落了她。他自嘲地一笑，赶紧改口商量，我现在在外地出差，要不打电话让妈陪你去？

杨梅轻轻地叹口气说了句，不用了，妈那么大岁数了，身体又不好，我还是自己去吧。然后挂断了电话。

就在杨梅去医院的路上，徒步穿过斑马线的时候，被一辆电动车撞倒了。幸亏被及时送到医院，否则后果不堪设想。

结婚后，由于工作的关系，卫天云很少待在家，由于寂寞，杨梅很早就想要个孩子，却一直没有怀孕。随着年龄的增长，想要个孩子的愿望越发强烈，可是折腾了几年，就是没有怀孕的迹象。杨梅跑了无数个医院，吃了无数的中药、西药，一直到今年，三十六岁的杨梅才怀了孕。如果这个孩子没了，对她的打击可想而知。

看着卫天云一脸的凝重，秦昊知道刚才的话说得有些重，有些歉意地说，卫队，对不起。

卫天云摆摆手，示意没有关系，然后语气平缓地说，别提那些了，还是把娄欢带过去吧，出了事情我负责。

卫天云最后这句话，让秦昊的脸顿时涨得通红，声音一下拔高好几度，难道我是怕担责任吗？是替你担心，你应该清楚，这次抓捕对你有多重要！

卫天云当然清楚秦昊的话里包含的信息。

最近市局要进行班子调整，卫天云是众望所归，也是所有的候选人中呼声最高的。当有了娄欢的消息，卫天云向局长鲁大光请示抓捕的时候，鲁大光就曾有片刻的犹豫，对他说，还是派别人去吧。在卫天云再三坚持下，鲁大光才勉强同意，临走时意味深长地叮嘱道，去，可以，但是一定要谨慎，不允许出半点儿纰漏。

鲁大光的犹豫，也是出于对卫天云的关爱。

杨梅自从上次被撞动了胎气，只能在家卧床静养，需要有人照顾。另外，马上调整班子了，作为自己特别欣赏的爱将，鲁大光也怕有什么意外，毕竟时机敏感。

看着秦昊着急的样子，卫天云拍了拍秦昊的肩膀，咱们是一起摸爬滚打并肩作战的弟兄，你的意思我懂。

秦昊声音有些哽咽，我是替你委屈，风里雨里这么些年，你就晓得破案件、抓逃犯，多少机会都失之交臂，要是这次再错过，恐怕以后再也没机会了。

卫天云挥了挥手，像是要甩掉什么东西，一字一句对秦昊说，你现在还年轻，作为一个刑警，如果入世太深，杂念太多，破案的专注度就会被分散，眼睛看得杂了，侦破案件时就会少了那份特有的敏锐，这是一个侦查员的大忌。

看着执着的卫天云，秦昊下面的话有些吞吞吐吐，不仅是为这些，刚才咱队里杨大姐来电话了，嫂子那里有点儿情况，今天有些出血。

听了这话，卫天云心里一沉，现在情况如何？

已经被杨大姐和弟兄们送进医院了，嫂子的妈妈在呢，大家怕你担心，没敢告诉你。电话里都嘱咐我，劝你早点儿回去陪陪嫂子。

听说杨梅没事，卫天云长出了一口气，有她妈妈和大家的照顾，我就放心了，至于那些身外之物，一切顺其自然吧，现在产妇性命攸关，火烧眉毛还是顾眼前吧，如果出了事情，我不后悔，也问心无愧。

昏暗的灯光勾勒出卫天云棱角分明的脸，那一脸的坚毅宛若用刀子镌刻出的一般。

看着卫天云，秦昊没再坚持。

押着娄欢走进卫生院，秦昊才看清里面的环境。两排破旧的平房笼罩在风雨中，给人一种摇摇欲坠的感觉，羸弱的灯光映在墙面上，斑驳陆离，更彰显了房子的破败不堪。

穿过几间屋，走廊尽头一盏灯亮着，卫天云告诉秦昊，手术室就在那里。

卫天云口中所谓的手术室，其实就是一间屋子，在白木门上面挂着半截门帘，上面印着手术室三个红字。

与手术室仅仅相隔一道门，娄欢的声音有些颤抖，老婆，俺就在外面陪着你，你要使劲儿，把咱们的儿子生下来。

看着反常的娄欢，秦昊一脸的不屑，娄欢，我就是搞不明白，既然你那么心疼女人、喜欢孩子，怎么会做出那些丧心病狂的禽兽行径呢?

娄欢的情绪一下激动起来，声音有些歇斯底里，儿子，还不是因为俺没有儿子!

作为娄家三代单传的男丁，又是老来得子，娄欢自然而然受到父母及三个姐姐的宠爱，在家里什么事情都是说一不二，全家围着他转，也是这份溺爱养成了娄欢任何事情都要抢先拔尖的乖戾性格。

高中毕业后，没有考上大学的娄欢听从父母的安排，和屈彩霞早早地结了婚，婚后小夫妻甜甜蜜蜜地过了一年，屈彩霞一直没有怀孕的迹象，这让盼着抱孙子的娄欢父母很着急。四处给屈彩霞买补品、弄偏方，又是扎针灸，又是中医调理，折腾了两年多，直到娄欢的爹去世，屈彩霞也没有为娄家生下一男半女，为此，娄欢的娘一直耿耿于怀。

娄欢也觉得不对劲儿，带着屈彩霞偷偷地去医院做了检查，检查结果让娄欢如五雷轰顶，屈彩霞一切正常，没有生育能力的偏偏是他。

拿着这份冷冰冰的结果，娄欢欲哭无泪，三代单传的他肩负着娄家传宗接代的任务，这种结果是没办法接受的，老娘天天嚷着抱孙子，一旦知道了这种结果，以她的性格搞不好会出事情。

万般无奈之下，娄欢决定暂且瞒着老娘。好在屈彩霞不在乎这些，在娄欢的哀求下也答应保守这个秘密。

娄欢的娘哪里知道这些，见儿媳仍然没有动静，愈加着急上火，天天吵着要娄欢和屈彩霞去医院检查，娄欢有苦衷却不能说，只能采取拖延战术。

谁知道娄欢的娘得寸进尺，言语上对屈彩霞越来越尖酸刻薄，屈彩霞忍无可忍，也和婆婆撕破脸，言语上不再相让，冲突渐渐加剧。

娄欢的三个姐姐也不是省油的灯，她们早早认定责任肯定在屈彩霞的身上，纷纷过来帮腔助阵，最后，屈彩霞一气之下，扔出一句话，老是埋怨我不下蛋，去问问你儿子，是不是个公鸡。

世上没有不透风的墙，这件事情渐渐被村里人知道了，尽管娄欢的娘不承认，村里人也能猜个八九不离十，不能生育的责任原来在娄欢的身上。

尽管现代社会文明突飞猛进，人们的传统观念也有了很大转变，但是在北方农村，男人不能生育还是一件很没面子的事。慢慢地，村里的人发现了娄欢的变化，他变得更加孤傲和敏感，更加离群索居、沉默寡言。

娄欢确实变了，娘的吵闹、村里人的指指点点让娄欢有了巨大的压力，为了躲避这些纷扰，娄欢决定离开老家，换一个环境。

他在仙龙市区买了一处楼房，把屈彩霞接到了市区，老娘让几个姐姐接去伺候，如此一来既避免了婆媳矛盾，也远离了村里人的流言蜚语。

搬到城里以后，没了那些纷纷扰扰，娄欢这才如释重负，整天紧锁的眉头有所舒缓，等生活安定下来，闲着无事，便招呼了几个老乡到外地打工去了。

打工的日子虽然辛苦，没有了妈妈的压力，没有了那些飞短流长，娄欢的日子倒也惬意。

清闲的日子过了半年，一天，屈彩霞打电话向他诉苦，说在棋牌室打牌的时候和一个叫焦文丽的女子发生了口角，对方不知道听谁说的她丈夫不能生育，便当众嘲讽她上辈子不积德，命里活该没有儿子。这还不算，她还得意扬扬地炫耀自己的两个儿子，那副神态真是气煞人。

屈彩霞本想和丈夫发几句牢骚诉诉苦，没承想，这几句牢骚话一下戳到了娄欢的痛点。

因为不能生育，他承受了极大的压力，有了强烈的自卑感，心灵也开始扭曲。他开始酗酒，变得敏感而好斗，因为儿子这个话题，没少和村里人犯口舌、动拳脚。

现在，好不容易搬离了农村，远离了人们的关注，娄欢本想过几天清静日子，却想不到事情这么快就暴露在大庭广众之下。

娄欢压抑的情绪一下爆发了。暗暗咬牙，不是有两个儿子吗，既然你咒俺无后，那俺让你也断子绝孙。

之后娄欢表面上风平浪静，内心的罪恶计划却在按部就班地进行。找到焦文丽的家庭住址，查看作案路线及周边环境，作案后如何躲避警察的侦查……当他感觉一切准备妥当，计划已经天衣无缝时，他便在一个漆黑的夜晚悄悄地潜回仙龙，开始了预谋已久的复仇计划。

杀完人，娄欢并没有着急回去，想在家住两天，观察一下风声，再做决定。不承想却被老婆发现了真相，善良的屈彩霞做梦也没有想到，仅仅因为自己说的几句牢骚话，丈夫竟然对焦文丽母子痛下杀手。

三条鲜活的生命转瞬而逝，屈彩霞想想都不寒而栗，在一起厮守的丈夫竟然是杀人不眨眼的恶魔。屈彩霞感情上实在无法接受，大声痛骂娄欢毫无人性，老天爷活该让你断子绝孙。

不料，这句话引来了杀身之祸，已经杀红眼丧失理智的娄欢恼羞成怒，残忍地对妻子举起了屠刀……

情绪发泄之后，看着惨死在血泊中的屈彩霞，娄欢呆呆地站立了良久，想想以前的恩爱，不觉流下了几滴鳄鱼泪，他用纸巾轻轻给她拭去了面颊上的血迹，然后摔门而去。

秦昊满腹狐疑，质问道，你说你没有生育能力？

娄欢面无表情，机械地点点头。

秦昊感到不可思议，往里面一指，里面的女人是怎么回事？

一缕苦笑挂在娄欢的脸上，找个笨女人就是为了好欺骗，同居后俺让她做过体检，然后假意告诉她体检结果说她生育有问题，她居然没有一丝怀疑。哄骗她相信后，俺就带她出了趟远门，你知道现在的科技水平让一个女人怀孕没任何问题。

为什么要这么做？

为了心中那个可怜的传宗接代，更是为了俺娘。

望着风雨交加的窗外，娄欢一声冷笑，可怜那个吴萍还以为自己有缺陷，至今对俺的不离不弃感激涕零呢。

看着阴阳怪气的娄欢，秦昊强压着心中的怒火，骂了声，你简直是猪狗不如。他还想继续教训娄欢几句，手术室里一声婴儿的洪亮啼哭声打断了他们之间的对话。

听到那声啼哭，娄欢的情绪突然失控，眼泪流淌，猛地起身，哗啦啦一声响露出了双手戴的手铐。

看着娄欢激动的样子，秦昊有些不解，说，在法律上严格地讲这不是你的孩子吧？

娄欢那张秀气的脸因为激动有些变形，声嘶力竭地喊道，不，那就是俺的孩子，村里人会相信是俺的孩子，俺娘更会相信！

看着娄欢那张扭曲的脸，卫天云心里不禁一声长叹。

看见娄欢手腕上的手铐，出来报喜的护士吓了一跳，不由自主地往后退了一步，口罩上面的大眼睛忽闪着瞅向卫天云，他……他是个罪犯？

看小护士受到惊吓，卫天云有些不好意思，安慰说，不要怕，我们马上带他走。

知道娄欢的身份，刚才还兴高采烈的护士露出一丝厌恶的表情，但还是告诉他，生了个儿子，母子平安。然后转头询问卫天云，家属是罪犯，住院费谁来交？

卫天云赶紧说，我们交，转身对着秦昊说，你先把他押上车，我去交了住院押金，咱们连夜赶路。

护士阻拦说，你们要走，那可不行。

秦昊问，怎么不行？

护士解释道，咱这山区卫生院人手有限，孕妇目前还不能下床，谁来伺候？

卫天云摇摇头，一脸苦笑，难道要我们伺候她？

护士说，我不管，人是你们送来的，她还不能自理，必须有个人来照顾。

秦昊双手一摊说，这下可好，还走不了了。

卫天云略作思考，和护士商量，我们押着人犯实在不方便，不如这样，一会儿多交些住院押金，回头你们雇个人照顾她吧。

护士歪着头想了想，说，也只好如此了。

疲惫的神情一扫而光，秦昊脸上笑容灿烂，抚摸着自己的胸脯，调侃道，这颗小心脏至此方才归位。

突然一声惊叫打断了秦昊，产房里传来有些慌张的声音，产妇大出血了，快去取止血钳！

听到这突然变故，娄欢神色大变，猛地挣脱了秦昊要往屋里闯。卫天云处变不惊，反应迅速，从后面一把拉住娄欢，没等娄欢明白怎么回事，一个干净利索的过背摔将他重重摔在地上。

卫天云厉声警告道，再敢乱动，别怪我不客气。

娄欢躺在地上，还在气急败坏地号叫，俺要看老婆和儿子！

卫天云蹲下身来，对着还在试图挣扎的娄欢一字一句说，娄欢，我提醒你，别忘了自己的身份，想要他们母子平安，最好保持冷静，不要做蠢事，否则你连站在这里的权利也会失去。

这几句话起了作用，刚才还“啊啊”乱叫的娄欢长出一口气，犹如泄了气的皮球瘫软在地上。

时间一秒秒逝去，外面的风雨依旧呜呜咽咽的，时断时续，走廊里却安静异常，静得能听见三个男人粗重的呼吸声。

大约二十分钟，护士急匆匆走了出来。

看着护士阴沉的脸，卫天云心里一沉，急忙上前问道，怎么样？

护士抬手拢了拢额前的秀发，轻轻地说，出血已经止住，但是产妇出血太多，要输血。

秦昊有些急，嚷道，那还犹豫什么，赶紧输啊！

护士没有介意秦昊的急躁，大眼睛瞟了秦昊一眼，问题是卫生院条件有限，根本没有血浆。

秦昊一副皇上不急太监急的神情，赶紧和县医院联系。

护士不紧不慢地告诉秦昊，已经和县医院联系了，她停顿了一下，但路程这么远，又是雨夜，恐怕是……小护士有些犹豫，没有再说下去。

娄欢伸出戴着手铐的胳膊说，俺给她输血。

护士说，你什么血型？娄欢一脸茫然，俺哪里知道。

卫天云问护士，需要什么血型？

B 型。

卫天云冲着娄欢摇摇头，你是 A 型，血型不对。

娄欢一脸的不相信，说，还没有验，你怎么知道俺是 A 型？

秦昊打断他的话，又忘了你的身份，我们找了你两年多，这点儿情况会不清楚？

一句话，刚才还情绪激动的娄欢，神情立马黯淡下来。

卫天云看看秦昊说，看样子还得多耽搁一会儿，我是 B 型，我去输血。

等等，秦昊拦住了卫天云，你不知道吧，我也是。

卫天云有些诧异，会有这么巧？秦昊说，我比你年轻，输血这件事你就别争了。

卫天云说，你不行。

秦昊仍在坚持，你是队长，平时都听你的，这次给我个理由？

卫天云语气平和，做事情要通盘考虑，输完血，我们是不是要赶路，别忘了你还是司机。

这句话一出口，原本还要争的秦昊张了张嘴，却没有找出别的理由。

输液室里，医生和卫天云商量，产妇失血过多，本来需要八百毫升，你的脸色也不是很好，先抽四百毫升吧。

卫天云一拍胸脯，我身体没问题，需要多少就尽管抽。

小雨在夜色的保护下悄悄退去，一轮冷月挂在如洗的夜空，把一片银光无声地倾泻在经过洗礼的山川，万籁俱寂，一切显得那么清新静谧。

产妇那边也传来转危为安的消息，卫天云如释重负，面向秦昊，说，一切都结束了，我们该干活儿了。

看着卫天云苍白的脸庞，秦昊有些犹豫地说，输了那么多血，马上赶路吃得消吗，是不是休息片刻再走？

卫天云摇摇头，夜长梦多，马上出发。

秦昊无可奈何，只得勉强答应，好吧。

从座椅上站起身来，卫天云明显感觉到了不对劲儿，头部异常沉重，大腿也像灌了铅一般。

以为是起身太猛了，卫天云闭着眼原地歇息片刻，尝试着向前走了几步，却突然眼前一黑，整个人失去了知觉……

当卫天云再次睁开眼睛，眼前是秦昊热切的目光。

看到队长醒过来，秦昊脸上露出一丝苦笑，你可醒过来了，真把我吓坏了。

卫天云问，产妇和孩子没问题吧？

秦昊点点头，卫天云挣扎着想要站起来，咱们别再耽搁了，赶快赶路吧。

秦昊低下头，神色黯然，娄欢跑了。

卫天云心头一紧，怎么回事？

卫天云昏倒了，经检查，身体倒是没有大碍，主要是劳累过度，再加上输了那么多血，身体虚弱而已。这一下子让秦昊为了难，无奈之下只好听从医生的建议，让卫天云休息片刻，等精神恢复了再走。

娄欢也被带到病房，秦昊把他铐在了床头，一边照顾卫天云，一边看守娄欢。

连续几天蹲坑守候，再加上一晚上的折腾，秦昊也是疲倦至极，尽管他用凉水洗了两次脸，最后还是忍不住坐在床边打了一个盹儿。等他醒来一睁眼，不禁暗暗叫苦，娄欢不见了，床头只剩下一副被打开的手铐。

看着卫天云，秦昊眼里含泪，队长，对不起。

卫天云没有责怪秦昊，都怪我身体不争气。

秦昊悔恨地用拳头一捶床铺，全怪我，回去我会讲清楚的，绝不能让这件事拖累你。

卫天云脸上一丝苦笑，傻瓜，我是队长，出了事脱不了干系，这件事一开始就是我坚持的，你就别往里掺和了，回去以后我会向公安局党委报告的。我现在担心的是，娄欢这次跑了，以后再要抓他恐怕更困难了。

违反办案程序，造成杀人犯脱逃，俨然是一起性质非常严重的责任事故，公安局党委经过研究决定，暂时停止卫天云的工作，由局纪检部门进行调查后再做进一步处理。

当然，卫天云同时失去了竞选的资格。

打击接二连三，杨梅的孩子最终还是没有保住……

看着急匆匆赶来的卫天云，杨梅那张梨花带雨的脸平静得出奇，良久，她声音低低地说，你走吧。看着卫天云站在原地一动不动，杨梅依旧声音低低的，语气异常坚定，你走吧，我想安静一下。

十几天后，市委组织部来局里宣布新的班子成员，看到新提拔的班子成员被众人簇拥着开怀庆祝，秦昊悄悄地问卫天云，当初要是听我的，那个庆祝的人应该是你，现在后不后悔？

今天，局里的处理决定下来了，刑警大队长卫天云由于严重失职，造成杀人犯脱逃，决定免去大队长职务，调离刑警大队到行政处工作。

谈话是鲁大光亲自谈的，除了一些例行性安慰之外，临走的时候，鲁大光用手指点着卫天云的额头，你呀你，让我说你什么好。

杨梅那儿一直没有消息，她还在和卫天云冷战。

晚上，华灯初上，五颜六色的霓虹灯将整座仙龙市点缀得如诗如画。夜幕下的仙龙，好像一个养在深闺的少女，趁着夜色，悄悄掀开了神秘面纱，把精灵秀气一览无余地呈现在大众面前。

卫天云颇有些感慨，在这个城市生活了这么多年了，到今天才发现它美丽秀气的一面。想想以前妻子杨梅多次要求，要他抽时间陪她散散步，看看夜景，现在想想，还真是个挺浪漫的事情。由于每天忙碌，杨梅这个简单的愿望从来没有实现过。想到这里，卫天云有些自嘲，真是造物弄人，自己忙的时候妻子天天喊着要他陪，现在时间充裕了，妻子却不在身边了。

一阵电话铃声打断他的遐思，屏幕显示是杨梅。

这有点儿出乎卫天云的意料。

自从失去孩子后，杨梅一直对他不理不睬，卫天云多次打电话她从来不接，卫天云知道杨梅还在生他的气，只好作罢。

没有料到的是，今天杨梅主动打来了电话。

卫天云赶紧接听，里面传来杨梅急促的声音，老公，快回家，娄欢他……

卫天云头皮一紧，赶紧追问一句，什么娄欢，怎么回事？不料，电话那头却传来嘟嘟的忙音，电话挂断了。

杨梅出事了，这个念头在卫天云脑海里一闪，他没有片刻犹豫，拦了一辆出租车，朝家赶去……

打开门，客厅没有开灯，里面黑漆漆的什么也看不见。喊了两声杨梅，没有应答，卫天云一下警觉起来。习惯性地去掏枪，却摸了一个空。

突然，厨房的门打开了，灯光也猛地明亮了起来。杨梅端着点了蜡烛的蛋糕，秦昊，还有刑警队一干弟兄鱼贯而出，冲着卫天云齐声喊道，生日快乐。

幸福来得太快，卫天云有点儿反应不过来，直到杨梅低声重复了一句，生日快乐，这才如梦方醒。

他瞅着杨梅，今天是我的生日？杨梅面含微笑，轻轻点点头。

卫天云假意一绷脸，你怎么也学会作弄人了，电话说什么娄欢，你知不知道我担心死了。

秦昊接过话茬儿，这不怪嫂子，是我让她这么说的，一是测试你对嫂子的关心度，这个不用讲了，测试过关，秦昊停了停，加重了语气，二是娄欢就是我们哥儿几个送给你的生日礼物，他被我们抓住了。

这是最近难得的好消息，也出乎卫天云的意料，怎么抓住的？

秦昊眉毛一挑，你还记得那个吴萍吗，是她报的警。

卫天云吃惊不小，真的？

千真万确。

娄欢没有偷渡出国？

因为有了儿子，有了牵挂，他不想走了。

卫天云看了一眼秦昊，说，这次抓捕肯定是你的杰作吧，以你的性格，不抓住娄欢，这口气你也出不来。

秦昊一吐舌头，不愧是燕赵神探，果然是料事如神，其实我也没有做啥，只是把那天晚上你做的一切原原本本地告诉了吴萍，然后留下了我的电话，后来娄欢以为风头过了，偷偷地去看儿子，吴萍就报了警。

回忆起那段经历，秦昊的话滔滔不绝。

最精彩的一幕发生在送别上，当我们准备带走娄欢的时候，吴萍拦住了我们，她对娄欢说，别怨俺，俺是个山里人，好多事情都不懂，但俺懂得做人，懂得感恩。她看了看怀中的孩子，俺这么做，不是想立功，是为你赎罪，也是为咱们的儿子积点儿德。

最后，她告诉娄欢，无论今后生活如何，俺都会把这个孩子拉扯大，给你们娄家接续香火。

听完秦昊的叙述，客厅里出现了片刻的寂静。

娄欢的归案，解开了卫天云心中的疙瘩。对着满脸微笑的妻子，一股愧疚油然而生，老婆，对不起。

杨梅温柔依旧，快过来吹蜡烛吧。

卫天云喜出望外，谢谢老婆大人！

杨梅莞尔一笑说，别贫嘴了，闭上眼睛许个愿。

卫天云有心把自己今天被免职的消息告诉杨梅，但是看着一脸欢笑的杨梅，几次张嘴，却又咽了回去。

一直折腾到了很晚，众人才离去。

朦胧的灯光下，杨梅温柔地看着卫天云，能不能告诉我，你许的什么愿望？

卫天云无声一笑，贴近杨梅的耳边，悄声说，当然是希望你早点儿怀上咱们的孩子啦。

凝视着卫天云，杨梅眼里有泪花闪烁，头一低，说，我们离婚吧。

卫天云好像没有听明白，盯着杨梅，追着问了一句，你说啥？

杨梅声音很轻，我们离婚吧。

为什么？

两行清泪从杨梅的面颊簌簌滚落，自从失去了孩子，我就发现自己无法面对你，只要想到你，就会想到孩子，心里就会痛。

听着杨梅的诉说，卫天云眼里有了湿气，柔声说，老婆，对不起，是我的错。

杨梅摇摇头说，你没有错，你是个好警察，而我只是个小女人，只想要个孩子和经常陪伴在身边的丈夫。

卫天云话里带着急切，相信我，以后会天天陪着你，陪你去看梨花，陪你去逛夜景。

杨梅叹口气说，我还不了解你，现在也许能做到，但是一接到案子，你就会围着案子转，你不会改变，我也不希望你为了我改变。

难道没有机会挽救了？

看着卫天云，杨梅强压着心中的痛，说，对不起，结婚十几年，没有好好给你过一个生日，今天也是我当妻子最后的补偿吧。

看着杨梅坚定的神情，卫天云知道她决心已定，事情已经无可挽回了。

卫天云的手触摸到了口袋里面的免职决定书，他知道，这或许是挽救他们婚姻的最后护身符了，他深深地了解，以杨梅善良的性格，一旦知道他此时的处境，即使再委屈，她也会改变初衷，绝口不再提离婚的事。

那张纸快要掏出之际，看着杨梅憔悴的脸，卫天云却踌躇起来。

外面不知道什么时候又下起了细雨，打开窗户，客厅里立刻飘满了梨花的芳香，又到了一年一度梨花开放的季节了。

时间在沉默中一点点流逝，卫天云却始终没有拿出那张纸，只是在口袋里面把它紧紧地攥成了一个团。

（原载《啄木鸟》2018 年第 7 期）

薛景川，1965 年生，河北大城人。原大城县公安局副局长。河北省作协会员，河北省公安作协副主席。出版作品有长篇小说《流萤》、《站火中的年华》，中篇小说《海棠大爷》。《海棠大爷》获河北省第三届桐山杯优秀小说奖，《又见梨花开》在 2018《啄木鸟》杂志最受读者喜爱的小说评选中获一等奖。

西天取经

王东海

一

“老赵你能不能把音乐关了，这是警车，不是佛堂。”

一辆白润泛光、顶壳红蓝闪烁的警车，在滚滚红尘中绝尘而去。

满世界红灯堵塞。

私家车排成长龙，车尾统统亮起红灯。仿佛整个世界都被暂停。唯独这辆警车，在不屈不挠中，傻不愣登地倔强前行。

警车冲上非机动车道，车屁股左右扭摆，妖艳蛇形穿梭，仿佛一个白硕肥臀少妇，扭动身姿在街上横冲直撞。吓得骑电三轮送孙子上学的老太婆，在警车后大骂：警察也着急赶死去吗！

警车不理不睬，了无牵挂，绝尘而去。

车里坐了三个穿藏蓝色警服的男人。

车窗半开，风徐徐吹来。后排半倚半躺的辅警老赵，用手机外放听 QQ 音乐。窗外行人匆匆，表情凝重，每天的世界都很陌生。

粗颈光头的辅警老赵，捧着亲儿子为他新买的华为 P10，支撑着年近五十的躯体，像个不倒翁，摇头晃脑、兴致盎然地听歌。

“那一世，不远不近不生不灭不垢不净不增不减不思量。那一日，不空不色不想不识不悲不喜不即不离不寻常。那一时，无苦无乐无欲无求无来无去无牵无挂无奢望。那一刻，无踪无迹无声无息无忧无虑无怨无悔无虚妄。”

老赵干了二十多年辅警，终于把儿子也干成了公安。唯一比他强的地方，就是儿子拥有正式的民警编制。除此之外，父子俩一样，一样出警、一样值班、一样加班、一样夜班，一样挨老婆骂，一样出警时挨爆脾气群众的打。

儿子娶了个媳妇，女辅警。老赵气得直骂，没出息，没出息。虽然他自己也是个辅警，却厚颜无耻地嫌弃儿媳是辅警，是全公安系统里最没出息的人。可老赵爱“面子”，老赵的儿子爱“脸蛋”。如此看，父子俩的喜好还是基本相同的。

儿媳身材瘦小，不会弹琴、不会吟诗、不会做饭，真没啥天赋可赞，唯一天赋就是天生一张美人胚子脸。

老赵的儿子在派出所的办案队，是全公安最苦逼的岗位，每隔三天上一个夜班，还时不时地出差抓捕逃犯，见老婆大多是在拉灯前。所以老赵的儿子对女人的脸蛋的喜好，远远大于才华啊、身份啊、工资啊、家境啊甚至做饭这些“内涵”。

老赵被老婆絮絮叨叨骂了二十年，他又絮絮叨叨地把自己的儿子骂了二十年。二十年的诅咒足以改变一个人的命运，或者两个人的。比如，老赵的老婆经常骂老赵“你就干一辈子辅警吧”，然后又骂儿子“你跟你的老子一个球样”。

二十年后，老赵真的干了一辈子辅警，由愤世嫉俗的青年辅警，变成了看破凡尘的佛系老辅警。老赵的儿子由一个憎恨辅警的叛逆少年，变成了拥有正式编制的青年民警。现在老赵的老婆再不凶神恶煞般咒骂了，因为刚过更年期的她，忽然清醒地意识到，自己的儿子和他的老子，果然一个球样了。

自从儿子孝敬老赵一部据说国产最牛，且拥有很吓人技术的国产手机后，老赵没事儿就爱用不限流量的手机卡听几曲佛系音乐，大有显摆的意思。

老赵这一辈子，苦吃了不少，夜班熬过不少，钱没赚下多少。可他至今仍在按时守点、上班下班，乐呵呵地每天披一件严重褪色的藏蓝警服，骑辆破电动车，穿过汹涌澎湃的人山人海。若猛然回头看一眼，还以为他是个满街乱窜的保安大爷。

冷少爷给老赵的盖棺定论是："老赵混沌一生无所作为，到老仍需辛劳奔波苦命一世，自己却没心没肺、自得其乐虚度一生。"这就是没心没肺的老赵的生平简介。当然他还没死，但有生之年估计他也再干不出啥惊天动地能刻上墓碑的事了。

冷少爷一身戾气、尖嘴猴腮，大学毕业、始入社会，家境殷富、不染尘埃，晃荡谋生、人不太坏。他应父母之命，应聘辅警，只图档案里多个"曾为党工作多年"的简历，正在加入共产党，立志考取公务员，发誓绝不干民警。

冷少爷对民警的看法是：一群苦逼、社会问题背锅侠、高危高压底层公务员、常被投诉的可怜虫。虽然他目前身为一线辅警，却坚信自己总有一天会踩在这群倒霉蛋的头顶。

冷少爷快速变换挡位，油门刹车交替踩。他把警车幻想为赛车开了。可惜这条马路上从没跑过一辆赛车，倒是经常塞车。冷少爷等不及，驱车进入非机动车道，七拐八扭，寻求出路。王小山想劝劝，假如发生交通事故，王小山这个正式编制的民警，可是第一责任人，那真要倒了血霉，降职降级扣工资赔偿。但话到嘴边又咕噜一声咽回肚子里。虽然冷少爷经常批评别人，但他最烦被别人批评。哪句不小心惹怒了冷少爷，一脚油门杀出去，不知要让王小山吃多少官司。也罢，也罢，还是学学老赵，听听佛曲，放宽心胸，自求多福吧。

王小山去年刚从部队转业，原师机关的副营职干事，现在华丽地转身变成了开警车满大街巡逻服务百姓的派出所民警。他在部队干了十五年，从二十多岁的少尉军衔干到三十五岁的少校军衔，现在再次回归一毛二的民警警衔。冷少爷说："这他妈一下回到解放前。"心宽体胖、没心没肺的老赵说："当了军官当警官，一辈子都是在当官。"

王小山喜欢把这辆警车理解为一个西天取经的团队。

一个体胖头光、乐呵呵的老赵，一个瘦小伶俐、叼兮兮的小冷，一辆警灯闪烁、全身发白的警车，一个脱离军队、初入红尘的王 Sir，这简直就是一只猪、一只猴、一匹白龙马、一个不解红尘的唐僧，一路降妖伏魔救苦救难，奔赴西天取经。猪在听歌，猴子在开车，那沙僧呢？对了，现在行李都放后备箱，谁还要沙僧。

警车后备箱里放着一根和金箍棒一模一样的长条橡胶棍，一面半人来高防爆玻璃的法式盾牌，还有一条像沙僧的武器"降妖宝杖"的警用约束叉。

王小山望着窗外熙熙攘攘的行人说："出警就是取经啊。"

冷少爷边换挡边冷漠地说："每天出警，还不知要面对多少妖怪呢。"

猪坐后排说："小冷你的心好冷，需要有人疼。"

二

唐僧拿着雪白的出警单，眼巴巴望着，仔细核对报警电话和事发地点。

出警单上写着"家中戒指被盗"。

警车穿进一条狭窄的小巷。周围全是古老灰黑的民房，巴掌大的院落，水泥涂抹的外墙，表皮斑驳脱落，一大片低矮阴暗的贫民窟。隔壁的小区已经拆迁，新盖了三十多层的高楼，还未售出。这片小区也在等着拆迁，好一夜脱贫致富。这里的老房子，大多租给外来打工者，有建筑工人、装修工人、烧烤师傅、澡堂师傅、按摩小姐、盗窃扒手、吸毒人员、老上访户、碰瓷专业户，真乃五毒俱全。如果你想学一门失传已久的手艺，总能在这里找到一位世外高人。

一个院子常被几户人家合租，每户人家住一个房间，每个房间每月三百元钱。如果作家想体验人间百味请到这里来，如果公安想完成年终指标也到这里来。这里的每户人家的每一天，都在上演着鸡飞狗跳、鸡飞蛋打、一地鸡毛的狗血剧情，四溢着不安本分又难逃命运的哭声、笑声、骂声。

一个绿衣女子，远远地焦急地冲警车挥手。

车到跟前。啪啪啪三声，猴子、猪、唐僧统统下车。王警官拎着乒乒乓乓的警用腰带，环腰扎好。一圈警用装备，有辣椒水、警棍、手铐、警绳、救护药品，再卡上墨镜，瞬间变身一名西部牛仔。当然，腰间别着的是空枪套。老赵也扎上一条警用腰带，但每个套子里都是空的。老赵说他干了二十多年辅警，就没遇到需要甩警棍的警情。

王警官打开挂在左肩的执法记录仪，开始录制视频。冷少爷打开另一个执法记录仪，拍摄王警官执法全过程。

绿衣女子俨然一个地摊货包装起来的风尘女子。走近细看，其实是一个未成年少女。她满面愁容、后悔不迭地快步向前，指引大家拐进一户院落。局促的院里，站了一个老头、三个姑娘、三个警察。

“你报的警？”

“是俺，俺的戒指丢了。早饭后洗碗，俺把戒指脱下来放水池边上，洗完端着碗回屋，过一个小时才想起来，跑来找已经不见了。”绿衣姑娘拽着河南腔答。

“什么时候丢的？”

“一个多小时前了。”

“这是公用洗碗池？”

“对，隔壁邻居和俺两户人用。”

“隔壁住什么人?”

“住着老头和他孙子，俺就夫妻俩。”

“有谁进来过?”

“没人，俺老公出去了，隔壁家孙子上学了，俺在屋里看电视，就俺和老头。”

“大爷!”王小山冲里屋的大爷喊话，等老头辩解。

刚挪进屋的老头，又拄拐杖挪出屋，拐杖不停点地，他一身正气道：“我一直在家里哟，没见啥戒指哟，要不信你来搜哟。”这节奏快跟上说唱歌王了。

哟哟切克闹！不失时机的冷少爷在王小山耳边低语。

绿衣女孩儿唱着哭腔道：“院里就你和俺，还有谁会拿?”

拐杖哆嗦着，老头气喘吁吁争辩：“你咋就那么肯定哟，大门开着谁都可以进来哟。”

王小山转着眼珠听，巴不得他俩据理力争。

在第一现场当事双方激情争辩，往往会暴露真相。因为嫌疑人在案发现场，没有充足的思想准备，往往激动时说漏了嘴。如错失这个时机，推后几小时再询问，嫌疑人总会编造各种借口，狡辩无罪，那么公安就要挖空心思寻找各种证据还原真相了。可在这个假冒伪劣产品布满大街小巷的世界，找真相比找真货都难。

绿衣姑娘发飙了，河南豫剧变河东狮吼，中原妇女的爆脾气被小小年纪演绎得出神入化。“就你偷俺戒指了，就是你，你不拿还有谁会拿?”她跳跃着、愤怒着、咆哮着，手冲老头指指点点。老头像少林扫地僧，刚还身老年迈，倏忽高举木拐，一阵风声劈下来。

王小山隔在中间，本能举臂遮挡，硬生生接下这一棒。

这一棒看似轻松，实则内力雄厚，老头将愤怒聚集拐杖，由拐传力，隔山打牛，打得王小山像只狗般嗷嗷叫唤。

冷少爷怒火中烧爆发了，他一个箭步贴近老头，伸手钳住脖颈，嘴里却标准地喊出警用术语：“警察，别动。”

绿衣女子惊慌失措地也喊出百姓术语："警察打人啦。"

顷刻她发现脱口而出又发自肺腑的话居然喊错了，立马改口重喊："老头打人啦。"

王小山怕闹出事，忙忍痛举手喊："好了，都别吵，没事、没事。"可小胳膊已酸麻无力。

军转后王小山曾在警校培训四个月。教官教王小山如何使用警棍。弓步站位，警棍贴肩，瞄准对方大臂外侧穴位，移步击打，高呼"打打打"！势如猛虎吼声震天。王小山问："对方哪会乖乖等挨打，肯定乱舞胳膊，我怎么瞄准穴位？"教官想想说："教科书上也没说啊。"是啊，少林高僧也不见得能够棍棍精准，在乱阵中歹徒可以挥刀乱刺，警察却要精准击打穴位，万一一棍子把人家打个半身不遂，怕要被告上法庭的。警察抓歹徒却被歹徒告上法庭的案例不在少数。

听老赵说有一次去抓赌，因为赌场在二楼，警察冲进去时，有个赌徒着急跳窗逃跑摔断了腿，赌徒家属把公安告上法庭，让公安赔偿医药费。还有一次抓逃犯，追到河边，逃犯害怕被抓，干脆跳河逃跑被淹死了，家属又把公安告上法庭让公安赔偿。理由是公安如果不追，逃犯就不会跳水。

老赵看小冷还卡着老头脖颈，忙劝："都别动啊，没事啊，小冷，快放开大爷。"小冷极不情愿地松手。老头也是个老实巴交的人，看这阵势寡不敌众就默不作声了。

老赵给大爷忙赔不是，又批评大爷："你这叫袭警，懂不，袭警要抓去坐大牢的。"老头一听要坐牢，拄起拐杖杵着地说："我哪里是打他哟，我是要打她哟。"

老赵对绿衣女子说："好了，好了，你，跟我们走一趟，回所里做个材料。哎，你们是干什么的？"

两个看热闹的胖姑娘，若无其事的模样，一个咬着手指头，另一个低头玩手机。绿衣女子说："这都是俺老乡，过来找俺玩的。"

绿衣女子临出门，大爷为力证清白还举拐高呼："谁拿了谁该死呦。"临危不惧，大气凛然，英勇慷慨。

三

回所的路上，老赵提醒：“小冷，你下手太狠啊，那么老的人了你给掐个半身不遂，王警官就要变成王辅警了。”一句话把小冷也逗乐了，说反正公安背锅背惯了，也不差这一回。

王警官沉默许久问：“戒指该怎么找啊?”

冷少爷道：“院子是公用的，戒指是她自己丢院里，别人拿了，也算捡，不算偷。首先怪她自己粗心大意，这不是盗窃。别人捡到了愿意归还，算好人好事。”

老赵感慨：“在场的每个人都可能捡到，可惜没有监控，在场的每个人都会狡辩自己没捡到戒指，不好找。”

刚返回所里，叮咚，手机蓝信发来一条消息，“吾悦商场停车场电动车被偷”。

王小山扎上腰带，取了出警单，喊上猪、猴，开启警灯，串街过巷，直奔商场。

十分钟内到达现场。

一个斯文的眼镜哥，焦急万分地把三人带至停车处，一口咬定电动车是放这儿被偷的。报警人都有一个共性，个个都焦急万分。

王小山去商场的视频管理中心，调取视频，从眼镜哥停车开始，足足看了半小时视频，没发现电动车动过。

王小山惊叹：“怪事，车没挪过窝啊，怎么就会凭空消失了呢?”王小山暗喜，莫非遇上一个江洋大盗，采取移花接木的神奇法术偷走了电动车？终于有一宗大案、神案可破了。

老赵却突然拍着大腿怒骂：“那个龟孙，他自己记错停车地方了。”

帮助遗忘哥寻回电动车，遗忘哥摸着后脑勺傻呵呵地乐，四人面面相觑，无言以对。

叮咚，蓝信又发来一条信息。

冷少爷笑着说：“今天的警情跟过年赶集似的，我的红袜子算是白穿了。”

路上王小山问：“小冷，你当初为啥干辅警啊？”

冷少爷换挡加油门道：“明年我就考公务员去了。”

“老赵，你呢？”

“我为了能当公安他爹才当的公安。”一句话逗得满车大笑。

笑完了沉默，王小山回忆起他军转选岗那天回家，跟亲戚们汇报选了公安，亲戚们都说，好，公安权力大。到底大不大，到底苦不苦，干了才知道。

雪白的警车串街过巷，按照蓝信显示，进入小区。

爬上十一层，敲门，不开。又敲，门里有人问：“谁啊？”

“公安，开门。”

门不开，问：“有什么事？”

“有人报警了？”

门里回：“没有。”

王小山又敲几下，命令道：“开门，公安的。”

门就是不开。

王小山问老赵：“怎么能这样，老百姓见公安也可以不配合？”

老赵没回门里先回答：“我干吗要配合？”这话堵得王小山瞠目结舌。

王营长说：“要在部队，哪个兵敢不开门，我一脚就踹开了。”

小冷说：“王营长，这里不是部队，这里是社会。”

“门为啥不开呢？”王小山奇怪地拨通报警人电话。

一位虚弱的妇女说：“噢，我说错地址了，我家住隔壁楼上。”

三人无可奈何地又下楼，再爬上隔壁楼的十一层，累得呼哧呼哧。

敲门，一位脸色苍白的中年妇女有气无力地说：“我家儿子把自己锁屋里，还在微信群里不停地骂我。微信群里都是亲戚呀，让我的脸面往哪儿搁，实在是没办法了，想喊你们警察来看看怎么处理。”

王小山盯着那扇不肯打开的卧室的门，无言以对。

老赵安慰妇女道："你也别生气，警察也不是什么都能管的。这是家务事，清官……"

有气无力的妇女闻言起舞，舞动胳膊绝望地说："你们不管，你们不管我就自杀，看你们管不管。"

管，管，这个得管，老赵忙拽她的手，说："你别激动啊，你这是干啥，你当妈这么多年了，还跟小孩子怄气？小孩，不听话闹脾气难免，他在亲戚群里数落你，亲戚们只会说你儿子不懂事，都是家里人有啥丢脸的，那些亲戚又不会当真。"老赵几句话，将母亲这个易燃易爆危险品消除了隐患。

妇女说："那你帮我劝劝儿子吧。"

老赵道："好，我跟他谈谈。"

老赵站门口，细言细语道："小朋友，开开门，叔叔是派出所的，有啥话……"

"嗵"！屋里的男孩儿将一只鞋用力甩门上，怒吼："滚——"

警察也没用了，还被儿子活活打了脸。

老赵却面不改色笑眯眯地对妇女说："你看，他在屋里好好的嘛，又没啥事，你别瞎操心。"

王小山登时对老赵肃然起敬，这一只丢来的鞋，被老赵这么一说，打脸的事一拐弯就变成暖心的事。难怪冷少爷整天说，公安跟医生一样，光靠技术没用，还得靠嘴。

一句话阳光普照，心扉顿开啊。

王小山很想离开，又担心妇女想不开，真寻了短见，自己也要跟着吃苦受罪吃官司。这时环屋巡视的冷少爷，居然破天荒地发现，里间还躺着个她老公。冷少爷几乎颤抖着手指头说："你——你老公不是在躺着吗？怎么也不吭一声，让你哭半天，为这点儿事也报警，这男人怎么当的。"冷少爷说话嘴不饶人。

丈夫在里间继续挺尸，动动嘴骂道："我不管她，死女人，就知道哭，有本事去死啊。"

男人一句话，女人又开挂，老赵的功夫全白瞎。

妇女又炸锅了，冲进厨房寻刀。老赵忙抱住腰，控制住。妇女仍呐喊着：“我这就死给他看。”

此刻，王小山比她更想自寻短见，脑袋像被女人砍了一菜刀，痛不欲生。刚安抚好的女人，又因一句话被点燃了。这个虚弱的女人折腾起别人倒是很有精神。现在警情升级，转为夫妻矛盾，甚至会动刀。最可气的是男人依然淡定，不管不顾，把猪一样的老赵累得满脸淌汗。三人把妇女强行控制住，坐在椅子上喘息。老赵讲事实摆道理说服教育，讲了好久，讲得王小山肚肠空空咕咕叫，终于让女人熄火了。

上车后王小山感谢老赵，说：“要是没你帮忙，指不定要在她家耗一天呢。”老赵不屑道：“嗨，鸡毛蒜皮的事见多了，天底下有太多的‘想不开’，我们公安要自己‘想得开’。”

王小山却揪心，担忧妇女可别又想不开自寻短见。

他按照报警电话，给妇女发去一条短信，叮嘱她多想开点儿，车到山前必有路，心烦了就多跟亲戚们聊聊。

四

老赵坐后排又开始听李玉刚的《菩提》。警车似乎也随着音乐香雾缭绕。老赵在仿如仙境的后排感慨：“过去公安抓犯人，公安喊一声犯人跟着走，听话得很，警察牵根绳子在前面走，犯人双手系绳在后面走。现在是警察动不动就被泼妇、赖皮打，这个世界变了。”

冷少爷冷笑着说：“过去‘110’还是警匪电话呢，不出大事都不敢打‘110’。现在的老百姓啥事都打‘110’，全政府那么多部门，老百姓只知道‘110’，后半夜随喊随到的只有‘110’。上次听一个兄弟讲，一个女孩儿在高速路上报警，警察到后，女孩儿说她下车小便不小心把男朋友送她的苹果手机掉沟里了，要警察叔叔帮她找。”

一上午接了十多个报警电话，三人终于可以回所里吃午饭了。

饭桌上跟教导员聊今天遇到的事儿。

教导员说："干警察，要学会自我调节心理，否则长年累月郁气难消容易憋出病来。听说有个交警处理一起交通事故，当事人天天纠缠投诉不断，交警都忧郁了，处理完案件后，交警写张纸条说干公安太累了，然后自缢了。这就是心理没有及时自我调节。"

王小山忽又想起半月前，自己还在警校参加军转干部入警培训。警校政委请太极大师，教军转干部们学太极拳。太极大师绸缎白衣，腾挪起合，念念有词："抱球，打开，再抱球，上步，抱球——"

一帮军转干部有模有样地学抱球再抱球，王小山戏言，二十五岁入伍，天天讲抱负，三十五岁入警，天天喊抱球。

待他真正融入派出所生活，才晓得警校政委在毕业仪式上讲的那番话。

"兄弟们，我也是一名军转干部，我们从军营步入警营，今后路途遥远辛苦颇多，可以说，是从奉献又一次选择了奉献，希望大家不要忘记军人本色，无论多苦多难，都要勇往直前。兄弟们，公安队伍平均每年牺牲三百六十多人，几乎天天牺牲一名警察。我请大师教你们学太极拳，是希望你们今后在基层岗位，在日夜颠倒加班加点中，调整好自己的身心，才能谈为国为民。兄弟们，无论走得多累，都要记得不忘初心，过去我们不忘入伍誓言，今后别忘入警誓言。"王小山在警校毕业那天，忽然想起十一年前刚从军校毕业的自己，泪滴出眼眶，他在笔记本上重重地写下两页字来。第一页抄录入伍誓言，署名副连长王小山，2006 年。第二页抄录了入警誓言，署名副科级民警王小山，2017 年。

中午王小山在派出所宿舍里和衣而卧，仿佛部队战备一样。

这样的值班生活，平均每三天就要经历一次。老婆直抱怨："过去在部队总分居，现在转业了还分居，一辈子就这样难得相见，难道你们一天不值班，国家就会乱？"

王小山被气笑了，说："妇人之见真是一针见血，还别说，无论部队还是公安，真要一天不值班，社会真要乱。"

老婆说：“人间本来就够乱的，住东边的非要去西边购物，住西边的非去东边上班。”王小山说：“所以才要我们公安啊。”

老婆说：“哟哟哟，角色转换挺快嘛，以前动不动就‘我们军人’，现在居然喊‘我们公安’了。”

王小山腾地红了脸，他也发现自己刚刚脱口而出的，居然是“我们公安”，倏地脸蛋滚烫。

午睡也没法睡，因为报案人不肯睡。

丢戒指的绿衣女子的老公打来电话。他叫尹俊。

“上午俺老婆去做笔录，你们说好帮俺处理的，怎么到现在还没来处理?”

王小山说：“有无数个人打‘110’，可警察就那么几个，总要处理完一个再一个吧，我会去的。”

“你不急我急啊，一个戒指有多贵你知道不，俺要存好多月工资才够买啊。跟你说，中午俺又发现老头不对劲儿了，和他一提戒指他就手抖。你们咋不来搜搜老头的房间呢?”

王小山说：“怀疑不能成为证据，公安不是你想搜就能搜的。”

尹俊估计也年纪不大，却精明老到，故意激怒道：“你们公安没一个好人，把老百姓的事都不当回事。”

王小山果然上当，一听这话就愤怒地喊叫：“公安怎么就没好人了，你是好人吗？你自己粗心大意丢了戒指，我就要在一秒钟内找回来吗?”

尹俊说：“好啊，你这是什么口气，你就这样服务人民吗？俺可都录音了啊，你不找回来，俺就去投诉你。”

王小山大瞪两眼不知所措。

老赵其实早提醒过他，说话务必冷静客观，对待报警人，一句不慎，自己被动。可是尹俊怎么能这样啊，人要不讲起理来，什么都敢干啊。难道这就是社会？王小山还没被磨成一个“社会人”?

叮咚。

王小山打开蓝信，看到一条消息，“发现一只迷路的鸡”。

王小山揉揉眼，眨巴眨巴，定睛再瞧，的确是一只“迷路的鸡”。王小山愣了。

到达固河桥，没有人也没有鸡。

拨通报警人的电话，原来他是一个热心肠的路人甲，骑车路过固河桥，发现了一只鸡在独自晃悠，咕咕乱叫，到处乱跑。热心的路人甲就猜想，这肯定是一只迷路的鸡，寻不到回家的路，于是果断报警。

“现在鸡呢？”

“我哪里知道，老婆喊我回家办事呢，我总不能跟踪那只鸡吧。”

“好吧，你很热心，快回家，路上注意安全。”

冷少爷慢悠悠地说：“谁说天底下的热心人少了？”

叮咚。

天下怎么有那么多人报警。一整天没完没了地叮咚叮咚，王小山也快受不了这个叮咚声了。

王小山看蓝信，“老人走失”。

冷少爷说：“估计又是河边小区的老太婆。”

“你们认识？”

“天天走失，老年痴呆，他儿子啥也不管，告诉他买个 GPS 定位仪，他就是舍不得买，反正他娘走丢了，就报警，我们都快成她儿子了。”

“那怎么办，总不能天天帮他找吧。”

“他总报警，你敢不找？万一老太婆掉河里，他儿子保准跟你没完。人家是大爷，我们是儿子。”小冷笑着说。

老赵说：“要满怀爱心，对待群众。”

三人通过视频跟踪，又四下打听，终于在河边找到老太婆。老太婆坐在河边的长廊椅上看风景。小冷说：“大娘，您又跑出来了？”

大娘说：“你——你——我认识。”

小冷说：“能不认识吗，天天找您，天天送您。您儿子就不能看护好吗？”

大娘说：“他忙着赚钱呢。”

三人把满头银发的老太婆扶上车。

一路上老赵打开他的佛系音乐。警车又变成一座移动的佛堂，吟唱着七星的《佛说》串街过巷。

“彼岸花开花彼岸，奈何桥怎度奈何，一念地狱天堂，一念人心惶惶，断肠人愁愁断肠，两行怨泪泪两行，一念花开花落，一念是非对错，花开正茂谁来过，花落又是谁的错。”

坐老赵身旁患严重老年痴呆的满头银发的老太婆，突然冲旁边听音乐的老赵说：“你是好人啊，谢谢你们哪。”

一句话让疲惫不堪的王小山湿了眼。

小冷说：“一天见那么多报警人，终于碰上一个正常的。”

老赵说：“老人家，你不要总往外面跑啊，在家好好陪儿子，跑出去很危险的，待在家里，吃好的、喝好的。”

老太婆说：“我去找我老头子。”

小冷说：“她老头子，都不知死多少年了。”

警车在繁华拥挤的城市间穿梭，硬邦邦的楼房挺立两旁，熙熙攘攘的人群走在街上。

小冷说：“这看似拥挤的人群，其实隐藏了许多小偷、坏蛋。这看似太平的街道，其实每时每刻都有坏人在作案。人间真是不太平啊。”

老赵说：“公安就是守护神、守夜人，在普度众生。我们就是佛。”

五

所长打来电话，让王小山快回所里。

绿衣女子的老公尹俊，果然打电话投诉了王小山：“戒指丢一天也没找回来，你们就这样服务人民吗？”

所长把王小山喊到办公室问：“怎么回事，不要搞事情嘛。”

王小山说：“我哪里要搞事情了，是他在搞事情。”

所长听清来龙去脉，说：“明天早晨下班，你先别休息了，去老头家问问。”

刚离开所长办公室，又有路人报警。

冷少爷说：“得，又开张了。”

这次的报警人是个酒鬼，而且很有社会公德心。

警车到现场。

一个其貌不扬的酒鬼，挂着醒人耳目的酒糟鼻说：“你们看，这么大个坑，井盖开裂却没人管。这些砖头，还是我搬来的呢，下班骑车掉里面，会死人的。”

酒鬼虽醉，但眼神毒辣、逻辑清晰、理念超前，已经想到掉坑里死人的可能。别说，井盖还真破裂，一半已掉入坑内。坑口有几块砖头围绕摆放，提醒路人。每天来往的行人，都见怪不怪，却只有一个酒鬼觉得奇怪。

老赵表扬他做得不错。

“酒糟鼻”得意起来，晃晃悠悠站在马路边，还学起交警指挥交通，指引骑车的路人避让井坑。王小山忙劝说：“哥，您赶紧回家吧，你晃晃悠悠站路边，不等别人掉坑里，你先掉下去了。”

王小山联系政府服务热线，告知路政部门前来修理。

警车返程回所。

王小山说：“忙乎一天，根本就没有一个案发现场。”

冷少爷敢于批评每一个人，包括不苟言笑的派出所所长，更别说大他十多岁却初来乍到的王营长了。

冷少爷说：“王营长，你在部队待太久了，与社会都脱节了。光我们一个小小的派出所，平均每天就接到三四十个‘110’，一年下来有一万多个‘110’，无边无际啊。现在的人，万事找公安，不管啥事都打‘110’，其实好多报警电话根本就不属公安管。”

难怪冷少爷的微信名叫“无边无际”。

冷少爷说：“居民家漏水，不找自来水公司却找‘110’；煤气管漏气，不找煤气公司也找‘110’；忘带钥匙开不了门，不找开锁公司也找‘110’；小摊贩占道经营，不找城管也找‘110’。反正有啥困难都找‘110’，都以为公安是把万能钥匙。”

老赵连说：“小冷你出警出得都快有心理疾病了，太暴躁了，要静心。”

小冷不服地说：“我不是暴躁，我是在爆料。”

老赵说：“不过细想，你说得也有点儿道理，我小时候，这些事都归村长管，现在，村长有事儿都报警，沧海桑田啊。”

叮咚，又有人报警，“发现车辆占道”。

小冷无心多言，撇着嘴将车掉头，返回现场，却大跌眼镜。

“酒糟鼻”居然从井盖处晃悠了二百米，又发现一个新的社会问题。

“你们看，这个奔驰，怎么能停在盲人道上呢？万一哪个盲人从这里路过，会撞死的。”

王小山痛苦地皱眉道：“哥，这条道上一万年也没一个盲人路过，你就别操心了。”

“酒糟鼻”说：“那这奔驰停到盲人道算不算违停？”一句话把王小山也问住了。可这归交警管啊。王小山好声相劝：“我们马上让他挪车，你先回家，这里放心交给我们吧。”

“酒糟鼻”摇头晃脑地说：“不要忽悠我啊，市长都忽悠不了我，我会再来的。”然后他霸气十足地挥手横扫整条街道，“瞧瞧这条街，都被你们管成个啥样了！”

王小山差点儿惊掉下巴，这条街？我想管也没权啊。眼前这位貌不惊人却语出惊人的，到底是哪路神仙？

回程的路上，老赵也无奈地说：“一个离婚两次的无业游民，也不上班，整天晃荡、喝酒、买彩票和报警。”

王小山说：“也是个有故事的人。”

冷少爷说：“有什么故事，招人恨。”

老赵说：“小冷，跟你说了，要学会体恤众生。”

小冷说：“他满大街地找碴儿，他咋不体恤一下我啊？”

叮咚。

王小山说：“哎呀，别说了，又来活儿了。”

警车在一个又一个“110”中奔波到傍晚。

雪白的警车穿梭在夕照的车流中，火热又血红，温暖又坚强，顶部红蓝闪烁的警灯，仿佛在不知疲倦地警示人间，正义邪恶，泾渭分明。

各单位都开始下班回家，而这三个横跨“老中青”的男人，却同乘一辆警车，混杂在归途的车流中。警车恍如一匹白马，闪过一道白光，从尘世间驰过。

冷少爷望着滚滚车流说道：“这人间有数不清的‘110’，不知我能拯救谁，谁又来拯救我。”

六

吃过晚饭，“投诉大爷”尹俊居然胆大包天地来派出所，口头报案了。

原来只是个二十多岁的小伙子，穿着像个摇滚青年，耳钉像生锈的鞋钉。王小山不愿接待，办案队长说：“好吧，让别人去给他做份材料吧。”

尹俊走后，王小山看他的询问笔录。

尹俊报案，今天下午他又发现老头进出院子比平时频繁，这很不正常，非常值得怀疑，要求公安立即把老头抓起来。

夜已漆黑，电话响起，平时都是蓝信提醒，这次居然直接打电话给王小山。看来是个大案。

夫妻打架，伤得挺重。

等了一天“110”，终于等到一个正经报案人。王小山心情莫名激动，这才是公安义不容辞的职责啊。

快出警，王小山几乎奔跑下楼梯，边跑边系警用腰带，打开执法记录仪。“快点儿，快点儿，问题大了。”

冷少爷也被吓够呛，边发车边问：“死人了？”

“没，快死了。”

“我去，那要快点儿。”这次警车是真的一路漂移，拉响警笛，红灯都照闯不误。

贪生惜命的老赵坐后排，紧握头顶地拉手道：“小冷啊，你让我拿个退休费，别拿烈士费行不?”

小冷两脚交替踩踏，右手像机器臂动感换挡，简直是F1赛车现场直播。

小冷说：“要死人啦。”

老赵说：“我们别死前头，行不?”

警车甩尾，拐进小区大门，一个骑自行车刚出大门的中年男子，被吓得连人带车跌进草丛。王小山也吓个够呛，忙提醒小冷：“慢点儿，慢点儿，我们是去事故现场，不是变成事故现场。”

至楼下，“120”刚到。王小山跑上前询问：“谁是报案人?”

一个中年妇女坐在救护车里，一手捂住肚子上血污的纱布条，另一只胳膊举起来，像小学生回答问题一样：“是我。”

“怎么回事，谁伤你的?”

“我老公，用刀捅我一刀，捅他自己两刀。”

“啊? 人呢? 没事吧?”

“楼上，估计死了。”

“啊? 死了?”王小山顿感形势紧张，人命关天啊，涉及命案，局长都要来现场的，要赶紧汇报。

“死了最好。”中年妇女怕人没死透，嘴上又给老公补一刀。

“他到底死没死啊?”

“人在楼上，我不知道。”妇女冷漠道。

急晕头的王小山蹿上楼梯飞跑。老小区没电梯，一口气跑到十二楼，仿佛百米冲刺，小腿肚都发抖发软。

门敞开着，卧室地板涂蹭血迹，一男一女两个白大褂，正把一具纹丝不动的不知是尸体还是躯体的肥硕男人搬上担架。

翻身，翻不动。王小山赶紧上前帮忙用力，“一二三，好”，侧搬，身下插入担架，“放，好”。

在男人的肥硕肉体的腰间，绷缠着几圈白色纱布，血渗出来，由浓渐淡地洇开，看不出有呼吸起伏。

王小山紧张地问：“人怎样?”

医生说："有呼吸，送医院再看。"

老赵进屋，东瞧西瞧，用塑料袋捏住地上的一把刀，包裹了塞兜里。一看这就是老民警，这叫先固定证据。命案必破，如果男人死了，那公安可就麻烦了，到底谁捅的谁，是必须弄明白的，必须费尽心思取证、讯问，还天下一个朗朗乾坤。

几个人合力抬起担架，女护士手劲儿不足，冷少爷夺过担架。人活一口气，有气才轻盈。担架上呼吸虚弱的男人，竟异常沉重。谁说死了就轻松？只有搬过尸体的人才晓得，死了远比活着沉重。

搬着这个沉重的男人，四人累得上气不接下气。尤其在楼梯拐角处，蹭破了冷少爷的手，磕痛了老赵的胳膊肘，抬担架的人都负伤挂彩。从十二楼搬到一楼，累得要死，让抬担架的四人仿佛自己正一步步迈向地狱。

终于脚踩地狱，把男人推进救护车，妇女撇着白眼看老公。四人坐地上喘息。医生边喘边说："你们警察也不容易啊。"老赵也喘着粗气道："都不容易，都不容易。"

夫妻俩被救护车拉走。警车紧随其后。

过去总听老人说，医院的急诊室里半夜阴气很重。

可只有半夜来过急诊室的人才晓得，这里人满为患、阳气十足。

到处都挤满了活着的人或半死不活的人，站着给家里打电话催着送钱的，坐着焦急等待检查结果的，躺轮椅上浑身插满管子又眼神惊奇地瞟四周的，缠满绷带被护士推来推去嘴不能言的。医院真有阴魂不散，那也绝不来急诊室。忽然从大门口扶进来一个断手断胳膊的，骨头茬子外露，血管子汩汩冒，满脸涂抹了猩红还在惨叫，比鬼都吓人。

见多识广的医生瞥一眼腰间纱布血污的男人，淡定从容道："好，推进去吧，等检查了才知道，一会儿看看伤到小肠没有，谁是家属，去签个字交下钱。"

"医生，他肚子还在冒血呢，不赶快抢救吗？"王小山比那妇女都急。

“先吸氧，测下脉搏，检查下受伤情况。”

男人腰间的白纱布已被血浸得通红。

“这还不急吗？这会死人的。”

冷少爷说：“他们见的死人比我们见的活人还多。”

“110”指挥中心拨来电话，询问伤得重不重。涉及命案，整个公安都紧张。

“难说，人已经昏迷不醒，送‘120’抢救了。”

“好的，局长刚才还在问呢，有情况及时联系啊，我让刑侦大队去看下现场吧。”

以前王小山总觉得，刑侦大队那帮鸟人总爱搭不理、牛哄哄的，没个好脸色。现在看来，他们已经没脸色了，因为无论半夜几点，无论全城哪里，只要有案发现场，他们就要抛家弃子地奔去。局里有个女法医，获的全国级奖状都挂满了墙，可是又能怎样，褪下光环回归公安岗位，还不是一个苦逼的民警，经常在晚上刚放下自家厨房的菜刀，又拿起解剖尸体的刀奔赴凶杀现场，逢年过节亲戚邻居都不敢让她进门，说她是和死人打交道的，跟着阴魂晦气。

中年妇女捂住肚子强撑身体，给自己付过医药费，就不肯给老公付费了。

他老公正躺病床上昏迷不醒。王小山想：他要是现在醒来，听说此事，定会再给她一刀。

医生找女人要钱，女人让找警察要钱。

医生来找王小山要钱。王小山龇着嘴、瞪着眼无言以对。管破案，管救人，怎么还要管付账呢？我是警察，我不是超人。超人也只管救人，没见超人付账啊。

医生说：“他老婆让你管。”

她让我管我就管吗，我怎么管？

医生说：“要死人了，你是警察你不管谁管？”

“我，我，我怎么管？”王小山软下来了，人家都说你是警察了，警察还真不会坐视不管。信警察得永生啊。好，那就管吧。他摸摸口袋，口袋里除了手机支付宝里有一千元，就剩手机了。

正满地打转，老赵说："喊他亲戚来，让亲戚付费。"这简直是天籁之音，仿佛上苍佛主突然显灵，点拨凡人、声如洪钟。老赵不愧是二十年的老辅警，关键时刻总能一句点石成金。王小山真想跪在老赵膝下三叩九拜。信老赵得永生。

在男人身上摸索，除了两腿之间硕大的男根，没有任何身份证明。王小山只好用手机蓝信扫描男人昏迷变形的脸，比配到男人的身份证，这才找到亲戚的联系方式，让他们赶快带钱来。

亲戚在电话里说："管他个鸟，让他死了最好。"

王小山差点儿吐血身亡。这是什么亲戚？

难怪这个男人要捅老婆一刀，捅自己两刀。估计他已在生活中陷入无力逃脱的困境。王小山望着依然昏迷的男人，忽生同情。

男子倒好，合眼躺在床上，插满塑料管，远离了人间的痛苦。王小山望着他，比刚挨两刀的男人还痛苦。

还好，这世间仍活着一位希望男人也活着的亲戚。她答应了王小山，一会儿送钱过来。

女医生向中年妇女解释她肚子上的刀疤，可采取不同的治疗措施，让她选择留疤的还是不留疤的。

女人恨声恨气地说："少他妈废话，爱怎么治怎么治吧。"女医生被呛得哑口无言，圆睁着两眼剜她一眼。

所领导派有经验的老民警"狄大人"赶到医院。

"证据固定没？"

"固定了，视频里有，女人说，全是男人捅的。"

"刀呢？"

"收起来了。"

"好，送去做指纹鉴定。如果男的醒来，承认都是自己干的，那还好说，就怕男人不承认，找证据可就麻烦了。周围邻居能做证不？"

"问过了，都怕引火烧身，都说没看见。"

"这可麻烦了，刀上只有男人的指纹还好，如果有男女两人的指纹，就不好查了。这样，你们守着，等男人醒来，第一时间问他，用视频拍好，把证据固定。”

“好的。”

副所长也赶过来了，见王小山就似笑非笑地说：“小王，你今天的主班，可惹下不少事啊。”

王小山苦笑着应对：“是，是，今天五行不合。”

七

送走几拨领导，王小山也累得够呛，坐在医院塑料凳上靠墙歇息，他都开始唠叨了。“忙了一天，全是负能量，我就搞不懂，遇到的这些人，怎么都爱折腾呢？一个个精力旺盛、惹是生非、不得安生。难怪古人说入土为安，人不死真是不肯安分啊。”王小山想同情这些人，可怎么同情呢？天下有很多老实人，也有很多不老实的人，偏偏王小山遇到太多不老实的人。

老赵坐旁边说道：“人要向阳而生，可警察这职业，就像急诊室里天天面对残肢血污的医生，我们是守夜人。”

“110”又打来电话，询问男人死没死。目前大家最关心的，就是男人到底死没死。男人昏迷在急救室里，估计将死未死的他，可能也没想到，今生会有如此之多的人，在关心他的死活问题。当然，有人希望他死，有人担心他死。他的老婆亲戚都希望他死。公安在担心他死。

而此刻估计小冷也恨不得他死。因为为了搬他，小冷碰破了手、扭伤了脚，被一起送门诊急救室急救去了。

小冷包扎好手，一跌一跌地走回来，点支烟疲惫地坐旁边说：“这人啊，一个个都咋想的？不好好过日子，都跟日子过不去，跟我们过不去。”

老赵说：“我们这是在救苦救难。”

“谁他妈来救我？”

“小冷，你要学我，多听听歌，有好处的。”

王小山也掏出手机，插上耳机，按老赵的方法，多听听歌。

《佛说》的确是首迷人的歌。

“佛说孰能无过，难道你从来没错，善恶都由你来做，哪还有十恶不赦，佛说万物皆空，可度过春夏秋冬，既然平等与众生，你为何不在五行中，佛你徒有虚名，这天下怎能太平，救苦救难的菩萨，你怎么还不显灵。”

叮咚。

菩萨不曾显灵，报警人显灵。

王小山看看蓝信，果然有警务消息，刚才没看到，这边快要死人，谁还有心思去看手机。同一个人为同一件事打了三次“110”，“自来水漏水”。

王小山打电话给对方。

“警官，你们到底管不管啦?”

“怎么了?”

“我家楼上住户自来水管漏水了，水都流我房间了，楼上主人又不在家，你说我该怎么办?”

“找自来水公司，把水闸关了就行。”

“人家自来水公司让打‘110’，人家自来水公司都下班了。”

“自来水公司没有夜班?难道全城只有公安值夜班?”

“你要不管，我投诉你!”对方挂了电话。

手机嘟—嘟—嘟—仿佛一个失去心跳的人。

王小山手一软，手机掉了。

老赵说：“别急，我有办法。”他掏出手机，给政府热线打去电话，模仿报警人，投诉自来水公司。半小时后，自来水公司居然打来电话，恨声恨气地说：“是你打的投诉电话?”老赵说：“是的，家里漏水你不管谁管?”他将家庭地址报过去，自来水公司说：“好的，等半小时我过去。”老赵挂了电话说：“瞧见没，都怕投诉。”

半夜一点多，医生从手术室出来说：“救过来了。”

王小山喜笑开颜，马上给“110”汇报，人没死。

“110”说，好的，你们辛苦了。忙一天，竟没一个报警人说过这句话。

留两个人，一个看护妇女，另一个看护男人。王小山与小冷、老赵驾车回所。

路上老赵说："别高兴得太早，我们公安的事才刚刚开始。"

"啊，为啥？"

"男人死了，一切真相都是女人说。现在男人活了，鬼知道男人会怎么说。我估计男人会抵赖，说女人用刀捅他的。我们公安就要挖空心思去给他俩还原真相了。"

"啊——明明夫妻俩有人在撒谎，明明夫妻俩都知道真相，为啥到最后，却要公安为他俩还原真相？"

"这就叫凡人啊！"

三人无语，看窗外行驶的车辆，迎面闪过的，同向超越的，一辆又一辆在漆黑的夜里奔驰。

小冷说："这就是人间啊！"

八

三人回到派出所，洗把脸，躺值班室休息。

小冷说："太困了，要再不睡会，我都怕猝死了。"

老赵说："公安平均每年牺牲三百六十名警察，能活着当警察就是幸福啊。"三个人笑了。

睡到半夜两点，又有人报警了。

小冷迷糊着双眼，像吸毒犯瘾一样，无精打采地开车。老赵也不管自己的死活了，靠在后座上，合眼休息，对于小冷是否闯红灯也不管不顾了。老赵说："我现在累死比被撞死的概率更大。"

到了现场，两个男人正为一盆花争吵。

一个店老板，五十多岁，一个小青年，二十多岁，竟为一盆价值十元的花，在半夜两点吵架吵个没完没了。

原本懦弱的店老板，因为是本地人，见到本地的公安出现，立刻打了鸡血，由被动迎战变为主动出击，和外地小伙儿吵得更凶。

王小山却累得浑身肌肉疼。只有熬夜累到极致的人，才能体会到这种痛苦，人在极致疲惫的时候，真的会浑身肌肉疼。

王小山捧着一盆十元的花，双手在颤抖，两脸在颤抖，双唇在颤抖。

冷少爷站边上看俩人斗嘴，终于不耐烦地说："你俩到底吵够没，一盆花值得吗？"

五十多岁的店老板说："小伙子，你这话说得不对啊，我是一个讲道理的人。这盆花明明是我的，怎么能白给他？我不是在意这盆花，我一个大老板，送他十盆都无所谓，关键是这个道理，我的就是我的。"

冷少爷说："天下要能讲道理，美国还打什么叙利亚。"

两人呆滞了，估计他俩也没想通，吵架怎么和美国攻打叙利亚有关系了。当然，似乎战争都是从吵架开始的。

冷少爷说："不打，那我给你十元，这事能解决不？"

老板说："不行，我要花，不要钱，我是有脸面的人，给一百元我也不干。"

老赵说："这样吧，你俩把联系方式留下，今天太晚了，大半夜为一盆花吵来吵去，你们觉得合适吗？我们出了一天警，到现在都没合过眼，不管我们的死活？"

老板笑着说："那不是，我们都是讲道理的人嘛。"

老赵说："讲道理就不会半夜两点为一盆花吵了。今天都各回各家，明天去派出所，我们坐下来好好谈。要不同意，就都去所里，坐下来吵一夜。"

小年轻说："好吧，那我明天去。"

王小山说："两人都把身份证拿来登记下。"

可惜，天下行得通的道路很多，行得通的道理却不多。

纠纷刚被老赵一句话化解了，又因店老板的一句话爆发了。

店老板拿出身份证，依然嘟嘟囔囔抱怨道："那要让他先给我赔礼道歉……"

小伙子一跳三尺高怒道："你这样说我就不干了，现在只是休战，我又不是认输，我又没盗窃，干吗要道歉？我决定了，都去派出所，大家都别睡了，我今晚就跟他杠上了……”

老赵大喝一声：“都别吵啦，你们愿意吵都拉回所里，在所里吵个够。”

王小山和小冷呆呆地看老赵。老赵可是个信佛的人啊。

店老板顿生迟疑地问：“真的要去所里？可我这店——”

老赵说：“别扯了，快上车。”

小冷说：“别磨叽，必须去。”

两人竟毫无商量地站到了统一阵地。

小伙子也附和道：“对，必须去。”

店老板认怂，极不情愿地磨蹭半天，才上车。在回所里的路上，老赵坐后排，被店老板和小年轻左右夹着，仿佛他才是个犯罪嫌疑人。

车里的五个人，都默不作声，各有所思。

老赵打开手机，外放音乐，安静的夜里，歌声汹涌澎湃。他居然放了一首《人在旅途》。

“从来不怨，命运之错，不怕旅途多坎坷，向着那梦中的地方去，错了我也不悔过，人生本来，苦恼已多，再多一次又如何……”

车上五人，本已苦恼，听过这歌，更加苦恼。

老赵也觉不合时宜，将音乐关了。

把两人推进派出所接警室，老赵说：“这下可以随便吵了，你们吵吧，吵够了回家，吵不够就吵到天亮。”

小冷说：“看啥，快点儿吵啊。”

两个人愁眉苦脸，坐在不锈钢长椅上，互不搭理。

看两人不吵，老赵让他们自己反省。

三人刚去休息室，就听接待室里吵起来了。王小山不放心，掂量着别打起来。老赵还没睡着，在黑暗中提醒：“控制不了局面就喊我。”

“好的。”王小山低声答，抹黑爬起，去接警室。

小冷已打起呼噜，逃避那盆价值十元的花。

两人争得面红耳赤。王小山盯着两人道：“一盆花算什么？你们这样折腾，我高兴吗？”

店老板不依不饶道：“警官，我不是折腾你，我是跟他讲道理。”

“现在是凌晨三点，能讲得通哪个道理？我不想说你了，你一个五十岁的老板，跟一个二十来岁小伙子吵，丢人不？”

店老板觍着脸赔笑。

王小山把小年轻喊出接警室，在院里发支烟。

“多大了？”

“二十二岁。”

“在这儿打工？”

“嗯。但是警官，那花真是我的……”

“行了，我不想听你们的事。我只知道那盆花最多十元。你一个小年轻，以后的路还长，咱能不能把眼光放远点儿，凡事都往大处想，别计较那点儿小利。今晚你和店老板吵，得到啥了？就得到一盆花。可你的度量丢了。今后遇到人生大事该怎么办？你以后要遇的苦难可多了，你总是忍不住，今后的路怎么走，还能成什么事？你为一盆花不依不饶，这辈子也就这样了，不会有啥大发展。以后结婚了，你还会跟自己的老婆吵、跟同事吵、跟邻居吵。因为你不够男人。男人，就要做大事，看全局，大的利益不丢失，小毛小利损失点儿又如何？人就这样，好坏都是自己选的，明明可以往东走，你非往西走，导致你一辈子命运从此不同。”

小伙子突然开口道：“行了，大哥，花我不要了。”

王小山正说得来劲儿，小伙儿却不让他说了。看来只要好好说，他还是懂得人生道理的。王小山顿生满满的成就感。

“但是警官，你把我送回原地行不？”

“只要你不吵，这小事儿啊。”

王小山在接警单上写：“经协调，两人达成谅解，互不追究。”

短短的一句话，冷静的一句话，可是谁知道，背后却耗费了王小山大半夜不休不眠、苦口婆心的调解辛劳。这些背后的故事，永远不为人知。它们只属于公安，只属于基层的民警，只属于警徽盾牌中的那抹藏蓝底色。这抹藏蓝，是暗淡无光的背景，但它深邃沉重，无声有力。因为这抹低沉的藏蓝，警徽中的长城与国徽才更显金光熠熠。

王小山让小伙儿签字按过手印。他自己打滴滴送走了小年轻。

小年轻临行前凑上前说："警官，能加你微信不，以后我多听你讲人生的道理。"

王小山说："可以可以，但要在你人生最痛苦的时候，记得找我就行，平时就不要找我了啊。"

送走小伙儿，又让店老板签字。王小山一再提醒店老板，半路万一再相遇了，可别再吵了。

完事王小山躺床上，仍不放心，担心两人相遇又生是非。他在担忧中不知不觉入眠。

可他心中又是满足的，他教育了一个年轻人，让年轻人懂得为人之道，说不定还会影响他此后一生。老赵说得对，警察是在救苦救难，这不就是佛吗，解惑于漫漫旅途里，度人于重重迷津中。

九

五点，天刚麻麻亮，"投诉大爷"尹俊就打来电话。他不关心王小山一夜没睡觉，他只关心他的戒指。

"今天你还来不来调查老头儿了？昨天没来，今天也不来吗？太阳都出来了，你还不出动？"

王小山实在不愿与他纠缠，尹俊投诉了王小山，现在居然又打电话颐指气使地命令王小山。

"我知道了，我刚睡一会儿，警察也要休息嘛。放心，该去时我会去的。"王小山怕尹俊再用手机录音，他克制着。

在尹俊眼里，戒指比啥都重要。至于王小山会不会因此累倒猝死，于他无关紧要。

但对于王小山则不同，无论多累，尹俊的事对于警察王小山来说，他必须负责，再苦再累，也得去做。

今天是星期六。但事实是，还有无数个案件在等着他，还有无数个受害人在催促他，怎么可能休息。

王小山洗脸漱口，换一身轻便的休闲服，不穿警服，忽然整个人都轻松了许多。他提个皮包，在马路边吃份煎饼，仿佛一个普通的白领，活好自己就行。可事实是他穿了休闲服也是警察，他不能只过自己的生活，他要为了别人的生活奔波。他还要去找老头谈谈。

记得王小山刚去派出所报道，开门看见头发蓬乱、四炸飞散的办案队队长杜鹏。一个刚满三十岁的男人，刚从办公室的折叠躺椅上起床。两个仿如重病不治的黑眼圈，一副沙哑干咳的嗓门，还有桌上浓郁发褐的酽茶，烟灰缸里堆积如山的烟头，以及办公室铺满一地的快递单。为了破案寻找证据，他们从全市搜集来几麻袋的快递单，已经一张张地核对了几天几夜，人困马乏。可是谁知道呢？每个人都活在自己和谐安宁的小家里，谁也不知道这个和谐安定的社会背后，警察在夜里正与多少犯罪分子搏斗。

王小山走进老头儿的院子。

来前，王小山还是有所准备的。他调查过老头儿的信息，有一个孙子，在高中读书，马上就要高考，和老头儿住。这是一个心理突破口。老人都会迷信。

院里刚好碰见老头儿的儿子，骑一辆凤凰牌直梁自行车，驮着些米面，来看望老头儿。

王小山在黢黑的屋中坐下。他把老头儿儿子支开，关上门，与老头儿谈。

“大爷，知道我是谁不？”

“知道知道，昨天你穿制服来过哟。”

“您认出来了。啊呀，这屋子就您和孙子住？孙子要高考了吧，你儿子在昆阳镇郭家村种地？”王小山故意透露老头的家庭信息，造成已经掌握全部证据的攻势。这叫布局，或心理暗示。

老头儿憨厚地笑着说：“对，种地人，没啥出息哟。”

“大爷，您可千万别这么说，往上推三代，我爷爷还是种地的呢。听说孙子学习挺好的，马上高考了，指不定能考个好大学。”

“孙子学习好哟。”

“大爷，您知道我来干啥不，隔壁家戒指丢了，我们调取了四周的摄像头，没发现任何人进过院子。我们经过技术推断，已经确定是谁拿了。”这样说是为了让老头产生心理恐惧，老头儿笑着没作声。

“但是大爷您看，这个事儿也不大，没必要动用刑警，您说一大帮警察来院子里搜索，搞技术侦查，传出去多不好听。你要是捡到了……”

老头儿突然开口：“我没捡到哟，我捡到早还他们哟，我要那个干啥哟，我都快入土的人了哟。”

“对，我没说您捡到。我是说您帮他们找找，万一找到了呢，还给他们。您看他们小夫妻都是外地人，来这里打工，住一个月三百租金的房子，多可怜。那个女的，初中都没毕业，给人家做苦力，都是穷苦人啊。您也算积德，您孙子高考也会有神灵照顾的，能加分呢。这人啊，太多的偶然性啦，出门被车撞的，莫名其妙中彩票的，您说这世上到底有没有恶报善报？”

看老头儿不语，王小山又说：“您要是找到戒指，就积德行善还给他们。您要那干啥，是不，一个戒指值钱吗，说值钱其实也不值钱，人一辈子还不知道要赚多少钱呢。您孙子大学毕业了，说不定一个月就赚一万元呢。一个月就是一个戒指，您说这一个戒指能发多大财呀？”

老人说：“我帮他们找找哟，我帮他们找找哟。”

“好的，大爷，我敢说您要找到了，他们小夫妻肯定感谢您一辈子。”

告别老头儿，出屋。

绿衣女子在院里洗衣服。她已经没了昨天的愤怒，看到王小山，怵生生的。她果然还是个女孩儿。

“警官。”她怯生生地把王小山喊住。

“怎么啦？”王小山撇头看她，他真不想搭理这种人。想想她老公那个样，唉，不值得怜惜。

绿衣女子低声道：“请您帮俺破案吧。房东都要赶俺们走了，不让俺们住这里了。”

“为啥?”

“房东说老头儿是个好人，说俺们夫妻在损坏老头儿的名誉，不让俺们住这里了。”

没想到，住这里的人，把名誉看得如此重要。王小山说：“我尽力。”

王小山出于好奇，走进绿衣女子的出租屋，边走边问：“你多大年纪?”

“十九岁。”

“还有兄妹?”

“有一个弟弟，当兵去了。”

军转干部王小山愣怔一下，开始对这个姑娘有好感了。

“你做什么的?”

“怀孕了，没上班。警官，您就帮俺找找戒指吧。”

王小山惊讶地望着一脸稚气的姑娘，万没料到，她这么小，已经有孕在身。

王小山逡巡屋里，潮湿湿，黏糊糊，一张床，一圈杂物，满屋子的湿气。

王小山心潮汹涌着。那个尚未出生的婴儿，一出生就要面对这样的父母。可他连选择的权利都不曾有过。但他生下来就要去死吗? 不，他不会的，他依然会带着笑容，饥渴地生长，蓬勃地成长，会像他的父母一样，活着，好好活着，人不就活个奔头嘛。

离开院子，王小山很想帮这一家人，帮那个小孩儿。

他去学校找老头儿的孙子谈。他明白，这是突破老头儿的关键一步。

冷少爷曾经说过：“人活着，就总能在美好的生活中遇见几个操蛋，又总能在操蛋的生活里遇见些许美好。”

老头儿的孙子听王小山说了几句，便开口道：“叔叔，你不用急，我去找我爷爷谈，真是他拿的，肯定还回去。”这孙子是真善良、真仗义。

王小山离开学校，忽觉一身轻松，步履轻盈。

又是一个中午，路人行色匆匆，与他逆向而行，个个眼眸聚光，精神矍铄。这哪像沉溺于苦海的大众呢？每个人都充满了生的希望，在精力充沛地奔波努力着，坚定不移地向前行走着。

他忽又想起，那个被自己小孩儿骂得自寻死路的母亲，便又给她发一条短信："孩子大了别计较，有些事你也阻挠不了，无论怎样，人都要活好自己的每一天。"警察要为自己的亲人操心，还要为许多不认识的人操心。

半路上，尹俊突然打来一个电话，兴师问罪。"你怎么还不来？"

"你怎么说呢，我早去过了呀。"

"俺怎么没看见，你啥时候来的？"

"你老婆没告诉你？"

"噢，我今天出门了。"

"你自己去问她！"

"戒指找到没？"

"我是警察，我又不是神仙，去一次就能找到吗？"

"找不到你来干吗？"

王小山被尹俊气得七窍流血。

"告诉你啊，俺想好了，你要再找不到戒指，俺要举着大喇叭让全小区的人都知道，这个老头儿是小偷。"

"你不要做傻事，人家就算捡到，也不是偷盗。再说你现在没有任何证据。你要给老头儿台阶下的。否则，他宁肯扔了也不会还你的。还给你，岂不是不打自招吗？你说你能不能像个成年人。"

尹俊憋半天道："找不回来我就投诉你。"

"你这是什么人啊！"王小山摁掉电话，呼吸，深呼吸，抱球，再抱球。

今天周六，实在扛不住了，得赶紧回家睡一会儿。三天一次值班，雷打不动，若赶上周六周日值班，下周一仍然照常上班，所以每月总有两个周末不能全休。老赵常说：派出所办案队是全公安最苦的警察。

回了家，没人。

换拖鞋，推开卧室门。原来母亲正在卧室里与媳妇争吵。

丈母娘丢了一个耳钉，怀疑掉在家里，媳妇问婆婆见到没有。婆婆说我没捡到，我不是捡到不还的人。儿媳说，我不是怀疑你。婆婆说，你就是在怀疑我。两人为此争吵。

王小山心生怒火，重重地摔上门，乏力又气愤地转身出门。他无法理解，也没法调解。太累了，他再也不愿意去调解了。他推门出走。

吵吧，你们都吵吧，全世界的人都在吵，回家也在吵。他拯救了别人，却无力拯救自己。

十

回到派出所的宿舍，没吃午饭，直接躺下，一觉睡到傍晚。

睡梦中似乎接过一个电话，是绿衣女子打来，她激动地说戒指找到了。王小山迷迷瞪瞪还没来得及高兴，又睡过去了。再次醒来，是被小冷推醒的。

“王营长，王营长，有人来所里闹事了。”王小山宛如席梦思上一根失控的弹簧，嘣地弹坐起来。

“闹事?”公安最怕“闹事”这个词，就像“上访”一样令人头疼。

“老头儿的儿子来告状了，说你去找过他儿子谈心，会影响他儿子的高考。还说你也找他爹谈心，破坏了老头儿的名誉。还说丢戒指的人到处宣扬，怀疑老头儿偷戒指，损害了他们全家人的名誉。现在房东要赶他们爷俩儿卷铺盖走人。”

“这是个什么房东?前面赶小夫妻走，现在又赶老头儿了?”

王小山下楼见老头儿的儿子。四十多岁的男人，一蹦三尺高：“就是他，就是他，搞得我们家鸡犬不宁，现在左右邻居都在骂我爹，说我爹偷东西，怕被警察抓才还回戒指。我儿子跟这个警察说话后，回家就质问我爹，你说这事儿对我儿子影响多大，他爷爷能是偷东西的人吗，如果我儿子高考不行，我就跟你没完。”

民警们劝说、安抚、拉拽。

副所长让王小山上楼去，少给所里惹是生非了。

王小山被拽上二楼，刚睡醒的脑袋一个比两个还大。怎么又得罪老头儿的儿子了？好事做到最后，自己还是罪人了？

副所长上楼命令道：“你，现在给小夫妻打电话，让他们找老头赔礼道歉。”

王小山板着脸默默扣手机，不搭理副所长，也不想搭理任何人。

王小山给绿衣女子打电话，问戒指怎么找到的。

绿衣女子说，下午她的两个老乡，就是那两个胖女子，帮忙在院里一起找，结果在草丛里找到了。

“那就证明不是老头儿拿的。你和你老公去老头儿家道个歉。”

“我凭什么给他道歉，就是老头儿拿的。肯定是他怕警察，又故意埋在草丛里了。”

“你没有证据懂不懂。我也没说道歉，让你去给老头儿说几句好话，毕竟你们错怪人家啦。”

绿衣女子没吭声。她不愿意。

这下可烦了，天下最难的事，莫过于改变一个人的思想。以前在部队要给战士做思想工作，现在当公安，又要给百姓做思想工作。

“你看啊，你的戒指是自己放水池边的，这算丢，老头儿拿了算捡，这不违法，就算是老头儿还给你的，那算好人好事，你要感谢老头儿才对。”

绿衣女子仍然不吭声。

“你再想啊，要是你捡到老头儿丢的戒指，你会还给他吗？”

“我当然会啊。”绿衣女子终于吭声了。

“你别说得那么肯定，你现在没捡到，你要真捡到了，鬼知道还不还呢。你有那么高尚吗，你见财不贪吗？你要真捡到，可能还不如老头呢。你连句话都不愿说，我当初就不该帮你，让你哭着喊着找不到。”王小山窝火，他已经受够了出尔反尔的人心。

难怪人类要制定数不清的法律条文，假如没有法律，不知要乱成何样。

女子默不作声。她在反思自己，还是不屑？

王小山压住火气缓道：“老头儿最终还你了，是出于善良才这么干。你就说句好听的话，又不伤钱。听我的，去说几句吧。”昨天绿衣女子求王小山拯救她，现在，王小山却需要绿衣女子去拯救他。

王小山同情起老头儿来，老头儿可能真拿了戒指，但老头儿是听了王小山的话，真的想做个好人，又偷偷把戒指放到草丛，万没想，老头儿的善良竟将自己推向了悬崖。

而小夫妻，得到戒指后，就亲手将老头儿推下不义的悬崖。与之相比，老头儿似乎更加善良。

人间有太多的难为之事、难言之隐。

绿衣女子没吭声，王小山又劝几句，心想她这是基本默许了。

王小山还是不放心，又给绿衣女子的老公尹俊打电话，没接。又打，还是没接。打了前后五遍，都没接。他又给绿衣女子打电话，绿衣女子说她老公出去逛街了。王小山心想这尹俊翻脸也太快了，寻回戒指就不睬人？

王小山真想把尹俊揍个鼻青脸肿。

刚幻想着，五名辅警押着鼻青脸肿的尹俊进所里了。

王小山两眼大睁。“这、这，这是怎么回事？”他以为尹俊又来派出所投诉，被辅警给打了。

王小山还在自怨自艾着，辅警说：“这小子真不是好鸟，在商场偷东西被保安逮住了。我们去把他押回来的。”

尹俊紫着脸，歪着眼，肿着嘴，不看王小山。

王小山满腔愤懑，想扑上去照脸再打几拳。他最后竟是个小偷。自己还想真心帮助他，而他还投诉过王小山。

负责看视频监控的王勇，走过来告诉王小山，发现有一个胖姑娘曾进过院子，然后又出去了。

“哪个胖姑娘？”

“就她老乡中的那个啊。”

“那也就是说，有可能是她老乡偷的？”也许大家都错怪老头儿了。老头是无辜的？放进草丛的人，也许是那个所谓的老乡？

王小山帮忙找回了戒指，最后却没有一个受益者，更没有一个人会来感谢他。甚至那枚戒指，就是尹俊偷来的。

王小山只想去街上走走，出去透透气。

刚走到派出所大门口，昨晚为一盆花吵闹的店老板迎头而来。

“警官，我正找你呢。我把隔壁店铺的视频拷贝来了，你看看，那个小伙子明明是小偷，你却把他放走了。”视频中小年轻鬼鬼祟祟地拿走店老板的一盆花。

这怎么可能？但这是事实。

王小山摆摆手，他什么也不想说了。

一帮辅警换上便装，成群结队地跑出大门，超越了王小山。

一个辅警问：“王师傅，去不去，去宾馆抓吸毒的。”

心乱如麻的王小山戴上耳机，现在他终于可以下班了，脱下警服，做一个普通人，再也不用听这世间的嘈杂了。

“从来不怨命运之错，不怕旅途多坎坷。向着那梦中的地方去，错了我也不悔过。人生本来，苦恼已过，再多一次又如何。”

铃声响了。王小山又多了一份苦恼。

办案队长交代任务，让他明天去医院，躺在医院的男人终于醒来了，他不肯交代，硬说是他老婆用刀捅了他，他夺刀的时候不小心又捅了他老婆。至于指纹鉴定的结果，在刀上提取到两个人的指纹。很难说清到底是谁捅了谁。

“你再去问下那个男的，想办法突破口供，看他说的到底是不是真的。”

“好的，好的，我知道了。”案情果然发生逆转。到底夫妻俩谁说了真话呢？还有没有人说真话了？

王小山看不透这个纷乱的世界了，他连尹俊都看不透，更何谈这亘古不变的人间？

叮咚，这个声音真可怕。

但这次不是报警，是手机收到一条短信。

那个被儿子骂得要死的母亲，终于给王小山回了一条短信。“谢谢警官，我太无助了，家里没有一个人肯帮我，只有‘110’。”

一辆白玉般泛光的警车，驶出派出所，与王小山擦肩而过。它白润如玉，顶部红蓝闪烁。又要出警了，今天该轮“狄大人”带另外一拨辅警出警了。他们三个人，又将驾着车奔波于芸芸众生之间，串街过巷，救苦救难。

他们是另外一帮“取经人”。

（原载《啄木鸟》2018 年第 12 期）

王东海，1982 年生，内蒙古呼和浩特人。江苏省丹阳市公安局三级警长。中国作协会员，江苏省作协签约作家。在多家刊物发表中短篇小说二十余万字。《王小山记事》获《解放军文艺》2012 年度优秀小说奖，《落枕》获空军“第七届蓝天文艺创作”金翼奖。

首车出动

初曰春

马成功

三辆消防车呼啸而出，望着车顶闪烁的警灯，我在心里骂娘。

是大老柳把我撵回来的，他当时说我毛病，让我滚蛋。大老柳是服役十多年的老士官，职务是战斗一班班长，“毛病”和“滚蛋”是他的口头禅。原本我该坐在首车上，现在位置被他占了，说实话，我心里有成千上万个不服。

在我们消防部队，会根据报警信息判断出什么车、出几辆车，第一辆车一般是城市主战车，被称为首车，也叫一号车。在这辆车上执勤的通常是经验丰富的消防员，算是身份和地位的象征。

大老柳是个什么样的人呢，小心眼，拿不起放不下，当面一套背后一套，等等，这些评价虽然不精准，在他身上却都能找到影子。我现在真的受够了，社会上流行一句话，不怕神一样的对手，就怕猪一样的队友，这家伙做的一些事儿还不如一头蠢猪。

哦，对了，我叫马成功，已经跟大老柳打了一年交道啦。我特别讨厌他拿腔拿调的架势，就在出警前，他还跟我们念叨，说什么消防马上就要改制了。年初全国“两会”公布的事儿，用不着他在那里废话。

车早就跑得没影了，纵算有再多的怨气，我也得脱下战斗服。战友们都出警了，回宿舍也是孤家寡人，我索性离开车库。一出门，就不由自主地打了个哆嗦。长时间待在冷气十足的房间里，猛地被热浪裹挟，骤然而至的冷暖交替很容易让人产生一些生理反应。

这才刚过立夏，就热得出奇，感觉像是有人在天地间点了一把火，有些反常的天气叫人心烦气躁。我瞅着不远处的训练塔，抹了一把有些发烫的脸，以百米冲刺的速度跑了过去。

我扛起挂钩梯，起步、奔跑、悬挂、爬梯……干脆利落地完成了平日里的训练科目，一口气上了楼顶。朝着面积不大的营区，我大吼几声，似乎只有这样才能发泄心中的不满。

我今年是第二年兵，去年也是这个季节，我才刚刚结束新兵集训，分配到鱼鸟河中队，因为表现优异，没过多久就被送到支队特勤中队参加预提班长培训，归队后被任命为战斗二班的班长。这么算起来，我跟大老柳真正相处仅有半年多，但自打一接触，我们的关系就磕磕绊绊，我猜他是忌妒我新兵就当了班长。

不是自我吹嘘，我是我们这批兵当中最牛的人物，训练执勤绝对响当当，参加预提班长培训的新兵只有三五个，我便是其中之一。这个培训很关键，想当班长、想考军校，都要经过这一关才有资格。至关重要的是，我是在特勤中队培训的，在那里我大开眼界。特勤队员，天天处置急难险重任务，那段时间的历练让我如虎添翼。

宣布我担任班长命令的第二天，赶上大老柳是中队值班员，他组织大伙儿练队列。说不清为什么，我那天始终打不起精神，动作总比别人慢半拍。这种状态很快传染给其他人，大老柳就在一旁吼，属茄子的吗，蔫了吧唧的，跟个娘儿们似的。谁是娘儿们啊，我心里很不爽快，就故意捣乱，迈错步子，队伍顿时乱了阵脚，只剩下大老柳一声高过一声的口令。

训练结束，大老柳讲评，又絮絮叨叨地数落上了：瞅瞅你们，毛病，一个个死眉瞪眼的，练队列不是走猫步，啊。这话说得在理，可我心里不得劲儿，尤其是最后那个“啊”字，是从鼻孔里拐了好几道弯才冒出来的，听起来很腻歪。

我狠狠地瞪了大老柳一眼，大老柳看见了，但他假装没看到，站在指挥位置上继续啰唆，说个别同志要摆正自己的位置，翅膀硬了是吧，你就是中校、上校、大校，在队伍里也别想搞特殊，有本事训练场上见，咱鱼鸟河可不是养大爷的地方，爱干就干，不干滚蛋。瞧吧，这得多气人，把我当成傻瓜了，还不如指名道姓来得痛快，这明摆着是在挑衅。

对呀，咱训练场上比个高低。当时，我啥都没想，直接打报告说，一班长，别整那些虚头巴脑的，咱按你说的办，是骡子是马牵出来遛遛，你赢了，往后我当哑巴，我赢了，你以后少叽歪。

大老柳歪了歪头，说行啊，看来你不是属茄子的，你是属驴的。有人憋不住，笑出了声音，队伍紧跟着笑成一片。

比试的项目是打水带，在正前方八米处放个矿泉水瓶子，把水带撒出去，把瓶子击倒者为赢家，有点儿近似于打保龄球。这个比赛重点是看谁的水带打得直，算是灭火训练的基本功之一。

我俩约定五局三胜。围观人员都是队上的战斗员，他们在一旁大呼小叫，巴不得让大老柳输掉，让他丢尽脸面。这个道理很简单，管理者与被管理者永远是矛盾的对立面。

结果毫无悬念，我一口气赢了四局，最后一局我让了他一马。没承想，大老柳在那里一个劲儿地嘀咕，说你们瞎起哄，影响我情绪，再来一次。

太搞笑了，在这么多人面前还想赖账，脑子进水了吧。我也没给他留面子，说一班长，拉倒吧，就这心理素质还干消防，纯属扯淡。

我扭头就走，众人也跟在身后叽叽喳喳，扔下大老柳在那里嘟囔，这家伙还是个顺毛驴咧。

我当时故意强调了“一班长”，不知道他有没有听出话外音。说老实话，他不点名地批评我，想让我当众出丑，无非是给我个下马威，在大家面前刷一刷存在感。我觉得挺可悲的。

在基层消防中队，一班长通常由资历最老、经验最丰富的兵来担任，跟值首车是一个理儿。但大老柳忘了那句老古话，长江后浪推前浪，年轻人超越老同志是自然规律。他肯定是怕我取代了他的位置，那就瞧好吧，迟早有一天，我马成功会把他拍在沙滩上。

人们经常从电视上看到我们，灭火救援、抢险救灾，消防好像无处不在。有不少女孩子迷恋我们，向我们表达爱慕之情，我估计，她们或许只是有军装情结，根本不清楚这身军装的分量。水火无情，翻脸不认人，穿上这身军装，就得冲锋陷阵，谁也不敢担保哪一天会丢了性命。

有这种想法不代表我是悲观主义者，相反，我比谁都乐观，因为我对个人的业务素质十分自信。尤其是我让大老柳吃了败仗之后，更是被众人尊为“老大”，在私底下有绝对的话语权。举个最简单的例子，同样是聊天，讲到同一件事儿，大伙儿就乐意听我的，其实我的口才挺差劲儿，他们实在不愿意听大老柳瞎叨叨。或许是年龄差距太大，彼此有“代沟”吧。

还真是如此。

有一天，我招呼二班的战友“撸啊撸”，一班的兄弟也掺和进来，大老柳一看宿舍里没个人影就找了过来。他们班的人哼哼唧唧地跟着回去了，我们二班仍旧玩得不亦乐乎。

没多久，武队长就跟我谈心，提醒我别在背后搞鬼，扰乱了军心。我当场蒙圈，不知道犯了什么错误，竟然被扣上这么个大帽子。直到大老柳来找我，我才恍然大悟。

训练间隙，大老柳扔给我一支烟，哼哼哈哈大半天，才切入正题，言外之意很明显，让我说话办事要负责任，班长就得有个班长的样子，不能带兄弟们搞些黄色淫秽的东西。我一听就乐了，敢情他是把“撸啊撸”想歪了，不就是款手机游戏吗，土鳖、土老帽，土得掉渣。

我把这个当笑话讲了，身边的小兄弟在我耳边吹风，说大老柳肯定是给武队长打了小报告，那是给你敲警钟呢。也是啊，他自己脑子里想些乌七八糟的事情，还跑到中队干部那里告状，真是腌臜人。我心里想，去他奶奶个腿的，身正不怕影子斜，自己没干过的事儿，别人也甭想往我脑袋上扣屎盆子。

我压根没把这当回事儿，我说过我很自信，因为武队长不但对我印象好，还非常信任我。这些都是后话。

可我万万没有料到，大老柳接二连三又干了几件事儿，虽然那些事情并不出格，但就是让我心里膈应。

我们鱼鸟河中队有个老传统，跟别的中队不一样，最起码我曾经待过的特勤中队就没这个规矩。我也搞不懂为什么，反正中队会定期组织战斗员轮换岗位，类似于医院护士在各个科室轮岗锻炼。

那天一早，轮到我到通信室值班，接听报警电话。作为一个新任命的班长，在中队崭露头角的“少壮派”，我是不屑于这项工作的。刚坐在那里没多会儿，我就接了个电话，对方是个放暑假在家的小学生，非要让我唱“小星星”。我当时就恼了，劈头盖脸把孩子训了一顿。

可就是那次值班，我闯了祸。

熟悉消防的人知道，叫人哭笑不得的报警电话多得很，有让充电话费的，有要求陪聊的，甚至有人让帮忙介绍对象。报假警是要追究法律责任的，这事儿可大可小，以往战友们通常都不会客气，可那次我点儿背，孩子家长给上级打了举报电话，说你们部队管理不严，把孩子吓出了病，要求赔偿。

这到哪儿说理儿去啊？问题的关键在于，大老柳把我的事情当作反面教材，让一班士兵引以为戒。最离谱的是，他居然在背后拆台，想置我于“死地”。

我没有夸大其词。大老柳是支部委员，中队党支部开会研究对我的处理意见时，他提出暂时撤销我的班长职务，待成熟以后再重新任命。

这心得多歹毒啊，我马成功有那么可怕吗，非要把我当成眼中钉、肉中刺。还好，武队长替我开脱，说年轻人哪儿有不犯错误的，更何况假警电话的事实客观存在。大老柳有些不甘心，武队长一摆手，宣布了处理意见。

我的班长职务虽然保住了，可结果让我无法接受。武队长命令我一个礼拜不许出警，让我深刻反省。这跟关禁闭差不多。干消防的不能进火场，那等于武林高手被废掉功夫，难受得要命。兄弟们的那些话重新挤进我的脑瓜子里，我越发觉得大老柳这个人不厚道。

不可否认，有段时间我对大老柳印象还不赖。人家的训练成绩在全市部队数一数二，那次输给我纯属意外。坦白地讲，我打心底佩服业务尖子，好长一段时间里，我还把大老柳作为赶超的目标。

我压根没想到，大老柳非要跟我过不去，尤其在训练场上，他处处跟我作对。

打个比方吧。我们班的兄弟们完成很漂亮的动作，大老柳硬是让我再下令重复操作几遍，还摆出一副老班长的嘴脸，说那些孤僻动作得纠正，进了火场，一个细节不注意就会满盘皆输，轻则错失良机，重则丢了性命。

这些冠冕堂皇的说法令我反感。当过兵的人都明白，没有错的战术，没有对的队列，只要能把火灭了，把人救了，就是胜利。我承认灭火救援必须讲究战术，但那种情形下，我心里想的是，废什么话呀，训练又不是拿尺子比着画直线，跟人的临场状态有很大关系，没法儿给个确切的标准。大老柳这是鸡蛋里面挑骨头，在兄弟们面前让我难堪哪。

怎么说呢，正是这些杂七杂八的小事儿，我跟大老柳的误会越来越深。不过，这些都没让我俩真正动怒，队上接处警的任务太繁重了，我们没有闲心思去计较太多个人恩怨。

前面说过，我们中队叫鱼鸟河中队，鱼鸟河是我们市的母亲河，从南至北，在城市中心拐了个弯儿，用S形把市区一分为二。中队就在这个拐角上，地处闹市区，接警量抵得上其他中队的两倍。我们忙活起来，日子就过得跟鱼鸟河的水一样，悄无声息地流走了。

一晃就过了春节。正月初六的那天晌午，警铃骤响，兄弟们从四面八方奔向车库，照例是着装、登车，唯独不见我的影子。那次我值首车，很显然，我早已成了队上的主力，无故不出警是要挨处分的，首车出动的战斗员更是罪加一等，我不可能不懂这个道理。可我那会儿，确实无法脱身。

提起这档子事儿，我很难为情。

我在春节期间莫名其妙地成了网红。大年初一，我们跟往常一样值班备勤，其间接到报警，说是有个初中生因为压岁钱跟父母闹别扭，爬到窗户口要跳楼。天知道现在的孩子都怎么了。

我值首车，赶过去的时候，那个初中生大半个身子探出了窗口。其他战友在楼下备好充气垫，我从楼顶索降，干净利落地把他救下。索降是专业术语，说得形象一点儿，就像是蜘蛛侠。

我真的成了“蜘蛛侠哥哥”。围观群众拍了视频，发布到网上，经过自媒体的传播和发酵，一夜之间，我成了英雄。我被网友“人肉”了，他们查到我是鱼鸟河中队的兵，很多网友就留言，呼吁部队给我立功。立不立功无所谓，反正我心里美极了，那两天，跟喝醉了酒似的，晕晕乎乎。

大老柳偏偏在这个时候蹦出来，让我把持住自己，别忘乎所以。嘁，哪儿那么多的说辞，分明是羡慕忌妒恨。我绝对不是诽谤他，从那个女孩儿在中队出现的那刻起，他就跟被踩了尾巴似的，上蹿下跳。

你可能已经猜到了，大老柳又犯了老毛病，找武队长报告，说了些什么我不知道，也不想知道。那个女孩儿充其量是我的粉丝，到队上找我是人家的自由。

可是，偏偏在我出警时，那女孩儿限制了我的自由，她拉住我，非要跟我确定恋爱关系。我哑巴吃黄连，有苦难言。但大老柳落井下石，让武队长对我严肃处理。我马成功跟你前世无仇今日无怨，招你惹你了？真是叫人无法理解。

行啊，你不仁我也不义，天天一个锅里吃饭，不愁抓不住你的把柄。我马成功绝不会坐以待毙，既然撕破了脸，就休怪我马成功当小人。

也活该他倒霉，全国“两会”前夕，我发现他不假外出。

“两会”期间，消防部队通常会二级战备，全体官兵必须在岗在位。大老柳这是顶风而上。我把情况报告给武队长，武队长态度模棱两可，我忽然觉得武队长是有意偏袒大老柳。我也不知道哪根弦出了问题，直接给支队长发了短信，举报中队管理不严。

第二天，支队就派来工作组，把中队搞得紧张兮兮的。大老柳知道后，对我破口大骂，嘿嘿，这畜生狗急跳墙了。可他忽略了一点，我马成功不是吃素的，走着瞧，看谁能笑到最后。

事已至此，我与大老柳成了死对头，虽然阴差阳错，相互间的矛盾却如鱼鸟河底涌动的暗流，看不见摸不着，却时刻存在。

武鸣

武鸣心里跟明镜似的，大老柳和马成功的矛盾已经到了不可调和的地步，这不，竟把支队领导惊动了。

这两天，他的压力比以往任何时候都大。

当初，他决定入伍到消防的时候，顶了不少压力，家里的亲戚朋友都说，名牌大学毕业，待遇好的工作挑着选，没必要到部队受罪。可武鸣是那种特别耿直的人，认准了的事儿会一条路走到黑，一百头牛也拉不回来。

刚来鱼鸟河中队报到的时候，他业务素质不行。碍于面子，夜半时分，武鸣一个人在训练场上偷偷练。有几次，他也在心里打过退堂鼓，后悔没听劝，从某种意义上讲，多亏了大老柳，他才坚持下来。

作为老班长，大老柳跟他聊过很多，具体说过什么没必要重复。印象最深的是，大老柳说，谁都不是一出生就干消防，我刚当兵那会儿也是生瓜蛋子。这话实在，也很有哲理。试想，只要不是哑巴，人人都会说话，有几个人能成为朱军、董卿呢？只要不弱智，人人都会写作文，又有几个人能成为海明威、莫泊桑呢？

武鸣是中文系的高才生，他喜欢读世界名著，时不时地在讲话中带出几句经典语句。大老柳就提醒他，跟士兵打交道要接地气，别让伙计们听不懂。他认为这是谬论，既然文化素养不高，那就得主动去学习。这是两个人唯一意见相左的地方。

与大老柳相处时间久了，他对大老柳也是佩服至极。事无巨细，大老柳总是安排得非常妥当，而且好些事情，大老柳都想到了前面，让他少操了不少心。

但在大老柳跟马成功之间，他却有点儿难以平衡。马成功年轻气盛，办事欠考虑，大老柳及时出面制止，是件好事。更何况新老班长搭配，从管理学的角度来看，也是科学的。

从根本上讲，武鸣希望中队有一种正常的竞争氛围，但一不留神，两个班长的矛盾升级了。好多事儿都是赶巧，现在闹到这般田地，让他难以收场。手心手背都是肉啊，这让他有些头疼。

但他现在必须承认，为手下的两位班长都保守了秘密。

马成功确实优秀，在派他去参加预提班长培训时，武鸣犹豫不决。支队长一个电话，让他不得不推荐这个人选，到后来，班长的命令也是支队机关操办的，这让他对马成功的印象打了些折扣，他不希望自己的部下是“关系兵”。

支队长叫马小刚，已经在私底下打过招呼，让重点培养马成功。按正常人的理念，马成功跟支队长有了关联，是不是亲戚不好说，最不济也是老乡吧。

武鸣时常提醒自己，在队伍管理上千万别受外界的干扰，但总体上来说，马成功综合素质很强，一些小毛病他便忽略不计。现在反思，自己是不是对马成功有些放任自流呢？似乎没有。

可这一次，马成功过于张扬了，支队派来工作组，看形势想严肃处理大老柳。可怜了大老柳，背负着重担，还要被人误解。他现在没法向工作组解释，他答应过大老柳，替大老柳保守秘密。也罢，走一步看一步吧。

刚过两天，武鸣就招架不住了，他遭遇了有史以来最艰难的一次抉择。

全国“两会”已经开幕，会上确定，消防部队脱离公安，集体脱下军装，归新成立的国家应急管理部。父母让他趁此机会转业，女朋友也给他发了条长长的短信，大概意思是，不想将来守活寡，若不离开消防，就此分手。武鸣没有想到，爱情如此脆弱，脆弱到不堪一击。

糟糕的情绪掳住了他的心智，以至于他在支队机关闹出了很大的动静。

支队工作组撤回的那天，“两会”刚好闭幕。工作组的意见是，给大老柳记过处分。武鸣正思量着找支队领导求情，支队通知基层主官到机关召开会议。

会前，他敲开支队长的门，打了报告进屋。支队长笑眯眯地请他落座，听明白来意后，支队长笑着说，你不能护犊子。

武鸣连忙分辩，说大老柳犯错误事出有因。

支队长依旧微笑着，说小武同志，我看你得从自身找原因，这次没处理你，是在保护你，不要节外生枝。

受到这句话的启发，武鸣接茬说，我请求组织上处理我，大老柳的假是我私自批的，我知道战备不允许休假，就没让他写请假报告。

支队长歪着头，摆摆手，说，回去吧，好好干工作。

武鸣有些激动地站起来：不行，不能给大老柳处分。

支队长板起脸说，一口一个大老柳，感情深厚啊，别胡搅蛮缠，马成功发的短信我收到了，我相信马成功，我只看结果，不管过程，不假外出的后果摆在这里，说别的都没用。

武鸣火了，说支队长，你也张嘴闭嘴马成功，你们也是感情深厚啊，他是你的关系兵吧？你这样的领导让我心寒，如果给大老柳处分，我现在就请求转业，这军装我不穿了。

支队长忽然沉默下来，过了一会儿才下了逐客令，去吧，咱马上得开会。

会议传达的是总队通知，要求各级层层选拔业务尖子，参加全省应急救援大比武。支队长随后讲话，提出了几条意见，无非是思想重视、严密组织之类的车轱辘儿话。

这些话不痛不痒，武鸣闭着眼都能默写下来，搁到以往，他不会有任何反应，但那天，他情绪失控，在会场上站起来，明确表态鱼鸟河中队退出比武。末了，他意犹未尽地说，看透了消防，净搞形式主义，刚归了应急管理部就搞应急救援比武，太滑稽了。

此言一出，会场上骚动起来，即将脱掉军装的基层干部们议论纷纷。支队长见状，拍拍桌子，命令武鸣坐下。武鸣一笑，说没必要，我申请转业，现在就走。说完，武鸣离开自己的座位，径直走出会议室。

武鸣前脚刚回中队，支队长就跟着来了。他背着铺盖卷来的，说是要在队上蹲点。武鸣爱搭不理，在中队部里给女朋友发微信，说亲爱的，我一时一刻也不想待在这个鬼地方，你等着我，脱了军装咱就去扯结婚证。

支队长真在中队住了下来，除了必须外出参加的活动，他几乎不出营区，有时候还会跟战士们打一场篮球，给大家伙留下的印象不错。

武鸣被限制了自由，连出警的机会都被剥夺了，他从内心里还是喜欢时刻战备、执勤战斗的感觉。他只能在心里安慰自己，支队长也很可怜，不管到哪儿，总有人不远不近地跟在一旁。

但他很快发现，支队长似乎很享用前呼后拥的感觉，看起来很官僚。武鸣庆幸自己看破了这些，提出了转业；他更庆幸自己当众宣布鱼鸟河中队退出比武。

大老柳听说这件事后，找他理论，埋怨他不该违抗军令。武鸣不服气，说大老柳你当兵当傻了，马上就集体脱军装了，还把自己当军人呢。

大老柳气得直跺脚，说只要军装在身上穿一天，咱就得服从命令听指挥。

武鸣说，咱用不用学学《条令条例》啊，真是天大的笑话，你还指望在消防干一辈子啊。

大老柳说，如果这次改成行政编制，我能长远地干下去，我乐意。

武鸣也恼了，反问，你家壮壮呢，他怎么办？

大老柳顿时成了哑巴，两人约定的秘密，是他心头最大的痛。话不投机半句多，彼此只能不欢而散。大老柳离开时，语气低沉地说，武队长，三思。

武鸣很快就发现自己很幼稚，大老柳“投靠”了支队长，眼下已经被任命为中队长助理，正在训练塔那里组织训练。他觉得自己就像个小丑，为了不让大老柳背处分，大闹支队机关，现在倒好，人家屁颠屁颠地跟在支队长身后，跟孙子一样点头哈腰。

夜深人静的时候，武鸣想了很多，大老柳是图了什么呢？为了不被处分，再或者是想留在消防，图个长久的编制吧，否则何必急于在支队长面前表现自己呢。以前真的看走了眼，居然把他当成了知己，真是知人知面不知心啊。

武鸣转念一想，人都是自私的，自己受家人影响提出转业，那就不能怪罪大老柳有别的想法。换句话说，依大老柳目前的处境，似乎也别无选择。

但他又觉得错怪了大老柳，在他知道大老柳的秘密之后，几次提出组织捐款，帮大老柳渡过难关，都毫无例外地被拒绝了。不对，大老柳不是那号人。

武鸣感到头痛欲裂，越是想寻找答案，就越是心绪不定。

大老柳

马成功不待见自己，这一点，大老柳心知肚明。

有些事情没法搁到桌面上说，比如那天的事情。那天也是十万火急，大老柳没打招呼就跑到了医院，他惦记着队上的事儿，交上住院押金，紧赶慢赶回到中队，还是被马成功举报了。他自知理亏，但终究没忍住，骂了马成功。他不是为自己，是为整个鱼鸟河中队的声誉考虑。

他是始作俑者，的确不该违反纪律，现在说什么都晚了。难以置信的是，武队长会提出整个中队退出比武。比武也是一场战斗，临阵脱逃是军人的耻辱。他无论如何都无法理解武队长，怎么跟小孩子一样，闹起了情绪呢。

在大老柳眼里，武队长是个好人，他对自己有很多关照，这种关照或许出于怜悯。可大老柳不认为自己有多么悲惨，相反却一直很乐观。这可能跟大老柳老家的民风有关。

大老柳是大辛家庄的人，所在的乡镇远近闻名，在抗日战争中立下过汗马功劳。有人专门做过考证，说他们村的人是戚继光旧部的后裔，据说，这个理论形成了文章，还得了国家级的大奖。大老柳对这些不感兴趣，他只知道，戚继光手下的人都是民族英雄，作为他们的后代，他就该有血性。

大辛家庄有个不成文的规矩，假如自家孩子考不上大学，就会送到部队，只要在部队踏踏实实干上几年，在别人眼里就是有出息。大老柳不敢说自己多么有出息，但这么多年下来，在部队也算个人物，没人敢说他是孬种。退一万步讲，他最起码没给大辛家庄丢人。邻村的周蕙能嫁给自己就是最好的例证。

周蕙跟大老柳是初中同学，人长得漂亮，家庭条件也比他好，两个人算经人介绍的自由恋爱。有发小儿劝他，说你将来得在部队长期发展，别从农村找媳妇了。可周蕙这个人真不赖，那几年大老柳父母的身体不好，人家直接搬到了他家，这就等于是未过门的媳妇。

虽然相比那些发小儿，大老柳结婚算是晚的，但儿子出生没输给那些家伙。好多人还拿他开涮，说他不愧是当兵的，弹无虚发。老实说，他们的玩笑并不为过。现如今都讲究个优生优育，休婚假的那些天，他没少喝酒，稀里糊涂地播下了种子。

他始终认为自己亏欠周蕙，自打她嫁到老马家，就跟着遭了不少罪。结婚只是摆了几桌婚宴，连个婚纱照都没拍，更别说什么度蜜月了。周蕙说不要紧，咱省下钱将来在城里买房子。

儿子出生那阵子，赶上部队节日战备，周蕙一个人去的医院。这事儿她也没怪大老柳，还自作主张给儿子取名叫壮壮。人如其名，壮壮长得虎头虎脑，结实得很。可老天爷不长眼，别人家的孩子都满地跑了，壮壮还不会爬，到医院一查，是脑瘫。妻子给他打电话，哭得险些断了气儿。

大辛家庄的人过于封建传统，都说周蕙命硬，是扫帚星，娶了这样的女人倒了八辈子霉。这种说法先是局限在小范围内，很快便被一张张兴奋的嘴巴传递开来，周蕙一夜间成了万恶不赦之人。也是邪门，好多人特别喜欢看别人的笑话，似乎旁人遭了灾难，自家日子能过得更好似的。

那几个月，周蕙白天不敢出门，走到哪儿都觉得有人在背后指指点点。有一次，她抱着壮壮去村口等公共汽车，想带儿子去城里看病，半路上碰到一位大嫂，刚要打招呼，人家扭头进了自家院子，临关门前还朝门外啐了一口，就跟躲避瘟神一样。

周蕙再也绷不住了，迷迷瞪瞪地回家，把壮壮安顿好，从厢房里摸出农药瓶子，想一死了之。多亏父母来得及时，直到现在，大老柳想起来还是后怕。

有人劝他提前退伍，他不舍得离开部队，他清楚，父母不会责怪自己。他们都是明事理的人，如果他们不把儿媳妇当作亲闺女，周蕙很难撑得住。

这次赶去医院，就是因为壮壮生病。为此犯了错误，应该可以通融，但大老柳不想让别人知道自己的家务事儿。他不愿再琢磨这些了，也不知道儿子现在怎么样，周蕙哪点儿都好，就是不舍得花钱。也真是难为她了，光靠大老柳每月那点儿工资，根本付不起住院费。

也有几个发小儿给他介绍了工作，收入待遇还不错。大伙儿劝他说，消防又不是“正规军”，以后改制归地方财政，工资收入肯定比不上过去。他们认为，挣不了多少钱还得拼死拼活，不值。大老柳的确冒出过离开消防的念头，可他真的舍不得离开。

部队是个温暖的大家庭，武队长无意中知道壮壮的情况后，几次三番说要动员战友们捐款，帮他渡过难关。可是，队上的人多数跟他一样，来自农村，谁挣那点儿钱都不容易，拖累了别人，这样的事儿大老柳干不出来。还有啊，捐款这种事儿约等于道德绑架，凡事只有搁在自己身上才会有真切感受，即便彼此关系再好，也有可能被人说三道四。总而言之，这样的钱他花起来不踏实，真这么办，也会影响到兄弟们之间的感情，甚至破坏他的形象。

整个队上，只有武队长知道他的家事，当时两人有过约定，承诺不把壮壮的事情告诉别人，现在他旧事重提，让大老柳陷入巨大的困扰之中。他稀里糊涂地转身，去了车库。

车库面积很大，依次停放了三辆水罐车，两辆是城市主战车；另一辆是大吨位水罐车；剩下的三辆是抢险救援车、高喷车和云梯车。车头全部冲着车库大门，门外是八车道的马路，马路对过是鱼鸟河，那里有新开发的河滨公园。

这个时辰，门外的路上，以及对过的公园一定是热闹非凡的，难得没有警情的车库里安静得有些诡异。大老柳从车屁股后面，从车库这头走到那头，又绕到车库门口，从那头走回来。他只能听到自己的脚步声，那是他故意踏出的声响，他真的有些魔怔了，他必须制造一些杂乱的声音，来掩盖自己过于强烈的心跳声。

他下意识地拿起水桶，接满水，把抹布扔进桶里，挽起袖子——他要擦车，擦那辆打头阵的城市主战车——他记不清多少次坐在这辆车上，它是首车，马成功总是跟他争抢在首车上执勤，争夺这份荣耀。

大老柳绝对犯了魔怔，直到擦完首车，打开车库大门，他还是有些恍惚。室外的阳光扎进车库，沾着水迹的首车铮亮，红艳艳的有些刺眼。

这种状态持续了大半天，直到晌午，他才平稳了心态，他埋怨自己被家务事扰了心智。

大老柳对武队长的印象很好。关心他个人只是一方面，武队长私底下对兄弟们都很用心，不偏不倚。最难能可贵的是，每次训练执勤，武队长都冲在前面。要知道，武队长本身就有些特殊，是地方高校毕业后入伍的，业务上跟那群当过兵的土生土长的干部差距很大。可武队长不服输，很快就适应了情况。

看他拼命三郎的架势，大老柳劝他，干部就是干部，没必要那么拼。武队长说，水火无情，绝对不会管你是什么军衔。

大老柳不希望武队长那副状态，如果不是为了鱼鸟河的荣誉，他不会答应干这个中队长助理，临时接管队长的一摊子事儿，摇身一变成了鱼鸟河中队的当家人。命令是支队长亲自宣布的，他很好奇支队长为什么会到中队蹲点。

他时常看到支队长在跟武队长谈心，他很想知道他们聊了些什么，却只能在远处观望。武队长一直很激动，让他捏了把汗，队长啊，你可别犯迷糊，就算部队改革了，全体脱下了军装，支队长还是领导啊。

他没有机会跟武队长单独接触，这唯一的一次还吵了起来，他认为此时最该做的是，带兄弟们参加支队比武，再夺得总队大比武的入场券，在全省争得名次。

大老柳明白，马成功看他不顺眼，支队长就住在队上，他时不时地跑去汇报工作，很容易落下表现自己的嫌疑。马成功一定是瞧不起自己这张臭嘴脸吧，人家会觉得自己小人得志，按照他本人的脾气，也会认为自己很恶心。

能干上中队长助理，大老柳觉得并不光彩。武队长被关了“禁闭”，他原本是想去求情的。

那天的天气不好不坏，大老柳跟在支队长身后，出了营门，过了马路，进了河滨公园。支队长径直走到河边，盯着鱼鸟河的河水发呆。跟随他的目光，大老柳看见河里有不知名的黑脊背小鱼，悠然自得地游来游去；大老柳还看见河边的水草，随着平缓的流水上下起伏。

大老柳内心早已波动起伏，一直寻思该怎么跟支队长开口，然后敞开心扉谈一谈。这个分寸很难拿捏。他刚打了个招呼，河里的小鱼就受了惊吓，四散而逃，先前想好的措辞也跟着无影无踪了。

支队长笑眯眯地瞅着他，见他一直不吭声，就说了句，我知道你的情况，你们武队长跟我说过，你要处理好家庭和部队的矛盾，这次比武可以不参加。

大老柳忽然清醒了，那一会儿他没被壮壮的病情分神，在支队长面前立下军令状，毛遂自荐当鱼鸟河中队的中队长助理。

支队长说还是再考虑考虑，你的综合素质很过硬，是个人才，是支队的重点培养对象，但是……

但是什么不重要，是不是重点培养更无关紧要，大老柳不是官儿迷，他只是想干好自己该干的事儿。

那些天，支队长总是把“重点”两个字挂在嘴边。他对来队上找他汇报的人说，要关注个别重点人，他们的思想稳定很重要。这个“重点”跟大老柳的那个“重点”有天壤之别，一旦列入了这类“重点”，那就是后进分子了。

大老柳没有心思去考虑谁是“重点人”，因为他要带领兄弟们冲刺。他本身的实力不在话下。但几次模拟测试下来，成绩并不如意，现实摆在那里，壮壮的病情越来越不稳定，严重干扰了他的状态。

还有不到半个月就要支队比武了，周蕙给大老柳来电话，说无论如何要休几天假，他本来想拒绝，思来想去还是决定回家一趟。

大老柳没走营区大门，走的是车库。兄弟们正在保养车辆，他让大伙儿都仔细点儿。年龄最小的那个兄弟还给他做了个鬼脸，说一班长，你稀罕它，干脆把它娶回家当媳妇儿得了。他勉强挤出一丝笑容，走到首车跟前，拍了拍车门，算是跟老伙计打个招呼。他一直认为，消防车也是通人性的，你对它好，它会待你不薄，关键时刻也不会掉链子。

抓紧回家吧，大老柳恨不得马上见到儿子。别看他平时大大咧咧，只要是想起壮壮，他就变得六神无主了，那可是自己的亲骨肉啊，别说孩子拖着个病身子，就算没病没灾，也会让人牵肠挂肚。

他偶尔也会冒出奇奇怪怪的念头，我大老柳究竟造了什么孽，非要让老婆孩子受这份罪。消防干的时间不长也不短，少说也救过两三百人啦，不是说救人一命胜造七级浮屠吗，老天爷真的瞎了眼。大老柳在心里念叨，假如世上真有神灵，乞求你保佑我的壮壮平平安安，再或者让我生病，换他健康。

不能胡思乱想了，他迈开步子，朝汽车站跑去，那里有发往大辛家庄的公共汽车。

营区离车站也就四公里，跑步行进每分钟 170 至 180 步，每步 85 公分，全程不到半小时。大老柳每次往车站跑，都会在心里默算这组数据。他早已习惯这种方式，不仅是为了锻炼体能，最关键的是能省钱。在那天，还有另外的功能，可以让他不去想那些七七八八的烦心事儿。

壮壮长高了，可依然站不稳，孩子木木呆呆地望着大老柳，嘴里发出“好、好”的声音。宝贝呀宝贝，你是知道爸爸回来了，在说好吗？他搞不清楚，但有一点他知道，必须在周蕙面前装作无比坚强。

周蕙说，咱把孩子送到省城看病吧，老赵说替咱联系了医院。大老柳冲着壮壮张开双臂，说，儿子，让爸爸抱抱。周蕙白了他一眼，走进里屋，拿起手机，打了一通电话。

顶多个把小时的工夫，老赵就开车来了。人没进门，就吵吵上了，说大老柳你这次得听我的，现在收拾东西，天黑就能到省城……

老赵是大老柳的战友，比他大两岁，是他们那批兵里年龄最大的，当了两年义务兵就回家了。老赵父亲是做生意的，他接手后做得更是风生水起。他本身条件很好，人也精明，当年部队再三挽留，说他是个好苗子，转过年来考个军校，部队就需要这样的人才。他回了句，人各有志，不能强求。为这事儿，大老柳跟他还发生了一点儿不愉快，不说也罢。

看大老柳总是不搭腔，老赵急了，说，是爷们就得负责任，孩子都这德行了，还在消防干球啊，有脸见街坊邻居吗？我的孩子什么德行啦，用得着你来教训吗，大老柳不想跟他争吵。

老赵从包里摸出一张银行卡，递给周蕙，说拿着，给我侄儿看病，不够再来找我。

周蕙看看他，又看看大老柳，说老赵，这个不能要。

老赵一听，又把银行卡递到了大老柳面前：拿着，这是合法收入，不是风吹来的也不是海水涌来的。

大老柳还是保持着沉默。气得老赵的脸都紫了，说你他妈的装什么大爷啊，死要面子活受罪，算老子求你了，行吧？

大嗓门显然吓到了壮壮，壮壮“好、好”两声就哭了起来，周蕙赶忙抱起孩子，拍打两下，也跟着哭出了声儿。大老柳冲周蕙吼，哭顶个屁用，这是给谁哭丧呢？

老赵一个高儿蹦到他跟前，朝他胸脯捣了一拳：冲谁耍横呢，你在队上充英雄，她一个人在家多难，还哭丧，这种不吉利的话也能说出口……

大老柳的头都要炸了，他清楚老赵的一番苦心，可他也是“一根筋”，他认为孩子的病情耗了那么久，再急也不差这三两个月。是的，他自始至终态度暧昧，硬是把老赵气走了。

老赵走后，他站在那里发愣，好像身处一个未知的世界，没有悲伤和苦痛。他希望不要回到现实，静静地看着时光溜走。

老赵还是不放心，给大老柳发了条微信，说眼下当务之急是给壮壮治病，别把自己看得太重，这地球缺了谁都转，中队没有你，啥事儿都照旧。他犹豫半天，把准备回复的信息又删除了。

那天夜里，大老柳一直坐在壮壮床前，想了很多事情，又好像什么都没想。及至凌晨，周蕙从床上爬起来，说你想干什么就去，我不阻拦你。他把妻子拥在怀里，默默地挨到天亮。

朝阳把橙色的光彩打在壮壮脸上，小家伙依旧甜美地睡着。大老柳俯身亲吻他的脸颊，心里念叨，壮壮要乖，等爸爸抱回奖杯，送给宝贝做礼物。

周蕙已经做好了早饭，她把咸鸭蛋剥好，用筷子去掉蛋白，把蛋黄放在小碟子里，推到大老柳面前。她知道丈夫最爱吃这口儿。

她没歇手，从坛子里捞出咸疙瘩，切成细丝儿，用热水一焯，滴上香油，又切了辣椒和葱花，拌匀，盛进洗净的罐头瓶子里。再回头时，她手里又多了个方便袋，装了煮好的咸鸭蛋。她干事利索，还是按照往常的老习惯，让大老柳把这些捎给队上的兄弟们。

看周蕙在那里忙活，他没心情吃饭，馒头在嘴里难以下咽。天已经透亮了，他发现妻子两眼肿得像烂红桃，他猜想妻子肯定跟她一样，彻夜未眠。

训练是枯燥乏味的，特别是在大热天里，所有科目操练下来整个人都虚脱了，这让训练显得无比残酷。大老柳做了分析，自己更擅长于“细活儿”，像什么扩张器夹酒瓶、无齿锯切灯泡这种技巧类，是他的强项。马成功则是粗线条的，在攀爬横渡、索降救人之类的项目上，更占优势。可两人一直没有机会较量，连训练都是用的零碎时间，动不动就要出警，让人身心疲惫。

眨眼就是半个月，其间大老柳跟周蕙视频过几次，壮壮在镜头里不断地“好、好”着，把他的心都融化了。他找不到更合适的词语来形容，满脑子只剩下一个念头，为了孩子也得拼了。他并不否认自己的小心思，支队长说了，这次重奖训练标兵，只要在比武中拿了名次的，就是业务尖子，就是训练标兵。不管奖金多与少，一分钱都金贵，给孩子治病，往后用钱的地方多着呢。

支队比武就在鱼鸟河中队，大老柳和马成功是主场，天时地利人和，全都占尽了。临上场前，他找马成功布置战术，说咱的目标是拿到进军全省比武的入场券，所以得悠着点儿，别计较单科目的成绩和名次。可马成功的第一反应是，这是个阴谋，这畜生是想让我放松警惕，如果我成绩弱了，那等于为他去掉了最大的竞争对手。

是的，两个人是最有力的竞争对手。

结果却令大老柳失望，他按部就班地完成了全部科目，单科目成绩一般，综合成绩却是全市第六。而马成功却急于求胜，连连失误，虽然有两个项目第一，但总分数比大老柳低了0.3，屈居第七。支队参加总队比武的名额只有六个，马成功遗憾出局。

大老柳找马成功谈心，说是把比武名额让给他。

马成功眼一瞪，说，来看我笑话吧，假惺惺地来找我，心里指不定想什么呢。

马成功闹起了情绪，执勤训练吊儿郎当，还在中队蹲点的支队长恨铁不成钢，把他骂了一顿。末了，撂下句一笔写不出两个“马”，我马小刚真是看走了眼，咋就瞧上你这么个不争气的玩意儿呢。

马小刚

消防不是真空地带，要跟地方上形形色色的人打交道。最近几年，特别是担任支队长以来，马小刚没少受人委托办些事情。唯一的例外是马成功，他心甘情愿想把马成功培养成才。

马成功的确是他的老乡，并且跟他扯着关系，这让他不得不默默关注着这个兵的成长进步。总体来说，马成功表现不错，如果不出意外，来年肯定会推荐参加军校招生统考。可现在部队一改革，谁也不知道未来是个什么形势。

兵已经当了快三十年了，按规定，转过年来马小刚就该退出现役了，脱下军装是早一天晚一天的事儿。最近一两年，消防部队内部一直传说要体制改革，各种版本，说什么的都有。在小道消息传得沸沸扬扬的时候，在很多场合下，他没少强调思想稳定问题。显而易见，不管在个人还是集体层面，对这次改革，他已经有了充分的心理准备。

他原以为自己会处乱不惊，站好最后一班岗，可当他真正看到新闻，得知确切消息，难免有些失落，特别是武鸣在会场上那么一闹，他的心里更是变得没着没落。这种奇怪的感受不但在他心里扎根，而且像流行感冒一样，在支队上下传播开来，以意想不到的速度发散出去。这个当口，人心不能乱，他带头住进了鱼鸟河中队，支队党委常委随后包点，下到了各个中队。

鱼鸟河中队留给他无数美好的记忆，从新兵到副班长，再从副班长到班长，一直到提拔当干部，这里是他梦想起航的地方。可他很少故地重游，即使营房从平房变为楼房，消防装备全部更新换代，早已看不到过去一丁点儿影子，他还是刻意回避这里的一切。但他现在必须回到老中队，接受来自现实与过往的考验。

他错怪了武鸣，武鸣虽然“一鸣惊人”，但说出了诸多消防官兵的心里话。当然，搞比武是形式主义的想法是错误的，这一点武鸣已经检讨了，但武鸣在对手下班长的处理上，始终不肯让步。谁能想到，大老柳遭遇家庭变故，还咬着牙想在比武上夺得名次。这是一个好兵。

人心都是肉长的，马小刚已经决定不再处理大老柳，因此他才答应让大老柳参加比武。他的想法很简单，让大老柳“戴罪立功”，在省里为支队争得荣誉后，再提出处理意见。在改制的阶段，人心难免浮躁，哪怕风吹草动都可能引起不大不小的地震，武鸣就是个教训。

通过观察，马小刚发现，马成功和大老柳是一对活宝，尤其是马成功，跟自己当年新兵时一个样。如果把他们顺势引导，两个兵会成为鱼鸟河中队的顶梁柱，关键看思想工作是否到位。他觉得这不是难事，就分头找他们谈话。

大老柳说，小马年轻，更有冲劲儿，别打消了他的积极性，我把名额让给他，这样正好，我休个假，带壮壮去看病。

马成功恰恰相反。他说，大老柳根本不配代表支队参加省里的比武，更不配当鱼鸟河中队的中队长助理。

马成功还说，如果不是操作失误，那名额本来就是自己的，现在他巴不得那畜生生病受伤，名额就自动变成他的了。

这小兔崽子怎么会有如此歹毒的想法呢，可马小刚又无颜指责对方，自己当年又何尝不是如此。马小刚猛然意识到，不能纵容这种思想，比武场就是战场，如果真是在战斗，你操作失误，后果不堪设想。

那几天，马成功一直心不在焉。担心出问题，大老柳取消了他值首车的资格，结果马成功在队上大骂，说大老柳你有能耐就毙了我，只要我马某人在，看你还出什么幺蛾子。

别看他嘴上厉害，整个人早就蔫了。马小刚寻思，抽空儿得找他谈谈，还没等抽出空儿来，就出事儿了。

那天好像是周六，也可能是周日，反正是在周末。鱼鸟河中队接到报警电话，说批发市场的一个仓库着火。这是一起很小的火灾，没用几分钟明火就扑灭了，接下来的程序是进现场检查，看是否有暗火，以防复燃。在他们准备进去的时候，带队的大老柳接到指令，让抓紧赶到附近的高速路上，对一起重大车辆事故实施救援。

大老柳下令马上集合，马成功说不行，还没打扫“战场”，我隐约听见里面有求救声。大老柳训斥，隐约个屁，什么毛病，滚蛋！说罢，朝马成功瞪了一眼，扭头跑到了车上。

某一瞬间，马成功也怀疑是自己的耳朵出了毛病。但事实证明，他的听觉准确无误。在他们赶赴车祸现场的途中，仓库再次发生火灾，而且火烧连营。当时马成功心里一乐，终于可以看大老柳的笑话了，但很快又沮丧起来，火灾事故无法预料，天知道复燃之后会不会有人命丧火海。

他们掉转车头，再次回到批发市场。按平时训练的要求，马成功跟大老柳分别带了一个组，负责进入现场内攻。

现场浓烟滚滚，堆积的货物也为他们的深入制造了障碍。大老柳提醒马成功留神，马成功不以为然，竖起手指做了个很不礼貌的动作，隔着空呼器骂道：神经，谁还会傻乎乎地去送死啊。

话音刚落，马成功就被扑倒了。等他回过神儿来的时候，他和大老柳都被送到了医院。还好，他只是受了一点儿皮外伤，当天就活蹦乱跳了，大老柳小腿骨折，留在了病房。

当然，上面这些都是马成功自己的描述。

出事儿之后，马成功去医院探望的时候，大老柳举起右手给他敬礼，说小马子有福，让他珍惜名额，给我捧个奖杯回来。

马小刚点点头答应了。大老柳又说，别跟我家那口子说，她还得照顾壮壮……

马小刚一时之间不知该说些什么，离开医院才想起来，忘了跟大老柳说，让他安心养病，回头帮他联系北京最好的医院、最好的专家。

马成功如愿以偿地拿到了全省比武的名额，可他找到马小刚，说，我恨自己内心肮脏、嘴巴歹毒，可谁也无力挽回这个局面，毕竟这世上没有卖后悔药的。

马小刚捏了捏他的肩膀，手上的劲道有点儿足。马小刚心里想，这兔崽子总算是长大了。

备战全省比武让马成功顾不上愧疚，他一门心思想在省里夺冠，为大老柳捧回奖杯。

三周后，大老柳一瘸一拐地回到了中队，他回队后的第一件事儿就是打了提前退伍的报告。还在中队蹲点的马小刚一听就急了，说你这是干吗呀，这次你救了马成功，正准备给你立功呢。

大老柳说，咱这消防集体脱军装了，我也该走了，不能总赖在这里吧，况且这次是我指挥失误，我哪儿有脸立功啊，还是把功让给马成功吧，那小兔崽子机灵，消防需要这样的人才，来年让他考军校当干部，否则平常我对他花那些心思全都白瞎喽。这一次，大老柳说话像模像样，破天荒地没用口头禅。

在马小刚面前，大老柳还为武鸣求情。他说，脱了军装谁从情感上都无法接受，武队长无非是……

马小刚把脸一板，说这是原则问题，用不着你来教训我。大老柳第一次看到支队长发火儿，也不得不为武队长提心吊胆。

正琢磨着，中队部的通信员慌里慌张地跑过来，他上气不接下气地说，大、大老柳，不，柳队长助理，嫂子，嫂子来、来电话，说壮壮不、不行了，正送、送医院，你抓、抓紧。

大老柳一着急，把拄着的拐杖丢了，想往前跑，马小刚没扶住，他“扑通”一声摔到地上。马小刚吼了起来：驾驶员，驾驶员，你他妈的死哪儿去了，把车开过来，马上！

在去医院的路上，马小刚和大老柳并排坐在车的后排座位上。他目不转睛地盯着大老柳，生怕大老柳想不开，有过激行为。大老柳旁若无人地看着窗玻璃，车窗外是急速倒退的街景，恍然觉得是在出警。

大老柳从未感到如此疲惫，比历经万水千山的长途跋涉还要劳累。他自责，骂自己糊涂，在医院躺了那么多天，竟把手机关掉。他心里默念，周蕙，千万莫要怪罪我，我只是不想让你担心，你还得照顾壮壮，哦，壮壮，我的宝贝儿，爸爸现在最大的心愿就是搂着你好好睡一觉，然后带你去动物园看孔雀、大象，还有机灵古怪的小猴子。

想到这里，大老柳咧嘴笑了，别看壮壮语言有障碍，但每次从电视上见到猴子，都会有微小的变化，要么是模糊不清地发出“好、好”的声音，要么是抬起胳膊指向远方……

大老柳忘记怎么进的家门。哦，想起来了，是在马小刚的搀扶下进的家门。现在，壮壮小小的躯体就在屋里，听不到“好、好”的声音，他心烦气躁。

周蕙在支队政治处女干事的搀扶下，望了一眼马小刚，又望了一眼丈夫，忍不住哭了起来，声音时高时低，没完没了，像是在指责什么。大老柳忽然吼了一嗓子，哭什么哭。紧接着，鼻子就有些发酸，他揉揉眼，双目湿润，眼角却是焦干的。

大老柳深思恍惚，他眼里有三张模糊的面孔，隐约听到他们在说些什么。他再三提醒自己，姓柳的，你他娘的撑住，你不是怂蛋，你不能让死去的壮壮瞧不起。他歪着脑袋，侧起耳朵，似乎听到了一个声音，是壮壮的声音，孩子口齿不清地说，好、好。

不，不是孩子的声音。那个声音夸他是个好兵，还说对不住他，已经联络好北京的医院和专家，没帮他把孩子尽早送去治疗。大老柳已经回过神了，他看清了那三张面孔，有支队长马小刚，有中队长武鸣，还有手捧奖杯的马成功。

大老柳没有理会任何人，一瘸一拐地走出家门，扔掉拐杖，有些吃力地蹲下，跪在院子中央烧纸。马小刚跟在身后，他发现，院子里有一盏昏黄的灯，正孤零零地在大老柳的头顶眨着眼，圆锥体的光圈拉长了大老柳的身影，在月光下显得很不真实。

马小刚还看到，正在燃烧的黄纸映红了大老柳的脸，风吹过来，纸灰飞舞，迷了大老柳的眼。眼泪再也止不住了，大老柳眯缝着眼，用牙紧紧地咬着下嘴唇，脸上的肌肉变得僵硬了。

大老柳终于站起来了，他甩掉马小刚递过去的双手，长长地舒了一口气，用舌头舔了舔嘴唇，有点儿咸。

那是个漫长的夜晚，闷热的天气让所有人焦躁不安。只有大老柳安静地坐在那里，一直从手机里翻看壮壮的照片，时而清醒，时而迷糊。

我

我非常想念大老柳，我不愿意他真的“滚蛋”。

这天清晨，我终于忍不住，疯了似的爬到训练塔的楼顶，想哭却没有眼泪。我俯视整个营区，营房依旧错落有致，却如我的心一样空落落的。

我用手机拍下营区的全景，用微信发给大老柳，又附了条语音，说没有一班长，整座营盘都空了。大老柳回复：滚蛋，毛病，又拽那些酸词儿，兔崽子，记住喽，替我，还有好多的退伍兵，守好咱们的营盘！看着硕大的感叹号，我不知道该如何回复。

夜里，起风了。已经仲夏，风却莫名其妙地有些硬，刀片一样削在脸上，还没等我回过神来，雨就跟着凑起了热闹。它们像是受到了蛊惑的帮凶，张牙舞爪地四处乱窜，撞到了窗玻璃上，又打着旋儿极不甘心地一头栽到地上。半空中仅剩的几颗星星瞬间逃得无影无踪，天紧跟着阴沉了脸，仿佛遭遇了莫大的委屈，愣是把远山近水涂成了乌黑色。

这场雨下了两天两宿。第三天，确切地说，是奖杯安置到鱼鸟河中队队史馆的那天，雨过天晴，整座城市都一尘不染，连路边的树木都精神抖擞、干净利索。

我举起右手，向奖杯敬了一个庄重的军礼。因为奖杯背后是荣誉墙，墙上有壮壮的照片，再往上有几位为国捐躯的老前辈，那里面有我父亲的照片。是的，我是他的儿子马成功，支队长马小刚是他的老战友，据说他们当年的关系也是水火不容。

此时，马小刚、大老柳都在我的身边，他们也朝荣誉墙行着军礼。直到耳边传来警铃声，我们才习惯性地扭身，跑出去。大老柳腿脚还不利索。

在门口，我停下了步子，小心翼翼地挪开脚，盯着不知名的野草发呆。野草顶着水珠，像壮壮一样伸展着小手，迎着我的目光，有些调皮地晃了晃身子。

水珠消失的时候，武队长跑步过来了，他刚出警归队。他朝支队长打了个敬礼，说首长，我想通了，不管穿不穿军装，咱都是一个兵。马小刚不声不响地抬起头，把眼神越过兵营的围墙，投向远方。

或许是为了化解尴尬吧，大老柳也向马小刚报告：支队长，我请求归队，您放心，我会跟兄弟们守好咱们的营盘！

支队长未知可否，他长久地注视着营区。那目光坚定而深邃。

随着他的目光望去，我发现，在阳光的照射下，我们的营盘熠熠生辉，如那座奖杯一样，闪耀着动人的光芒。

很快就过“八一”了，这是我们脱下军装前最后一次过军人的节日。

那天中午，支队长专程赶到鱼鸟河中队，陪我们一起会餐。他端起杯子，面向我们说，咱以茶代酒……话刚出口，警铃就响了。我站起身来就往外跑，刚刚康复的大老柳跟在我身后嚷嚷，你别欺负我老胳膊、老腿，今天我值首车。

谁也没想到，武队长抢了先，他上了首车。首车出动，这次执行的是救援任务。

还是我

有没有这样一种可能，比方说，我不是马成功，我是中队长武鸣。

在支队传达省里通知的那天，我在机关大闹一场。好多人说我私欲太重，想借这个机会安置到其他岗位（我不具备转业资格）；还有的人说我敢作敢为，替大家发泄了心里的怨气（大多数人都留恋军装）。最让我无法容忍的是，有领导说我扰乱了军心。支队党委险些为此给我处分，是支队长跑到中队蹲点，苦口婆心地给我做工作（我必须感谢他让我走出迷茫）。

他跟我有一次彻夜长谈，他说了很多话，我记得最清楚的是，他说，人家当兵，部队还在，人走了；咱消防是人还在，部队没了。这是网络上很流行的一个说法。但我分明看到他鬓角冷不丁冒出的白发，还有脸上淌着的两行泪水（我估计他不想让我记下这个细节）。

我有无数个理由判定，支队长和我，还有好多熟悉抑或陌生的消防战友，都舍不得脱下军装。

不能再啰唆这些了，有为自己洗刷“罪名”的嫌疑。还是说大老柳吧。

“八一”建军节那天。正在会餐，我接到了大老柳的电话。他告诉我，壮壮在北京的治疗很顺利，让我替他感谢支队长帮忙联系的医院，还让我敲打敲打马成功。

我不好意思找支队长，更不好意思敲打马成功，因为我使性子拒绝参加比武，险些让他丢掉梦寐以求的奖杯。

我现在也没机会找支队长和马成功了，就在支队长端起杯子准备讲话的当口，警铃响了，我毫不犹豫地冲出食堂。

马成功一直跟我齐头并进，就在接近首车的时候，我俩不约而同地转了方向。

我现在必须坦白，刚才这段是虚构的美好愿景，我们都希望壮壮能够康复，故事有个圆满的结局。我毕竟是中文系的毕业生，我有足够的能力虚构一些情节。但是，我还必须坦诚地告诉朋友们，我所讲述的是个真实的故事，大老柳经历的一切都是真实的，他正带着丧子之痛，战斗在执勤一线。

你瞧，首车出动，我们把位置留给了大老柳。这个结局不尽如人意，却千真万确。

（原载《海燕》2019年第2期）

初曰春，1978年生，山东牟平人。全国公安文联创作室副主任、影视专业委员会副秘书长。中国作协会员。发表各类体裁文学作品300余万字，参与多部影视剧创作。代表作有《一号战车》、《我说红烧，你说肉》等。作品曾获金盾文学奖、冰心散文奖等多个奖项。

额外的弹孔

赵德发

坐上去省城的高铁，魏小静十分感慨。她觉得，这些年什么都在提速，时间也是如此，从1998年到2018年，就像坐着高铁，嗖嗖嗖嗖，不知不觉就到了。

不过，她打开手机的镜子功能，照见自己的憔悴面容和鬓边的几根白发，发现时间在高速行进时并没有减弱它的屠戮功能。那个毕业时与同学抱在一起哭泣的女孩儿，现在早已过了不惑之年，成为一个黄脸婆了。

没事开个同学会，拆散一对是一对。这是丈夫刘嘉迁在她离家时的赠语。老刘你想多喽，我这样子，去拆哪一对呀？我要是接近哪个男生，肯定会对他的家庭产生凝聚作用，他会想：好好爱老婆吧，如果老婆跑了，就只能找魏小静这样的丑女人了。想到这里，魏小静忍不住笑了。

但她马上收敛了笑容，像闪电一样迅疾。这是她在平时工作中形成的习惯，譬如说正在讯问嫌疑人，听到嫌疑人说出可笑的事情，她也会忍不住发笑，但笑容来得快去得也快，她不能在这个时候让嫌疑人觉得她是一个爱笑的娘儿们，要让嫌疑人知道自己面对的是一位县公安局的三级警司，是代表着正义的人民警察。

同学会，是她一直向往的。在警察学院的三年，是她终生难忘的美好时光。虽然没有轰轰烈烈地谈一场恋爱，但是值得怀念的事情还是有许许多多。老师同学，几位舍友，课上课下，校内校外，随便翻拣出一点一滴，就可以愉快地回味一番。

最有意思、最值得回味的是这么一件事：她有一次打靶成了“神枪手”。

侦查专业，射击是基础课，她偏偏在第一次实弹打靶的时候出了大糗。她记得，那天靶场上春寒料峭，她和同学穿着作训服，扎着武装腰带，貌似英姿飒爽，其实内心紧张。轮到她那一组了，她从教官那里接过一把“五四”手枪，感觉重若千斤。正哆哆嗦嗦瞄准，右边忽有一声惊叫。扭头一看，是站在本组另一头的女同学盖玉蹲下了。教官急忙过去，将她的枪收走，另一位教官将她扶到了后面。这个盖玉，多次说自己见了枪就晕，这次果然当众晕菜。受盖玉的影响，魏小静更加慌乱，教官下达射击命令之后她扣动扳机，“砰”的一响，手枪的后坐力让她一个趔趄后退半步。她努力让自己镇定下来，打出了剩余的四发。等到报靶，她只中了两枪，而且只有十三环。除了盖玉，班里还有五个女生，都打得不好，没有一个是全中的。当然，这是第一次打靶，大部分男生也是成绩不佳，五发皆中的只有七人。

第二次打靶，就是春暖花开了。她苦练了两个星期，觉得自己从心理素质到控枪技能都有很大提高。看着山坡上一片片艳丽的桃花，她心旷神怡，状态良好。等她那一组十个同学上场，她对身边的枪响充耳不闻，一心一意打自己的靶子。打完了，交上枪，她与同学们退后站着等待报靶。她看到，两个教官过去，一个数靶子上的弹孔，一个拿着小本本记录。然而，到了她的靶子前面，教官却数了一遍又一遍。老师同学都觉得诧异，班主任沈先行老师大声问：什么情况？那位教官举起做成猫头的一只手：六洞！

同学们一下子炸了营，都说奇了怪了，五枪怎么能打出六个洞？有的男生直接喊：魏小静，神枪手！教官摆着手说：肃静！下一组上！接下来的时间里，魏小静无心看其他同学打靶，老是猜想这六个弹孔是怎么来的。她想，我苦练两个星期，五发五中完全可能，那么，另外的一个弹孔是怎么回事呢？难道是别的同学脱靶，子弹飞到我的靶子上去了？

从靶场往回走的路上，很多同学继续调侃此事，称魏小静是“神枪手”。长相最漂亮的女同学马萍萍说：你们知道个啥，今天桃花盛开，小静是交了桃花运啦！大家问他为何这样讲，马萍萍指点着那些男生：肯定是哪个帅哥怕小静打不好，帮了她一枪！许多同学都做恍然大悟状，并且让那个帮助魏小静的站出来。有和魏小静同一组的男生主动撇清，说自己是五中，接着，五发五中的也纷纷仿效，这样就筛除了半数。然而，剩下的几个不是五中的，却没有一个人承认自己打了那一枪。

魏小静也相信，是有人帮了他。但这个人是谁呢？难道他对我有好感？她想搞清楚，但此后一直没有任何线索，也没有人私下里向她坦白。这个谜团，直到毕业也没解开。

回到家乡平川县，她到县公安局刑警队当了侦查员。后来经人介绍，嫁给县直机关的小公务员刘嘉迁，继而生下儿子。她像局里的许多女警察一样，整天忙工作，忙家务，觉得四季轮回像风车一样快，身上的警服，穿一阵薄的换厚的，再穿一阵厚的换薄的。

突然有一天，她接到同学聚会的通知，才意识到毕业已经十年了。回首十年前的警院生活，那个桃花盛开的春天，靶子上来历不明的弹孔，她浮想联翩，心中温馨，觉得特别美好。她很想回一次母校，在与同学的畅谈中，搞清楚到底是谁打了那一枪。可是，那一段她参与侦办一起强奸杀人案，而且是市局挂牌督办的重点案件，她必须全力以赴。她只好向班长告假，说有任务，去不了。就在她锁定嫌疑人的那个傍晚，马萍萍打来电话，让她听同学们喝酒时齐声高唱的《警院之歌》，听着听着，她潸然泪下。

十年聚会错过了，二十年聚会不能再缺席。时间是在八月的一个周六，魏小静向大队长请了假，又向丈夫请假。丈夫早已当了县政协的一个科长，酸溜溜地说了那句“没事开个同学会，拆散一对是一对”，又居高临下给老婆下指示：你同学有的当了局长，有的当了处长，你也去取取经，看人家是怎么混的。你难道一辈子光熬警衔不挂个科长什么的？魏小静说：我就喜欢破案，喜欢破案之后的成就感，要是升职就可能离开刑警队，我接受不了！丈夫摇头叹息：不可救药！

不可救药的魏小静，在路上盘算，这次参加同学会，要把当年那一枪当作案子去办，把那个额外的弹孔查个水落石出。想到这里，她瞅着车窗外飞速后退的风景笑了。笑罢，她仔细回忆当年那次打靶的情景。除她之外的九位同学，排除晕枪的盖玉，排除打五中的四名男生，其他四名男生是谁？一个是张军，在她左边，隔着两个同学；一个是柳建功，在她右侧，紧挨着她。但他们两个都曾表示，没有帮她。另外两个，无论如何也想不起来了。可惜那时靶场上没有监控，要是能留下视频就好了。

省城到了。下了高铁，打出租车去警院旁边的金盾宾馆。宾馆门口站着一群同学，身上都穿着一件白汗衫，胸前印着“青春不散场”五个大红字。虽然时光将大家改变了许多，当年的青葱模样荡然无存，但魏小静在出租车上等待司机找零钱的空当向那边瞄几眼，还是准确地认出了每一个人。

她从车里一出来，马萍萍就大喊一声“神枪手来了”，张开双臂跑过来将她搂住。魏小静与她拥抱时感觉到，这位当年的班花，身体已经是相当丰满了。

几个男同学也走了过来，笑着与她握手、寒暄。范红星拍着自己的大肚子说：“还认得这个油腻中年男不？”魏小静与他开玩笑：“认得，扒了皮认得骨头。”马萍萍夸张着表情说：“呀，竟然认得骨头？这可不是一般的关系!”范红星说：“当然不一般，当年是我成就了她这个‘神枪手’，帮她打了一枪，小静你要好好感谢我!”魏小静忽然想起来，那次打靶，范红星是和她一组。但是马萍萍立即揭穿他：“你那次打了个五中，难道你的弹匣能装六发?”

魏小静注意到，柳建功也来了，却一直站得老远打电话。柳建功所在的连山县与平川县相邻，同属一市。在警院读书时，他经常与魏小静同坐一辆绿皮火车回家。现在，柳建功已经是县局局长了。想到她在刚刚接手的一个案子里，嫌疑人供述，曾向柳局长行贿，她看他的眼神里包含了复杂的内容。

范红星喊他：“建功，你老乡来了，竟然不理不睬?”

柳建功这才收起手机走过来。虽然没穿警服，但他晃着大高个子，显示出一个局长的威严。他脸上带着微笑，与魏小静握握手：“来啦?”魏小静说：“来啦。你坐的是哪趟车?”柳建功说：“我开车来的。”

班长韩继业让魏小静去登记入住，马萍萍说：“走，咱俩住一个房间。”就和她一起进了大厅，到报到处见了负责登记的同学，交上 AA 制必交的六百元钱，领取了汗衫与活动安排单，再去前台登记，拿到了钥匙。

到了房间冲澡，魏小静站在水龙头下面还是想着柳建功的事。今年扫黑除恶，平川县打掉了一个黑恶团伙。蒲河流经连山、平川两县，这帮人在两县交界的河段称王称霸，谁在这里采砂，不管有没有合法手续，都要向他们交“管理费”。前不久，有人不服，与他们打了起来，警方将这个团伙抓获，局领导安排魏小静主办这个案子。她带领一个小组整天去看守所的审讯室，工作了一个多星期。团伙头子王三江非常狡猾，交代作案实情时一直避重就轻。但他手下几个人却老老实实供认不讳。王三江的司机交代，为了在蒲河上游扩大地盘，经中间人牵线，王三江有一天去连山县城给柳局长送了几块金砖，价值八万元。然而，王三江却死活不承认。

她想，应该向柳建功透露一下这事，让他心中有数。他如果真有其事，应该主动向组织上缴金砖，以求宽大处理。

洗完澡出来，换上“青春不散场”汗衫，穿上一条碎花裙子，就坐在床边与马萍萍说话。像普通女人一样，一见面首先是说孩子，马萍萍将手机屏幕向她展示，让她看儿子的照片。魏小静看见，那个男孩儿眉清目秀，很像他的母亲，由衷赞叹：“真是帅哥一枚。”马萍萍说：“哎呀，就因为我儿子帅，整天受女同学骚扰，搞得他心神不定，学习成绩下降，我都快烦死了！你说，现在的高中小女生怎么那么大胆泼辣，哪像咱们那时候，上了警院还不会谈恋爱！”魏小静说：“你不会？你跟高明山是怎么回事？”“他是追过我。不过，他好吹牛，追到一分他说成三分，追到五分他说成十分，严重败坏了我的名声！”魏小静说：“反正你们谈过。哪像我，长相奇丑，没一个追我的。”马萍萍说：“还没有追你的呢，让你成为‘神枪手’的不是？”魏小静说：“就别提那事了，我至今不知道是谁帮我的。”马萍萍说：“哦，我帮你分析分析。你说，那天在你两边是谁，成绩是多少。”“左侧是宋伟，五中。右边是柳建功，四中。”马萍萍将双手一拍：“那就是柳建功。”

“柳建功？”魏小静摇摇头，“不可能吧？他不承认呀。”

“不承认，是怕你有想法。”

魏小静说：“我能有什么想法？怕我爱上他？”马萍萍将指头一点：“对，就是这个原因。你知道不知道？在校期间，他跟治安系的一个女生经常约会，多次去南屏山。”魏小静说：“我不知道。”马萍萍说：“那家伙太会隐蔽，咱们班都不知道他在谈恋爱，是那个女生向我的一个老乡说了，老乡又告诉我的。”魏小静问：“他们的恋爱，持续了多长时间？”“直到毕业。柳建功让那女孩儿跟他去连山县，女孩儿不干，二人就分手了。”

魏小静的心隐隐作痛。上学期间，她对柳建功这个老乡很有好感，后来发展成暗恋。柳建功相貌堂堂，身材魁梧，学习成绩拔尖，她想，我要是有这样的男朋友该有多好。他俩经常同乘一趟火车回家，魏小静上车后殷勤地为他倒水，还买零食与他分享，小心脏跳得怦怦的，但柳建功仿佛是唐僧再世，对她不冷不热。原来，他已经跟别人搞上了。魏小静想，我那时不知情、不知趣，竟然向他频频放电，真叫一个恬不知耻！

她叹一口气，瞅着马萍萍道："萍姐，你的分析对头。柳建功是帮了我，但他只是不想让自己的老乡打靶出糗，才帮了一枪。他已经有了心上人，当然不愿意向我承认，怕我爱上他，坏了他的好事。"

马萍萍说："是的。这家伙真是有女人缘，听说他回去娶了个中学音乐教师，也是个大美女。"

魏小静点点头："对。"

看看表，已近十二点，她俩到一楼参加聚会。大房间里安排了四桌，正面挂着一个红布横幅，上面印着两句话："三载同窗岁月常在　一世警缘情谊永存"。魏小静觉得，这真是表达了同学们的心声。

几位老师坐在主桌上，班主任沈老师头发已经花白，明显变老。魏小静过去向老师问好，沈老师立即认出她来："魏小静，神枪手！"

魏小静满脸通红："老师，我出的洋相你还记得？你记性真好！"

沈老师说："当然记得，我还知道是谁打的呢！"

魏小静忙问："是谁打的？"她想起，打靶的时候，沈老师就站在她的身后。

沈老师笑道："不告诉你。等到你们三十年聚会的时候，我再解密。"

魏小静失望地摇摇头，到另一个桌上坐下了。

人到得差不多了，当年的侦查一班班长韩继业站起来点名，点到谁，谁就起身喊"到"。点完名，班长向沈老师报告：全班同学三十五名，今天到了二十八名。沈老师点点头："开始吧。"

马萍萍担任主持人，她上场后很激动，饱满的胸脯急促起伏，手拿话筒大声说："各位老师、各位同学，大家好！十年前咱们班聚会的时候，同学们共同许诺了五个字：'青春不散场'。又一个十年下去，我们还是这五个字：'青春不散场'！二十年前，我们同窗，面孔稚嫩；二十年后，我们相聚，满脸沧桑……"

沈老师笑起来："太夸张了吧？你这么说，让我们这些老朽情何以堪？"

马萍萍做个鬼脸说："接受老师批评，改过来：二十年前，我们同窗，面孔稚嫩；二十年后，再次相聚，我满身赘肉……"

她的自嘲，引发哄堂大笑。

她讲完开场白，请班主任老师讲话，班长讲话，同学代表讲话。然后，她动员大家"嗨起来"，让一些同学上台展示才艺。有唱歌的，有朗诵的，还有写字作画的，教法律的孟老师很兴奋，当众写了一幅楷体大字"文武双全"，以此表扬大家。

宴会开始了。因为怕有人喝多了出事，只上啤酒和饮料。虽然酒精含量较低，但大家热情饱满，你敬我敬，十分热闹。

魏小静敬过几位老师，往回走时，柳建功迎了上来，说向老乡敬酒。魏小静说一声"谢谢"，与他碰杯。她注意到，柳建功没喝啤酒，喝的是橙汁。他喝下一口，将魏小静的汗衫短袖牵了一下，与她走到僻静的墙角才说："小静你知道吗？当年帮你的那一枪，是我打的。"魏小静心中一动，瞅着他道："非常感谢。可是，你当时为什么不承认？"柳建功抿着嘴笑笑："我这人一贯低调，不爱张扬，你是知道的。"魏小静道："你可以悄悄告诉我，让我感你的恩呀。"柳建功摆摆手："做了善事想让人知道，那就不是善了。"魏小静不无揶揄地道："善哉善哉！"

柳建功向那边的老师同学看一眼，转过脸小声问道："小静，听说你在办一个关于河砂的案子？"听他主动说起这事，魏小静警觉起来。她点点头："是。团伙头头叫王三江。"柳建功说："这人是我们县鼓岭乡的，多次作案，我局曾经处理过他。他死皮赖脸，满口谎言，受审的时候估计会胡乱放枪，要是以我为靶子，小静你给我处理处理。"魏小静问："怎么处理？"柳建功说："你懂的。"

听他说出这话，魏小静深感震惊。这个老同学，真是有些卑鄙了。二十年前你帮了我，可你不承认，怕我对你有想法，坏你的好事。二十年后你成为犯罪分子的靶子，竟然主动向我讲出当年那个弹孔的真实来历，想让我给你处理一下。怎么处理？将嫌疑人的供词销毁？

她换上犀利的目光，正色道："老同学，实话告诉你，嫌疑人真是向你开枪了，你身上的弹孔，应该让组织处理。"

柳建功瞪起眼来："组织处理？你什么意思？"

"主动向市局纪委交代，把嫌疑人送的钱财交出去，争取宽大处理。"

柳建功倒吸一口冷气，吧嗒一下嘴，换上了央求的语调："小静，当年我帮过你，你也帮帮我好吗？"

魏小静正考虑如何回答，马萍萍走过来大声道："哈哈，我猜到了你俩在说啥！"

魏小静向她强笑一下："说啥？"

"在说当年的那一枪。东隅已逝，桑榆未晚！同属一市，来往方便，嗨起来吧！"

魏小静恼了，瞪眼道："别说这些难听的好不好？"说罢回到自己的位子，呆呆地坐着。

手机响了，是柳建功发来微信："小静，明天回去，你坐我的车吧。"

魏小静看看，柳建功正在另一张桌子上，与同学一边说话一边看手机。她回复道："我不住了，一会儿就走。"

"今天就回？我给你带了一幅画，是全国美协一位副主席画的，我拿来给你。"

"谢谢，不必了。"

这次同学会，下午的安排是：同去警院走一走，接着游南屏山，晚上一起 K 歌。但魏小静决定，为避免柳建功再纠缠，下午即回。她用手机订了三点半去平川的票，将明天的票退掉了。

她见有几个同学过去与柳建功喝酒，就悄悄起身离开这里。去房间拿了东西，去前台交还门卡，到门外打车直奔车站。在路上，她发微信给沈老师、班长和马萍萍，说家里有急事，她只好不辞而别。

这时，他接到柳建功的微信："小静你走了？遗憾。我本来已经和家里说好，明天咱们一起走，到我家吃午饭，下午送你回平川的。我儿子你是见过的，他很崇拜你，放假在家，好想再与你交谈一番。”

接着，他发来一张照片。照片上的男孩儿，高大挺拔，与二十年前的柳建功几乎一模一样。魏小静前年去连山办案，见过这孩子。听她讲了亲手办的几个案子，孩子说，魏姨你真了不起，我上大学也去学侦查。去年，他果然考进了东北的一所警察学院。

魏小静从内心里喜欢这个孩子，但她忽然想到，柳建功现在说这些，特意推出自己的儿子，其实是拿她当靶子，想让她改变主意。她愤慨不已，回复道：“谢谢，祝你儿子茁壮成长！”

回到家里，丈夫与女儿正在吃饭，问她怎么提前回来了。魏小静淡淡地说了一句：“明天有任务，要加班。”

第二天是周日，她放弃休息，与助手一起去提审王三江。与他斗智斗勇，斗到下午，王三江终于交代了全部罪行。他承认，给柳建功送过价值八万元的金砖，送礼时偷偷录了音。录音在一个U盘里，藏在家中的天花板上。

魏小静立即叫来警车，带着王三江去他家，找到了那个U盘。

那个U盘，很像一个缩微弹匣。

魏小静决定，将它上膛，扣动扳机。

（原载《山东文学》2019年第6期）

赵德发，1955年生，山东莒南人。中国作协全委会委员，山东省作家协会原副主席。有各类文学作品七百多万字问世，出版有十二卷《赵德发文集》。曾获全国“五个一工程”奖、人民文学奖、金盾文学奖、《小说月报》百花奖等。

附录

主要参考书目

1.《中国当代公安题材文学作品选》，李文达主编，中国人民公安大学出版社，1992年11月第1版

2.《中国当代公安文学史稿》，高润平、张子宏、于奎潮著，群众出版社，1993年9月第1版

3.《中国公安文学作品选讲》，杜元明主编，警官教育出版社，1996年2月第1版

4.《无铃的马帮（当代中国公安文学大系——中篇小说第一卷）》，《当代中国公安文学大系》编辑委员会编，群众出版社，1996年10月第1版

5.《傍晚敲门的女人（当代中国公安文学大系——中篇小说第二卷）》，《当代中国公安文学大系》编辑委员会编，群众出版社，1996年10月第1版

6.《无悔追踪（当代中国公安文学大系——中篇小说第三卷）》，《当代中国公安文学大系》编辑委员会编，群众出版社，1996年10月第1版

7.《埋伏（当代中国公安文学大系——中篇小说第四卷）》，《当代中国公安文学大系》编辑委员会编，群众出版社，1998年5月第1版

8.《神圣的使命——〈当代中国公安文学大系〉短篇小说第一卷》，《当代中国公安文学大系》编辑委员会编，群众出版社，1996年10月第1版

9.《同船过渡——〈当代中国公安文学大系〉短篇小说第二卷》，《当代中国公安文学大系》编辑委员会编，群众出版社，1996年10月第1版

10.《献上一片安宁（当代中国公安文学大系——纪实文学第一卷）》，《当代中国公安文学大系》编辑委员会编，群众出版社，1998年2月第1版

11.《“金盾文学奖”获奖作品集1995卷》，公安部宣传局编，群众出版社，1998年6月第1版

12.《“金盾文学奖”获奖作品集1996卷》，公安部宣传局编，群众出版社，1998年7月第1版

13.《“金盾文学奖”获奖作品集1997卷》，公安部宣传局编，群众出版社，1999年1月第1版

14.《“金盾文学奖”获奖作品集（1998年卷）》，公安部宣传局编，群众出版社，2000年7月第1版

15.《金盾文学奖获奖作品集2000年卷》，公安部宣传局编，群众出版社，2001年7月第1版

16.《2003年金盾文学奖获奖作品集》，公安部宣传局编，群众出版社，2004年5月第1版

17.《“金盾文学奖”获奖作品集（2005年卷）上、下》，公安部宣传局编，群众出版社，2006年3月第1版

18.《“金盾文学奖”获奖作品集2007年卷》，公安部宣传局编，群众出版社，2008年3月第1版

19.《金盾文学奖获奖作品集（2009年卷）》，公安部宣传局编，群众出版社，2010年5月第1版

20.《第十一届金盾文学奖获奖作品集》，公安部宣传局编，群众出版社，2013年10月第1版

21.《第十二届金盾文学奖获奖作品集》，公安部宣传局编，群

众出版社，2015 年 1 月第 1 版

22.《第十三届金盾文学奖获奖作品集》，公安部宣传局编，群众出版社，2018 年 9 月第 1 版

23.《公安文学六十年作品精选 1 小说卷》，公安部宣传局编，群众出版社，2009 年 9 月第 1 版

24.《公安文学六十年作品精选 2 小说卷》，公安部宣传局编，群众出版社，2009 年 9 月第 1 版

25.《公安文学六十年作品精选 3 小说卷》，公安部宣传局编，群众出版社，2009 年 9 月第 1 版

26.《公安文学六十年作品精选 4 报告文学卷》，公安部宣传局编，群众出版社，2009 年 9 月第 1 版

27.《中国刑警（一）》，公安部刑事侦查局编，群众出版社，2018 年 12 月第 1 版

28.《中国刑警（二）》，公安部刑事侦查局编，群众出版社，2019 年 5 月第 1 版

29.《中国刑警（三）》，公安部刑事侦查局编，群众出版社，2019 年 8 月第 1 版

30.《中国刑警（四）》，公安部刑事侦查局编，群众出版社，2019 年 11 月第 1 版